LAS CORNEJAS DEL CUARTO ARRI

JUAN CARLOS GARCÍA VAQUERO

NOTA

La mayoría de los personajes han sido creados a partir de personas reales. Una pequeña parte de la trama también está basada en hechos reales, de los cuales nació la idea de la novela.

DEDICATORIA

Quiero dedicar esta novela a mis padres, solo ellos saben las penurias que pasaron en aquel pueblecito durante los primeros años de trabajo lejos de su tierra.

Sinopsis

La novela *Las cornejas del Cuarto Arriba* transcurre durante los años sesenta en una pequeña población del noroeste salmantino.

Las señoritas Angustias y Matilde son dos malvadas, caprichosas y vengativas terratenientes que llevan años atemorizando a los vecinos de la pequeña población de Darda, donde tienen su segunda residencia y parte de las cuantiosas fincas que poseen. La enfermiza fe depositada en Dios las ha llevado a intentar salvar sus almas a base de pagar por pecado cometido, algo que las está dejando en la ruina y en un estado de irrisoria enajenación.

Don Atilano es el cura autoritario y ateo de Darda, el cual padece las consecuencias de una plaga de palomas, aparecidas en el interior de la iglesia misteriosamente, misterio que está poniendo patas arriba su ateísmo.

Manuela y Celedonio son el matrimonio que sirve a las señoritas. Aunque ellos las sufren más que nadie, se han ganado los favores del cura, la segunda máxima autoridad del pueblo; eso sí, lo han conseguido de una forma poco ortodoxa.

Y, por último, Arturito, que es un niño de cinco años, condenado a huir de su casa a menudo para refugiarse durante días en la de sus vecinos. El hombre del saco no cesa de alojarse en su hogar.

Todo esto, más unas muertes olvidadas, forma parte principal de la trama de *Las Cornejas del Cuarto Arriba,* cuyo desenlace es de lo más inesperado.

«Un loco con dinero es más peligroso que un loco con un camión cargado de explosivos a la puerta de un centro comercial».

Aquel día de abril de mil novecientos veinte, las tinieblas de la noche estrellada llevaban ya unas tres horas instaladas sobre la pequeña población de Darda cuando dos hombres salieron de una de las cinco casas del sur de la población, la más nueva y grande de ellas. El alto y corpulento rondaría los veinte años, el otro, el suegro del primero, andaría por los cuarenta, y, además de viudo, tres años hacía ya de ello, era bajito, rechoncho y el dueño de la vivienda, pero no de su vida, la cual gobernaba con mano dura su yerno, esto, fuera de casa. Dentro, lo hacia su hija y única descendiente.

Con una mano metida en el bolsillo de su oscura chaqueta y un grueso cayado en la otra a modo bastón, el yerno cruzó la carretera con paso firme y decidido. Con los brazos caídos y la mirada apática, el suegro, dejándose arrastrar por el caminar del otro, lo siguió. Sin variar el orden de la marcha, ni el paso, dejaron atrás, a izquierda y derecha, unos corrales medio derruidos y, mezclándose con la oscuridad de la noche, comenzaron a ascender una pequeña pendiente escoltados por viviendas, establos y terrenos de labranza o pasto. Tres eran las casas de la izquierda; las de la derecha, dos, estas últimas en claro estado de abandono. Alcanzando la cima de la empedrada calle, giraron a la izquierda. Luego, dejando a un lado y a otro más viviendas, corrales y terrenos para el ganado o el arado, caminaron unos doscientos metros igual de mudos que el resto del recorrido, para, al final, detenerse a la puerta de una enorme casa de altos muros. El joven y robusto, que además era moreno y de piel clara, miró a su alrededor y luego a su rechoncho suegro. Este, de piel ligeramente oscura, seguía con el semblante desganado; sin afectarle lo más mínimo la mirada escrutadora, siguió de igual modo.

Amparados por la oscuridad de la noche, El joven delante, el suegro detrás, comenzaron a bordear la ovalada vivienda examinando sus ventanales y los oscuros alrededores de cuando en cuando.

Observaron luz en el cuarto ventanal que encontraron. El yerno sonrió maliciosamente. Luego miró al suegro, que seguía apático, y así siguió después de que el otro le señalara con el mentón un punto en concreto a sus espaldas.

El rechoncho se volvió e, impasible, comenzó a alejarse mientras desviaba la vista al ventanal de la luz. Se detuvo a cien metros, a la entrada de un corral de puertas de madera y paredes de piedra. Se giró hacia la silueta oscura del yerno, que se llamaba Andrés, el cual, dejando de mirar la luz, le indicó con la cabeza que entrara al corral.

Abriendo las puertas, pasó al interior. Notó movimiento en las tenadas de enfrente. Enseguida distinguió la figura de un burro que se ponía en pie. El animal llego a él, al suegro, que se llamaba

Felipe, y le rascó el pardo cuello. Luego entró en una cuadra. El pollino lo esperó en la puerta. Al poco, sacando unos aperos de enganche, se dirigió hacia un carro que había bajo las tenadas, donde se encontró al animal descansando. El carro estaba cargado con piedras de granito de mediano tamaño, fáciles de manejar por una sola persona. Enganchó al animal con la facilidad de alguien que lo lleva haciendo toda la vida. Lo dejó enganchado, para, luego, asomarse a la puerta del corral. Dirigió la vista hacia la enorme casa donde dejó a su yerno Andrés.

El yerno, nada más que su suegro puso rumbo al corral, echó otro vistazo al ventanal donde se dejaba ver luz, esperó a que el otro llegara a su destino y, luego, cuando este lo miró y le dijo con la cabeza que entrara, se dirigió hacia la puerta de la enorme y ovalada vivienda.

Golpeó el portón de madera con el llamador, un puño de hierro. Al poco se oyó el chirriar de unas bisagras, pasos acercándose. Sacó de uno de los bolsillos de la chaqueta una bolsa de tela beis de largas asas. La dobló a lo largo.

La puerta se abrió.

—Buenas noches —saludó el yerno.

—Buenas noches —contestó un hombre moreno de mediana edad, mediana estatura y peso medio. Luego bajó la mirada del rostro del joven a la mano que sujetaba el cayado y la bolsa de tela.

—No sé si me puedes dar un poco de laurel, tu madre siempre me daba.

—Por supuesto, Andrés. Pasa.

El joven pasó, luego cerró la puerta tras de sí. Se encontró en una especie de corral ajardinado; apoyando el cayado en la pared de la entrada, abrió la bolsa.

—Coge lo que quieras, ya sabes dónde está el árbol. —El hombre, girándose para atrás, extendió la mano hacia una esquina del recinto, y cuando iba a volverse sintió que algo le cubría bruscamente la cabeza; luego, una cortante presión en el cuello que comenzó a dificultarle la respiración. Asustado, se llevó las manos a la zona oprimida.

Andrés, cruzando las largas asas de la bolsa sobre el cuello, tensó los brazos con violencia, estrechando bruscamente la laringe del desdichado, que había cesado de intentar librarse de la opresión y ahora daba manotazos ciegos a sus espaldas, desde donde Andrés seguía tensando los robustos brazos.

Al desdichado, la escasez de oxígeno y la alterada resistencia lo dejaron exhausto. Cayó al suelo de rodillas. El otro, viendo que a su víctima le abandonaban las fuerzas, tensó más, aún, sus ya cansados brazos. El agonizante hombre, comprendiendo que resistirse a lo inevitable solo le acarrearía más sufrimiento, cerró los ojos, relajó los músculos del cuello y dejó que la presión le estrechara por completo la laringe. Al poco, el cuerpo se tensó, luego fue invadido por unos espasmos, y, por fin, se relajó por completo convirtiéndose en algo inerte.

Andrés, inclinado sobre el desdichado, ya sin vida, aguantó un poco más la presión sobre la garganta, para, luego, soltar las asas de la bolsa beis de tela.

El cadáver cayó de lado.

Felipe, el suegro, asomado a la puerta del corral, distinguió, a unos cien metros, entre la oscuridad, a su yerno Andrés a la entrada de la casona. El joven le indicó con la mano que se acercara.

Se comenzó a oír el peculiar ruido metálico que reproducen las ruedas de los carros al contacto con los suelos empedrados. El suegro comenzó a mirar, visiblemente nervioso, a su alrededor.

Se oyeron puertas abriéndose.

—Pero, Felipe, ¿dónde vas a estas horas con el carro? —preguntó un hombre entrado ya en años desde el porche de su casa.

Felipe, caminando junto al carro, tiró de las riendas del animal, que se detuvo.

—Andrés, que se le ha antojado acarrear piedras de noche para adelantar trabajo. Mañana tenemos que ir a Villar, no vamos a poder trabajar. Quiere terminar pronto la obra, para cobrar, ya sabes.

—Estos jóvenes… —comenzó diciendo una mujer desde la ventana abierta de otra vivienda— no piensan en los mayores, dile que vaya él…, porque claro, estará en casa descansando.

—No, se ha vuelto a por la llave de la obra, se nos olvidó en casa; vendrá ahora, me ha dicho que lo espere ahí adelante. —Le indicó con la cabeza.

—Ay, Felipe, Felipe, entre tu hija y tu yerno están acabando contigo.

Felipe se encogió de hombros.

—Qué le vamos a hacer, Josefa, es lo que hay —dijo, y animó al burro a seguir la marchar dándole una palmada en un anca.

—Pero, Felipe… —se oyó en otra ventana.

—Su yerno, que lo va a matar. Lo va a tener toda la noche acarreando piedras —le explico el hombre del porche al que preguntaba desde la ventana.

Se oyeron más comentarios parecidos mientras Felipe se alejaba. Cuando se detuvo a la entrada de la casona se oyó el último «hasta mañana». Luego, puertas y ventanas cerrándose.

Detuvo al animal junto a la puerta, el carro un poco esquinado para tapar la visión de las casas de atrás, de las del este, desde donde le habían preguntado por el inusual paso del carruaje a esas horas. Frente a la vivienda del desdichado, al sur, solo había una casa, pero estaba precedida por un terreno de pasto. Unos cien metros las separaban. Al oeste, un terreno cercado, de labranza, sin edificación alguna.

Asomándose a la calle que llevaba a su tortuoso hogar, simuló esperar a su yerno. Luego, al poco, volviendo al carro, rebuscó en la caja de la parte delantera. Encontrando un saco de esparto de tonalidad oscura, se lo pasó a Andrés, que lo esperaba asomado al portón del corral ajardinado. Felipe volvió a simular que lo esperaba.

A los cinco minutos se abrió la puerta. El suegro se dirigió hacia ella.

—A la de una, a la de dos, y a la de tres… —Se oyó por lo bajo antes de que el cuerpo sin vida del desdichado, metido en un saco de esparto, volara por encima de un lateral del carruaje para acabar cayendo sobre la media carga de piedras.

Guardados tras el carro de posibles miradas maliciosas, escrutaron, a escondidas, los oscuros alrededores. Salieron, volvieron a mirar y arrearon al animal, que se puso en marcha. A los pocos metros lo detuvieron. Subiéndose al carruaje, cubrieron de piedras el saco del cadáver.

Al paso del ruidoso carruaje se oyeron puertas de casas abrirse, se oyeron nuevas preguntas, parecidas a las primeras: «¿pero dónde vais a estas horas?». Se oyeron contestaciones similares, también, a las primeras: «mañana tenemos que ir a Villar, no podremos trabajar, o sacamos el trabajo perdido esta noche o no acabaremos nunca», y al final se oyó el carruaje alejarse de la pequeña población dejándola en silencio.

Examinando minuciosamente el oscuro entorno, dos inconfundibles siluetas montadas a caballo se abrían paso entre las penumbras de aquella noche de abril, de cielo raso y estrellado.

—Mi sargento, vaya usted a saber dónde andarán ya estos rufianes.

—Nos han dado aviso hace media hora, no tienen que andar muy lejos…; que van cargados, ¡coño!

—Eso si no nos han barruntado y se han deshecho de la carga... El señor Jacinto dijo que lo vieron. Tenga por seguro que saben que nos han dado aviso.

El sargento se detuvo bajo una encina. Se apeó del caballo. El cabo lo emuló.

—Tienes razón, Mariano. Ata los caballos a esos arbustos, que estén bien visibles. —Se quitó el tricornio—. Quítate el tuyo y deja los dos apoyados, que parezca que estamos sentados. Emprenderemos la búsqueda a pie a ver si los engañamos y los sorprendemos saliendo del agujero. Puede que nos hayan barruntado, sí, pero no creo que se hayan deshecho de la carga. Estarán escondidos esperando a que nos vayamos.

El cabo obedeció las órdenes.

Emprendieron la búsqueda a pie.

Media hora después, con la mano extendida, Mariano, el cabo, le dijo al sargento José Tomás:

—Mire, allí.

Se dirigieron hacia los dos bultos blancos que rompían la monótona oscuridad de la noche reposando sobre el suelo. La blancura de los lanudos cuerpos, inertes, era atravesada en uno de sus extremos por un delatador rojo.

—Mariano, ahora sí que tenías razón...; bueno, a medias. No esperaban que Jacinto nos diera aviso, les habría dado tiempo a esconder las ovejas y volver a por ellas. Si las han dejado tiradas aquí en mitad del campo es porque nos han visto y han huido. —Miró el reloj—. Las nueve y media. Nos dará tiempo antes de que se metan en la cama —se dijo mentalmente, luego miró a Mariano—. Mira, gracias a estos rufianes voy a ir a ver a mis padres, a mi hermano, a su mujer y sobre todo a mi sobrinito, que llevo casi un mes sin verlo, concretamente, desde que el capitán me puso solo para atender los avisos. Antes, cuando salía a patrullar, todos los días lo veía.

Se llegaron a los caballos, que pastaban la alta y abundante hierba que había parido la lluviosa y cálida primavera.

—En diez minutos llegaremos… y vamos persiguiendo a los de las ovejas, ¡¿eh!?! Que no me entere yo.

—No, mi sargento, descuide.

Andrés, su suegro, el carro con el cadáver y las piedras, que era tirado por el burro, abandonaron la calleja que los sacaba del pueblo para tomar un ancho camino hacia la izquierda. No habían cruzado más que cuatro palabras, todas ellas órdenes del yerno y los «sí, Andrés» correspondientes del cabizbajo y preocupado Felipe.

Nada más tomar el camino, Andrés se detuvo de sopetón mirando hacia unos inconfundibles y móviles bultos que le dejaba ver la oscuridad a la que sus pupilas ya se habían acostumbrado. Las siluetas, como Andrés y Felipe, se detuvieron y, como Andrés y Felipe, al instante, comenzaron a moverse sin variar el rumbo. Unos doscientos metros separaban a unos de otros.

—¡¡*Mecagüen* la madre que los parió…!! ¡¿Qué cojones hacen estos por aquí a estas horas…?! Si nunca pasan antes de las doce… No te pares, continúa. —se dijo Andrés mientras iban al encuentro de las siluetas, que hacían lo propio. Luego, miró a un aterrado Felipe—: Ya sabes, vamos a estar trabajando toda la noche, mañana vamos a Villar y no podemos trabajar… Ten preparada la navaja abierta en el bolsillo, en cuanto veas que uno desmonta pincha el caballo del otro; si van a comprobar el carro solo se bajará uno, yo pincharé el caballo del que comience a desmontar mientras lo hace. Los caballos los tirarán al suelo… Ya hemos matado a uno, dos más… a la cabeza. Coge el garrote de ahí delante del carro, despacio, sin que te vean. —Las dos siluetas de caballos con sus inconfundibles jinetes estaban ya allí mismo.

—¿Dónde narices irán a estas horas estos con el carro? —comentó el sargento.

—Sí, raro es.

—Déjame hablar a mí, ya sabes: venimos persiguiendo a dos bandidos que andan robando ovejas —ordenó el sargento, para, al instante, reanudar la marcha. El otro lo siguió.

—A mí me huele a chamusquina, mi sargento. Deberíamos revisarles la carga.

—Ya veremos; tú déjame a mí, no hagas nada sin que te lo ordene

Jinetes y hombres del carro se encontraron.

—Buenas noches, Andrés, buenas noches, Felipe. —Yerno y suegro correspondieron al saludo del sargento—. ¿Dónde vais a estas horas?

El cabo, acercándose al carro, comenzó a inspeccionar la carga desde el caballo. Felipe lo miró con cierto y comprensible nerviosismo mientas su yerno le daba explicaciones al sargento. El cabo sintió la mirada nerviosa; volvió la vista hacia Felipe, que apartó los ojos al instante.

Mientras Andrés acababa de darle las explicaciones, el sargento sacó de entre la capa un paquete de tabaco de picar y se dispuso a apearse del caballo.

—Venimos persiguiendo a unos ladrones de ovejas, creo que ya no hay nada que hacer..., estarán lejos ¿Te apetece echar un pitillo? Hace tiempo que no hablamos.

—Bueno —dijo Andrés, que cuando iba a hacerle una señal de calma al suegro, este, al ver que el sargento desmontaba, sacando la navaja del bolsillo, se acercó bruscamente al caballo del cabo para, seguidamente, pincharle en un anca con violencia, provocándole así una profunda incisión. El animal, emitiendo un relincho de dolor mientras daba un brusco salto, dejó al cabo tumbado en el suelo, huyendo a continuación desbocado por donde habían venido.

—Andrés, al ver que su suegro estiraba el brazo con la navaja abierta en la mano, sacó la suya y pinchó al caballo del sargento en un anca. El animal, emulando a su compañero de especie, relinchó violentamente y, dando un brinco, tiró por los aires al sargento cuando estaba ya medio desmontado. Ambos jinetes se estrellaron contra el duro suelo a la par, y a la par, como si lo hubieran estado ensayando durante días, suegro y yerno dieron dos certeros golpes cada uno en las cabezas de los malogrados guardias civiles, que acabaron sobre las piedras del carro con sus fusiles, pistolas y demás herramientas de servicio.

Felipe, el suegro, examinó el cuello del cadáver del saco.

—Los guardias no han soltado ni pizca; a este —indicó, apuntado con el brazo extendido al otro cadáver— de haberle dado un garrotazo, puede que lo hubiera puesto todo perdido de sangre y nos habrían pillado, pero si lo tiramos desde ahí arriba, con estas marcas que tiene en el cuello, nadie creerá que se ha suicidado. Nos pillarán seguro.

Andrés miró con desprecio al suegro, como casi siempre.

—¿Y lo dices ahora que hemos matado al pobre José Tomás y a su compañero…? Tú no tienes perdón. Lo hubiéramos colgado en su casa y estos pobres desgraciados estarían vivos…

—La idea fue tuya, ya sabes que yo lo he hecho obligado, que no…

—¡¡QUE TE CALLES, ESCORIA…!! ¡¡ASESINO!! —le gritó—, y trae la soga de ahí detrás del carro. Tienen que encontrar el cuerpo; si despanzurrado, con las marcas en el cuello, es sospechoso, ahorcado no lo va a ser. —Miró a los guardias civiles, aún en el carro. —Estos son los que no tienen que aparecer. Deprisa…, los caballos acabarán por llegar a las cuadras del cuartel, les echarán la culpa a los ladrones de ovejas que me dijo José Tomás que perseguían. Vamos, démonos prisa antes de que comiencen a buscarlos. Nos espera una dura noche… Y todo por tu culpa, ¡¡asesino de mierda…!!

CAPÍTULO 1

Pedro abrió los ojos bruscamente, y cuando en la habitación, aquella mañana de enero de mil novecientos sesenta y dos, se oyó por segunda vez «a levantarse, niños», el mayor de los tres hermanos pegó un salto de la cama, se quitó el pijama de rayas y se enfundó apresuradamente unos pantalones grises de pana, una camiseta blanca, camisa beis, jersey verde aceituna de lana y botas de agua marrones.

Pasó al pequeño zaguán, y de ahí a la cocina. Sus dos hermanos pequeños (Lourdes y Luis) se quedaron desperezándose cada uno en su habitación.

Dejando a la izquierda la refulgente chimenea recién encendida, que iluminaba con luz cegadora hasta el último rincón de la estancia, se sentó frente a ella, a la mesa, que era una enorme camilla redonda vestida con unas decorativas faldillas floreadas bajo las cuales la señora Elvira metería todas las mañanas el brasero de cisco que estaba encendiendo en la calle. Tres humeantes tazones reposaban sobre la mesa. Pedro cogió el suyo y, como si llevara una semana sin probar bocado, cogiendo la cuchara, devoró en un santiamén el revuelto de tostadas, galletas y café con leche que todas las mañanas les preparaba su madre. Luego, apoyando las manos en la mesa y sin levantarse de la silla, se impulsó hacia atrás. Las patas de la silla emitieron un molesto y chirriante sonido.

—¡¡PEDRO…!! —gritó su madre desde el zaguán. Regresaba de encender el brasero, el cual había dejado envuelto en llamas para que el cisco prendiera.

Enfurecida, se dirigió a la cocina a reprender a su incontrolable hijo, al que se cruzó cuando ella entraba. Lo vio saliendo de la estancia poniéndose una gruesa y desvaída cazadora verde amarillento.

Se quedó mirándolo contrariada.

—¡HAZ EL FAVOR DE PEINARTE!

—LUEGO —gritó el niño de nueve años, que lucía una morena y enmarañada cabellera, mientras abría la parte de arriba de la puerta de la calle.

—¡¡AHORA MISMO…!! —Pedro se escupió en la mano derecha—. ¡¡PEDRO!! —volvió a gritar su madre con los ojos muy abiertos. El niño, mientras abría ahora la parte baja de la puerta con la mano izquierda, con la derecha se atusó el cabello. Volvió a escupir, su madre lo miró con rabia. Cerró la puerta inferior, miró a su progenitora y se volvió a pasar la mano ensalivada por el pelo.

—No te pongas así, mamá, que luego me peino bien; ahora no tengo tiempo —dijo, y cerró la parte superior de la puerta, que al igual que la de abajo era de madera y se presentaba pintada de un común verde.

Se volvió hacia la calle. Litri, un hermoso y pesado mastín blanco, le daba los buenos días moviendo el rabo. Abandonando la protección del pequeño y bajo portalillo, se acercó a acariciarlo.

La señora Elvira, meneando la cabeza, se quedó mirando un instante la puerta que acababa de cerrar el desobediente hijo. Luego, pasando a la cocina, retiró la silla que había quedado solitaria en mitad de la estancia para, seguidamente, acercarla a la mesa camilla. Pensativa, se sentó en ella. Pedro siempre había sido rebelde, pero desde un tiempo hasta entonces la cosa había empeorado de forma alarmante. Oyó un arrastrar de pies y se volvió; Lourdes, la mediana de los tres hermanos, se acercaba a ella frotándose los ojos. Detrás, Luis, el menor, la seguía de igual guisa.

—Menos mal que estos dos son un encanto de niños —se dijo sonriéndoles—, ¿de dónde habrá salido el otro?

Pedro acarició al mastín en la enorme cabeza, que con ella levantada le llegaba a la barbilla. La señora Elvira les decía a los hermanos pequeños del niño que no fueran traviesos o les sucedería lo mismo que a su hermano mayor, que las travesuras no le dejaban crecer.

La mano del trasto pasó de la cabeza al cuello, luego se deslizó por los lomos y, cuando llegaba a los cuartos traseros, el niño fue sacudido por un escalofrió. No había reparado en ello, pero la mañana desaconsejaba estarse parado. Alzó la cabeza. El prado de encinas y peñas que había frente su casa estaba teñido de blanco, los verdes árboles blanqueaban más que verdeaban. Otra gélida noche estrellada había arrasado de nuevo los ya castigados campos, quemados por los abrasadores hielos de aquel frío enero.

La visión del prado congelado le provocó otro escalofrió. Arrancó a correr por una calleja que encontró a su derecha. Litri lo siguió con un pesado correr, pero, como todas las mañanas, al dejar atrás el corral medio derruido se detuvo y comenzó a ascender, cansino, el pequeño tramo de pendiente que había bajado. El corral medio derruido era la primera y única edificación que acogía la estrecha calleja de cercados de piedra, la cual dejó a Pedro a las puertas de la carretera después de correr doscientos metros cuesta abajo. Jadeante, miró a su izquierda, al este. Alcanzó a ver a lo lejos una silueta acercándose por la carretera de tierra. Desvió los ojos a su muñeca izquierda. Las agujas del reloj marcaban las ocho y diez de la mañana.

Juan abrió los ojos. El cuadro de unos perros cazando un jabalí, que colgaba de la pared, ya comenzaba a distinguirse entre la decadente oscuridad. Se volvió hacia la ventana, que tenía la persiana subida, pues le gustaba dormirse mirando el cielo, ese cielo que ya comenzaba a deshacerse del oscuro tono que le pintó la noche. Dejó los ojos puestos allá arriba, en el profundo techo del firmamento. Cinco minutos más tarde, cuando el azul era más claro que oscuro, dirigió de nuevo la mirada al cuadro de los perros cazadores. Hora de levantarse, pues ya veía con claridad los números que coronaban la representación de la caza de un jabalí (1955), y ello quería decir que eran las ocho menos diez.

Se puso con sosiego unos aviejados pantalones color beis desgastado, una camiseta blanca descolorida, una gruesa camisa verdosa y remendada en varias zonas, un deshilachado jersey granate de lana y unas botas de goma de un verde tan apagado que de lejos parecían blancas, de un sucio blanco.

Comenzó a rebuscar algo por la pequeña habitación, donde no había más cabida que para la cama y una silla. Se agachó, miró debajo del catre y, bruscamente, se tiró todo a lo largo. Las piernas, mitad fuera, mitad dentro, bajo la cama, comenzaron a moverse nerviosas, a tensarse de cuando en cuando; luego se oyó un agudo y largo chillido, luego otro, más corto, y otro, y al final uno largo y escandaloso. Juan asomó con un pequeño conejo de monte en las manos, que se movía y gritaba histérico. El niño se puso en pie.

La puerta de la habitación se abrió, apareció una alterada mujer.

—¿QUÉ TE DIJE AYER…? Sácalo de aquí ahora mismo, y que no lo vuelva a ver… —Comenzó a mover nerviosa la nariz apuntando en todas las direcciones. —Sácalo y limpias la habitación ahora mismo hasta que quede resplandeciente.

—Sí, mamá —respondió a la orden de la mujer un desganado y sosegado Juan, tan moreno como su madre—. La limpiaré todos los días, pero el pobre no puede dormir en la calle, que hace mucho frío.

—Todos los días… ¿como ayer y anteayer…?

Juan se acercó a su madre; esta, retirándose de la puerta, lo dejó pasar.

—Te lo prometo, mamá, cuando vuelva del regato la limpio, y mañana, y todos los días —le prometió mientras se dirigía a la calle.

—Cuando vuelvas del regato, a escuela. Esta tarde te quedas castigado limpiándola, y ese bicho no entra más en casa… —se quedó pensativa—; bueno, sí, sí que va entrar, y no va a volver a salir. Hoy conejo para cenar, que demasiada hambre pasamos.

—Vale, mamá, lo que tú digas.

Dejó el gazapo en el jardín, un pequeño recinto protegido por una pared de piedra a la cual habían anclado una oxidada valla metálica de pequeños agujeritos hexagonales. Cuatro mástiles de hierro daban consistencia al vallado. Volvió a casa, del pequeño zaguán, a la cocina. Se sentó a la mesa; redonda, pequeña y sin faldillas, sobre la cual le espera medio vaso de leche y una rebanada de pan duro. Otros dos medios vasos de leche, con ambas rebanadas, igual de duras que la suya, reposaban sobre la mesa, uno a su izquierda, otro a su derecha.

Ablandó el pan con la leche, se lo comió, luego bebió el espeso líquido blanco que no fue adsorbido por el pan y abandonó la cocina, dejando, en una esquina, un rácano y mísero fuego en la triste chimenea.

Al salir de la estancia se encontró con sus dos hermanos, menores que él, que tenía nueve años.

—Buenos días, enanos.

—Hola, Juan —dijeron los otros al unísono.

Al salir al jardín se encontró al conejo escarbando junto a la de la pared de piedra.

—Más vale que te comas la hierba y dejes de intentar escapar. La pared está muy honda, y no tengas miedo, que mi madre todos los días dice que te va a comer y ninguno lo hace.

Abrió la puerta del jardín, que era de perpendiculares listones de madera insertados en un marco del mismo material. A la portezuela le habían dado consistencia envolviéndola en un trozo sobrante de la oxidada malla del pequeño jardín, donde destacaban dos nogales, uno en cada esquina. Los árboles sobrepasaban con creces la altura de la pequeña, vieja y achaparrada vivienda de tejado de un agua.

Un perro olisqueaba la parte baja de la pared. Se quedó mirando al animal, el cual era de buen tamaño y de orejas tiesas; el pelo, largo y negro.

—Que no me entere yo, Negro, de que has tocado a mi conejo. —Se lo quedó mirando un momento, pensativo—. Ven, Negro, ven —lo animó chascando los dedos. El perro se le acercó. Le acaricio la cabeza, luego pasó la mano suavemente por el lomo, del lomo a las patas traseras y, rebuscando entre ellas, le agarró los machos para comenzar a masajeárselos. El perro gimió—. Te gusta, ¿eh, Negro? —Sin soltar los testículos le agarró el aparato reproductor, que ya comenzaba a crecer—. Te gusta, ¿eh?—. El músculo alcanzó su máximo tamaño. El animal se tumbó en el suelo, boca arriba, con las patas traseras separadas.

—Te gusta, Negro, ¿eh? —Siguió masajeándole las partes con una mano, metió la otra en el bolsillo de los pantalones, sacó una caja de cerillas: el perro gemía—. Te gusta, ¿eh...? —Se llevó la mano con los fósforos a la zona masajeada. Abandonando la tarea, sacó una cerilla. El perro comenzó a moverse nervioso, a protestar, el otro volvió a la tarea con una mano, con la que sujetaba la caja de cerillas—. Te gusta, gandul, ¿eh? —La movilidad de Negro volvió a ser nula. Acercó la cerilla a la lija de la caja, la prendió. Luego se la llevó a la mata de negros pelos que rodeaba los genitales del animal y allí la dejó, ardiendo. De pronto, los gemidos de placer se convirtieron en aullidos de dolor, de histeria. El animal, levantándose, con el rabo entre las patas, ardiendo y humeando, huyó hacia el norte por la carretera, que no era otra vía que un ancho camino de tierra. Juan, con una sonrisa macabra en los labios, observó al pobre animal, que al poco de salir huyendo comenzó a revolcarse en el suelo, a rodar, mientras aullaba de dolor, junto a un corral de paredes medio destartaladas. De pronto, un torrente de agua salvadora cayó sobre los cuartos traseros del animal. Asustado, y aliviado, huyó hacia una alameda que había frente al corral. Saltó la pared de piedra.

Mientras un hombre con un cubo vació en la mano miraba a Juan meneando la cabeza, el perro, atravesando la alameda, saltó a una finca de pasto y encinas. Luego siguió corriendo hasta perderse de vista.

Juan se acercó a Sebastián, al hombre del cubo en la mano, que seguía meneando la cabeza.

—A ti había que quemarte los huevos también, animal. A ver qué tal.

—Sebastián, que me quería comer el conejo. Ya verás como no se vuelve a acercar por mi casa

El niño miró hacia el tejado del cobertizo del corral, atestado de palomas, todas de un gris azulón.

—¿Cuándo me vas a dar una pareja para criar?

—Tú tienes más cara que espalda... Me quitáis un montón de palomas, que sé de sobra que habéis sido vosotros...

—¡¡Nosotros...!! —interrumpió el niño.

—Sí, tú y el del herrero... Por lo menos cállate y no vengas a reírte...

—Señor Sebastián, le juro que nosotros no... Ya me hubiera gustado a mí ser el que le ha metido en la iglesia al cura las palomas, pero le juro que nosotros...

—¡¡Anda, anda...!! Vete de aquí, satanás —le ordenó, y se volvió hacia el corral.

El niño, encogiéndose de hombros, echó a correr por la carretera, dirección norte. Sebastián dejo el cubo junto al bidón que recogía el agua de lluvia del tejado del cobertizo. Cuando las lluvias se resistían el hombre lo llenaba acarreando agua, a cubos, de una fuente que había tras la casa de Juan, a unos doscientos metros del corral.

El niño, doscientos metros más adelante, comenzó a distinguir a lo lejos una silueta doblándose e incorporándose una y otra vez. Aceleró el ritmo de la carrera y, cien metros más tarde, cuando pudo ya comprobar qué era lo que estaba haciendo su inseparable amigo Pedro, esprintó como si lo persiguiera el dueño de Negro.

—¿Qué haces? —le preguntó, extrañado.

Pedro dejó una pesada piedra encima de un buen montón de ellas, que invadían parte de la calleja.

—Entrando en calor —respondió, y soltó una carcajada, que se fusionó con la del otro mientras miraban el portillo abierto en la pared de un sembrado de cebada, teñido, como todo el entorno, de un cristalino blanco.

Detrás de las primeras risas llegaron más, hasta que Juan se detuvo de sopetón mirando allá, al este, a lo lejos de la carretera; allá por donde había venido.

—¡¡Corre…!! —echaron a correr—, creo que viene Ángel con su perro. Le he quemado los huevos al Negro. —Se oyeron risas mientras corrían hacia el norte por la carretera. Cien metros más adelante tomaron un camino a la izquierda. Después de correr otros cien dejaron a la izquierda la iglesia, una hexagonal e inusual construcción. Jadeantes, se detuvieron tras el antiguo edificio templario. Apoyaron sus espaldas contra los muros cargados de historia…, de ochocientos años de historia.

Juan, situándose de cara a la pared, se asomó y miró hacia la carretera. El sol sacaba ya la cabeza por encima de las copas de las encinas que se dejaban ver en lo alto de la suave vertiente que acogía a la población de no más de veinte viviendas, todas ellas esparcidas, guardando distancia unas de otras como animales desconfiados.

Juan, volviéndose, se situó de nuevo de espaldas a la pared, junto a Pedro.

—No es él, el Negro es más alto, debe ser Basilio, el amo de la madre del Negro… —Se volvió a asomar, vio que hombre y el animal, después de pararse mirando el portillo recientemente abierto, se alejaban calleja arriba—. Sí, es la madre.

—¿Cuándo le has prendido fuego? —preguntó Pedro con voz cansina.

—Hace un rato… Vamos. —Se pusieron en marcha. Pasando bajo una gran encina, comenzaron a bajar una rocosa pendiente, donde la vegetación aprovechaba cualquier grieta para emerger. Pequeños robles, y algún que otro carrasco, predominaban en la empedrada y resbaladiza bajada—. Lo pillé husmeando la pared de mi jardín, seguro que olió al conejo el muy capullo… Creo que se le van a quitar las ganas de conejo. —Rieron escandalosamente de nuevo.

Llegaron al regato de Vallecerrado, que bajaba encauzado entre riscos. Pedro, introduciéndose los pantalones entre las botas, entró en el agua. Aunque llevaba un mes sin llover, la corriente aún era buena para dar sus frutos. El otoño había sido lluvioso. Introduciendo la mano en las frías aguas, rebuscó para, luego, tirar hacia arriba agarrando una gruesa cuerda. Sin soltarla, abandonó el riachuelo. Una vez fuera, siguió tirando de ella. La cuerda estaba amarrada a una especie de cilindro enmallado, con boca en forma de embudo invertido. El armazón que lo moldeaba era de mimbre, la malla de diminutos agujeritos que lo envolvía, de fino y duro hilo, semejante al de las redes de pesca.

Cuando sacó el rabudo del agua (rabudo, nombre del armatoste de pesca), dentro, decenas de pececitos, en una histeria colectiva, se golpeaban unos contra otros, saltaban contra la malla, sus cuerpos vibraban…

—¡¡Madre mía, cuántas sardas has cogido!! —exclamó Juan mientras lo ayudaba a llevar el rabudo bajo una roca que se asemejaba a una visera.

Metieron las sardas en una bolsa de plástico, le hicieron un nudo en las asas y, luego, echaron un vistazo a los alrededores.

—Vamos —dijo Juan, y, arrastrándose, se internaron por un estrecho agujero dentro de la roca, dejando la pesca y el rabudo escondidos tras unas piedras.

A los veinte minutos salieron riéndose. Cogiendo las sardas, dejaron escondido el rabudo donde estaba y luego corrieron regato arriba.

—A ver si tengo suerte y hay tantas como en el tuyo —deseó Juan.

Los rayos de sol, que ya lo envolvían todo, se reproducían al contactar con el blanco y helado terreno, sacándole brillo…; haciendo del entorno un cegador y agradecido paraje.

Don Atilano llegó a la iglesia con una escopeta de perdigones y dos cajas llenas de munición. Por balines no iba a ser. Aquellos bichos tenían que abandonar la iglesia como fuera, por las buenas o por las malas; con los pies por delante o por detrás. Los malvados pájaros no parecían tener síntomas de desfallecimiento; más de quince días hacía ya que aparecieron allí, como de la nada, en el interior de la iglesia, cerrada a cal y canto. Más de quince días sin alimentarse, y sin hidratarse, porque agua en la iglesia… Después de decir misa don Atilano retiraba el agua bendita de la pila. Más de quince días y seguían con la misma vitalidad que el primer día, o incluso más. Parecía como si el aire estuviera atestado de nutrientes, porque era lo único que podían recibir de fuera los cuerpos emplumados de las molestas aves: aire. Que sí, que podía ser bendito, que seguro que lo era, pero que bien sabía don Atilano, hombre de grandes dimensiones, que lo respiraba a diario, que por muy impregnado que decían que estaba de Dios, o uno se alimentaba de cosa sólida, o liquida, o en un día comenzaba a desfallecer.

Pero aquellos bichos no; no se morían de hambre, ni se morían ni daban señales de comenzar a hacerlo. También sabía don Atilano, como todo el mundo (eso sí, él más, que había estudiado), que todo lo que entra, al final, de un modo o de otro, más pequeño o más grande, al final todo acaba saliendo; ¿pero cómo algo que no entra puede salir? Aquellos malditos pajarracos, que no comían nada, pues nada había en el templo que admitieran sus estómagos, cagaban tanto, o más, que el primer día que aparecieron en el interior de la iglesia. En más de quince días, por muy grande que llegue a ser el ave..., en quince días, el intestino del ave más grande del planeta, el avestruz..., el intestino del avestruz más grande del planeta, si no se alimenta, en pocos días acabará por vaciarse, eso si no está estreñido, claro, como estaba claro que no lo estaban las veinticinco o treinta palomas que, a pesar de no engullir nada, no cesaban de expulsar excrementos poniéndolo todo perdido: mobiliario, suelo, paredes, piernas, cabezas, brazos...; todo lo de los feligreses, y lo del cura don Atilano, el cual ya dijo las últimas dos misas protegido de la lluvia de excrementos bajo un paraguas. La ocurrente medida causó tanta guasa como furor, pues en la segunda misa no se vio otra cosa que paraguas sobre las cabezas de los feligreses; y palomas, claro.

No era muy de curas, ni mucho ni nada..., no era de curas liarse a tiros en el interior de la casa de Dios, pero es que el enemigo a batir era diablo. No hay bicho viviente sobre la faz de la tierra que llegue a aguantar quince o veinte días sin alimentarse, y encima cague como si llenara el papo todos los días, y a todas las horas, eso solo puede ser obra de un milagro, ya sea de Dios o del diablo. Sí, el Espíritu Santo decían que aparecía en forma de paloma blanca, pero allí no había ni una de ese color, todas eran de un azulón oscuro, y, además, Dios no iba a poner su casa perdida de cagadas; estaba claro que esa plaga era diablo, se decía don Atilano con la intención de justificar el violento extermino que tenía planeado llevar a cabo en la casa de Dios, del dios de la paz y del amor. De ese Dios en el que él no creía, pero que como le daba de comer... El inexplicable misterio solo podía enfocarse en una dirección: en la del maligno; en el que tampoco creía, pero como parte de su trabajo, ese trabajo que le daba de comer, consistía en combatirlo, lo veía por todos lados.

Escopeta de perdigones en mano, dos cajas de munición, cien balines por caja, abrió la puerta de la iglesia. Cada día olía más a paloma, y ese olor había dos formas de erradicarlo: limpiar la iglesia, atestada de excrementos, o acabar con la fuente de la mierda de paloma, que eran las palomas mismas.

Se habían vuelto tan confiadas que apenas se inmutaron, ya ni las campanas las alteraban cuando repicaban. Alzando la escopeta, ya cargada, apuntó al banco de enfrente. Se oyó una detonación, que el eco fue repitiendo hasta acabar por apagar.

Palomas por todos los lados revoloteando, menos en el suelo, que no estaba ni siquiera la que debía estar muerta. Palomas que, a pesar de no tener dónde alimentarse, no solo no paraban de cagar, sino que estaban visiblemente más gordas, y ya habían comenzado a anidar, otra contundente prueba de que la cosa les iba bien, pues solo la abundancia de alimento y la primavera animaban a procrear.

Respirando con rabia, cargó de nuevo, apuntó. Esta vez, no se dejándose llevar por las ansias exterminadoras, apuntó al centro del pájaro, que era más grande que la cabeza, la de la paloma, y por lo tanto más fácil de atinar. Si el perdigón no la mataba al instante, ya lo haría de alguna infección, o por desangramiento. Otra vez palomas revoloteando por todos los lados, visiblemente más alteradas, sobre todo una azul oscuro, que lo hizo con ganas, golpeando violentamente el suelo con las alas hasta que dejó de hacerlo, para relajarse, tanto, que parecía una pequeña alfombra de hinchadas plumas. Pero a don Atilano no lo iba a engañar; se le acercó, le puso el cañón sobre la cabeza, adoptó cara rabiosa y apretó el gatillo. Si hubiera estado aún viva tampoco le habría dado tiempo a protestar. El cura se ensanchó de orgullo, y de venganza. Con ira en las manos y odio en los ojos, dobló el arma, miró alrededor, a las endiabladas aves que parecían haber olido la sangre de su hermana, pues revoloteaban, visiblemente nerviosas, por toda la iglesia. Cargó la escopeta, la desdobló, echó un vistazo alrededor, apuntó, la bajó de nuevo, volvió a apuntar, la volvió a bajar, apuntó, la volvió a bajar, ya visiblemente irritado, casi más que los nerviosos pájaros, que no aguantaban quietos ni un segundo.

Con el arma apuntando al suelo, moviendo tan solo los ojos tras las ratas voladoras, como solía llamarlas ya antes de la invasión, se mantuvo inmóvil unos minutos. Ahora, las palomas parecían haber recuperado la confianza y habían cesado de revolotear. Una confianza relativa, pues estaban, si no ya todas, casi todas, lo más alejadas que podían del armado y encolerizado cura, allá, posadas, haciéndoles compañía a los santos del retablo de la fachada posterior, tras el altar, los cuales cada día presentaban sus vestimentas más moteadas de un sucio y sospechoso blanco.

Comenzó a alzar la escopeta lentamente; lentamente, los bichos comenzaron a moverse, y cuando el cañón acabó de poner su mira en el retablo, las palomas ya revoloteaban por todo el templo de nuevo.

Bajó el arma, sintió que algo blando le golpeaba la despoblada cabeza. Bufó, se llevó la mano a la coronilla, luego la puso, manchada asquerosamente, frente a los ojos. Las aves seguían revoloteando. Un golpe de ira le sacudió la sesera dejándosela aturdida, descolocada. Al instante se comenzaron a oír disparos indiscriminados. Cargaba el arma con rabia, apuntaba con rabia a los diablos que no paraban de batir el aire, cada vez más alocados, más alterados, y con rabia apretaba el gatillo.

La suerte hizo que un par de perdigones, de los cuarenta o cuarenta y cinco disparados en unos dos minutos, alcanzaran al vuelo a dos palomas dejándolas malheridas, pero con cuerda aún para ponerlo todo perdido de sangre. La primera, tras un vuelo en círculo, escupiendo el rojizo y viscoso líquido por el cuello, se posó en lo alto del retablo, donde se quedó mientras se iba en sangre. Y no lo hizo en vano, pues una considerable zona del valioso mural se tiñó de rojo. La segunda desdichada ave, escupiendo sangre por un costado, se posó en el saliente de una decorativa columna de la fachada; luego, cuando ya casi sus arterias estaban vacías, cuando apenas le quedaba líquido con el cual continuar decorándola, ese demonio le sacó fuerzas de no se sabe de dónde para lanzarse como un kamikaze contra el cristo crucificado del altar. Y allí se quedó, entre la madera y el cogote del cristo, acabándose de desangrar.

Un jadeante don Atilano, ya más tranquilo (de agotamiento), ayudándose del arma, a modo de bastón, la culata en el suelo, el cañón en la mano, se sentó en un banco. Las palomas, intentando huir del infierno de ira y muerte en el que el cura había convertido la casa de Dios, aun visiblemente agotadas, seguían revoloteando, estrellándose una y otra vez contras las dos ventanas laterales y contrala del coro.

Dejando el arma en el banco, puso los codos en las rodillas para inclinarse hacia delante y comenzar a mover los labios, como rezando por lo bajo. Pero en el arrugado y contraído rostro se adivinaba un tipo de rezo muy distinto al que se le suele hacer a Dios, muy distinto al que suele realizar un sacerdote normal y corriente que no se deje llevar por la ira, asidua en el temperamental don Atilano desde bien pequeño ya, cuando comenzó a apuntar maneras la mañana que con tan solo cinco meses, y dos dientes, agujereó la mano de su hermano, de dos años, por no querer darle la galleta que a él aún no se le estaba permitida debido a su corta edad.

Una vez rebajada la ira a niveles normales, ira que lo asfixiaba, mentando a madres putas, padres maricones, familia muerta y toda parafernalia, ya descansado también, haciéndose con la escopeta, se levantó y apuntó a la ventana de la fachada norte, a la de la izquierda, donde se arremolinaban unas cuantas palomas. Los pajos, percatándose de las mortales intenciones del cura, comenzaron a golpear el cristal intentando una imposible huida. Al cura se le encendió una lucecita en su vengativa mente. Apuntó con más concentración; luego, arrugando la frente, bajó el arma. Tenía que matarlas a todas, a todos esos demonios, no iba a abrir ninguna puerta ni a romper ningún cristal por donde pudieran huir esos asustados diablos condenados a muerte. Los mandaría allá de donde salieron: al infierno.

Sentándose de nuevo, volvió a inclinarse hacia delante. Codos apoyados en el respaldo del banco que le precedía, mano izquierda sujetando el cañón del arma, la derecha haciendo lo propio con la culata, el dedo sobre el gatillo, inmóvil, presto a disparar en cuanto las alocadas aves se relajaran y se le pusiera alguna a tiro, allá, en el retablo de detrás del altar, salpicado de chorretones de sangre aviar.

Al minuto de la postura inmóvil, el alboroto de las palomas de las ventanas redujo la intensidad, pero la ancha espalda del de la escopeta comenzó a resentirse. Un leve dolor se le instaló en el lomo. Antes de que la cosa fuera a peor, se echó hacia atrás para apoyarse en el respaldo, algo que alteró de nuevo a las palomas. El alboroto aumentó la intensidad. Apoyó el codo en la prominente barriga, que le abombaba la sotana bajo el pecho, la mano en el cañón, el otro codo apoyado en un costado, un dedo sobre el gatillo. Ladeando el cuello, apuntó de nuevo al retablo para quedarse inmóvil a esperar que se le pusieran a tiro. Al rato las palomas se relajaron, otra vez, pero ahora el cuello del cura le decía que o volvía a adoptar la postura natural inmediatamente o acabaría con tortícolis. Bajó el arma, otra vez alboroto de palomas en las ventanas. Movió en círculo el castigado cuello. Alzó la vista a la ventana de la izquierda, luego a la de la derecha, se volvió hacia la del coro. Las palomas se pusieron más nerviosas aún.

Tenía que arriesgarse, esos bichos no se moverían de las ventanas mientras él siguiera en la iglesia. Apuntó a las de su izquierda, a unas diez u once, arremolinadas, ahora golpeando el cristal con violencia. Ya sería mala suerte no acertarle a ninguna y romper el cristal para que, así, esas condenadas huyeran de una muerte segura, de una muerte merecida.

Se oyó un disparo, al instante un ruido seco. Entre el pánico y la histeria que se vivía en la ventana, un cuerpo alado dejó de agitarse frenéticamente contra la repisa. Al servidor de Dios la venganza le arrancó del alma una sonrisa diabólica. Aún le quedaban palomas, más de veinte, con que alimentar a su vengativa alma. Abriendo el arma, cargó, luego la cerró, para, al instante, apuntar de nuevo. Las condenadas aves no se apartaban de la ventana, ni de la de la tragedia, ni de las otras. Era como si supieran que la suerte de un errado disparo les pudiera abrir la libertad y no les importara jugársela a la ruleta rusa.

Mientras apuntaba a los bultos, histéricamente en movimiento, vio por el rabillo del ojo chorretones rojos sobre la recientemente encalada pared. Centró la vista en ellos. Se le encendieron los ojos de ira, los volvió hacia las alocadas palomas. A dos de ellas, por fin, les llegó la inteligencia, pero no mucha, pues huyeron a la ventana del coro. En la huida arrastraron a la fallecida, que don Atilano siguió con la vista y la respiración contenida hasta la pila del agua bendita, donde cayó, poniéndolo todo perdido de sangre, menos el agua que el cura retiraba tras las misas para que esos demonios no tuvieran de dónde beber y acabaran muriendo de deshidratación, pero como eran demonios que no se alimentaban, no se hidrataban... Soltó el aire, apretó los dientes, el agua habría amortiguado los daños; alzando el arma, disparó al azar, con más rabia que nunca. Y tuvo una suerte relativa. Una paloma huyó de la ventana, revoloteando, como desorientada, como perdida, escupiendo por el costado un líquido rojizo. Fue perdiendo altura, poco a poco, en su mortal huida, hasta qua acabó cayendo en la pila bautismal. Don Atilano, a grandes trancos, allá se dirigió cargando el arma. Poniéndole el cañón en el cuello, el pobre bicho, ya muerto, recibió otro perdigonazo que acabó por vaciarlo. Con odio en los ojos se dirigió a la otra pila, donde reposaba el ensangrentado cuerpo del otro demonio abatido. Cañón en la pequeña cabeza, dedo en el gatillo, rabia en los ojos y en el corazón. Apretando los dientes, disparó. Alzó el arma, ahora hacia la ventana del coro. Las dos palomas a las que les llegó la inteligencia huyeron de nuevo, junto con otra a la que le acababa de llegar.

Se oyó un disparo, un crujido. Se vio una grieta agrandándose a lo ancho de la ventana. Contuvo la respiración de nuevo. La grieta murió en el marco por ambos lados. Cerró los ojos temiéndose lo peor. Al no oír rotura de cristales, un minuto más tarde los abrió. No podía dejarse llevar por las ansias de venganza, esos demonios tenían que morir, no podían salir de allí vivos, no debían.

Si no se escondía difícilmente se relajarían, y si no se relajaban difícilmente abandonarían las ventanas, no podía correr el riesgo de que se rompiera un cristal y huyeran. Debían morir todas. Tenía que esconderse.

Miró en rededor. La sacristía, la puerta de la iglesia, la del coro… ¿Dónde esconderse? Debajo de algún banco, de la mesa del altar, en el púlpito, en el confesionario…; sí, el confesionario era el lugar perfecto.

Entró, tomó asiento y se reclinó hacia atrás. Miró al frente, a la ventana de madera llena de decenas de agujeritos por la cual el confesor se comunicaba con el pecador.

Se inclinó hacia delante; el lugar era perfecto. Introduciendo el cañón del arma por uno de los muchos cuadraditos que decoraban la parte delantera del confesionario, se volvió a reclinar hacia atrás, para, luego, apuntar al retablo de la fachada sur… Era perfecto, el pequeño agujero dejaba espacio para meter el cañón y poder girarlo hacia un lado y hacia otro, hacia arriba y hacia abajo. Ahora a esperar que los diablos se relajan, a esperar que abandonaran las ventanas, y si se aposaban todos en el retablo de enfrente, mejor. Si no lo hacían tampoco importaba, con buscarlos moviendo el cañón en todas las direcciones…

Lo despertaron los arrullos de las palomas. Miró en rededor, como confundido, como perdido; ¡¿qué hacía en el confesionario…?! Abrió la puerta sobresaltado. Los demonios vieron al calvo de la sotana negra, a su demonio. El pánico se adueñó otra vez de ellos, otra vez las ventanas atestadas de asustadizas palomas. Entonces se acordó de por qué estaba allí, de por qué se quedó dormido (aburrimiento; la última vez que miró el reloj había pasado media hora sin que el enemigo a batir abandonara las ventanas). Miró el reloj, había dormido una hora. Paseó la vista de la muñeca al cañón de la escopeta. Blanqueaba en un par de zonas. Lo examinó. Mierda de paloma aun fresca. Apretó los puños, miró a los asustados demonios y, respirando profundamente unas cuantas veces, el desenfrenado impulso de liarse a perdigonazos se esfumó.

—Sí, eso haré: mañana traeré un termo con café, el confesionario es un buen lugar para acabar con estos demonios.

—¡¡EL HOMBRE DEL SACO…!! —gritó la madre, y cuando al instante se oyó «¡¡CORRE HIJO!! ¡¡CORRE!!» las cortas piernas del niño de cinco años ya habían abandonado la cocina dejando el desayuno por terminar sobre la mesa, recorrido los quince metros de recibidor y se disponían a abandonar la vivienda por la puerta principal para refugiarme en casa de los vecinos, como había dicho la madre que hiciera siempre que viniera el indeseable personaje, ese que, actuando a traición, rastreramente, se había presentado esta vez sin avisar

—¡¡NO!! POR AHÍ NO, A TU HABITACIÓN, ESCÓNDETE EN TU HABITACIÓN —le advirtió al estirado niño de tez morena y redondeada, desde la puerta del salón.

Recorriendo el largo pasillo, de unos veinticinco metros, entró en su dormitorio; luego cerró la puerta para, al instante, recoger de encima de la cama el pijama y, abriendo un baúl, meterlo dentro. Hizo lo propio con las mantas, las sábanas y la funda de la almohada. Abriendo el armario, se hizo con los cuatro trapos que constituían su vestuario para, a continuación, depositarlos sobre lo demás. Vio asomar la punta de uno de sus zapatos debajo de la cama, los recogió, y al baúl, junto con los otros indicios de la existencia de un niño en la casa. Al instante, el mayor indicio de todos, el mismo niño, Arturito, fue de cabeza al baúl también. Dejó caer la tapa. A oscuras, palpando, echando el cerrojo por dentro, se encerró seguro de que el hombre del saco ya no podría sospechar de la presencia de un niño en la casa. Pero, luego, al meter la mano entre los pantalones y no encontrar el tirachinas, la seguridad se le derrumbó al recordar que lo había dejado encima de la mesa cuando comenzó a desayunar. ¡¡Un tirachinas...!!, algo que los adultos no usan, y menos un tirachinas como el suyo, que el señor Matías, su vecino, que también era el padre del travieso Pedro, le fabricó a la medida del niño para que se defendiera del malvado hombre, a la medida de las manos de un niño de cinco años. Abriendo el baúl, se dispuso a ir a por él. Puso el oído en la puerta. Oyó pasos acercarse.

De nuevo al arcón de cabeza, y de nuevo cerró el pestillo de dentro. Oyó chirriar la puerta del pasillo, después un golpe anunciando que se cerraba y que podía ir a recuperar el tirachinas; «espero que no lo haya visto el hombre del saco», pensó mientras cerraba el baúl con llave para meterla en el bolsillo. Corrió en busca del arma artesanal. Bajó los dos escalones que dejaban al pasillo en el recibidor, miró hacia atrás, su madre seguía entreteniendo al hombre del saco. O no lo había visto, o lo había visto y lo dejó donde estaba. Cogió el tirachinas y se calentó un poco las manos en el fuego de la chimenea (fuera debía hacer mucho frío, pues se dejaba notar en la casa). «¿Y si salgo ahora a la calle y me escondo en casa de la señora Elvira y el señor Matías? Creo que los pasos que oí junto a los de mamá eran los de él, no me verá salir. ¿Y si no eran y me espera fuera? Mamá dijo que me escondiera en mi habitación», se dijo. Entonces corrió a esconderse de nuevo en el baúl. Se oyó la chirriante puerta del pasillo. Se detuvo de golpe a unos diez metros de ella, rebuscó en los bolsillos, encontró dos piedras; cargó el tirachinas con una de ellas, la otra en la mano derecha preparada a ser cargada en cuanto dispara la primera. Apuntó a la puerta con el arma. Ese malvado hombre se iba a enterar de cómo se las gastaba el niño de la casa, si quería meterlo en el saco tendría que pelear duro. Vio de reojo la puerta de la habitación de sus padres, a su izquierda. Lo pensó mejor. Lo que le sobraba era valor, no puntería, que le hacía falta mucha, y que era lo que necesitaba en aquel delicado momento. Pasó a la habitación. Oyó la puerta del pasillo cerrarse, luego pasos que se detuvieron enseguida, seguro que frente a su habitación. Se escondió en una de las alcobas, debajo de la cama, con el tirachinas preparado por si la cosa se ponía fea. Entonces, llegándole la voz de su madre casi inaudible, como un susurro de un susurro, abandonó el escondite. La vio en la puerta de su habitación mirando dentro. Ahora podía oír que lo llamaba a él. Miró hacia la puerta del pasillo, luego volvió la mirada hacia su habitación.

—Mamá, mamá —la llamó por lo bajo. La mujer, girando la cabeza, lo miró.

—Corre, hijo, corre ahora a esconderte en casa del señor Matías; y no vuelvas hasta que vayamos a buscarte.

Introduciendo el tirachinas entre los pantalones, corrió sin mirar atrás hasta la calle. Observó el prado del otro lado de la vía de tierra y piedras, estaba blanco. Había caído una buena helada. De una pequeña carrera se llegó a la casa de enfrente, una de las diez viviendas habitadas de la pequeña población. Desde el portalillo llamó golpeando la puerta insistentemente, y gritando:

—¡SEÑORA ELVIRA, ÁBRAME, EL HOMBRE DEL SACO!, ¡SEÑORA ELVIRA...!, ¡SEÑORA ELVIRA, ÁBRAME, POR FAVOR! —Y la señora Elvira no le abrió. Abandonó el portalillo, miró al tejado de al lado. La chimenea echaba humo; eso era señal de que el señor Matías ya estaba trabajando, ya había abierto la puerta del infierno. Se aprovechaba, para realizar su trabajo, del calor sobrante de la enorme hoguera donde el demonio quemaba a las personas malas y a los niños desobedientes. Le tenían prohibido acercarme cuando la chimenea humeaba. Ni se le pasó por la cabeza desobedecer. Luego pensó lo horrible que sería, también, que lo metieran en una cazuela con agua hirviendo, que era lo que decían los mayores que hacía el hombre del saco con los niños que lograba coger: los cocía vivos y luego se los vendía a gente enferma que se curaban al untarse el pecho con manteca de niño. (La cosa no había sido para tanto. Aquel pobre hombre enfermo de tuberculosis, el hombre del saco, «el Moruno», asesorado por un curandero, tan solo atrapó a un niño, lo desangró, bebió una buena cantidad de su sangre y, aún vivo, le sacó las mantecas con las que se untó el pecho. Y tan desagradable tratamiento para nada, pues murió envenenado en la cárcel mientras esperaba ser ajusticiado a garrote vil). A Arturito un día se le cayó en un dedo un poco del agua de las patatas hirviendo. Vio las estrellas. Ni se lo pensó. Le sobraba valor, pero para enfrentarme a los de su tamaño. Miró con temor hacia su casa, vio a su madre mirándolo desde la ventana del salón, apuntando con insistencia, con la mano, hacia la calleja que llevaba a la carretera y a la iglesia. Entonces, bordeando la vivienda de sus vecinos, se escondió en el espeso zarzal del corral abandonado que había en la trasera, y lo hizo a lo bruto, sin la delicadeza que aconsejaban las abundantes y amenazadoras espinas, que cumplieron sus amenazas, pero que a él no le importó. El dolor que le infligieron, aun siendo real, fue mucho menor que el que sintió al imaginarse metido en la cazuela de agua hirviendo del hombre del saco.

Se acomodó todo lo que uno se puede llegar a acomodar entre un zarzal, blanco del hielo que había dejado caer la gélida y despejada noche; luego, sacando el tirachinas, lo cargó para apuntar hacia al frente. Al malvado hombre, si es que lograba dar con él, no le quedaba otra alternativa que encararlo. El zarzal donde se encontraba estaba rodeado por las paredes de un chiquero; la única entrada, o salida, era la puerta del reducido espacio por donde entró Arturito, también atestado de zarzas.

En media hora no desvió la vista, ni el tirachinas cargado, de la puerta del chiquero. También, con la esperanza de que alguno de ellos fuera el que hacen las llaves antiguas al abrir puertas, en concreto la de la casa de la señora Elvira, estudió todo sonido que llegó a sus oídos. Y en esas andaba él, un niño de cinco años, con un tirachinas cargado, prestado a ser utilizado, con la cara y las manos acribilladas por las zarzas, cuando oyó a un perro a lo lejos ladrando encabronado. Tensó el tirachinas, los ladridos se iban acercando, lo tensó más, los ladridos estaban ya allí mismo, al otro lado de la pared medio derruida del corral. Intentó tensarlo más. No pudo, y menos mal; de haber tenido más fuerza habría roto las gomas.

Los ladridos desaparecieron de sopetón, dejando al perro rezongando. Relajó el arma; al instante, unos repentinos y encolerizados ladridos le dieron un vuelco al corazón. Estiró de nuevo las gomas del tirachinas; «¿estará el perro persiguiendo al hombre del saco? ¿O será al revés? Los perros asustados también ladran, ladran de miedo, dice mi padre», pensó.

CAPÍTULO 2

Las repeinadas y solteronas señoritas salieron de casa portando moños y abrigos gemelos. Negros y largos los abrigos, solo negros los moños. Sus estirados y esmirriados cuerpos, además de con los abrigos, eran vestidos por negras y largas faldas de lápiz, igual de negras que las blusas que también vestían las feas señoritas aquella gélida mañana de enero de 1964... Porque las repeinadas señoritas eran feas, todo lo feas que uno se puede llegar a imaginar. Aunque no solo por ello las intentó asesinar su madre nada más venir al mundo. Las repeinadas señoritas, que, tras salir de casa, se santiguaron y atravesaron el enlosado jardín para acceder al vasto patio de altos muros, además de feas eran malvadas, cualidades heredadas de su padre, el cual las heredó de su madre, de la malvada y fea abuela; eso sí, ambas maldades, la de la abuela y la de las hermanas Angustias y Matilde, tenían sus diferencias. La más llamativa y principal era que la vieja disfrutaba siendo mala, no como las otras, que sufrían lo suyo. Toda la vida soñando con ser buenas, con ser unas santas, pero no lograban conseguirlo del todo, la maldad siempre acababa venciéndolas. Ni la inmensa riqueza que amasaban, la cual mermaba año a año peligrosamente, las ayudaba a conseguir el anhelado sueño de ser bondadosas, de ser santas.

No fue una casualidad que la hermosa y esbelta madre de las feas señoritas, que ahora, una vez en el patio de altos muros, se volvían a santiguar, rompiera aguas una mañana en el campo. Durante el último mes de su primer embarazo, todas las mañanas, y todas las tardes, salió a pasear por el campo. Y lo hizo con la intención de no ser vista seleccionando lo que fuera a venir: niño o niña, hermosa o hermoso como ella, al cuarto de los vivos; niño o niña, horriblemente feo o fea, como su acaudalado esposo, al cuarto de los muertos, no siendo que la criatura viniera también con el insoportable y agresivo carácter de su marido, porque, por mucha abundancia económica en la que nadara, a ver quién aguantaba a dos demonios en casa. Pero tuvo que llegar la horriblemente fea abuela, su suegra, que también se dice que era un demonio de bruja, y lista, pues conquistó al hombre más rico y hermoso de la comarca, al apuesto Gervasio. Y la abuela llegó cuando la apenada madre iba a meter en el hoyo a la criatura que, a pesar de nacer muerta, lloraba y pataleaba como si estuviera muy viva. Esto habría quedado en un intento involuntario de infanticidio, ya que el verse allí, en mitad del campo, tumbada en el suelo, bramando de dolor, como habría hecho en su situación cualquiera de las vacas que la rodeaban, empujando, como lo habría hecho cualquiera los animales allí presentes; viéndose y sintiéndose como los animales que la atosigaban, como un animal…, se vio con una especie de trauma posparto que se adueñó de su mente haciéndole perder la razón temporalmente. Y todo habría quedado en algo tan comprensible como lo dicho si no fuera porque tuvo que intentar revertir la nefasta situación que se le avecinaba, la de convivir con dos demonios en casa (la pequeña con tres años ya apuntaba las mismas maneras que su padre) intentando traer al mundo a una criatura hermosa, buena e inteligente como ella (que no se casó por dinero, sino por amor) para así tener un aliado, un ángel que le hiciera la vida más llevadera. Pero sucedió que la bruja de la abuela la volvió a sorprender intentando enterrar viva a otra nieta, y, entonces, todo se le desmoronó. Aunque se dice que se la vio entrar en la cárcel llena de felicidad, como si en vez de entrar saliera, y eso que sabía que nunca saldría, pues de la muerte nunca se sale. Al año fue ejecutada a garrote vil.

Las repeinadas, malvadas y feas señoritas, saliendo de casa, se santiguaron para, seguidamente, recorriendo los cinco metros enlosados del alargado jardín, una tras otra, pasar al enorme patio de altas paredes donde reinaba un esbelto olivo, que no lo parecía, olivo, digo, pues ya desde joven lo debieron confundir con un roble. Lo habían ido podando y desmochando como tal. El pobre árbol, confundido, apenas daba unas cuantas e inapreciables aceitunas cada año.

Cerraron la puerta del jardín y echaron una ojeada a su alrededor. Se volvieron a santiguar. A pesar de que eran ya las once de la mañana, la escarcha lo cristalizaba todo, y allí seguiría, creciendo, engordando día a día hasta que cambiara el astro. Las altas paredes del patio apenas dejaban pasar el sol, tan solo un poco en el extremo oeste.

La alta, por serlo más que la otra, no porque lo fuera, se acercó a su hermana mirando a un lado y a otro y le dijo algo al oído. Matilde asintió y, sacudiendo la mano con el brazo extendido hacia una puerta de aluminio que resplandecía al norte del patio, le indicó que fuera, pero que aligerara. La alta, Angustias, se movió a cortos y rápidos pasos, como no queriendo…, como temiendo separar las piernas. No solo caminaba de ese modo sobre el hielo. Llegó a la puerta, miró hacia atrás, hacia su hermana; esta le indicó otra vez con la mano que aligerara. Abriendo la puerta de aluminio pausadamente, como quien no quiere hacer ruido, como quien entra furtivamente en un lugar, pasó dentro. La puerta, despacio, muy despacio, se cerró.

La baja, Matilde, allí, en mitad del gélido patio, se frotó las manos, las ahuecó y se las llevó a los labios. Luego, con intención de calentárselas, las sopló. Repitió la operación tres o cuatro veces hasta que, cruzando los brazos, se las metió bajo las axilas. Castañeteando los dientes y frotándose con las manos los brazos, centró la vista a la izquierda de la puerta de aluminio, por la cual entró su hermana sigilosamente. Con la vista centrada en la esquina del patio, frotándose los brazos, metiendo las manos bajo las axilas, soplándoselas, castañeteando…, allá se dirigió, hacia una puerta de chapa verde, entreabierta, que se dejaba ver al final del extremo norte.

No eran gemelas, ni mellizas, pues la baja, la señorita Matilde, nació cuatro años antes que la señorita Angustias, la más alta, pero como si lo fueran. No se habían gestado en la misma bolsa amniótica, pero sí se habían criado en el seno de una familia ultraconservadora, llena de prejuicios contra todo lo de fuera del radical catolicismo, donde solo el simple hecho de nombrar al pecado era ya pecado. No eran mellizas ni gemelas, pero la señorita Matilde se dirigió hacia la puerta verde de chapa caminando de igual modo que su hermana, y no solo por el hielo.

Dejando a la derecha la pila de lavar ropa, situada bajo una higuera pegada a la pared norte del patio, se detuvo de golpe; luego miró hacia atrás, a la pila. Se acercó escudriñándola como si el trozo de cemento ahuecado tuviera vida propia, como si fuera un extraño objeto y no llevara allí por lo menos quince años. Se fijó en una pastilla de jabón Lagarto, cuadrada, que reposaba sobre el escurridor. A pesar de estar bajo la higuera, al jabón lo cubría una buena cantidad de escarcha. El hielo lo aferraba a la pila como si fuera parte de ella. Despegándolo con esfuerzo sobrehumano, se lo llevó a las ventanas de la nariz, para, luego, aspirar como si quisiera arrancarle al alma de aquel trozo de jabón hasta la última gota de su olor. Con todo el olor del alma del jabón en los pulmones, el jabón en la mano, el frío ya olvidado, de momento, comenzó a mover pensativa los ojos hacia arriba, hacia abajo, a un lado, al otro, en redondo, hasta que la sangre le pidió ansiosamente aire limpio. Expulsó el aire cargado de dióxido de carbono, vacío ya del aroma que escudriñó minuciosamente con las papilas olfativas, y luego, pensativa, mirando al suelo y alzando la vista hacia la pastilla de jabón, se la llevó a las puntiagudas narices para, seguidamente, volver a aspirar. Otra vez ojos moviéndose, pulmones hinchados, cara pensativa. El frío seguía olvidado. Oyó un ruido metálico y miró hacia atrás, a su derecha. Espiró. Dejó la pastilla de jabón en la pila.

—¿Qué? —le preguntó a su hermana.

—Nada, sin rastros de bichos en la casa —le respondió mientras cerraba la puerta de aluminio. Luego se santiguó.

Matilde se dirigió hacia la puerta verde entreabierta, mirando con fijación al suelo, como buscando algo.

—El jabón no huele a nada raro —apuntó al suelo con el índice—, ¿tú crees que estas huellas…?

Angustias se le acercó y miró con detenimiento las huellas congeladas que señalaba su hermana.

—No, no tienen nada que ver.

De nuevo, castañeteando los dientes e intentando calentarse las manos con el cuerpo, Matilde se encaminó hacia la puerta entreabierta. La otra la siguió, también muerta de frío.

Abrió del todo la puerta y se coló dentro. Su hermana la emuló. Se encontró a la otra como atolondrada, eso sí, castañeteando los dientes, mirando a una motocicleta montesa de ciento veinticinco centímetros cúbicos. Se le quedó la misma cara de asombro que a su hermana. Luego, recuperadas de la sorpresa, estudiaron minuciosamente el pequeño garaje improvisado.

—Si tuvieran algún animal en casa tendría que haber algún rastro de él. Manuela no está, he rebuscado hasta en su habitación, y nada. Eso no se puede esconder así como así sin dejar huella…, pero es que yo lo vi aquel día, y no fueron alucinaciones. Atravesó el recibidor corriendo y entró en casa, menudo susto me llevé.

Su hermana dio un respingo y la miró. El castañeteo perdía intensidad.

—¡¡Ay, Angustias, mujer!! Qué pesada eres. Me lo has contado mil veces.

—¡¡Claro!! Como tú no fuiste la que te lo encontraste... No sabes lo mucho que me gustaría que te lo encontraras, a ver la cara que se te quedaba. A ver si luego no lo contabas las veces que yo… Mira que le dijimos cuando lo contratamos que no queríamos nada de eso en casa…

La señorita Matilde pasó la mano por el asiento de la moto, luego se la llevó a los ojos.

—No es que no te crea; te creo, pero tenemos que encontrar una prueba —recogió con el pulgar y el índice, a modo de pinza, un pelo que se le había pegado a la mano al pasarla por el asiento de la Montesa y se lo llevó a los ojos —ante la que no puedan negar que nos han engañado, que han roto nuestra confianza…, el acuerdo firmado en el contrato. Una prueba que demuestre que el animal que viste es suyo, puede que fuera de sus vecinos. —Dejó caer el pelo, se sacudió las manos. —Este pelo es de Manuela.

La señorita Angustias, dándole la espalda, sacó la cabeza medio a escondidas entre la puerta, pegada al marco, para, a continuación, echar una ojeada al gélido patio. Se volvió hacia su hermana, que ya no castañeteaba los dientes.

—Me da lo mismo de quién sea, saben que no consentimos animales de esos en casa. Se lo dejamos bien claro… Además, como bien acabas de decir, está escrito en el contrato. No pueden decir que no se acuerdan.

Matilde se puso en jarras y miró la reluciente moto Montesa.

—No es lo mismo, Angustias, no es lo mismo que el bicho que viste fuera de sus vecinos, no hay que ser tan severas. —En jarras, mirando a la moto, comenzó a mover la cabeza de arriba abajo como si tuviera por cuello un muelle—. Puede que entrara en casa sin que ellos se dieran cuenta. No es lo mismo que sea suyo que de sus vecinos; si no es suyo pueden tener perdón, pero si es suyo…

Angustias, como si la hubiera insultado gravemente, dando un respingo, se la quedó mirando con las arrugas de la frente excesivamente pronunciadas. La otra, meneando la cabeza, y en jarras, seguía mirando la moto.

—¡¡No tienen perdón ni aunque sea de sus vecinos!! Saben que no queremos ver animales de esos en nuestra casa; que la cierren bien, así no se les colará ninguno.

La otra, abandonando la postura contemplativa, cogió el manillar de la moto. Lo movió de un lado a otro, la miró de arriba abajo.

—¿No le estaremos pagando demasiado? Esta moto vale mucho dinero. Si al final van a vivir mejor los sirvientes que nosotras, que con tantas donaciones no tenemos ni una triste bicicleta… Esto de ser santas qué duro es, hermana.

—Lo mismo pienso yo… Pues le bajamos el jornal; mejor, lo despedimos. Lo de la moto es una falta de respeto, un sirviente no puede vivir mejor que el amo… Lo del animal tampoco tiene perdón.

—Espera, mujer, a saber qué es lo que ha sucedido realmente, un descuido lo puede tener cualquiera; ahora, esto de la moto… Desde este mes quinientas pesetas menos de sueldo, a ver si luego le llega para comprar gasolina. Que vaya al trabajo como siempre, andando. Tres kilómetros no es nada para un hombre de campo como él. Nosotras tenemos que viajar en autobús y estos… —Miró el cuentakilómetros—. ¡¡Ciento treinta!! Si hasta podrían llegar a Salalina antes que nosotras en autobús… Esto hay que cortarlo por lo sano. Mil pesetas; si le gusta bien, y si no, ya sabe dónde está la puerta, que como descubramos que el bicho es suyo la van a coger, y sin rechistar. ¡¡Mano dura, hermana!! Mano dura, que tenemos a mil como este esperando a ser contratados.

Angustias, abandonando el garaje improvisado, pasó de nuevo al patio, antiguamente utilizado como corral, luego como corral ajardinado. Se volvió a santiguar. Su hermana la siguió, se hizo también la cruz. Angustias se volvió hacia la otra, que volvía a castañetear los dientes, a frotarse los brazos con las manos, a meterlas bajo las axilas…; que volvía a estar tan muerta de frío como ella.

—¿Mano dura…? ¿Dices tú mano dura? pero si me estás diciendo que espere a descubrir por qué andaba ese animal por casa. Desde aquel día te lo he repetido muchas veces: hay que despedirlo sin más, antes de que nos lo encontremos desprevenidas y nos dé algo. A mí el día que lo vi me dio un vuelco el corazón, casi me quedo en el sitio. Yo no padezco de corazón, podré aguantar más sustos de esos, pero tú… Acabará por darte otro infarto.

La señorita Matilde bajó la cabeza y, pensativa, se dirigió hacia el sur del patio, hacia la salida. De repente levantó la cabeza. La giró hacia la derecha y comenzó a mover nerviosa la nariz.

—¿Qué pasa? —le preguntó Angustias mientras empezaba a caminar hacia ella.

La otra no le contestó y, ahora, caminaba hacia la derecha a pasos pausados, moviendo la cabeza de un lado a otro, olfateando, como perro rastreador, como perro rastreador al que le castañetean los dientes y tiembla de frío. De repente, como perro rastreador que ha localizado a una pieza, clavando la vista en un punto en concreto, se quedó todo lo inmóvil que se puede llegar a quedar una persona que tirita de frío.

Angustias se le acercó, miró hacia donde tenía clavada la vista la otra y allá se fue, decidida a estudiar el sospechoso hallazgo.

Llegó a la pared sur del patio.

—Sea del que sea esto es una vergüenza. Si lo han hecho Celedonio o su mujer no tienen perdón, y si es del animal, tampoco. Eso demuestra que tienen uno en casa —se inclinó Angustias hacia lo encontrado en el suelo, cogió un trocito de rama seca del olivo y lo removió de un lado a otro—, está fresco —se descubrió el reloj de pulsera—; son las once y cuarto, como mucho tiene tres horas. —La señorita Matilde, asomando la cabeza por encima del hombro de la otra, que seguía estudiando, inclinada, la posible prueba, comenzó a estudiarla también, pero no tan de cerca—. Me parece pequeña para que sea de ellos, no creo que sea de alguno de los bichos de sus vecinos… —Angustias se incorporó; su hermana, apartándola a un lado, siguió estudiando aquella vergüenza—. Es igual, esto —apuntó con el brazo extendido a la apestosa cosa que seguía, allí, sobre la hierba del patio, ajena a toda la controversia que acababa de levantar—, ya sea suya o de sus vecinos, es de un animal de esos. No tienen perdón. Un descuido puede perdonarse. No sería difícil que se le colara una vez, no creo que haya sido el primer día que entra en casa… Si yo lo vi ya antes, vete tú a saber cuántas veces lo habrán metido, eso si no es suyo. La última vez… (esto está muy fresco), esta mañana. Hay que despedir a Celedonio.

Matilde le quitó el trozo de rama a su hermana y hurgó en los excrementos hasta dejar esparcido, bien a la vista, todo el contenido. Levantó con el palo unas fibras en rebujadas, embadurnadas de excrementos.

—¿Ves esto? Es pelo. Es de otro animal, de gato.

—Pues también es una vergüenza. En nuestro patio, en nuestra casa... Hay que despedirlo… —De pronto reparó en algo, que anunció abriendo mucho los ojos—. ¿Los gatos no entierran la mierda cuando cagan?

—A este con el apretón no le daría tiempo de encontrar terreno descongelado. No hay que decir que tiene diarrea.

La señorita Angustias se volvió hacia la salida tiritando, meneando la cabeza visiblemente nerviosa.

—Hay que despedirlo, hay que despedirlo…

—Piensa un poco, Angustias; ¿cómo le impides a un gato saltar al patio?

Llegó al portón.

—Que haga guardia con la escopeta, que bien que la lleva todos los días al trabajo por si le sale algún bicho.

Matilde, tirando la ramita sobre los excrementos, se encaminó, temblando de frío, hacia su hermana, que la esperaba con la puerta abierta y la cara llena de felicidad. De esa felicidad que se suele sentir al toparse con el sol en un gélido día.

—Si hace guardia día y noche ahuyentando a los gatos, ¿quién nos va a atender la hacienda? Piensa un poco; además, los gatos no son animales dañinos, comen ratones —le informó Matilde, ya con el mismo tipo de felicidad que su hermana recorriéndole el rostro.

Salieron a la calle, se santiguaron.

—Los cepos son más eficaces y no te cagan el patio..., pero bueno, si solo fuera lo del gato... El asunto aquí es el bicho que estoy segura que tienen en casa. Es una aberración, se lo advertimos... Hay que despedirlo.

Angustias cerró con llave y se volvió hacia su hermana, que ahora miraba al final de la calle. Una inconfundible figura caminaba a su encuentro. Apartó la vista de la silueta que se movía con torpeza y la puso de nuevo sobre la señorita Angustias.

—Hay que esperar, si lo que viste es suyo tarde o temprano saldrá a la luz, no van a estar escondiéndolo toda la vida... —Se volvió a girar hacia la figura que se les acercaba—. Además, con las mil pesetas... —Se calló de golpe, adoptó cara de sorpresa y volvió a mirar a Angustias, que ahora miraba también a la oscura silueta, como ella, con una mueca de incredulidad—. Con las mil pesetas que le quitemos del sueldo todos los meses —continuó diciéndole—

no llegará bien a fin de mes. Puede que se harte y acabe yéndose por su cuenta sin necesidad de despedirlo. —Meneó la cabeza—. Comprarse una moto…, ¿pero qué se ha creído…? —Volvió la vista al de la calle que se les acercaba; calle que era escoltada por un par de paredes bajas, de piedra. La de la izquierda protegía un sembrado de cereal; la de la derecha, un prado de pasto, atestado de peñas y encinas. Cuando el pesado caminante se encontró ya a menos de cincuenta metros, las hermanas ya no dudaron qué era lo que llevaba en la mano derecha. Era lo que les pareció desde un primer momento que era. Lo que no les extrañó fue la bolsa que portaba en la mano izquierda, donde guardaba dos termos, comprobaron ya de cerca las señoritas.

Matilde dio un respingo. Volvió los ojos hacia su hermana, que también tenía cara de asombro por lo que veía.

—¡¡Aaah!! —exclamó Matilde, que espantó el asombro de la cara de la otra—, ni se te ocurra preguntarle a Celedonio ni a Manuela por el bicho que viste. No deben saber que desconfiamos…

—Queridísima hermana, ¿qué te dije cuando te lo conté?

—No me acuerdo. Me falla la memoria.

—Ya, ya veo. Te dije que no le dijeras nada a ninguno de los dos, que nos lo pondrían difícil si es que son ciertas nuestras sospechas. Ni a ellos ni a ningún vecino; les irían con el cuento, el pueblo los aprecia. —Se le acercó a la oreja, bajó el tono de voz—. Y menos a este.

Matilde se volvió hacia el inconfundible hombre de la sotana, que con la escopeta en la mano no era tan inconfundible. Angustias lo miraba de nuevo con los ojos muy abiertos, llenos de una sorpresa que no acababa de abandonarla.

—¡¡Pero padre…!! ¿Dónde va usted con eso? —exclamó Matilde. Angustias, ahora, paseaba la vista de la escopeta de perdigones a la cara del cura.

El sacerdote dejó la bolsa en el suelo, se cambió de mano el arma, de la izquierda a la derecha, la cogió por la culata y apoyó el cañón en el suelo a modo bastón.

—Buenos días, señoritas…, ¿aún no se han enterado…? —Las otras dijeron que no con la cabeza—. Una plaga de palomas, y mucho me temo que vienen de los mismísimos infiernos —acabó por informales el cura ateo, el cual estaba tan metido en el papel de sacerdote que a veces hasta se lo creía. Creía en Dios, pero solo durante la jornada de trabajo; luego, cuando regresaba a casa, volvía ser él.

Las señoritas se miraron, se santiguaron.

—Ya le dijimos…

—No paran de cargar —interrumpió don Atilano a Angustias—, las endiabladas palomas lo cagan todo. Con paraguas que he tenido que decir las últimas misas… No comen nada, ni beben, y no paran de cagar. La iglesia cerrada a cal y canto… Ya les aseguro yo que no comen nada, y no parar de cagar. Quince días cagando como si comieran a templar…

—Haga un exor…

—Son el demonio —siguió diciendo, dejando a Angustias con la palabra en la boca—, estas sí que vienen del demonio. Ayer maté unas cuantas…, me han puesto la iglesia perdida de sangre: la pila bautismal, la del agua bendita…

La expresión de la cara de Matilde fue de pánico; la de su hermana de algo parecido, o peor, si es que hay algo peor que el pánico.

—¡¡SANTO DIOS…!! —exclamaron más o menos a la par.

—Los retablos, la pared recién encalada…, todo, todo perdido de sangre del diablo; ni una murió como Dios manda, cayéndose al suelo en el mismo lugar del disparo, sin revolotear, sin escandalosos dramatismos, muriéndose en el acto…, muriéndose sin ponerlo todo perdido de sangre como me lo han dejado.

—Lo sentimos, padre, pero ahora sí que no volvemos a esa endemoniada iglesia, aún tengo pesadillas con aquel demonio que me picó… —dijo, refiriéndose a una de las avispas que atemorizaron a los feligreses el verano anterior. Habían anidado en un pequeño hueco de la puerta de la pequeña iglesia templaria.

—Ya, ya lo sé, señorita Angustias…

—Tres días sin poder abrir el ojo —siguió diciendo la señorita mientras se señalaba el párpado derecho—, no se imagina cómo lo pasé.

—Ya, me lo cuenta siempre que…

—Debería haber exorcizado la iglesia como le aconsejemos mi hermana y yo…

—Una iglesia no es tan fácil, es…

—Hay que tirarla abajo…, esa sangre, y construir una lejos de allí.

—Eso es más difícil. No hay dinero.

—Nosotras la pagaremos…

—En ese caso…

—Iglesia Santas Hermanas Angustias y Matilde —propuso Angustias.

—Bueno, lo de santas tampoco es tan fácil. —Matilde lo miró de arriba abajo, luego a su hermana, que también parecía seriamente afectada por el comentario, y de nuevo al cura, que movía los ojos de una a otra, y que seguía apoyándose en la escopeta de perdigones, apoyada a modo de bastón en el suelo. El cañón sobre el suelo, la culata hacia arriba.

—¿No nos cree santas, padre? —preguntó Matilde.

El cura se quedó pensativo, mirándolas, meditando la respuesta a la pregunta cargada de veneno, eso sí, involuntariamente. Se cambió la escopeta de mano, ahora apoyaba el pesado cuerpo hacia la izquierda. Hizo un amago de abrir la boca. Las otras, que esperaban la respuesta, impacientes y visiblemente enojadas, agudizaron la expresión de desencanto.

—¡¡No nos cree santas…!! Después de lo que hemos hecho por este pueblo. —El cura miró a un lado y a otro de la calle, al suelo, y casi al cielo—. Las vidas que hemos salvado, después —se les acercó más— de todo…

—Yo no he dicho eso… —Se les acercó tanto que las otras retrocedieron. De nuevo se apoyó en la escopeta, pero ahora era la culata la que estaba abajo, el cañón arriba, sobre el cual se apoyaba el cura.

—¡¡Don Atilano, por favor!! ¿No sabe que guardamos voto de castidad?

—Sí, ya me pueden perdonar, pero es que en estas cosas uno tiene que guardase mucho de ser oído —dijo, gesticulando con ambas manos. La escopeta seguía apoyada en el suelo, pero, ahora, guiada por la gesticulación de la mano que la agarraba, iba hacia atrás, hacia delante, hacia un lado, hacia otro, hacia la cabeza de las señoritas, que seguían el movimiento del arma con cara de preocupación...

—Padre, ¿puede dejar la escopeta quieta de una vez? Nos está poniendo de los nervios —le pidió la señorita Matilde.

—Sí, claro, tiene razón, ya me pueden perdonar. —Acercándose al cercado de piedra que tenía a unos escasos dos metros, la dejó apoyada sobre la pared; luego, cogiendo la bolsa de los termos, que permanecía en el suelo, la dejó junto al arma—. Claro que las creo santas —aseguró en voz baja. Las otras, que después de ver el arma lejos ya estaban más tranquilas, relajaron el rostro por completo—. Una cosa es que no lo dude y otra que lo vaya predicando por ahí, y menos que dé fe de ello a la vista de todo el mundo escribiéndolo en una placa… Con poner: «Iglesia Hermanas Matilde y Angustias» ya bastaría.

—A nosotras no… ¿Pero cuál es el problema, padre? Todo el mundo sabe que somos santas, además, si la iglesia la pagamos nosotras… —acabó diciendo la señorita Angustias.

—El problema es que no creo que a Roma le agrade mucho saber que tiene a dos santas por ahí vivitas y coleando. Porque sabrán ustedes que a uno lo hacen santo después de muerto… Dos santas que no han pasado el proceso de beatificación... Y lo que más creo que les molestaría es que un cura diga misa en la iglesia de esas rebeldes e insubordinadas santas.

—Padre, que somos cuatro gatos —le informó Matilde—. A los de Roma les importaría si la iglesia estuviera en un pueblo más grande, pero aquí… Además, ¿cómo se van a enterar? ¿O es que van por todo el mundo buscando iglesias con nombres de santos no aprobados por ellos…? —Levantó un dedo a modo de advertencia—. Que por que ellos no lo hayan aprobado nosotras no vamos a dejar de ser santas. Bien sabe Dios que lo somos… Lo que no puede ser es que una tenga que morir para que la hagan santa. Será pecado, pero a nosotras nos gusta presumir de los logros; muertas no lo podremos hacer, no podremos presumir de santas. Por todo lo bueno que hemos hecho en este pueblo merecemos una placa con letras grandes y claras que digan lo santas que somos, y la merecemos donde se deben poner esas cosas, en la casa de Dios, que también es la casa de los santos… ¡¡Al diablo con Roma, padre…!! Que usted se debe a Dios, y Dios bien sabe lo santas que somos.

—Dios y yo, señoritas, pero un servidor se debe tanto a Dios como a Roma, que si bien es cierto que el espíritu necesita sostenerse en algo, también es cierto que el cuerpo necesita alimentarse de cosa sólida, y esto último lo hago gracias a Roma…

—Bueno, bueno, padre, que nosotras también le ayudamos lo suyo… —le recordó Angustias.

—No tengo ninguna queja de ustedes, que se portan como nadie, pero con lo suyo apenas podría subsistir… Con esto no les estoy pidiendo más donaciones, no les pido, pero tampoco les diría que no si es que se les antoja… El hecho es que yo me debo a quien me paga; bueno, eso en segundo lugar, en primer lugar me debo a Dios, luego a los otros, a Roma…

—Padre, a estas alturas debería saber que sabemos perfectamente cómo funciona la Iglesia, que sabemos perfectamente que a usted le paga el obispado, y no Roma, y que su diócesis se mantiene del alquiler de las muchas tierras e inmuebles que poseen, de las muchas donaciones como las nuestras y de las muchas pesetas…, millones de pesetas que recibe del Estado de nuestro buen amigo don Francisco Franco —le informó la señorita Matilde.

No le voy a decir que no, pero, aunque me page el obispado, si Roma le ordena que me dejen de pagar, lo harán. Y no es que los de Roma vayan por las iglesias buscando faltas de estas que ustedes me proponen; no les importa porque en toda parroquia siempre hay alguien que odia al cura y que no duda en hacer llegar a sus superiores las faltas que pueda cometer… Les aseguro que al siguiente día de poner la placa en la nueva iglesia ya se sabría en el obispado.

La señorita Angustias, con mirada seria y decidida, dio un paso hacia el cura.

—Dígame quién lo odia aquí, que nosotras lo arreglamos en un santiamén. ¿No será Celedonio…? Hay que ver cómo le gustan los bichos a ese hombre… —Angustias sintió un golpe en el tobillo, como una patadita de una mujer con zapatos de punta estrecha, e interpretando a la perfección el doloroso y sutil mensaje de su hermana, se calló para, seguidamente, llevarse la mano al tobillo.

—¿Que le sucede, señorita Angustias? —preguntó Don Atilano, que no se percató de lo sucedido y que seguía guardando la distancia que las castas hermanas le aconsejaron.

—Me he retorcido el tobillo, no es nada —dijo, y mientras se incorporaba miró a su hermana, que, mostrándole el descontento por el comentario, meneaba la cabeza lentamente de un lado a otro.

—Celedonio es incapaz de odiar, ni él ni su mujer... Ya me gustaría a mí saber quién me las tiene juradas, porque en todos lugares hay uno que se las tiene juradas al cura; uno o más. Lo sé por experiencia, por mala experiencia, que uno es ya perro viejo y ha toreado en muchas plazas. Ya me gustaría señalar al culpable de aquí, o a los culpables, que también puede haber más de uno, pero uno hay seguro. Yo, señoritas, no me fío de nadie del pueblo, solo pondría la mano en el fuego por Celedonio y Manuela. —Las otras se lo quedaron mirando indignadas—. No me miren así, no hay que decir que de unas santas como ustedes un servidor se fía al cien por cien. Que no me fie de mis parroquianos no quiere decir que sean unos indeseables, los aprecio mucho a todos, los quiero; si supiera cuál es la oveja, u ovejas negras, me fiaría de los otros, pero no lo sé, solo sé que hay una, o más. En todas las parroquias en las que he estado había una, o más, y en esta, por muy pequeña que sea, mi experiencia me dice que también hay una, mínimo... —Miró a una señorita, a la otra—. Como comprenderán, no puedo arriesgarme a que llegue a oídos del obispo que digo misa en una iglesia con nombre de santas, digamos, no oficiales, no nombradas por Roma.

—Usted no tiene que temer al obispo, sabrá de sobra que es buen amigo de unas servidoras y que las quejas de su oveja negra no llegarían lejos.

—Eso lo sabrá tan bien como yo la oveja negra, que no irá a su amigo el obispo de Salalina, irá al de Ciudad Rodrigo, aunque no dependamos de dicha diócesis…

—Todo se podría arreglar. Ya sabe usted lo dadas que somos nosotras a las donaciones.

—¿Podrían conmover a Roma con una donación? Porque nuestra oveja negra, como todas las ovejas negras, debe ser una muy negra, y tendrá previsto todo esto, y aunque pierda tiempo, dinero y todo lo de perder, la maldad la hará llegarse a Roma, que no se conmueve con donaciones de estas suyas. Harían falta mil fortunas como las de ustedes para conmover a un triste pelo de Roma. Allí todo es lucha. El Vaticano está siempre en guerra, unos contra otros, estos contra los de más allá, los de más allá contra los de más allá… Todos contra todos. La información de nuestra oveja negra podría ser un arma que pasara de mano en mano, a la espera de ser disparada. A mí no me importaría que cayera el que fuera, aunque fuera su santidad, si no me llevara a mí por delante, claro.

Las hermanas, parpadearon, se miraron.

—¿Nos está diciendo que una insignificante placa podría acabar hasta con el Papa? —preguntó Matilde.

—De igual modo que un insignificante catarro puede conducir a una pulmonía que acabe llevándote a la tumba... ¿Ustedes no comprenden que si todo el mundo se declara santo y va poniendo placas por ahí esto sería un caos de santos? Hay que hacer las cosas como es debido, por el bien de los verdaderos santos, santos como ustedes, bueno, santas, que hasta que no mueran y sean beatificadas no se las podrá recordar en placas o algo parecido. Esta misma semana me personaré ante el obispo y lo arreglaré todo para que les haga llegar a Roma la propuesta de beatificación.

—No se olvide de lo mucho que nos gusta presumir, padre. Ingénieselas para que esos de Roma nos nombren santas en vida —le pidió Angustias.

—Ya me gustaría a mí darles la enhorabuena en persona, pero eso, señoritas, ni su amigo el obispo ni un servidor podremos conseguirlo... ¡¡Ah...!! Y piensen en algún logro que pueda considerarse como milagro, ya saben que el milagro es indispensable para la beatificación, y tendrá que haber sido ante testigos que lo puedan corroborar. Así que si quieren ser santas ante los ojos de Roma ya están pensando en lo del milagro. Con tan buenas acciones que han realizado no les será difícil encontrar alguna que se pueda considerar como tal. Y les repito, y que no se les olvide, que yo no dudo que sean santas, pero si lo que realmente les importa es presumir de ello, hay que hacer las cosas bien —las miró con sutileza—, como los testamentos, que se deben formalizar por escrito, que las palabras las lleva el viento.

Hubo un silencio, el cura mirando a un lado, las otras, con mirada inexpresiva, mirando a don Atilano.

—Pues por eso hay que escribirlo en una placa antes de que nos llegue la hora, para que conste y lo vayamos disfrutando —dijo Angustias. Don Atilano, meneando la cabeza, dio a entender que la cosa no tenía arreglo, la cabezonería—. Si le parece poco milagro que Franco retirara solo por complacernos la sentencia de muerte de los diez vecinos republicanos del pueblo… Si le parece poco ese milagro, no sé qué más milagros quiere. Usted habrá oído hablar de la inamovible voluntad del Caudillo ¿no? —el cura asintió con la cabeza—; pues si eso no fue un milagro… De testigo está todo el pueblo, puede ir preguntando casa por casa.

El cura bajó la cabeza al suelo, luego la subió al cielo y por fin las miró.

—No hace falta, lo sé de sobra. Pues bien, vayan arreglando lo de las obras para que comiencen cuanto antes, con esos diablos dentro no hay quien diga misa, que ya le presentaré todo lo necesario al obispo para que solicite sus beatificaciones. Y descuiden, ya veré qué puedo hacer con lo de la placa.

—Las obras no comenzarán mientras no se ponga en una placa, bien a la vista: «estas obras están subvencionadas por las santas hermanas Angustias y Matilde Pacheco».

El cura se las quedó mirando, ellas ya lo miraban a él seguras de la victoria.

—Como quieran. Y ahora, si me disculpan…, tengo que acabar con esos demonios cuanto antes, quiero volver a decir misa sin sobresaltos —dijo, y, cogiendo la escopeta y la bolsa con los termos, les dio la espalda.

Se lo quedaron mirando mientras se alejaba.

—Padre —lo llamó Angustias, el otro se volvió—, ¿cómo es que confía tanto en Celedonio y su mujer? No recuerdo haberlos visto nunca hablando con usted en los siete años que llevan con nosotros.

—Que no me hayan visto, señorita Angustias, no quiere decir que no hable con ellos… Conozco al párroco del Cubo, su pueblo…

Matilde se mostró pensativa.

—¿Del Cubo?

—Sí, del Cubo de Don Sancho; ¿no sabe de dónde son sus empleados…? ¿Contratan a ciegas, sin referencias?

—No, nos lo recomendó un buen amigo… ¿Qué tendrá que ver el pueblo del que vengan los empleados, Don Atilano, para que sean serios y responsables?

—El pasado, el pasado, señorita Angustias, el pasado hay veces que nos persigue y no para hasta recuperarnos. Ya sabe lo de la cabra, que siempre tira al monte, o lo de la mona, que aunque se vista de seda… Yo en su lugar, además de contratar por recomendaciones, hurgaría en el pasado.

Matilde hizo un amago de hablar, luego se lo quedó mirando pensativa, como su hermana, durante unos segundos hasta que decidió intervenir.

—¿Nos está sugiriendo que hurguemos en el pasado de Celedonio?

El cura dio un respingo.

—¡NO…! ¡POR DIOS…! Yo no he dicho tal cosa —hizo una pausa, comenzó a caminar hacia ellas—, aunque pueden hacerlo para que vean el inmaculado pasado tanto de Celedonio como de Manuela… Solo les aconsejo que cuando vuelvan a contratar a alguien hurguen, hurguen en sus pasados, así podrán evitar algún que otro dolor de cabeza.

—¿Cómo es que conoce usted el pasado de Celedonio y su mujer? Que nosotras sepamos, usted es de Lérida.

El cura, llegándose a ellas, guardando la distancia que anteriormente le aconsejaron, dejó la bolsa de los termos en el suelo y luego se apoyó en la escopeta, de igual modo que las veces anteriores.

—El párroco del Cubo es un buen amigo, me ha hablado mucho de ellos.

Angustias se descubrió el reloj de pulsera y su hermana miró también la hora en él: las once y media.

—Le habla mucho de ellos… ¿y por eso confía ciegamente? ¿Más que en cualquier otro parroquiano que podría conocer como si fuera su propio hijo? Como, por ejemplo, Mauricio, en el que nosotras tenemos puesta toda nuestra confianza.

—Hace tiempo no me quedó otro remedio que confiarle un importante y urgente asunto, que si no era ya de vida o muerte, cerca le andaba. Y no me defraudó, aun poniendo su vida en peligro… Ese hombre es incapaz de hacer algo que me perjudique, ni él ni su mujer.

—No sé por qué, don Atilano, pero no le creo… Poner su vida en peligro, por usted… Celedonio ponerse en peligro… —dijo Angustias, que se lo quedó mirando con una sonrisa en los labios medio acusadora medio burlona.

—Vámonos, Angustias, se nos hará tarde.

—No han dicho, señoritas, que les dieron muy buenas referencias de él. No sé por qué…

—Yo tampoco sé por qué lo defiende, don….

El cura puso cara de sorpresa, cara de no entender nada, Matilde la adoptó de demonio.

—¡¡ANGUSTIAS…!!

—¿De qué lo defiendo, señorita Angustias? No entiendo.

La señorita Matilde, agarrando a su hermana del brazo, tiró de ella.

—Vámonos ya, Angustias… —Angustias oponía resistencia tirando a la vez de su hermana hacia el cura—. De nada, don Atilano, no lo defiende de nada —le aseguró Matilde, que forcejeaba con la otra y que tiró de ella hacia sí, con más fuerza que la primera vez, con la fuerza de una persona enfurecida. Que era lo que ya mostraba también Angustias, tirada en el suelo, todo a lo largo.

El cura miraba perplejo la escena.

—Ya, lo siento, Angustias, pero es que llegaremos tarde… —Se volvió hacia don Atilano—. ¿Y usted qué mira? ¡¡LÁRGESE DE AQUÍ!!

Impulsada por una ira enfermiza, Angustias se lanzó contra su hermana. La golpeó en la espada.

El cura debajo, asustado, con los brazos en cruz, la escopeta en una mano; a un palmo de su cara, la de Matilde, con los pequeños ojos amarronados abiertos todo lo que le daban de sí, mirándolo como si fuera el culpable de la comprometida situación en la que se hallaba. Al lado, Angustias, de pie, con el abrigo lleno de tierra, paralizada, mirando con horror lo que veía, lo que ella había provocado; pero, claro, ¿cómo iba a ser ella la culpable? Si el cura no se hubiera negado a anunciar en una placa lo santas que eran, no estarían como estaban.

Don Atilano, zafándose de ella como quien se quita de encima a un asqueroso bicho, se levantó para, luego, cogiendo la bolsa de los termos y moviendo el pesado cuerpo todo lo rápido que pudo, sin mirar atrás, encaminarse hacia la iglesia a continuar con el exterminio de las diabólicas palomas.

La señorita Angustias, que seguía estática, sin sacudirse la tierra que emborronaba el negro de su abrigo, miraba a don Atilano, que se iba haciendo pequeño mientras se alejaba, a grandes trancos, dejando a su derecha una de las altas paredes del gélido patio, la oeste, y a su izquierda, ruinas de casas de piedra y las peñas del empedrado prado de encinas… Miraba al cura, y lo miraba con una rabia que la hacía temblar como si estuviera entre las cuatro paredes de su frío patio, lo miraba con una rabia que le dejaba al descubierto una respiración similar a la que le arrancaban sus manos todas las noches después de moverse nerviosas bajo las sábanas, similar a la que le dejaba uno de los pecados que las estaban arruinando… Una rabia que la tenía inmovilizada.

La señorita Matilde, sentada en el suelo, lo observaba alejarse de un modo muy distinto al de su hermana, y eso que fue ella la que se cayó encima del sinvergüenza y seboso cura que, a pesar de conocer su juramento de castidad, de santa castidad, no se apartó cuando vio que se le venía encima, y todo para sentir sobre sus carnes el bello, puro y casto cuerpo de una santa mujer...; de una santa, a pesar de esto que pensaba Matilde, lo miraba con serenidad, sin señal aparente de ira en el rosto, o de algo parecido. Lo miraba con serenidad, pero también fijamente, sin pestañear, y pensativa, fríamente pensativa.

Don Atilano, virando a la izquierda, justo antes de tomar la curva de la calle, se apartó de la vista de las hermanas, que se quedaron mirando allá, donde lo dejaron de ver.

Los ojos de Matilde apartaron toda esa fría y pensativa serenidad para arremeter violentamente contra su hermana. Luego, incorporándose energéticamente, se sacudió el abrigo. La otra se limpiaba el suyo.

—Lo acabas de estropear todo —le reprochó.

Angustias agachó la cabeza.

—Lo siento, no me pude contener.

—Mira que te lo dije. Ahora le irá con el cuento a Celedonio y se cuidarán de no dejar al bicho a la vista mientras andemos por aquí nosotras, si es que hay bicho, claro... ¿Qué tienes tú que andar diciéndole de que por qué lo defiende?

Angustias seguía con la cabeza baja.

—Tienes razón, hermana, tienes razón…, pero es que me ha puesto de los nervios. ¿Qué le costará poner en la placa «santas»? Tú no sé, pero yo no me creo eso de que no pueda decir misa en una iglesia con nombre de santas no aprobadas por Roma.

Matilde comenzó a caminar en dirección opuesta a la que tomó el cura. Su hermana la siguió.

—Pues yo creo que tiene razón, que le darían un toque de atención si la oveja negra esa que dice hace llegar la noticia a Roma. Si pudiera hacerlo, ¿por qué no lo iba a hacer? Tiene una buena relación con nosotras; bueno, tenía. Solo por capricho no pondría en peligro todas las donaciones que le hacemos a su diócesis, que bien en peligro están ya. ¿Cuánto habrá arañado para su bolsillo? Pero bueno, allá se las vea con Dios, que nosotras estamos redimiendo, y bien redimiendo, nuestros pecados.

Acabaremos por arruinarnos —se sacudió de nuevo el abrigo—, porque…

—¿Pues sabes qué?

—No.

—Que a mí me da lo mismo. Que se quede en su iglesia con sus endemoniados bichos, que nosotras nos hacemos la nuestra con una chapa bien grande donde se pueda leer lo de «santas». Lo dejaremos sin feligreses, no creo que estén muy a gusto rodeados de pájaros y porquería.

Llegaron a la altura del ayuntamiento (una solitaria edificación de no más de treinta metros cuadrados) y lo dejaron a la izquierda.

—Te olvidas de la misa, alguien tendrá que decir misa.

—Compramos a un cura —sentenció Angustias.

—Por muy amigas que seamos del Caudillo, y del obispo, el obispo no lo pasará por alto... No lo dejarán en Roma. Ningún sacerdote querrá decir misa en nuestra iglesia, por mucho que le paguemos. La diócesis lo expulsará. Ningún feligrés querrá oír misa en una iglesia no bendecida, en una iglesia ilegal… Hay que mirar el modo de que el obispo lo expulse del sacerdocio, ese degenerado se ha aprovechado de mí —dijo, gesticulando con brazos y manos y poniendo cara de asco. —Me ha tocado todo. Vio perfectamente que me caía encima y ahí se quedó, esperándome. Solo le faltó abrir los brazos y abrazarme. Lo fácil que hubiera sido apartarse. Hay que encontrar el modo de expulsarlo… Hay que acabar con él, no voy a poder mirarlo a la cara nunca más, me da asco —arrugó la frente—, me ha tocado toda entera… Me ha deshonrado. Estoy segura de que esta noche tendré pesadillas con ese cerdo.

—Quizá estés exagerando, Matilde…

—¿En lo de expulsarlo?

—No, en que te tocó todo. Yo lo vi con los brazos en cruz, como con miedo de tocarte, solo utilizó las manos para quitarte de encima.

Matilde se detuvo a la altura de una cuadra con la puerta de chapa, pintada de verde, las paredes encaladas. Miró escandalizada a su hermana, siguió caminando.

—No me puedo creer que lo estés defendiendo… Tenía que haberse caído encima de ti, ya me contarías luego.

—No lo defiendo, estoy de acuerdo con que hay que hacer lo imposible por expulsarlo del sacerdocio. A nosotras nadie nos niega nada, en este pueblo nos lo merecemos todo, lo que no puede hacer es negarnos lo que le pedimos solo porque ponga en peligro su trabajo. Hay que buscar el modo de que lo expulsen, nada de castigarlo haciéndole creer que lo mandan a África o a Sudamérica de misionero, como las otras dos veces. Hoy aún se cree que lo perdonamos por compasión, que lo perdonamos por lo santas que somos…

—Lo tenemos fácil, basta con decirle al obispo que ya solo nos vale la expulsión, que se las arregle como sea, pero que o lo echa a la calle o las donaciones se las daremos a la diócesis de Ciudad Rodrigo; ya verás, hermana, como lo vemos fuera en poco tiempo. Lo tenemos facilísimo.

Tienes razón, Angustias, esto es la gota que ha colmado el vaso. ¿Qué le costará poner en la placa lo de «santas»? Y no solo eso…, las noches que voy a pasar por su culpa…

Llegaron a la carretera, la cruzaron.

—Hermana, en lo de la placa de la iglesia tienes razón, con eso sobra; tienes razón, esto ya no lo podemos aguantar, pero lo otro, no sé… Seguro que si me hubiera caído yo encima sentiría lo mismo que tú, sentiría como si me hubiera manoseado todo, solo de pensarlo… —meneó la cabeza—. No, no quiero ni pensarlo…, pero, Matilde, no te tocó, no te manoseó…; que te veo venir, por eso no has roto la castidad, por caerte encima de un hombre no pasa nada, no me vengas ahora…

—No pasa nada, ya lo sé, pero ¿y la tentación? Tenerlo ahí tan cerca, debajo de una… Lo he pasado fatal, hermana, lo estoy pasando fatal. —Llegaron a una vivienda baja y achaparrada, precedida por un jardín de paredes de piedra sobre las cuales había amarrada una malla metálica. Se detuvieron junto a la puerta.—Todo iba bien hasta que caí sobre ese degenerado. Esta noche lo voy a pasar fatal, esta noche y… me esperan unos días muy duros hasta que pierda el recuerdo del incidente.

Abrieron la puerta del jardín, pasaron dentro.

—Sé fuerte, hermana… Tú eres fuerte, esto con mucha oración lo superarás... Tenemos que ser fuertes o tantos pecados acabarán por arruinarnos.

—Lo importante es la salvación, Angustias, el dinero es lo de menos.

—Pues tú me dirás, somos propensas al pecado; ¿cómo los vamos a redimir sin dinero? Sin dinero no nos salvaremos.

Llamaron al timbre de la casa del teléfono público. Miraron al cielo. Allá, en poniente, una masa de nubes delgadas anunciaba un cambio de tiempo que le iba a venir muy bien al gélido patio de altas paredes que las hermanas terratenientes del Cuarto Arriba disfrutaban solo cuando el calor azotaba la villa, el resto del año lo sufrían.

Ya que la historia que aquí se cuenta gira, y girará, entorno a las hermanas terratenientes, antes de seguir, hablemos ahora de sus orígenes, tanto de los biológicos como de los de su fortuna, y de los de su demencia… De cómo llegaron a amasar la fortuna que amasaban y de cómo enfermaron de la sesera.

Su abuelo, el abuelo Gervasio, era, llamémoslo, un visionario, y además catalán, eso sí, de simiente aragonesa y castellana, porque por entonces, 1845, año de su nacimiento, según se dice, La Rioja era Castilla… El abuelo Gervasio, además de catalán y dardés de veraneo, era un visionario. Lo veía venir todo de lejos, digamos que cuando los demás iban él ya venía. En este caso vio venir algo que comenzaron a llamar la Revolución Industrial cuando él ya había hecho el agosto, y lo hizo vendiendo los cuatro terrenos de labranza que heredó tras la muerte de su padre para montar una pequeña fábrica textil, con mano de obra familiar (mujer, hijo, hermanos, primos y algún que otro amigo necesitado), que al final siempre acaba saliendo más barata, y la montó cuando en España no había nada de eso. Y la vendió, la fábrica; esa, más otras dos que resultaron de las excelentes ganancias de la primera, en la época en que España estaba llena de proyectos textiles que iban a inundar el mercado, tanto que o todo el mundo colaboraba y salía todos los días de compras o los precios caerían llevando a la ruina no solo a los empresarios, a los que de tanto amasar fortuna algo les quedaría; al proletariado no le iba a quedar nada.

Entonces, después de vender a precio de oro lo que daría oro, según los compradores, y el vendedor, claro, llenó los bolsillos y aún le sobró para comprar unos terrenillos de nada, terrenillos que sumaban unas tres mil hectáreas. Terrenillos de la Iglesia que la desamortización de Mendizábal no había logrado vender se los sacó al gobierno por un irrisorio precio. El visionario del abuelo Gervasio podía haber comprado antes, cuando las subastas ponían los precios por las nubes, pero es que cuando los demás iban el ya venía... Y todo ese tesoro amasado por el abuelo, muerto de un infarto con tan solo cincuenta y cuatro años, para que sus nietas, las señoritas, a las que alguien les había hecho un excelente lavado de cerebro, le devolvieran las tierras a la Iglesia, porque todo apuntaba a que así terminaría la cosa, y no solo las tierras. La fortuna heredada iba desangrándose poco a poco, dejándose la piel en cada pecado que había que redimir, que no eran pocos, pues todo era pecado. Todo lo que le hacía daño al cuerpo, y a la mente, era pecado, y a ellas les hacía daño todo. Veían a una pareja de perros copulando, o de gatos, y hasta de moscas, que en verano había muchas, y a muchas veían cumpliendo con el divino, obligatorio y gratificante deber de la reproducción de las especies, y no cesaban de enfermar de excitación cuando observaban semejante aberración allí en mitad de la calle, a la vista de todo el mundo, cuando no era sobre ellas mismas, algo común en las moscas, ir volando de un lado a otro exponiendo a la vista de todo el mundo el acto reproductor. A Dios se le debió de pasar por alto la lujuriosa y desvergonzada consecuencia que traería el no darles entendimiento a los animales; un poco de entendimiento sí que les tendría que haber dado para que sintieran por lo menos vergüenza y tuvieran la decencia de esconderse cuando les viniera la gana de la procreación, porque no solo el pecado de la lujuria les afloraba a las señoritas al ver a los irracionales afanados en el acto reproductivo; la envidia también las mataba a las solteronas, que, a pesar de su caudalosa fortuna, y por mucho que lo intentaron por todos los medios habidos y por haber, no lograron encontrar a un hombre que las sacara de la soledad que tanto las asfixiaba. La envidia era de un grado tan alto que cuando alguien enviudaba, o se quedaba sin pareja por otro motivo, se sentían fatal, sucias, pero no podían evitar llenarse de satisfacción al saber que no solo ellas estaban solas… Era tal el grado de envidia que siempre andaban fisgado, metiendo cizaña a unos y a otros para que rompieran la relación, eso si aún no se había llegado al matrimonio; si se había llegado (por entonces el divorcio era ilegal) hasta ofrecían medios económicos y personales para cometer el crimen.

Como bien pudo observar don Atilano de cerca en los ojos de Matilde en el momento que se le caía encima, y luego en los de Angustias al levantar la vista, con la ira también tenían sus más y sus menos las santas señoritas. Ese día tendrían que meter cada una en la hucha de las donaciones mil pesetas, que por entonces era un pico; eso en cuanto a lo de la ira, lo de la moto de Celedonio les saldría por quinientas pesetas a cada una, pues no fue mucha la envidia que sintieron al imaginarse a Matilde montada en la motocicleta abrazando a su marido por detrás. Lo peor era cuando los veían paseando uno junto al otro, casi cogidos de la mano. Había que bajarle el sueldo a Celedonio cuanto antes, que no le llegara para comprar gasolina, no fuera que algún día vieran a Matilde montada en la moto abrazando a su marido por detrás, y entonces ya no serían imaginaciones, que hacen menos daño que la realidad, porque además de una envidia de primer grado sentirían una ira de dos mil pesetas, de las de primer grado también. Era preferible una venganza de quinientas pesetas, una venganza de tercer grado (ya que porque no pudiera coger la moto no se iba a morir de hambre), que el dineral por el que les iba a salir toda esa supuesta envidia y esa supuesta ira.

De gula no pecaban, pues sus estómagos siempre estuvieron expuestos al severo racionamiento de unas mentes enfermizamente ahorrativas, que también era pecado el racionamiento, pues, al comer poco y mal, les dañaba el cuerpo y salud como se la dañó el estar expuestas continuamente a cogerse una anemia de caballo, y mucho se la perjudicó las tres veces que se la cogieron, sobre todo a Matilde, que se mareó cuando bajó las escaleras de casa y se rompió una pierna, dos dedos de la mano derecha, tres del pie izquierdo, la misma mano derecha, cuatro costillas del costado izquierdo, dos del derecho, la nariz, dos dientes y la cabeza a la altura de la oreja derecha. Eso era lo que decía el informe médico del hospital, informe que siempre llevaba encima, en un bolso muy grande y muy negro, para presumir de inmortalidad cuando se terciaba, que fueron muchas la veces, pues cuando no le dolía la pierna le dolía la mano, y cuando no la nariz, o si no los dedos de la mano, o luego los de los pies… Eso si no le dolía todo el cuerpo, como cuando cambiaba el tiempo, como parecía que iba a suceder, pues no solo las nubes en poniente lo anunciaban.

Este comportamiento pecaminoso, infantil y demente, como todos los comportamientos adquiridos, tiene su historia, su origen, que comenzó cuando la pequeña de las hermanas, la señorita Angustias, tenía esa edad en la que las cosas ya no se olvidan tan fácilmente como suele suceder antes de llegar a ella. A no ser que haya un retraso mental considerable, a los diez años, como contaba por entonces la señorita Angustias, ya no se suelen olvidar las cosas importantes, y menos las traumáticas.

Aquella mañana de agosto, cuatro años después de la muerte del abuelo, la abuela invitó a sus nietas a sentarse a la mesa de debajo del olivo, al cual ya habían comenzado a podar como a un roble, y allí, bajo el confuso olivo, la madre de las señoritas dejó de ser la mamá que murió en el parto de Angustias para ser la asesina ejecutada a garrote vil por intentar matar a sus hijas recién nacidas. Y pasó a serlo así, de golpe y porrazo, a lo bruto, sin la pizca del tiento ni de la preparación que requería el delicado asunto. Les dio la noticia a lo bruto, como sus padres adoptivos le dijeron a ella que no eran sus padres y que sus progenitores fueron ejecutados por intentar matarla al creerla fruto del demonio, pues un bicho tan feo y tan llorón, que apenas los dejaba dormir, no podía venir más que de los infiernos. Les dijo la verdad como si el delicado tema fuera un simple comentario de esos que se hacen del tiempo: «¿sabéis que ha dicho el sirviente que esta tarde habrá tormenta?». «¿Sabéis que vuestra madre no murió de parto, que la ejecutaron a garrote vil por intentar asesinaros cuando nacisteis, porque erais muy feas?». Pero el tema para la abuela, aunque lo transmitiera como si no lo fuera, era importante, pues tenía sobre la mesa, debajo de la palma de la mano derecha, los documentos que acreditaban lo que les estaba revelando (una copia del certificado de la ejecución y un recorte del periódico donde venía la noticia) para que a las niñas, ya no tan niña la mayor, Matilde, pues tenía casi los quince, no les quedara ninguna duda de la veracidad de la traumática noticia y así pudieran odiar a su amada madre el resto de sus vidas. Y ahí comenzó todo. Las niñas ni con las pruebas por delante creyeron a la abuela, y se esforzaron tanto en no creerla que dejaron de verla como a una madre para verla como a un demonio. No se sabe si el germen les venía ya de nacimiento o lo cogieron por el camino, el caso es que el comportamiento egoísta y malvado de la bruja de la abuela les afloró la ira, la venganza y la envidia, sobre todo hacia el resto de los niños que tenían, además de padre, una madre normal y corriente, aunque estuviera muerta; les afloró el egoísmo, la avaricia y la maldad... Les afloraron todos los pecados habidos y por haber.

Entonces, el ingobernable carácter de la abuela, que había llegado a las nietas montado en los genes de su padre, del de ellas, y que arribó tal cual salió, incorrupto, inamovible e inimaginablemente batallador, explotó, haciendo de la convivencia un campo de perpetua batalla que acabó con las niñas internadas en el convento de las Hermanas Teodosias, donde la abuela pretendía domarlas; como si no supiera ella que a su indomable carácter no lo domaría más que la muerte, algo que le llegó cuatro años más tarde, con setenta y dos, después de no haberle hecho caso a un catarro de nada que desembocó en una pulmonía de tan mucho cuidado que fue mortal. Pero para entonces, cuando las hermanas abandonaron el convento, ya era tarde; la madre superiora había hecho un excelente trabajo con ellas, no tanto para las hermanas Teodosias como para cierta diócesis y alguno de sus miembros.

Antes de ingresar en el convento ya creían en el cielo y en el infierno, en Dios y en el demonio; pero todo el tiempo que permanecieron internadas con Dios y el demonio, con el cielo y el infierno mentados a todas las horas y en todos los lados, les aumentó la creencia de que iban a ir de cabeza al infierno por los innumerables pecados, que si no paraban de cometer era porque les resultaba imposible contener. Y les aumentó hasta un punto extremadamente enfermizo, y no podía ser para menos, pues cualquiera enfermaría al saber que se va a tirar toda la eternidad pasándolo fatal en un interminable y continuo abrasamiento

¿Qué culpa tendrían ellas? No se podían contener, además, ¿no era ya suficiente el castigo que las corroía por dentro, el castigo de saberse del maligno? ¿Qué culpa tenían ellas, que no les pidieron a sus padres que las trajeran a este mundo, que las parieran? La culpa la tenía su madre, que a pesar de saber que podía parir a un demonio como su esposo, o a una malvada e indeseable bruja como ella, además de asesina, a pesar de saber que podía ser aún peor si lo que viniera fuera una mezcla de tan maliciosas personalidades, como se estaba viendo que había sucedido, a pesar de todo eso, las trajo al mundo. ¿Qué culpa tendrían ellas? ¿Qué culpa tendrían ellas de ser malvadas? Eran malas, les era imposible ser buenas, como a los buenos les es imposible ser malos; la injusticia divina, la suerte de caer en un cajón o en otro, de untarse con miel o con hiel… Tampoco eran sus padres culpables de engendrarlas malvadas, porque si ellos lo eran podría deberse a la causa genética, contra la que es imposible luchar. Y si sus padres no tenían la culpa, ¿por qué iban a pagar las consecuencias reprimiéndose, negándose a tener esa descendencia que casi todo ser anhela…? «Es fácil decir qué bueno soy cuando uno lo es, eso no tiene mérito, el mérito es ser bueno llevando el demonio dentro». Llegada a esta conclusión, Matilde se lo metió en la cabeza a su hermana, y decidieron, asesoradas por la madre superiora, que dejarían de intentar taponar la grieta por la que no paraba de fluir la maldad, pues las cosas estancadas suelen ser bombas de relojería que tienden a explotar si no se desaguan, y que sacrificarían aquello que más querían, el dinero, su enorme fortuna, la cual heredaron tras la trágica muerte de su padre. El pobre hombre se quitó la vida con apenas cuarenta y cinco años, una semana después de la muerte de la abuela, ahorcándose en una encina que había tras la iglesia de Darda, acallando, así, los rumores que corrían de que no se llevaba bien con su recientemente fallecida madre y que estaba deseando verla muerta.

Aunque, claro, luego, las malas lenguas, las de los rumores, alegaron que se quitó la vida al no soportar ser el asesino de su madre, pues no murió de pulmonía, sino estrangulada por las manos de su propio hijo; esto según las malas lenguas, que también eran miedosas, pues propagaban los rumores desde el anonimato.

Volviendo a lo de la enorme fortuna heredada por las hermanas tras la muerte de su padre, dicha riqueza la entregarían toda, que era un sacrificio, una penitencia mucho más vistosa y funcional que las oraciones que suelen caen en saco roto…, que se las lleva el viento. No hay que decir que todos esos millones serían gestionados por la Iglesia, que tenía que atender a muchos necesitados ¿A quién, si no, entregársela? Los pecados de las hermanas no ofendían al demonio, sino a Dios, que tenía como interlocutor aquí abajo, en la tierra, a la

Iglesia, dentro de la cual se encontraba la congregación de las Hermanas Teodosias, que al acoger en su seno a las acaudaladas lo lógico era que fueran ellas…, ella, la madre superiora, la encargada de administrar la cuantiosa riqueza, dentro de la cual no solo entraba el enorme capital. Seis fincas, que sumaban alrededor de tres mil hectáreas, más cuantiosos terrenos de menor entidad como huertos, prados, etcétera. Infinidad de corrales, cuadras, casas… entraban también dentro de la sustanciosa fortuna.

Pero las dos hermanas no iban a sacrificar toda la riqueza de golpe y porrazo. Eso era muy aburrido. Partiendo de la base de los siete pecados capitales (la lujuria, la gula, la avaricia, la pereza, la ira, la envidia y la soberbia), según la intensidad con la que se les presentaran y el daño que pudieran producirles a sus cuerpos y mentes, le dieron a cada pecado de uno a tres grados. La lujuria de primer grado, el más grave y por lo tanto de mayor sanción que la de segundo y tercer grado, y así con todos los demás. Este modo de redimir los pecados era mucho más divertido que hacerlo de golpe, y además las libraría de una clausura de por vida, como deseaba la madre superiora que así fuera, como hubiera sucedido de haber entregado toda la fortuna de una sola vez, ¿pues de qué iban a vivir, entonces, fuera del convento? «Creo, hermana Francisca, que es mejor como yo digo. Cuatro años aguantando a unas pecadoras, más bien, más mal, unas santas como ustedes lo han podido superar, pero imagínese toda la vida… Aunque tenga tan solo dieciocho años, sé de sobra que la maldad se contagia más fácilmente que la bondad, muy fácilmente; es más, yo diría que la bondad no es contagiosa, ya que si lo fuera mi hermana y yo nos habríamos contagiado, aunque fuera un poquito, de la mucha que hay aquí, aunque no sé, yo creo que soy más malvada que cuando llegué, pero claro, me lo habrá pegado mi hermana, ¿quién si no? Aquí son todas unas santas, por eso le digo que lo mejor es ir pagando según vayamos pecando, que yo no quiero ser la culpable de que esto se convierta en un criadero de pecadoras», y la madre superiora, captando la ironía de la joven, dejó de insistir, no fuera a ser que al final no les dieran ni lo que les prometió la abuela que les daría si las domaba, algo que no habían cumplido…, que no habían podido cumplir, pero que a la señorita Matilde no le importó, pues les entregó la suma acordada (tres millones de pesetas) para que el acuerdo de redimir los pecados y poder así salvar sus almas de las llamas del infierno adquiriera carácter retroactivo, de manera que Dios viera que el trato era serio, no fuera a ser que la muerte las pillara antes de haber pagado las primeras tasas pecaminosas y fueran de cabeza al horno del infierno, encendido noche y día, año tras año, así durante toda la eternidad.

De haber salido todo según lo planeado, con la cuantiosa riqueza de las dos hermanas, heredada después de la trágica muerte de su padre, la madre superiora de las Teodosias habría dejado a la congregación servida durante años y años, habría podido pagar un encargo (de vital importancia para que ello sucediera) y podría haber emprendido el retiro soñado en un cálido país de las Américas, y hasta puede que la congregación hubiera terminado por llamarse las Franciscas, en honor a la hermana que le aseguró una sana y longeva existencia; pero a la madre superiora, la hermana Francisca, se le torció todo. Intentando eludir el cuantioso pago del encargo, y ya de paso hacer efectivo el soñado retiro en el cálido país americano, huyó montada en un burro hacia Sevilla, donde embarcaría para las Américas. Pero llegó cerca, dos bandidos la asaltaron a penas emprendido el camino. Le quitaron el dinero (tres millones de pesetas), la virginidad y la vida. Tenía cincuenta años. Encontraron su cuerpo desnudo y ensangrentado tras unos matorrales. Junto a ella, el burro pastando. Solo la hermana Francisca supo que los hombres que le dieron muerte no eran exactamente unos bandidos. Lo que nunca llegó a saber la difunta madre superiora fue que Andrés, el yerno de Felipe, no solo cobró los tres millones acordados por el asesinato del padre de las hermanas Matilde y Angustias. «Señorita Matilde, no sé si habrá llegado a sus oídos que a su padre la hija de Antonio el carbonero, de tanto fornicárselo, le tiene comida la sesera». «No, no sabía nada, Andrés, pero de esa puta no me extraña». «Pues eso no es lo peor de todo. Ahora que su abuela ha muerto y él ha heredado toda la fortuna, sé de muy buena fuente que la Juana y su padre se van a casar en breve. Estoy seguro de que su padre va a acabar mal..., vamos, que no va a durar un verano después de casado. ¿Sabrá qué significa eso?». «Sí, que esa puta va a ser inmensamente rica, y nosotras unas pordioseras». «Exacto. Matar a la puta lo puede arreglar todo, pero también puede no arreglar nada...; putas hay muchas, y en todos los lados...». «Mata a nuestro padre antes de que se case..., se lo tiene bien merecido por no impedir que su madre, nuestra abuela, nos metiera en el convento... Te recompensaremos». «Cuatro millones de pesetas, uno por adelantado...». «¿De dónde sacamos nosotras ese millón hasta que heredemos...? Tendrás que fiarte de nuestra palabra...». «Más os vale pagar, porque tu padre se va a suicidar; nadie lo va a matar, nadie va a entrar en la cárcel..., ¿me entiendes?». «Perfectamente». Así fue como Andrés cobró siete millones de pesetas, así fue como cobró dos veces por acabar con el padre de las señoritas. Siete millones, que en aquellos tiempos (1920) era un dineral, y como sería muy sospechoso que un albañil, de la noche a la mañana, comenzara a vivir como un rico, se fue lejos, muy lejos, donde nadie lo conocía, dejando a su suegro Felipe en el pueblo solo y sin un duro, y advertido y bien advertido: «Tu hija y yo nos vamos a las Américas a vivir la vida que nos merecemos; tú quédate aquí a vivir la miseria que os merecéis los vagos como tú... ¡¡Ah...!!, y ten cuidado con lo que vas hablando por ahí, Felipe, no seas rencoroso, que ya me he cuidado de que alguien te tape la poca para siempre si no eres bueno».

A las señoritas, en la casa del teléfono público, les abrió un niño de unos nueve años, que no era otro que el travieso Juan, el que le quemó los genitales a un perro, al Negro, el cual les debería haber hecho alguna travesura, pues lo miraron como se mira a un asqueroso bicho que se desea pisotear. Este bicho en concreto estaba allí, en mitad de la puerta, ya fuera de una forma voluntaria o involuntaria, impidiéndoles el paso. Juan las miró desganado, como decepcionado.

CAPÍTULO 3

Arturito, muerto de frío, y de miedo, entre las zarzas del chiquero del corral abandonado, oyó a un perro ladrar persiguiendo algo, o perseguido por algo, algo que bien podía ser el indeseable hombre del saco. Entonces, por si se trataba de ese monstruo, tensando las gomas del tirachinas, se preparó a presentar batalla.

Algo pequeño apareció por la puerta del corral corriendo como si lo persiguiera el diablo; instintivamente, Arturito lo intentó seguir con el tirachinas. Se le metió entre las piernas. El pequeño de cinco años levantó la vista. Algo mucho más grande, enorme, asomó corriendo tras el atemorizado gato, algo con un saco al hombro y moviéndose a cuatro patas como un animal salvaje. Levantando el arma, disparó sin apuntar. El hombre del saco se revolcó en el suelo gañendo de dolor como si fuera un perro, y como si fuera un perro huyó frotándose la cabeza con las patas delanteras. Fue al entrar por la puerta del corral un hombre bajito, con botas de goma, visiblemente alterado, cargando con un saco, cuando, el niño de cinco años se percató que al que le había pegado la pedrada no era el hombre del saco, sino al perro como el que se comportó el animal que era, que el miedo se lo convirtió en el indeseable monstruo. Metiendo la mano en el bolsillo, cogió una piedra, piedra que se le cayó al suelo. Al instante, se agachó a recogerla, pero no la encontró.

Siguió buscándola; esta vez a sus espaldas, el gato, el bicho que se le metió entre las piernas, bufó, le enseñó los dientes. El niño se echó hacia atrás. Cayó y el animal saltó por encima de él. Se levantó; el hombre del saco estaba ya casi encima.

—¡¡Arturito, hijo!! ¿Qué haces ahí…? —Miró a la mujer que le hablaba. Arrancó a llorar.

La señora Elvira, la mujer de Matías, el herrero, dejando caer el saco (lleno con la hierba recogida para las gallinas) en la cuneta, lo abrazó. El niño arrancó a llorar y luego sintió algo lamiéndome la mano. Sin dejar de llorar ni de ser abrazado por la mujer que lo consolaba, acarició al pobre Litri en la cabeza, el cual presentaba una herida reciente. La mujer le había atado bien el saco al lomo; los revolcones de dolor que le obligó a dar la pedrada no lograron desatárselo, y estaba tan rebosante de hierba como el de su dueña.

Tardó en entrar en calor, y eso que la chimenea de la acogedora casa la mantenía bien caldeada, no como la suya. Se habrían necesitado cinco chimeneas para calentar esa enorme casa levantada para gigantes de por lo menos cuatro metros, que era la altura que tenían sus paredes. Que la vivienda de sus vecinos estuviera al lado del infierno también influía en el cálido ambiente que allí habitaba. El trabajo que desempeñaba el señor Matías era muy peligroso, estar una buena parte de la jornada laboral a las puertas del infierno calentando el hierro para luego moldearlo era un trabajo de alto riesgo. El demonio podía descubrir que no era de los suyos, que trabajaba por cuenta propia, y lo peor de todo, que de su trabajo se beneficiaba gente buena; ¡¡gente que iba a misa!! Su fuego ayudaba, favorecía a una buena cantidad de cristianos a realizar las labores del campo, arreglándoles los aperos de labranza lastimados. Pero bueno, el infierno era muy grande, malo sería que se percatara de que un hombre bueno le robaba un poco de fuego, todavía si la fragua fuera industrial... Por unas poquitas brasas al día que le cogiera tampoco pasaría nada; eso no lo le quitaba al trabajo riesgo. Que el demonio era el demonio, y nada bueno se podía esperar de él. Además, teniendo el infierno cerca de casa se guardaba del hombre del saco. Ese malvado sabía que lo que hacía estaba mal, temía entrar en casa del señor Matías y la señora Elvira a intentar capturar a alguno de sus tres hijos, por si Dios lo empujara directamente al infierno. También temía ver en persona la que le esperaba después de la muerte, porque por muy hombre del saco que fuera de la muerte no lo iba a librar nadie. Prefería ir de cabeza al infierno sin antes ver lo que le esperaba. Lo que no entendía Arturito era que, si sabiendo que por ser malo se iba al infierno, ¿por qué era malo? ¿Quizá no se lo advirtieron de pequeño sus padres? Porque si no se acercaba a casa de sus vecinos era porque le daba miedo el infierno. Si le gustara que lo quemaran se podía entender, y tampoco; ¿a quién le gusta que lo quemen? A Arturito no, pero claro, cuando uno va al cielo o al infierno es después de morir. Si estás muerto no te enteras de nada, qué más da. Estando encerrado en casa, sin televisión, ni ellos ni sus vecinos... (nadie en el pueblo tenía de eso por entonces —1964—), sin ningún entretenimiento, pues los hijos de sus vecinos estaban en el colegio, el curioso niño pensó mucho.

—Señora Elvira.

—Dime, hijo.

—¿Por qué la gente tiene miedo de ir al infierno después de muerta? Estás muerto, no sientes nada. Mi padre dice que cuando te mueres no respiras, no puedes moverte, no ves, no oyes —la señora Elvira, inclinada, meneaba el puchero que tenía al fuego de la chimenea; dejó de remover—, no puedes reír ni llorar, si te pegan un tortazo no te duele, no te enteras de nada... Si te queman no te duele —acabó diciendo el niño.

La señora Elvira siguió inmóvil, como la cuchara de madera, como las alubias que había dejado de menear. Y así, inmóvil, se mantuvo eso de medio minuto, para luego volverse hacia la cara expectante del niño y, allí, mantener los ojos un rato, como si no lo conociera, como si fuera la primera vez que veía al hijo de sus vecinos, ese al que habían acogido en casa para protegerlo del hombre del saco unas cuantas veces..., muchas veces, desde que nació, cinco años acababa de hacer de aquello. Luego, volviendo la vista al puchero, se inclinó para comenzar de nuevo a remover las alubias, que a punto estaban de quedarse sin agua. Y allí siguió, con los expectantes ojos del niño puestos en su cogote, muda, la señora Elvira removiendo y removiendo las alubias, y en ellas andaba cuando al olfato de Arturito le llegó un olor que nada tenía que ver con el agradable aroma que desprendía hasta entonces el puchero. Pero no se alertó, pues la mujer del herrero seguía a lo suyo, removiendo las alubias. No iba a saber él más que ella, que preparaba todos los días comida para cinco personas, aquel día para seis; que aquello comenzara a oler como a rayos sería algo normal.

Tenía la comida delante de sus narices, la estaba mirando con suma fijación, muy concentrada, nunca la había visto mirando el puchero tan concentrada, excesivamente concentrada. Era imposible que teniéndolas tan vigiladas algo pudiera ir mal. ¿Cómo podía atreverse a pensar, a dudar de su segunda madre? Que seguía sin resolver la duda del niño: ¿cómo te pueden quemar vivo en el infierno estando muerto? Fue al dejar aquello de oler como a rayos, para oler a mismísimos rayos, cuando la señora Elvira se echó hacia atrás bruscamente.

—¡¡Uuuh, Dios mío…!! —Y, luego, al instante, hacia delante para coger el puchero por las asas, ayudándose de un trapo, mientras seguía exclamando sin parar—: ¡¡uh, Dios mío; uh, Dios mío; uh, Dios mío…!! —depositarlo en la pila de fregar, ponerle el tapón y echarle agua con un cubo. A Dardas no había llegado aún el agua corriente.

—¿Qué vamos a comer hoy, hijo? —Miró el reloj de pared—. Las doce y media. No me dará tiempo ni de cocer unas patatas.

—A mi madre se le quemaron un día y comimos las que no estaban quemadas; sabían mal, pero es pecado tirar la comida.

Miró el puchero.

—Pues tienes razón, hijo. Yo no me paso toda la mañana cocinando para que luego me digan que la comida sabe mal; ¡¡que se las coman!! —sentenció la mujer, que había quemado las alubias, pero que salió del apuro de la pregunta de Arturito, o eso creía.

—Entonces, ¿por qué se tiene miedo del infierno? Después de muerto no te duele nada, ni aunque te quemen.

Lo miró, meneó la cabeza y sonrió.

—Pues no sé, hijo —contestó por fin.

Arturito, una hora más tarde, oyó que la puerta de la entrada se abría, luego alboroto de chiquillos, que al instante, de sopetón, dejó de oír.

—Qué mal huele.

—Sí, huele raro. —Y aquellos tres niños, que Arturito estaba viendo parados, desde la cocina, en mitad del recibidor de la casa, como si le gustaran los malos olores, o los raros, comenzaron a apuntar en todas las direcciones con las narices, hasta que el unánime veredicto olfativo las dejó clavadas en la cocina.

—¡Hola, mamá! —saludaron al unísono.

—Hola, hijos. ¿Qué tal en el colegio? —Pedro bufó, luego miró a Arturito. Los otros dos contestaron que bien.

—¡¡Hola, canijo!! —lo saludó Pedro.

—Yo no soy canijo —le contestó a Pedro, el primero de los hijos de la señora Elvira, el cual, aun siendo cuatro años mayor que Arturito, no le sacaba más de un palmo de estatura. A Arturito le solía decir su padre que no fuera tan travieso como Pedro o las travesuras no lo dejarían.

—Canijo, canijo, canijo... Eres un canijo...

—¿Y tú que eres? ¿Enano? —le preguntó su hermana Lourdes, un año menor y un palmo más alta que Pedro. Y ahí comenzó la pelea que su madre vio venir.

—¡Hola, Arturo! —saludó Luis, el pequeño de los hermanos, un año mayor que Arturito e igual de moreno, de cabello, que sus hermanos y que Arturito.

—El hombre del saco está en mi casa otra vez, y ha venido sin avisar. —Luis puso cara de preocupación, de miedo.

—¡¡MAMÁ...!! —La señora Elvira, que intentaba mantener a los otros dos alejados el uno del otro, lo miró.

—No pasa nada, hijo, no tengas miedo... ¡¡ESTAOS QUIETOS!! O no saldréis de vuestras habitaciones en una semana. —Se hizo la calma—. No tengas miedo, hijo, al hombre del saco le da miedo acercarse al infierno; ¿ya no te acuerdas de lo que te dijo papá?

—Mamá, las alubias huelen mal, yo no las voy a comer —informó Lourdes.

—Ni yo. Yo quiero jamón, no comeré esta mierda.

—¡¡Pedro...!! Castigado, una semana sin salir de casa nada más que para ir al colegio, y a misa.

—¡¡Y una mierda!!

—Y te aseguro que no comerás otra cosa en todo el día, y en toda la noche...; hasta para desayunar comerás alubias, a ver si aprendes a hablar bien.

—Pues me voy de casa.

—Pues vete, ya se encargará de ti el hombre del saco, que bien cerca está.

—¡¡Jooo...!!

—¡¡Ni «jo» ni nada!! Castigado una semana. —Abandonó la cocina llorando. Cuando, al poco, se oyó un portazo, Arturito supuso que Pedro se encerró en su habitación; para entonces Lourdes se había puesto ya un buen plato de esas alubias que en un principio no se iba a comer. Luego, al minuto, la puerta de la entrada anunció que se abría con un chirrido de bisagras. Los pasos que siguieron al molesto ruido se detuvieron en seco en mitad del recibidor. Sin duda Pedro y Lourdes eran hijos del señor Matías. Los tres morenos de cabellos, y de tonalidad de piel oscura. El padre era robusto, de buen porte y de mediano tamaño. Lo vieron olfateando el aire igual que ellos, e igual que ellos entró en la cocina. La señora Elvira lo miró como si hubiera sido el culpable de la tragedia de las alubias.

—Ni se te ocurra decir que tú tampoco las comes.

—Están muy buenas, papá —le anunció Lourdes.

—Y tú, espera a que empecemos los demás. —Dejando la cuchara sobre la mesa, puso las manos encima de las piernas como si la hubieran sorprendido robando algo.

El señor Matías notó la presencia de Arturito, lo miró.

—Papá, ha vuelto el hombre del saco a casa de Arturito, y sin avisar. No quiero que cierres la puerta del infierno hasta que se vaya.

—No, hijo, no, no tengáis miedo —dijo, y miró a su mujer, que corroboró lo dicho por Luis meneando la cabeza, mostrando, así, su pesar. El señor Matías la meneó de igual modo, luego miró en rededor como buscando algo—. ¿Y Pedro?

—Castigado —le informó su mujer.

Arturito se sentó entre Luis y Lourdes.

—¿Se queja la gente muerta cuando el demonio los quema, señor Matías? —Su mujer casi se atraganta con las alubias, y media cuchara acabó esparcida por la mesa.

Matías la miró, la otra se llevó la mano a la boca. Los niños la observaron sin entender nada. El hombre sonrío, miró al pequeño.

—¿Por qué me preguntas eso, Arturito?

—Un día oí a papá decirle a mamá que se encontró a un hombre en el campo tumbado en el suelo, que no se movía, que no respiraba y que no sentía nada porque le dio un tortazo muy fuerte y no se quejó, y que luego la Guardia Civil le dijo que había muerto de un infarto… Si después de muerto no sientes nada, ¿por qué hay que tener miedo de que nos quemen en el infierno? No nos va a doler.

Luis y Lourdes le exigieron a su padre con la mirada una explicación, con la mirada de dos niños enfadados.

—Cuando morimos abandonamos el cuerpo en el que entramos al nacer para comunicarnos con los demás, para expresar nuestros sentimientos; los que se han portado mal van al infierno, los buenos al cielo. En el infierno, Arturito, el demonio no quema a la gente, ya no tenemos cuerpo; somos energía, la energía que mueve nuestro cuerpo, algo que no se ve, como el viento, pero que se siente, también como el viento. A la gente que va al infierno, el demonio, al no poder quemarla, la hace sentirse fatal, incómoda, muy mal. Como te hace sentir a ti el hombre del saco, acobardado. Pues así se pasan día tras día, año tras año… Toda la eternidad pasándolas canutas se la pasan las personas malas.

—¿No los quema? —preguntó, confuso. Sus padres le decían que a los que van al infierno el demonio los quema vivos.

—No, Arturito, la energía no se puede quemar. —Luis y Lourdes estaban tan desconcertados con la nueva noticia como el pequeño Arturo.

—Papá, entonces, ¿para qué tiene tango fuego el demonio en el infierno? ¿Y por qué don Atilano dice que a los malos el demonio los quema en el infierno?

El señor Matías resopló, la señora Elvira rio.

—Hija, el cura dice eso para que lo entendáis mejor. Pero es como yo os digo, y esto prometedme que no se lo diréis a nadie, y menos a don Atilano.

Los tres niños lo prometieron, y la señora Elvira. Pero Arturito no se quedó muy conforme respecto a lo del fuego, pues esa pregunta seguía sin ser contestada. Lourdes tenía razón: ¿para qué tanto fuego cuando en el infierno no se podía quemar a nadie?

—¿Y porque hay tanta lumbre en el infierno si el demonio no quema a nadie?

—Eso, papá, que no nos lo has dicho —insistió la niña.

Los dos mayores rieron.

—Pues porque el demonio es un friolero y además solo come carne asada, y mucha.

Los mayores volvieron a reír, esta vez más escandalosamente. A los pequeños no les hizo gracia. El señor Matías les acababa de decir que no quemaba a nadie, y ahora la señora Elvira va y dice que el demonio come mucha carne asada, que, claro, siendo tan malo como era no iba a comer la de cerdo, o la de vaca, o la de conejo, o la de lo que fuera menos la humana. Y los tres niños pensaron lo mismo, pues preguntaron más o menos lo mismo casi al mismo tiempo:

—¿Pero no decíais que no…?

—Vivos no, no asa a la gente viva. Escuchad: ¿sabéis que cuando la gente muere sus cuerpos se entierran en los cementerios en hoyos muy profundos que se cavan en suelo? —Todos asintieron. A Arturito no le daba miedo asomarme al cementerio de su pueblo, su padre le decía que de los que había que tener miedo era de los vivos, que los otros, los muertos, no le iban a hacer nada, pues estaban bien muertos. A Lourdes tampoco le daba miedo; Luis, aunque todos los sábados por la tarde cuando iban a misa le repetían eso de que los muertos no hacen nada, temía asomarse a la puerta del cementerio—. Pues el demonio —prosiguió el señor Matías con la explicación— como vive bajo tierra se va pasando por los cementerios, a través de pasadizos que ha excavado, y va recogiendo los cuerpos enterrados para luego asarlos y comérselos, pero solo los cuerpos de las almas condenadas a estar toda la eternidad sufriendo en las profundidades de la tierra, que como sabéis, y si no ya os lo digo yo, a muchos metros, muy abajo, esta tooooodo lleno de fuego, que es donde vive el demonio, pero el fuego no lo hace él, es parte de las profundidades de la tierra.

La mujer miró a su marido, meneó la cabeza.

—Deja de liar las cosas, anda, que parece que…

—¿Todo, todo, todo el mundo debajo es fuego? —preguntó Lourdes, interrumpiendo a su madre.

—Sí, hija, ¿no te ha contado la profesora lo de los volcanes, montañas que escupen fuego?

—Sí, lava, dice la maestra que se llama.

Montañas que echan fuego…, y eso lo aprendían en la escuela.

—Yo quiero ir a escuela —dijo Arturito.

—Aún eres pequeño; el curso que viene, dentro poco, podrás ir ya. Estamos en enero, en ocho meses entrarás —le informó el señor Matías.

Juan, en medio de la puerta, miraba a las señoritas Matilde y Angustias desilusionado. Las otras lo miraban a él como si fuera un asqueroso bicho que no las dejaba pasar.

—¡¡MAMÁ…!! No es el tío de Salalina, el de mi regalo, son las señoritas.

—Venimos a llamar por teléfono, ¿nos dejas pasar, majo? —le preguntó Matilde.

—¡¡HIJO, DÉJALAS PASAR…!! —En un tono autoritario, empapado de una medrosa incredibilidad, gritó la madre escandalosamente. Al instante se presentó en la puerta. Agarrándolo del hombro, tiró con violencia hacia atrás de él, como si en realidad fuera el asqueroso bicho que parecían haber visto las señoritas. Juan, trastabillando, marcha atrás, fue a parar contra la pared frontal del recibidor, que acabó por frenar el violento impulso con el que fue embestido el delgado cuerpo del niño, el cual acabó sentado de culo en el suelo, la espalda contra la pared, mirando a su madre enfurecido, que le daba la espalda.

—Pasen, pasen, por favor. —Extendiendo el brazo hacia el interior de la vivienda, y medio encorvada, como quien hace una reverencia, les indicó. El niño tosió tres o cuatro veces—. Ya pueden perdonarme, no hago vida de este mostrenco. —Apuntó con la mano al hijo, que tosía escandalosamente. Las hermanas, con la cabeza erguida, pasaron dentro dejando a la mujer a la izquierda, con el brazo otra vez extendido, ahora, de nuevo, invitándolas a entrar. Matilde se volvió hacia Nati, luego Angustias.

—¿No va al colegio? —Juan se levantó mirando a su madre enfadado.

—No, está malo, esta noche ha tenido treinta y nueve de fiebre. —El niño se perdió en un pequeño corredor, luego se oyó un portazo.

—Mano dura, mano dura es lo que necesita.

—Ya, no se crea, que bien que le arreamos, pero nada...

—Mandadlo con los curas, ya veréis como lo doman. Nuestra abuela nos mandó con las monjas y en cuatros años, ya ves, unas santas que somos... Hasta don Atilano va a proponer al Vaticano que nos beatifiquen en vida. —Nati hizo un amago de intervenir —. ¡Ah...!, por cierto, ¿uno de los que Franco indultó, no me acuerdo de cómo se llamaba, el que se escapó luego a Francia por si acaso...?

—¿El hermano de mi marido?

—Sí, eso te iba a preguntar: que si era hermano; ¿vosotros podréis testificar que el milagro se obró?

La mujer puso cara de asombro, de no saber de lo que le hablaba.

—¿Milagro...? ¿Qué milagro?

Angustias, dando un respingo, se colocó delante de su hermana. Nati retrocedió un paso. Ahora estaba bajo el quicio de la puerta de la entrada.

—¡¿Cómo que qué milagro?! ¿Te parece poco milagro salvar las vidas de diez hombres que iban a morir fusilados? Salvo milagro, don Francisco, por entonces, no indultaba. Nosotras movimos la voluntad de un hombre de voluntad inamovible... Obramos el milagro.

—Perdonen, no me acordaba de eso.

—Pues gracias a ese milagro, a nosotras, tu cuñado está vivo. Parece mentira que te olvides de eso... Qué poco quieres a la familia.

—Perdonen, pero es que mi marido y su hermano no se tratan desde entonces. Fue mi marido quien lo denunció por rojo. Nosotros aún éramos novios entonces —las hermanas mostraron su descontento meneando la cabeza; «¡vaya hermano!», debieron pensar, o algo parecido—, pero es que el francés lo engañó para quedarse con unas tierras que le dejó su padre...

—¡Ah...! Bueno, en ese caso... —excusó Matilde el comportamiento del marido.

—Pero descuiden, que nosotros testificaremos. —Las hermanas le mostraron su gratitud sonriendo—. Estoy segura de que todo el pueblo testificará a su favor, todo el pueblo sabe que ustedes son unas santas y...

—Bueno, bueno..., basta ya de halagos, que nuestra humildad no nos lo permite... Y no se olvide de lo que le he dicho: con los curas... Los curas domarían bien a vuestro descarriado hijo..., y a los otros dos también, que, aunque tengan mejores modales que este, les vendría muy bien… Los curas deberían encargarse de la educación de todos los niños.

—Tiene razón, señorita Matilde, pero no olvide que eso cuesta dinero y nosotros andamos con lo justo para poder comer todos los días. Además, don Atilano se encarga ya bien de la educación de los niños.

Angustias le indicó con la mano a su hermana que la dejara hablar.

—No tienes que preocuparse de lo que cueste mandarlo con los curas, todos los meses les hacemos donaciones, ya hablaremos con ellos… El tiempo que le presta don Atilano a la educación de los niños del pueblo ayuda lo suyo, pero no es suficiente. Se necesita estar día y noche encima de ellos para que no se tuerzan, o enderezar a los ya torcidos. Es un trabajo constante que requiere internamiento. No se le puede dar la espalda un segundo. Por mucho que se esfuerce don Atilano nunca va a adelantar nada, pues cuando llegan a casa los padres tiráis por un lado, en el colegio por otro... Una sola educación, una educación recta y sin tregua. Ya hablaremos con los curas y os lo internamos…; a los tres, os internaremos a los tres.

Nati, que permanecía bajo el quicio de la puerta de la entrada, tragando saliva, dio un respingo, luego, dos pasos hacia delante, hacia la señorita Angustias.

—¡No…! A los otros no…, la casa se quedaría muy triste sin niños, con este ya andaríamos bien servidos. Muchas gracias, no saben cuán…

—Porque una casa no tenga niños no es triste, es respirable. Mira la nuestra, bien tranquila, que no quiere decir triste. Pensadlo… —Angustias miró a su hermana—. No sé, hermana, yo creo que deberíamos pagar el internado de todos los niños del pueblo, la buena educación hace a la persona; mira nosotras, unas santas en cuatro años de internado en el convento. No nos saldrá muy caro, habrá unos veinte niños en Darda…, aunque ya le donamos a la diócesis de Salalina una buena cantidad todos los meses, nuestro buen amigo el señor obispo sería un caradura si encima quisiera cobrarnos. Le diremos que o educa a los niños o se acaban las donaciones. Imagínate, hermana: el pueblo… —sintió un puntapié en el tobillo—, el pueblo lleno de santos como nosotras, nadie tendría que cuidarse de las maldades de estos diablillos.

Matilde miró a Nati, la mujer del teléfono público, luego se situó junto a su hermana.

—Quiere decir travesuras, mi hermana nunca utiliza las palabras adecuadas… —Nati hizo otro amago de hablar—. No sé, Angustias —dijo, girando la cabeza hacia su hermana—, eso de dejar de entregarle a la Iglesia las donaciones de los… ya sabes, no creo que sea buena idea, ya conoces las estupendas obras que hacen con ellas, somos unas santas. Don Atilano va a hablar, no sería conveniente… Bien, ya hablaremos luego de esto. —Volvió la vista al frente, a la mujer que tenía a tres pasos—. Díselo a tu marido. Pensad en lo de mandar a todos vuestros hijos con los curas. No coméis bien, nosotras no os cobramos nada, como al resto de paisanos que nos lo han pedido, por las tierras del Cuarto Arriba… Tres bocas menos que alimentar, además de una buena educación, estudios pagados, porque esto se extendería más allá de los primeros años de escuela... Una carrera... Somos unas santas, les daríamos una carrera. No seáis egoístas. Nosotras somos las santas de Darda, solo queremos el bien de los niños..., del pueblo. No podemos evitar que los demás padres echen a perder el futuro prometedor que también les vamos a ofrecer a sus hijos; bueno, sí, podemos evitarlo con los otros cinco matrimonios que no tienen más tierras, como vosotros, que las que les prestamos unas servidoras, y a los que, si rechazan la oferta, como vosotros, no nos quedará más remedio que negárselas o cobrarles alquiler. —Nati abrió tanto los ojos que las cejas se irguieron arrugándole la frente—. No se puede ser egoísta, a los hijos hay que darles la mejor educación, aunque para ello se pierdan durante largas temporadas. —La mujer dio un paso hacia las hermanas.

—El pequeño solo tiene seis años, no nos lo pueden...

—Seis años tenía yo cuando la bruja de mi abuela nos separó de mi padre, y mírame, toda una santa —dijo, mintiendo, pues cuando aquello le sucedió a Angustias tenía diez años.

La mujer, dando otro paso, se arrodilló para, luego, de rodillas, suplicar:

—¡No, por favor...! A mi Manolito no, déjenmelo un par de años más.

—Levántate, por favor —Nati se levantó—, no se puede ser tan egoísta. Al niño le vendrá muy bien, cuanto antes mejor se aclimatará. El día de mañana será todo un hombre, un hombre con una buena carrera que le permitirá llegar lejos, no como su padre: trabajando de sol a sol..., bueno, trabajando. Arrodillándose..., arrastrándose a los pies de la gente acaudalada para luego tener a la familia medio alimentada... No se puede ser tan egoísta. Pensad en ellos, no en vosotros. El cariño no da de comer; mira a tus hijos, templados de amor, pero desnutridos.

La mujer arrancó a llorar. Matilde, atrayéndola hacia sí, le ofreció el hombro. A la otra le entraron ganas de agarrar del cuello a una de las mujeres que les iban a robar a su hijos y no dejar de apretárselo hasta que se pusiera morada, hasta que dejara de luchar, hasta que dejara de respirar para siempre, pero lloró durante un buen rato sobre el hombro de esa mujer que no paraba de decirle que era lo mejor para el pequeño, que no lo perdería, sino que lo encontraría cuando el niño, con la edad, se diera cuenta de que sus padres no lo habían abandonado, sino que se habían sacrificado por él; le decía que, a pesar de que crecería prácticamente sin madre y sin padre, el niño los querría más que a nada en el mundo..., que aunque ahora estaba dolorida, con el tiempo se sentiría feliz al ver a su hijo convertido en un hombre capaz de dar una buena vida a sus hijos, que serían sus nietos, los de ella, sin necesidad de hacer lo que tuvieron que hacer sus padres, que si esto, que si lo otro... La mujer lloró oyendo a Matilde, y a su corazón lleno de rabia que le pedía insistentemente estrujar el cuello de ese demonio... Lloró hasta que se vacío de lágrimas y, momentáneamente, de odio.

Se secó las lágrimas con las mangas de la bata.

—Eso espero; que lo entienda, que le sea provechoso…, que, aunque no nos lo agradezca, por lo menos no nos odie.

—Ya verás como no, con el tiempo os lo agradecerá —le aseguró la escuálida Matilde, que al ver a la mujer fijar la vista, por encima de su hombro, a sus espaldas, se volvió. Juan, que había salido de su habitación a hurtadillas para oír la conversación, miraba a su madre con odio desde el pasillo.

—El peque, siempre el peque. ¿Y yo qué? ¿No soy tu hijo? Te odio, te odiaré durante toda la vida —le espetó para, luego, encerrarse de nuevo en su habitación dando un portazo.

Nati, mirando a un lado y a otro, y fijando la vista en una silla junto a la pared, se sentó en ella. Apoyando los codos en las rodillas, las manos en la frente, comenzó a mover lentamente la cabeza de un lado a otro. Las hermanas se miraron. Angustias, como leyéndole el pensamiento a su hermana, asintió.

La mujer dejó de mover la cabeza, y cuando la mano de Matilde comenzó a acariciarle la espalda, ya lloraba otra vez.

—Tranquila, solo es un berrinche, ya se le pasará, con el tiempo te agradecerá lo que vas a hacer por él… —Miró a su hermana Angustias, la otra asintió de nuevo—. Tú no tienes la culpa, la culpa la tiene tu marido, que no ha sido capaz de daros una buena vida. —El llanto amainó un poco—. Uno no se puede conformar con lo que le caiga del cielo, no se puede estar sentado esperando a que te caiga algo. Tuvo suerte de que le caímos nosotras. Mal, pero vivís; ¿cómo estaríais sin nuestras tierras…? Nosotras lo que intentamos es dar un empujoncito para que una familia comience a andar, porque, aunque tuviéramos veinte mil hectáreas, y no tres mil como tenemos, las cederíamos igual que ahora; no más de tres hectáreas por persona... La parábola de las monedas, la parábola de las monedas nos inspiró para actuar de este modo. Les damos un poquito para que trabajándolo lo multipliquen, es como si les diéramos..., si os diéramos simiente para sembrar, y luego tras trabajar duro recoger la cosecha. —Se puso en jarras—. ¡¡Pero no!! Tu marido, ahí las tiene; el vago de tu marido siembra las justas, no sea que luego se mate a trabajar... —Otra vez el escandaloso llanto—. Lo de sembrar es un decir, porque ni eso, como los otros dos, que se conforman también con lo poco que les dejamos. Cuatro vacas, cuatro cerdos, y ¡hala, a vivir que son dos días! Aunque tengan a la familia pasando las de Caín... —El llanto bajó la intensidad, ahora Nati hipaba. —Mira a Mauricio, una lechería que ha montado; Jacinto, una explotación de champiñones, pero los otros y tu marido... son unos vagos, y luego se quejan de que no tienen, de que no les llega, de que Dios no se acuerda de ellos, de que les ha mirado un tuerto y no sé qué más pamplinas... Otros que no han aceptado nuestra caridad, nuestro granito de arena para que crezcan, pues les gusta ganarse el pan, no se quedan esperando a que les caiga la comida del cielo; en la temporada del esquileo se van a esquilar, en la de la siega, a segar, en la de la bellota, de porqueros... Si uno quiere puede, pero no; sentimos decírtelo, pero ya no podemos aguantar más viendo a una mujer como tú matándote en las tareas del hogar mientras tu marido está sentado todo el santo día: es un vago redomado, como los otros dos... Dios te haría un favor si se lo llevara. A ti y a tus hijos.

—Me moriría sin él. Sí, será vago, todos tenemos lo nuestro, pero me quiere mucho, pasamos un poco de hambre, pero no hay un día, por muy enfado que esté, que no me dé el beso de buenas noches, el de buenos días… y las flores, las flores… En temporada todos los días me trae flores, ¿saben lo que es eso para una mujer?

Las señoritas apretaron los puños.

—No, ni nos interesa, solo nos gustaría que nuestros maridos, si tuviéramos familia, no nos hicieran pasar hambre.

—¿Aunque os arrearan? ¿Aunque os engañaran? Porque es bien sabido que estos…, que hay maridos que hacen eso y cosas peores.

—Di lo que quieras, pero ni los besos ni las flores dan de comer… ¿Y tus hijos…? Muertos de hambre porque a su madre le gustan los besos y todas esas pamplinas. Tengo yo un padre así…

—Lo adoran. Juega con ellos, le cuenta historias, y aunque…

—Porque no saben que son pobres gracias a su padre. Ya verás ahora cuando se enteren de que por él van a ser internados…

—Ya les he dicho a ustedes que todos tenemos lo nuestro; él será vago, yo egoísta y mala madre…, porque lo soy, siento que al entregarles los hijos a los curas estoy siendo mala madre, y todo por tener… por consentir que mi marido sea un holgazán, por…

Matilde se le acercó con cara amenazante.

—¡¡No!! Tú no tienes la culpa de que él sea un vago.

—Ni él de que yo se lo consienta, ni de que sus padres no pudieran enderezarlo. Los que estamos a su alrededor tenemos la culpa. Además, como ya les he dicho, todos tenemos nuestras cosas, nadie es perfecto —se las quedó mirando—; bueno, nadie excepto ustedes dos y los demás santos.

—Eso por descontado —le aseguró Angustias.

—Escucha —le ordenó Matilde—, visto así tu tampoco tienes la culpa de la holgazanería de tu marido, la tendrán tus padres, y él también, por dejarte ser tan consentida... Nadie es perfecto —Angustias carraspeó—, bueno, excepto nosotras, hermana, eso ya lo damos por seguro... Pero, aunque no se consiga, se debe intentar ser perfecto; algo que tu marido no hace, ni si quiera lo intenta... Es un cáncer para ti y para tus hijos, tenlo por seguro, si se lo llevara Dios se acabarían todos vuestros males. Tú eres muy trabajadora, nosotras podríamos darte trabajo o encontrarte alguno. De hambre no os ibais a morir. Nosotras entenderíamos que sacrificaras la buena educación que los curas les van a dar a tus hijos si tu marido sigue viviendo, no consentiríamos que una viuda necesitada del cariño de los suyos viviera sola, ya habrá tiempo de pagarle la carrera a tus niños cuando tu pena se pase y no estés tan necesitada del amor de los tuyos. Ten por seguro que cuando se te pase el amor que sientes por ese holgazán, el amor que no te deja ver bien la realidad, tú y tus hijos viviréis felices. Algo que con él no va a suceder.

Nati se las quedó mirando con un semblante mitad confuso mitad incrédulo, ellas miraban para todos los lados menos a ella, y tras amagar unas tres o cuatro veces, habló.

—¿Me están insinuando que lo mate, que mate a...?

Las hermanas reaccionaron como si les hubieran dado un susto muy grande, un susto de muerte. El semblante de susto dio paso a uno de ira.

—¡¡NOOOO…!! —exclamaron casi a la par, luego Matilde le pidió a su hermana que la dejara hablar. Angustias respiraba como si le faltara el aire.

—¿Pero cómo te atreves…? Nosotras; unas santas…, decirte que mates a tu marido. ¡¡Por favor…!! Eso es ofensivo… ¿Cómo te has atrevido siquiera a pensarlo? —Se acercó, amenazadora, a la mujer de rostro asustadizo—. ¿Te hemos dicho alguna de nosotras dos que mates a tu marido?

—Ya me pueden perdonar... —La iracunda cara de Angustias apareció por encima del hombro de su hermana.

—¿Te lo hemos dicho…?

—No, pero como…

—¡¡Ni pero ni nada…!! —exclamó Angustias, ahora encarando a Nati, delante de su hermana—. Con estas cosas no hay excusas…. ¿Pero cómo te has atrevido? —Miró al suelo meneando la cabeza—. No me lo puedo creer. Ten cuidado, que esas acusaciones son muy serias.

La mujer puso cara de sorpresa, luego de preocupación.

—Yo no las he acusado de nada, solo…

—Tú has dicho que te hemos aconsejado matar a tu marido. Ahora no lo niegues —le reprochó Matilde—. Has dicho lo que has dicho y no tienes perdón. No os vamos a quitar las tierras porque somos unas santas y nuestra conciencia de santas nos lo impide, pero vas a tener que poner recto a tu marido y no consentirle que esté todo el santo día tumbado… No se lo vas a consentir, le vas a decir cuando llegue la temporada de esquileo que se pase por nuestra casa, cuando llegue la de la siega y cuando llegue la de la bellota; como no se pase, como no trabaje duro y lo veamos tumbado, como hasta ahora, atente a las consecuencias. —La mujer hizo un amago de abrir la boca, Angustias le dio el alto alzando la mano.

—Una cosa es ser santas y otra muy distinta dejarse insultar. Que mates a tu marido… ¿Cómo te has atrevido a faltarnos al respeto de ese modo, a patear nuestra santidad…? A nosotras, que hemos salvado un montón de vidas, acusarnos de asesinas —terminó diciendo Angustias, que parecía, por el cuerpo relajado y la cara serena y desahogada, como si se hubiera descargado de la espalda un saco lleno de piedras.

La mujer, de nuevo, intentó hablar. Matilde se interpuso entre ella y su hermana indicándole con el dedo sobre la nariz que guardara silencio.

—Así que ya sabes, como lo volvamos a ver tumbado atente a las consecuencias. Un padre que puede darles a sus hijos una vida digna y no se la da no merece estar al cargo de ellos; ni él, ni la esposa que se lo consiente.

La mujer, con cara de pánico, agarró del brazo a Matilde.

—¡¡No!! Se lo diré, no se lo consentiré más, aunque pierda todo el cariño y amor que me da…, todo lo bueno que nos da, pero los niños no, por favor, no nos quiten a los niños… Son unas santas, no pueden hacernos eso.

—Te equivocas —la corrigió Angustias—; unas santas, por el bien de los niños, pueden hacer eso y cosas mucho más duras. Son el futuro, y el futuro no pude estar lleno de vagos como su padre, de consentidos como su madre, el futuro debe estar cargado de hombres rectos y trabajadores que no se dejen amedrentar por nada, que no se distraigan con nada, que no sean corrompidos ni por el amor. Un país fuerte y saludable debe estar lleno de hombres de estos..., fuertes sobre todo ante el pecado, que es por donde se pierde el alma... —Matilde tiró del brazo de su hermana— y con ella la dignidad, y sin dignidad uno se vuelve débil y vulnerable, sobornable y fácil de llevar, expuesto, indefenso ante el vicio que lo corroe todo...

—Angustias, déjalo ya —le pidió su hermana, pero Angustias ya no oía a nadie más que al recto e incorrupto ego que le dictaba el discurso.

—Como les pasó a los *quemaiglesias,* que nos llevaron a un infierno de muerte y destrucción donde al final venció el recto y casto, el puro y libre de pecado, el incorrupto redentor que expulsó de nuestro queridísimo país a la puta ramera que lo tenía corrompido, agujereado de pecados abominables. —La mujer, atolondrada por las palabras, que bien podían haber salido de alguno de los numerosos Apocalipsis, la oía, pero no la oía. Sabía de esos discursos por amigos y conocidos, pero nunca había sido testigo, y mucho menos la diana, de uno de ellos.

Su hermana la volvió a agarrar del brazo.

—Angustias, tenemos que llamar antes de que Faustino se retire a sus aposentos, allí no oirá el teléfono, ya vale —insistió su hermana, pero no había nada que hacer. Hasta que no escupiera toda la rabia acumulada desde el último discurso no había nada que hacer.

—Abominables pecados que están volviendo a aflorar, pues es abundante y extensa la simiente que han dejado aquellos que huyeron o que sucumbieron a la rectitud del salvador Caudillo —alzó el dedo al techo—, y sus frutos hay que enderezarlos —Matilde le indicó a Nati que la acompañara a llamar por teléfono. La mujer obedeció. Angustias las siguió sin dejar de predicar— antes de que vuelva a correr la sangre, y hay que enderezarlos de pequeños, que luego…

Perseguidas por el discurso bíblico y desbocado de Angustias, llegaron a un pequeño cuarto, donde habitaban una mesa y dos sillas. El teléfono público las esperaba sobre la mesa. Angustias siguió a lo suyo hasta que volvió en sí cuando su hermana, marcando el último número de teléfono, se llevó el auricular a la oreja.

—Buenos días, dígame…

—Buenos días, Faustino, soy la señorita Matilde.

—Buenos días, señorita Matilde —contestó el mayordomo.

—Adecenta la casa para quince días, llegaremos mañana.

—Sí, señorita Matilde, a mandar. ¿Desea algo más la señorita?

—No, eso es todo, Faustino. Buenos días.

—Buenos días, señorita Matilde. Hasta mañana.

Salieron del cuarto del teléfono. La mujer las esperaba con un semblante cargado de preocupación en el recibidor de la casa.

—¿Cuánto te debemos? —preguntó Matilde.

—¡¡Por favor...!! Nada, solo faltaría eso... ¿Cuándo les he cobrado yo?

Las señoritas se dirigieron hacia la puerta, la mujer se adelantó a abrírsela. Salieron fuera. Se volvieron hacia la otra, que las miraba desde el quicio de la puerta.

—Mañana nos vamos a Salalina, volveremos en quince días. Cuando volvamos todo estará arreglado para internar a los niños con los curas —a la mujer le tembló el rostro como tiembla cuando se está a punto de llorar—, tenéis un mes para haceros a la idea y preparar a los hijos, estarán una buena temporada lejos de casa...

—¡¿YA...?! ¿No es mejor que terminen el curso y empezar después del verano?

—Cuanto antes comiencen a enderezarlos, mejor. Hasta septiembre queda mucho, ocho meses. En ocho meses seguirán torciéndose, con un padre como el suyo no esperamos otra cosa. Hay que comenzar cuanto antes —ordenó Matilde.

—El mayor puede que sí, que siga torciéndose, él es el rebelde, pero los otros dos... apenas cambiarán en ocho meses. El pequeño ya habrá crecido, estará más preparado..., es que es tan pequeño....

—Cuanto más pequeños mejor se amoldan. Al rebelde le vendrán bien... Les servirá de apoyo tener a sus hermanos a su lado —le informó Matilde. Angustias comenzó a alejarse de la puerta.

—El mayor y el mediano se llevan a matar, no creo que se apoyen mucho el uno en el otro.

—Mejor me lo pones. Los curas les enseñarán a convivir sin violencia…

—Ya, pero…

Matilde dio tres pasos hacia la mujer. La miró fijamente a los ojos, con la cara surcada por una severa seriedad.

—Está todo dicho, no hay peros que valgan. Un mes, tenéis un mes… —La mujer arranó a llorar. El mayor de los hijos, el rebelde, apartando a su madre de la puerta, se lanzó contra Matilde.

—¡¡BRUJAS…!! OS VOY A MATAR.

Patadas, manotazos, brazos defendiéndose, un cuerpo escuálido cayendo, otro abalanzándose encima gritando maldiciones. La mujer, recuperándose de la sorpresa, acudió a quitarle de encima a su enfurecido hijo. Angustias se había hecho con un palo y acudía a la ayuda de Matilde. La telefonista le sacaba tres palmos a la alta de las hermanas. Abrazando por detrás al niño, lo levantó justo cuando llegaba la hermana del palo, que se quedó con él en alto, guardando el cuerpo del suelo que comenzaba a incorporarse. La madre, envuelta en las maldiciones que el niño profería, lo introdujo en casa de un empujón. Cogiendo la llave, salió para, luego, encerrarlo en casa. Ahora se oían enfurecidos golpes metálicos.

Angustias, muda, aún con el palo en alto, miraba a la mujer que se les acercaba; Matilde, a su lado, igual de muda que su hermana, y temblando, se sacudía las ropas empolvadas.

—Lo siento. Debía haberlo encerrado en su habitación… Lo ha oído todo, ustedes comprenderán, es un niño…, por favor, no…

De repente Matilde recobró el habla, pero no de la forma comprensiblemente encolerizada que esperaba Nati.

—Un mes, tenéis un mes. Como comprenderás este salvaje no puede permanecer más tiempo suelto… Un mes, un mes también para hablar con tu marido y dejarle las cosas claras, un mes para dejar de consentirle que se tire todo el santo día tumbado a la bartola. —Los golpes metálicos cesaron—. Como en un mes no veamos un cambio radical en él, íos preparando para ver a vuestros hijos bajo la supervisión de un asistente social, porque lo que no puede suceder es que la educación que consientes que le dé tu marido acabe por dañar a alguien.

Los golpes metálicos volvieron a oírse, audiblemente más violentos.

—Sí, tiene razón, señorita Matilde, tiene toda la razón.

—Buenos días —se despidieron al unísono las hermanas, y cuando se iban a volver hacia la carretera…

—Perdonen. Antes de hablar por teléfono me dijeron… Después de esto me avergüenza pedírselo; sin los hijos voy a estar muy desocupada… Me dijeron que me podían buscar un trabajo, no sé…

—¿Para que tu marido tenga más tiempo de hacer el vago? —preguntó Angustias. Los golpes metálicos cesaron de nuevo.

—No, ténganlo por seguro, no quiero perder a los hijos, él cambiara.

—Bien, ya iremos viendo. Buenos días, y no olvides lo que te hemos dicho… ¡Ah…!, yo, como castigo, dejaría encerrado durante un mes en casa al salvaje, solo dejarlo salir para ir al colegio y a misa. Así lo vais preparando para la que le espera.

—Sí, señorita Matilde, así lo haré. Buenos días —dijo Nati, mintiendo.

Los golpes metálicos volvieron a sonar.

Las nubes de poniente que anunciaban cambio de tiempo habían sido empujadas por un viento que limpiaba el gélido ambiente. Las capas blancas de las frías y estrelladas noches, acumuladas en los sombríos lugares, estaban mudando a un brillante cristalino, el cual se deshacía llenándolo todo de chorretones.

Las señoritas tomaron la carretera de tierra en el tramo que había humedecido una alameda que se descongelaba lentamente. Matilde resbaló, a punto estuvo de caer. Su hermana la agarró del brazo.

—¡Uh, Dios mío…! Gracias, Angustias.

De nada… —Se volvió hacia la vivienda que acababan de abandonar—. Hemos hecho bien, ese hombre es un vago, se aprovecha de su mujer… ¡Qué animal, esa bestia…! Si llegas a estar sola no lo cuentas. —Volvió la vista al frente, comenzó a caminar—. No me extraña que les haya salido así, menudo ejemplo les da su padre, lo que yo no sé es cómo los otros dos son más normalitos; bueno, o eso parece, aunque el pequeño aún no se sabe cómo saldrá, es muy pequeño. —Matilde caminaba, pensativa, con semblante apesadumbrado, la empinada carretera tras Angustias—. Hemos hecho lo correcto, por el bien de los niños lo que haga falta, son el futuro, hay que cuidar el futuro, cueste lo que cueste, les duela a sus padres o a quien les duela… Hemos hecho lo que Dios manda. Deberíamos pasar esta tarde por casa de los otros cuatro, no conviene dejarlo para cuando volvamos dentro de quince días, y decirles, como a esta mujer, que o aceptan o perderán a los hijos… Estamos haciendo lo mejor por estos niños, al resto de familias, a las que no dependen de nosotras al cien por cien, ya se lo propondremos cuando volvamos. —Miró el reloj—. Las once y media, nos dará tiempo de hablar con dos familias esta mañana, con las otras dos lo haremos por la tarde. Vamos a hacer una buena obra. —Matilde seguía, apesadumbrada, caminando tras la parlanchina—. Hay unos veinte, con que consigamos internar a la mitad… —Se volvió hacia la silenciosa Matilde—. Imagínate, Matilde, qué tranquilidad, podremos tirarnos más tiempo… Lo hacemos por su bien, una buena educación. Somos unas santas.

Su hermana se la quedó mirando, meneando la cabeza.

—¿A quién quieres engañar, Angustias…? Siempre igual…, todos los días igual. Asimílalo de una vez: somos malas, el demonio. Lo hemos hecho por lo que lo hemos hecho, no para que los niños tengan una buena educación, ni para que su marido trabaje más y puedan vivir, así, mejor que ahora. Sabes perfectamente por qué lo hemos hecho…, por qué vamos a obligar a las otras familias a que hagan lo mismo con sus hijos, sabes perfectamente por qué vamos a intentar que el resto de familias también lo hagan. Sí, yo también te he dicho muchas veces que somos unas santas, que estamos haciendo mucho por el pueblo; eso es lo que nos gustaría, ser unas santas… Si hasta nos engañamos creyéndonoslo y nos indignamos con don Atilano porque nos pone pegas; ¿por qué?, si sabemos que no somos…

—Pues por qué va a ser, lo sabes tan bien como yo: nos gusta que nos adulen, que nos digan lo buenas que somos, lo santas que somos… Que no lo somos.

Angustias, dándole la espalda a su hermana, siguió caminando, subiendo la pequeña pendiente de la carretera de tierra. Matilde la siguió, se situó a su lado.

—No, aunque nos gustaría no lo somos. Somos unos demonios que intentan salvar sus almas del fuego del infierno entregando su fortuna a la Iglesia…, y tienes razón cuando antes de entrar en la casa dijiste que a este paso nos arruinaremos, nos quedaremos sin un duro, y entonces, ¿qué? ¿Qué vamos a hacer? Somos unos demonios, no podemos dejar de hacer el mal. O tenemos buena suerte y morimos para ir al paraíso con nuestros pecados ya redimidos, o tenemos mala suerte y seguimos viviendo, pecando, sin poder hacer ya nada para limpiarnos de ellos.

—Yo, hermana, si eso sucede, si no puedo seguir purgando mis pecados, me trago una caja de pastillas. Solo faltaría eso, que tenemos ya una edad, que después de estar toda la vida pagando por cada pecado, entregándoselo a la Iglesia, encima fuéramos de cabeza al infierno. Yo no sé tú, pero el mismo día que nos quedemos sin un duro, el mismo día que ya no pueda seguir pagando por los pecados, me suicido… Solo faltaría eso, que después de arruinada por salvar el alma, no la salve, toda una vida de sacrificios para nada. Ese día me suicido.

—Entonces es cuando vas de cabeza al infierno. El suicidio es uno de los pecados más graves. No eres tú la que decides cuándo acabar, es Él, Dios. Recuerda: todo lo que daña al cuerpo y al alma es pecado, pues no somos nuestros dueños, nuestro dueño es Él. Yo creo que Él entenderá que no paguemos si nos arruinamos, pues lo habremos dado todo.

—No sé si lo entenderá… ¿Qué habríamos hecho sin la fortuna del abuelo? De cabeza al infierno —sentenció Angustias.

—Pues seguro, aunque ahora que lo pienso… puede que no. Recuerda que la madre superiora era partidaria de que donáramos de golpe todos nuestros bienes, entre otras cosas porque es más fácil que un camello entre por el ojo de una aguja que un rico en el reino de los cielos… Los pobres lo tienen más fácil.

—Ya, Matilde, más que los ricos, pero que los ricos que no donan nada, no como nosotras, que no paramos de dar. Lo tenemos más fácil incluso que los pobres. Y si encima nos arruinamos por no parar de hacer donaciones a la Iglesia…

Llegaron las primeras nubes a donde el sol, ya en el cenit, que lo cubrieron, justo cuando las señoritas encumbraron la pendiente. Tomaron un camino, a la izquierda.

—Ya, pero no desinteresadamente, te recuerdo que nos conviene, que somos unos demonios que pagamos por intentar salvar nuestras almas del infierno… Siempre igual, llevamos toda la vida discutiendo lo mismo, demostrándote que tengo razón, y tú erre que erre.

Abriéndose la puerta de un solitario edificio rectangular de una sola planta, salieron en trompa unos veinte niños desbocados. Eran las once y media, hora del recreo. Las señoritas se detuvieron como si toda aquella jauría de niños fuera de perros salvajes, o de asquerosos reptiles. Con una mezcla de asco y temor por semblante, se volvieron hacia donde habían venido. Luego, sin hacer un triste comentario ni decir una palabra, comenzaron a deshacer el camino recorrido, reanudando la conversación interrumpida por la repentina y estrepitosa aparición de todas aquellas bestias desbocadas.

—La razón, dices, que demuestras que llevas razón…. Pues no sé a quién se lo demuestras, a mí no.

—¿Tú qué vas a decir? Las dos sabemos tanto que llevo razón como que tú nunca lo vas a reconocer… No se lo voy a demostrar al cura, a la telefonista o a cualquier otra persona, no les voy a decir que somos unos demonios, si ya nos tienen miedo teniéndonos por santas…

—Lo que tú digas, hermana; el caso es que ya sea por interés, por desinterés o por lo que sea, acabaremos por entregarle toda la fortuna a la Iglesia. Otra cosa sería que se la entregáramos al diablo, o lo que es lo mismo, a los comunistas; que, si como tú dices, somos el diablo, es a los que deberíamos dársela, aunque eso nos llevaría de cabeza al infierno. Pero aquí de lo que se trata es de salvar nuestras almas, a pesar de que estén endemoniadas…; aunque, ahora que lo pienso, que el demonio, o sea, nosotras, le entreguemos la fortuna a la Iglesia, que da de comer a los necesitados, tiene más valor que si lo hiciera una buena persona, un ángel, porque…

Comenzaron a bajar la pendiente de la carretera que unos minutos atrás acababan de subir. El sol, soltado por las nubes que lo mantenían preso, les iluminó de nuevo la carretera, pero sería por poco tiempo. Tras la avanzadilla de la borrasca se veían llegar ya las primeras hordas de nubes que acabarían por neutralizar al astro rey por completo; pero no corrían peligro las señoritas esa mañana, las nubes de agua venían mucho más atrás, quizá llegaran a primera hora del siguiente día. No corrían peligro de mojarse; aun así, parecían caminar como si escaparan de la lluvia, y tampoco era por la inclinación del terreno por lo que caminaban a buen paso. Tras ellas se oía el escandaloso alboroto de los chiquillos que corrían, saltaban..., que jugaban en torno al colegio.

Unos ruidos secos, repetidos por el eco, como de petardos, les llamaron la atención. Levantaron la vista para posarla allá, a lo lejos, al otro lado de dos extensos sembrados de un verde que los hielos mantenían triste y apagado. Allá donde el campanario de la iglesia asomaba, con su correspondiente nido de cigüeña, anunciando la ubicación del octogonal y pequeño templo sagrado, gobernado con mano dura por don Atilano.

CAPÍTULO 4

Don Atilano, después del incidente con la señorita Matilde, llegó a la iglesia sin mirar ni una sola vez hacia atrás, y los últimos trescientos metros, corriendo. Caer sobre aquel amasijo de huesos y pellejo fue como caer sobre un asqueroso reptil, hacia los cuales el cura también sentía tanto asco como temor. Aunque suya no fue la culpa, debía disculparse cuanto antes. Las conocía muy bien a las dos. No creyó conveniente hacerlo en el momento del incidente. De sobra sabía él, temperamental como el que más y curtido, por ello, en la política de la disculpa, que eso había que llevarlo a cabo en frío, pues, como todo, en caliente no se deben intentar agarrar las cosas, uno se puede quemar. Convenía reparar el daño, que no dudaba, le había producido a una de las personas más poderosas de la comarca, que además de colocarlo unos veinte años atrás en una parroquia pequeña, de esas que dan poco trabajo (no los últimos días de la misteriosa plaga), solía hacer sustanciosas donaciones, junto a su hermana. Aunque dichas donaciones iban destinadas a la diócesis, al ser, de vez en cuando, él el gestor encargado de repartirlas por las parroquias de la comarca, siempre se escapaban algunos durillos para casa, los cuales le venían muy bien, pues, a pesar de ser sacerdote, para vivir dependía del dinero, como todo el mundo. Una vez pasado el tiempo de la aconsejable cautela, debía disculparse cuanto antes, pues todo en exceso es malo y un enfriamiento excesivo podría acabar como acabaron los cinco o seis anteriores: con las señoritas moviendo hilos, aquí y allá, buscando un cese sacerdotal o un exilio en las misiones africanas o sudamericanas donde el trabajo además de ser abundante solía matar de alguna de las muchas enfermedades infecciosas que campaban a sus anchas sin que a nadie le importara mucho, o pasado a cuchillo, o a fusil, por alguno de los numerosos guerrilleros o soldados que no cesaban de hacer la guerra que le convenía a quien le convenía; eso cuando no era de una picadura, de las ni se sabe la cantidad de serpientes venenosas, o de otros bichos, que tenían la mala costumbre de defenderse cuando se sentían en peligro inyectando dosis mortíferas de veneno; o también se corría el riesgo de perder la vida entre las fauces de los depredadores más sanguinarios, que cuando tenían miedo no hacían distinciones ni se casaban con nadie, así como cuando tenían hambre tampoco le hacían ascos a nada ni a nadie, por muy superior que pudiera llegar a ser el individuo, como lo fue, por ser hombre, un compañero de seminario de don Atilano que acabó devorado por un jaguar, el cual no tenía hambre, pero sí miedo por sus cachorros, en una selva peruana donde llevaba la palabra de Dios de poblado en poblado.

No podía abandonar a sus feligreses, alguien debía guiarlos para que no se descarriaran; si importantes eran los indígenas de tierras lejanas, no menos importantes eran los parroquianos de Darda, que para Dios todas sus ovejas son iguales. No le importaba que lo destinaran a otra parroquia, por muy perdida que pudiera llegar estar en cualquier recóndito lugar de su querida España, pero a las misiones africanas o americanas… Tampoco hacía falta ir tan lejos a predicar el Evangelio, que ya sabía don Atilano qué pasaba con las ovejas cuando el pastor se relajaba. Si se fueran todos los curas de misiones, ¿qué pasaría con las ovejitas de aquí?

Un par de veces estuvo ya embarcado: una en Algeciras, para África central, en concreto para el Congo; otra en Sevilla, para las selvas peruanas. Pero el perdón de las señoritas le llegó a tiempo antes de que los barcos zarparan; bueno, la segunda vez no sucedió exactamente como la primera.

El berrinche que desencadenó el casi traslado a las misiones del Congo fue debido a la negación de don Atilano de retrasar la misa del día grande de Darda a la tarde, a las seis, concretamente. Precisamente tuvo que ser el último domingo de Mayo (día que se celebraban las fiestas de Darda todos los años) de 1950, cuando se le antojó a don Paco, también conocido como el Caudillo, o Generalísimo, hacer una visita a Salalina. Al Caudillo le importaría un bledo no ver a esas dos insoportables hermanas que lo acogieron en su casa durante dos días, cuando batallaba por hacerse con el control de España, hasta que adecentaron el palacio episcopal. Le importaba lo más mínimo reunirse con esas dos malvadas mujeres que fueron capaces de desvelar las identidades de cerca de un centenar de republicanos a sabiendas de que iban a ser ejecutados, y todo por presumir de la bondad de librar de una muerte segura a los diez republicanos presos de Darda, que fueron puestos en libertad… Al Caudillo le importaba un comino la presencia de tan desagradables personajes, pero él les importaba mucho a ellas. ¿Cómo presumir, luego, de un amigo tan especial cuando ni siquiera se habían acercado a saludarlo, cuando ni siquiera lo iban a invitar a tomar el chocolate a su casa?

Don Atilano les dijo que era de suma importancia para los habitantes de Darda verlas presidir la misa de su día grande, pero que también era de suma importancia no perder las tradiciones, y celebrar la misa de tan especial fecha a las doce del mediodía era una de las que no se podían perder sin que rodara la cabeza del cura, por ello les prometió que tendrían su misa a las seis de la tarde, aunque que los otros tendrían la suya a las doce del mediodía, como siempre. Aquella salomónica insubordinación no les gustó nada y al siguiente día le fueron con el cuento a su amigo obispo, pero no el cuento de la misa, no, sino con otro mucho más grave que el obispo debía castigar con la expulsión del sacerdocio del cura. Pero el clérigo no se creyó eso de que don Atilano se les había ofrecido a ambas para que probaran las mieles de la carne, porque reprimirse no era bueno para el cuerpo, y todo lo que no es bueno para el cuerpo es pecado. El obispo, que de tantas charlas mantenidas con don Atilano lo conocía como la madre que lo parió, veía imposible, impropio de una persona como él, eso de lo que lo acusaban las señoritas. No las creyó, pero se lo calló. Estando en juego las donaciones de todos los meses, procedentes del pago de los pecados, les prometió un castigo mucho más duro: las misiones del Congo. Fue cuatro días después de la visita de las hermanas al clérigo de alto rango, tres después de la que le hizo el cura tras ser requerido por el otro, cuando se vio obligado a pedirles perdón en público durante una misa, donde no se arrodilló, pero sí después, cuando las reunió a solas en la sacristía. Allí les volvió a pedir perdón ya de rodillas. Y no se lo concedieron, pues debía seguir pagando por su pecado. Un mes implorando clemencia una y otra vez, un mes de profundo sufrimiento pensando en lo que le espera allá en la salvaje África, creyeron las hermanas que era ya suficiente penitencia. Y lo perdonaron a última hora, justo cuando el barco iba a zarpar. Y podía dar gracias a que eran unas pecadoras, algo que el cura averiguaría unos años más adelante, obligadas a dar ejemplo ante el Padre redentor. De no haber sido así, don Atilano habría partido a evangelizar el Congo, donde feroces depredadores, bichos maliciosamente venenosos y enfermedades mortales campaban a sus anchas.

No contento ni escarmentado, seis años más tarde de la angustia de verse a las puertas del Congo, de nuevo se les ofrece a las señoritas para pasar una lujuriosa noche. Esto sucedió cuatro días después de que don Atilano no acudiera a las cuatro de la mañana, otra vez a altas horas de la madrugada, como las tres veces anteriores, a darle la extremaunción a la señorita Angustias porque se moría; «esta vez parece ser que la cosa va en serio», le dijo Manuel (el sirviente que precedió a Celedonio) como las dos veces anteriores que tuvo que ir a buscar al cura rezando porque el madrugón no hubiera sido en vano y la señorita falleciera de una santa vez. «Dile que yo llevo soñando más de un mes que acierto los catorce en la quiniela y que aún no me he hecho rico». «Le aseguro, don Atilano, que esta vez vamos a tener suerte, la cara que le he visto no es la de los sustos de las otras pesadillas, tendría que verla». «Lo mismo me dijiste las otras veces para luego volver sin hacer el trabajo». «Se enfadarán si no va. Vaya, se la dé, y si no muere, ya no nos molestará más». «Estas cosas son muy serias, no puede uno ir por ahí adelantando trabajo así como así, la extremaunción se da cuando la persona está ya en las últimas». «Se van a enfadar mucho, a mí me despedirán, y a usted...». «Mira, dile que no te he abierto la puerta, que seguramente no estoy en casa...». Manuel volvió meditando qué decir: «no ha querido venir, dice que él sueña que acierta la quiniela y que nunca le ha ocurrido», le dijo a la Señorita Matilde. «¡TÚ!, despedido por no ser capaz de traerlo, y él...».

Si la primera vez el obispo no las creyó, ahora mucho menos, pues los encuentros con don Atilano habían aumentado y ya lo conocía mejor que la madre que lo parió. Ahora sí que le resultaba imposible imaginarse al cura proponiéndole a las horriblemente feas hermanas una noche de lujuria; aun así, no le quedó otro remedio que castigarlo mandándolo de misionero, esta vez a las selvas peruanas, ya que las donaciones mensuales volvían a estar en peligro. Esta segunda vez don Atilano fingió pasarlo fatal desde que le dieron la orden hasta que embarcó. Unos dos meses pidiéndoles perdón cada vez que las veía. Después de que no lo hicieran la primera vez, no las creía capaces de llevar a cabo la venganza en esta segunda ocasión. Aunque no fuera su confesor, ahora sí, bien sabia él que eran unas pecadoras, que de santas nada, que si no se confesaban con él era porque entonces dejarían de ser unas santas en el pueblo (por muy inviolable que fuera el secreto de confesión, no se fiaban de don Atilano). Las santas hermanas unas farsantes, unas pecadoras... A Manuel, el anterior sirviente de las señoritas, después de ser despedido no le quedó otro remedio, pues la venganza lo apremiaba tanto como el hambre, que vender restos de libretas indultadas por el fuego, que era donde apuntaban los pecados las hermanas para rendir cuentas cada final de mes.

Las señoritas desconocían muchas cosas del funcionamiento interno del fuego, pues solo se encargaban de calentarse; de hacerlo, de retirar las cenizas y los restos por quemar se encargaban sus sirvientes, en concreto Manuel. ¿Cómo podían imaginar ellas que esa costumbre de quemar los documentos importantes a escondidas, cuando la servidumbre ya dormía, eran malas costumbres? Costumbres peligrosas que podían llegar a convertirse en muy dañinas para sus intereses personales, pues el fuego, como todo bicho viviente, viene a morir si se le deja de alimentar adecuadamente, ya sea de combustible o comburente, como puede ser, y lo es por antonomasia, el oxígeno. El cual brilla por su ausencia en un libro cerrado o algo similar como podría ser una de las libretas donde las señoritas anotaban sus pecados. Libretas que pretendían quemar así, de una sola pieza, sin removerlas para que el oxígeno circulara entre sus hojas y el fuego lo siguiera hasta devorar por completo todos esos secretos que debían desaparecer; pero que lo hacían solo en apariencia. ¿Cómo iban a pensar ellas que todos aquellos pequeños cuadernos que dejaban ardiendo en el fuego acabarían sepultados por las cenizas de las primeras páginas, con más de la mitad de sus secretos intactos…?

Don Atilano sospechaba que a unas pecadoras como ellas, que ansiaban el perdón de Dios de una forma enfermiza, sus conciencias no las dejarían dormir si no predicaban con el ejemplo y le perdonaban su desobediencia. Y el grado de sospecha era tan alto que en esos dos meses de fingido sufrimiento apenas dudó del indulto de esas mujeres. Hay que decir que tuvo un momento de alta infidelidad hacia su certeza de perdón, que fue cuando comenzaron a levar el ancla sin que se divisara al mensajero obispal con el perdón de las señoritas por ningún lado. Lo salvó de partir el amago de angina de pecho. Luego supo que el mensajero, el cual fue despedido esa misma semana, se pasó toda la tarde buscándolo en los barcos que partían desde el puerto de Algeciras hacia África, y no en Sevilla, que era de donde debía partir el cura hacia las misiones de las selvas peruanas.

Después de lo sucedido, las señoritas solo lo amenazaron de palabra las otras dos o tres veces que les vino el berrinche por otros tantos caprichos o insignificantes incidentes como el de caérsele encima a la señorita Matilde, pero el cura, después de lo de la angina de pecho, decidió tomarse muy en serio las amenazas. La última, tres años atrás, por no tener agua bendita a mano con la que rociar a las cinco de la mañana la verja del jardín donde, desde la ventana de su dormitorio, vio al diablo la señorita Angustias, que la miraba con sus anaranjados y enormes ojos redondos mientras giraba la cabeza completamente como si la tuviera separada del cuerpo.

Ya se temió lo peor cuando la despertó un sonido de esos que suelen hacer los fantasmas para asustar a la gente (uh, uh, uh...).

«Dile a la señorita Angustias, Celedonio, que me perdone, pero que la última agua bendita que tenía se la di ayer a Julia; y que no se preocupe, que a las diez de la mañana le tendré preparado un par de litros de esa agua para que tenga de repuesto por si vuelve el búho, que, por lo que me cuentas, Celedonio, es lo que ha visto la señorita Angustias». «Ya, ya lo sé, Atilano, es lo que le he dicho yo, que eso era un búho real, pero ya sabes cómo es, no se le puede discutir nada, me ha amenazado con despedirme si le vuelvo a discutir algo». Los dos litros de agua bendita estuvieron antes de lo concretado, a las nueve; aun así, don Atilano se pasó una semana entera disculpándose por la imprudencia de dejar terminar el agua bendita, pero mientras se disculpaba meditaba, como las veces anteriores, si no sería conveniente chantajearlas con la información (la de las libretas rescatadas del fuego por su anterior sirviente, donde apuntaban sus pecados) que dilapidaría a sus relucientes y aduladoras santidades. No obstante, prefirió guardar el chantaje para defenderse de la más que posible aparición de conflictos irreparables que pudieran dejarlo malparado, ya que algo le decía que si lo utilizaba con otra intención que no fuera la de la defensa, como, por ejemplo, para hacerse rico, acabaría malparado. Lo utilizaría en defensa propia, que, aunque a veces lo parecía, él no era mala persona. Si se portaban bien y no era expulsado de la Iglesia, o mandado fuera de su querida España, no echaría mano del chantaje.

En cuanto acabara con esos diablos voladores que le estaban dejando la iglesia hecha una porquería, inservible como casa de Dios, se pasaría a disculparse con la señorita Matilde, pues iba a pasar unos penosos días de sueños eróticos, pesadillas para ella, y de tentaciones irrechazables de hurgar ahí abajo donde el placer se desvive por salir afuera provocando terremotos de leche y miel, tentaciones que encima de hacerla sufrir lo indecible acabarían por vencerla.

—7 de agosto—

1 ataque de Ira de segundo grado: 1000 pesetas. (Evitar pasar junto a la casa del cartero, esos renacuajos me sacan de quicio cuando me enseñan la lengua).

1 ataque de envidia de segundo grado: 1000 pesetas. (Evitar mirar a las parejas paseando, no soporto que todo el mundo, menos yo, tenga pareja).

1 paja: 1000 pesetas (evitar tener al cura de Darda cerca, guardar una prudente distancia, el olor de su aliento me pierde).

TOTAL: 3OOO pesetas.

Estos eran los recuentos de los pecados cometidos por Matilde tal día, con su correspondiente anotación para evitar caer de nuevo en la tentación, que don Atilano conservaba en las libretas a medio quemar que las señoritas daban por desaparecidas pasto de las llamas, unos cuantos años atrás; esas con las que el anterior sirviente, Manuel, se costeó el despido, que ni fue improcedente ni procedente, pues no había contrato de por medio, ni firmado ni por firmar. Las cosas se hacían de palabra, que la de unas santas como ellas valía mucho más que cualquier escrito de esos que ya comenzaban a exigir los trabajadores del campo. Diez mil pesetas le costó a don Atilano cubrirse las espaldas de posibles berrinches que pudieran venir cualquier día de unas mentes enfermas como las de las hermanas. Teniendo en cuenta de dónde salieron las diez mil pesetas (de lo que se colaba en el bolsillo del cura cuando le tocaba administrar por las parroquias cercanas las donaciones de las hermanas), no le salió muy caro; más bien, las valiosas libretas le salieron gratis.

En una esquina del portalillo de la iglesia reposaba el medio saco de trigo que le pidió a un labriego. Tras arrastrarlo hacia el interior del templo, resollando, lo desató. Sí, era trigo. Lo dejó bajo la pila del agua bendita, a la entrada; no estaban sus espaldas para mantenerse dobladas mucho tiempo, y menos tirando de treinta kilos. Se incorporó. Masajeando la parte alta de la cintura con las manos, echó una ojeada al interior del templo. Los demonios de aves seguían por todos los lados, como ajenos a la presencia de esa enorme bestia de dos patas que el día anterior sembró de muerte la iglesia.

—Pronto se han olvidado de lo de ayer —se dijo don Atilano, y sonrió con malicia. Con lo relajadas que estaban iba a ser muy fácil. Pero, luego, al ver por el rabillo del ojo el interior de la pila del agua bendita oscurecido, se le borró la sonrisa de los labios. Al instante, clavó los ojos en los chorretones de sangre seca, de sangre más difícil de limpiar, y en la paloma muerta que el día anterior olvidó retirar.

Bufando, agarró con violencia el cuerpo sin vida de la paloma, para, seguidamente, con violencia, tirar de él y despegarlo de la pila, dejando un manojo de plumas pegadas a ella. Mirando con rabia al cuerpo rígido que apresaba su mano violentamente, lo lanzó con rabia contra el portón de la salida. Al instante, alzando las cejas como quien que se percata o recuerda algo sumamente importante, desvió la vista, con furia, hacia la pila bautismal. Y allá se fue mientras las palomas parecían seguir ajenas al demonio de la sotana negra. Agarró con violencia al bicho, con violencia lo despegó, y con violencia lo lanzó contra el portón. Allí, desde el altar, con una magnífica visión de toda la iglesia, menos del retablo que tenía a sus espaldas, levantó la vista de una de las palomas que lanzó contra el portón a la pared recientemente encalada, que ahora permitía ver mejor los chorretones de sangre que dejó al caer en la pila del agua bendita la paloma muerta en la ventana que coronaba la pared; y los dejaba ver por el mismo motivo que el de las pilas: la sangre seca destaca más. Apretó los puños, las palomas seguían a lo suyo, algunos machos persiguiendo a las hembras, luchando entre ellos, otros volando de un lado a otro arrullando, intentando atraer a las hembras, y otros, dos en concreto, junto con tres hembras, dando buena cuenta del trigo del saco desatado. Con la vista puesta en la cruz del cristo crucificado del altar, dio seis o siete furiosos pasos. Miró en rededor. Se acercó a un banco, se subió y, con rabia, arrancó la paloma muerta de la coronilla del cristo para arrojarla junto con las dos del portón de salida. El saco de trigo era ya todo palomas, y, ahora sí, el sacerdote enrabietado se percató de ello. Encolerizado, arreó hacia ellas a grandes trancos. Las cuatro palomas que primero se percataron de la amenaza del diablo de la sotana negra huyeron; las otras, como quien corre, en este caso, vuela, porque los demás vuelan, salieron tras ellas, todas menos dos despistadas que habrían recibido una buena patada de no ser porque las ansias de venganza le robaron la puntería al cura.

Ató el saco. Las miró con rabia; las otras, como si fueran conscientes de que las alas les daban superioridad, volvieron a serenarse. La tranquilidad le pareció al cura insultante, burlona. Introdujo la mano debajo de la sotana, sacó un par de cajetillas metálicas y redondas donde se podía leer «250 balines» y volvió a echar otra ojeada a los burlones pájaros para salir a la calle y, al instante, entrar empuñando la escopeta. Siete u ocho palomas parecieron reconocer el artilugio que sembró el terror el día anterior en el interior de la iglesia. Comenzaron a moverse nerviosas, a volar de un lado al otro inquietas. Contagiaron el nerviosismo a las demás. La iglesia era ahora un revoloteo miedoso donde se mascaba la tragedia, una locura de golpes contra los cristales de las ventanas, contra los retablos, buscando protección en sus huecos…; un caos en movimiento donde le iba a ser muy difícil, por no decir imposible, atinarle a algún demonio cagón de esos que estaban convirtiendo la casa de Dios en un estercolero. Pero al cura le dio igual, mejor liarse a tiros que a golpes contra el portón de la entrada. Debía desaguar la ira recién llegada cuanto antes. La angina de pecho dormida desde hacía años seguía allí, amenazando despertar cualquier día y hacerle un buen estropicio.

Se oyeron perdigonazos indiscriminados durante cuatro o cinco minutos, a intervalos de tiempo cada vez mayor, hasta que cesaron. Los dos primeros disparos sonaron en poco menos de cinco segundos, los dos últimos en alrededor de veinte; el caso es que, ya fuera sin apuntar o apuntando, don Atilano no atinó ni una sola vez en el blanco, y, ahora, agotado, vencido, eso sí, vacío de la enemiga de su angina de pecho, de ira, sentado en un banco, con la escopeta sobre las piernas, miraba a los asustados diablos, que, presos del pánico, parecían haber perdido la razón, y, como si el demonio de la sotana negra siguiera disparando como un loco aún, seguían golpeando los cristales de las ventanas intentando romper lo irrompible con unos cuerpos como los suyos. Pero estos eran solo los de entendimiento torpe. El cura se creció al comprobar que, aunque no abatió a ninguno, por lo menos le tenían ya no solo respeto, sino miedo. Echó un vistazo alrededor en busca de las otras palomas, de las listas, de las valientes. Dos, acurrucadas, quietas, en una esquina del retablo del altar, lo observaban. Levantó la escopeta, se la llevó al hombro. Lo que se imaginaba: esos demonios eran de los listos. Habían levantado el vuelo en cuanto vieron movimiento en el arma. Planeando por encima de la cabeza del cura, se posaron en una viga de madera que ayudaba a sostener el tejado del coro. Volviéndose hacia ellas, dejó la escopeta sobre el banco para, luego, incorporar su pesado cuerpo. Sí, esas eran de las listas, no se movieron ni un centímetro. Agarró la escopeta; las palomas, planeando de nuevo, volvieron al retablo del altar. Cuando volvió a dirigir la escopeta otra vez hacia ellas, desaparecieron tras uno de los tantos detalles del retablo.

Las asustadas, más tranquilas ya, seguían atrincheradas en las ventanas, allá donde les parecía a ellas que estaba la salvación. Y su instinto de supervivencia no erró, pero no porque creyera el instinto que donde hay luz está la salvación, sino porque el cura no se arriesgaría a romper los cristales de un perdigonazo. Esos demonios no podían escapar, tenían que morir todos, además de por intentar matarlo de una angina de pecho, por convertir el templo de Dios en un estercolero, algo que le hubiera dado, al cura ateo, absolutamente lo mismo si no fuera porque además de ser el templo de Dios, de su jefe, era también su oficina de trabajo.

Buscó a las otras que no se fiaban de la luz que entraba por las ventanas, a las listas. A dos les había perdido el rastro entre el retablo del altar, desaparecieron y seguían sin aparecer. Escudriñó la pequeña iglesia de arriaba abajo, de un lado al otro. Observó a tres acurrucadas bajo la mesa del altar, contra uno de los soportes de piedra granítica, que se decía llevaba allí lo menos ochocientos años; y no lo predicaban unos cualquieras, sino dos grabados en piedra, uno en el exterior, sobre de la puerta principal, y otro oculto tras una de las paredes que convirtieron la octogonal forma, que los maestros constructores le dieron a la sagrada construcción templaria unos ochocientos años atrás, en un crucero, como era lo habitual en las iglesias católicas. Se sospechaba que el antecesor de don Atilano prendió fuego a la iglesia aprovechando la oleada de santuarios quemados por los republicanos. Nunca le gustó la forma octogonal de la sagrada y antigua construcción, ni una sola vez se sintió cómodo diciendo misa en ella, le evocaba a los templarios, demonios como los masones, que eran los mismos, según aquel cura que luego culpó a los *quemaiglesias* del desastre. Fue muy sospechoso que después de estar quejándose durante quince años, desde que llegó a Darda, de que aquel templo no era católico, de que estaba endemoniado, de que tenían que modificar por lo menos su interior y darle forma de cruz…, fue muy sospechoso que después de no parar de despotricar, el día del incendio fuera el último en acudir a salvar la iglesia de las llamas, y que, no contento con ello, se quedara mirando, sin mover un dedo, sin acarrear ni un solo cubo de agua del regato Vallecerrado que corría detrás de la pequeña iglesia templaria, a doscientos metros, a los pies de una pequeña pendiente, el regato del cual los traviesos Juan y Pedro sacaban todas la mañanas un buen número de sardas.

Levantó el arma y apuntó a los demonios escondidos bajo la antigua mesa templaria. Las palomas levantaron el vuelo tranquilamente. Pero a don Atilano ya no le molestó que no se mantuvieran quietas, que no se dejaran matar. Se lo esperaba, solo las estaba tanteando. Los pájaros de las ventanas parecían haberse tranquilizado y ahora se mostraban expectantes, moviendo la cabeza de un lado a otro. Las que huyeron de debajo de la mesa se posaron en la viga del coro.

No tenía prisa, estaba bien preparado para sentarse en el confesionario a esperar que cayeran en la trampa. Llevaba consigo un termo de café y otro con un buen cocido castellano. Aquella mañana Sagrario le había preparado su plato preferido. Don Atilano no era buen cocinero, pero como «donde comen tres comen cuatro» no pasaba hambre. En casa de sus vecinos comían seis más el cura, que lo hacía en la suya, pero la comida que cocinaba Sagrario. «Don Atilano, que donde comen tres comen cuatro, no se apure, pero si se siente en deuda ya sabe lo pecadores que somos en la familia, rece por nuestras almas, que a usted Dios le hace más caso y además se le da mejor rezar. Cada uno a lo suyo, usted rece que ya sabe lo bien que cocino yo, que es lo mío, el cocinar». La vocación de don Atilano tuvo mucho que ver con el hambre, y hasta puede que lo tuviera todo que ver, casi todo, pues el cura de su pueblo, allá en el sur de Lérida, influyó lo suyo en la fácil decisión que tomó aquel adolescente confundido y muerto de hambre de apenas quince años. El segundo de siete hermanos (cinco chicas y dos chicos), el hijo de Tragalitros, un pescador que solo aparecía por casa cada seis meses, o cada año, para hacerle a su mujer un hijo y pedirle perdón por haberse bebido tres cuartas partes del salario…, aquel niño tuvo mucha suerte de que el cura que llegó a su pueblo, cuando él era aún monaguillo, con trece años, lo viera indefenso y necesitado de alimento, lo viera como la víctima perfecta para su depravada mente. Pero para aquel niño de trece años muerto de hambre lo importante era comer, y entonces también vio en el cura la víctima perfecta, una apetecible víctima.

A los ojos de un muchacho que durante sus quince años de vida se levantó incontables mañanas de la cama sin saber si ese día iba a comer, en el seminario se comía muy bien. Muchos de sus compañeros no eran de la misma opinión, todos los que venían de familias donde se comía mínimo tres veces al día, que eran los que tenían una sincera vocación.

Si había que creer en Dios, se creía, todo fuera por la comida; «¿tú crees, hijo?, ¿tienes fe, Atilano?». «Sí, padre, creo. Tengo una fe ciega». A ver cómo le demostraban que mentía. Además, no hacía falta creer para ser cura, él se iba a convertir en cura sin vocación, lo único que tendría que hacer era decir misa, predicar las bondades de Dios, en el que no creía, que más daba eso, él no lo veía necesario, pero claro, ese secreto era un secreto porque no lo conocía nadie más que él. En juego estaba la comida, y hasta la vida. Por aquellos tiempos, declararse ateo o no ir a misa era mucho más perjudicial que fumar. No entendía a esa gente que ponía su vida en peligro solo por pura cabezonería. ¿Qué más les daría ir a misa, que más les daría declararse fervientes creyentes? Es más, si creyeran no tendrían por qué temer a la muerte, pero jugársela sabiendo que después de muertos no había nada de nada… No lo entendía, no entendía esa cabezonería. Tampoco pudo llegar a comprender nunca a todas esas personas que lo daban todo por librarse del infierno… Esos sí que creían ciegamente. ¿Por qué si no iban a poner en peligro sus ahorros? ¿Por qué si no iban a darlo todo hasta caer agotados? Las señoritas, unas tacañas como ellas, se estaban dejando la fortuna en donaciones porque creían que de ese modo se ganarían el cielo. ¿Cómo podían creer en eso? Durante los años de monaguillo en la iglesia de su pueblo no cesó de intentar creer en Dios; pero nada, que no lo logró. No hubo manera, y eso que se pasaba todo el tiempo en casa del cura ganándose la comida de cada día. Más tarde, al entrar en el seminario, volvió a intentarlo noche y día, con idéntico resultado, y lo siguió intentando al comenzar a ejercer ya de sacerdote, pero estaba claro que creer no era lo suyo. Eso sí, tampoco le importó mucho, y cuando comenzó a conocer lo que era capaz de hacer la gente con tal de ganarse el paraíso, se sintió afortunado por no ser capaz de creer... ¿Cómo iba a quitarle la fe a Sagrario? Además, era cura, no podía decirle que dejara de hacerle la comida y de fregarle la loza, que Dios no existía, que por mucho que él rezara cuando muriera no iba a ir a ningún paraíso, que después de la muerte no había nada... ¿Cómo iba a quitarle las esperanzas a esa pobre mujer?

Don Atilano, seguro de la eficacia de su estrategia, había visto con sus propios ojos cómo las palomas se desvivían por el trigo del saco. Se llegó al confesionario con la escopeta y los dos termos, el de café y el del cocido, y lo dejó todo dentro, sobre la banqueta del interior de aquel compartimento de madera de roble bellamente decorado con infinidad de pequeños detalles que se asemejaban más al arte mudéjar, engendrado por musulmanes, que a cualquier otro utilizado en los templos católicos. Luego, yendo a por el medio saco de trigo, echó un par de puñados frente a la ventana del confesionario, entre dos bancos, para, seguidamente, cerrar el saco y acercarlo a la puerta del depurador de pecados. Pasó dentro. Se sentó, introdujo el cañón de la escopeta de perdigones por uno de los incontables agujeritos de la ventana donde los feligreses se confesaban y apuntó a los dos puñados de trigo derramados en el suelo. A los dos minutos, cuando la espalda y el brazo, que llevaba la mayor parte del peso del arma, comenzaron a resentirse, reparó en el error, de fácil solución. Echándose hacia atrás, con la espalda apoyada en la pared de madera y el codo derecho sobre el apoyabrazos de la banqueta, descargó, así, todo el peso de la escopeta para, seguidamente, apuntar de nuevo al trigo, ahora ya solo utilizando el brazo derecho.

A los cuatro o cinco minutos, por la puerta abierta, vio movimiento con el rabillo del ojo izquierdo en el retablo. Giró la cabeza hacia el punto en movimiento. Una paloma de un oscuro azul, como todas, con el papo hinchado arrullaba dando vueltas sobre la cabeza de la figura de un ángel. Tras la figura de otro ángel situado más abajo, a los pies del primero, asomó un nuevo pájaro. Se posó sobre la cabeza del ángel. El otro, intensificando las vueltas y el arrullo, se lanzó a por la hembra, que dedujo don Atilano sería la paloma de abajo, pues allí, sobre la cabeza del ángel, se agachó y se dejó montar por el macho. Un instante duró la cópula. Luego, la pareja de demonios se persiguió jugueteando por toda la iglesia para volver al retablo de detrás del altar y, uno tras otro, desaparecer tras la cabeza del ángel donde asomó la hembra. Don Atilano se mostró pensativo, con la vista clavada en el lugar donde desaparecieron los demonios de pájaros. Copulando, allí, en un lugar sagrado… A él, ateo, le daba lo mismo, pero era una falta de respeto hacia los creyentes que le daban de comer, hacia las personas sin las cuales no podría haber conseguido un trabajo tan bien remunerado como el suyo, cuyo único inconveniente era la castidad, algo que no le importaba mucho, pues estaba exento del castigo divino. Solo se exponía al riesgo de la condena humana, del que siempre se había cuidado mucho y era fácil eludir; no así como el otro, el divino, del que no se iban a librar todos los compañeros pecadores, pues Dios todo lo sabe y todo lo ve. Y luego, al estar incapacitado para formar una familia y además sus compañeros de oficio ser todos hombres, no pudo conseguir empleo mejor, y más teniendo en cuenta el mando que tenían los curas sobre la sociedad, equivalente, y casi por encima, de todo lo militar.

Al poco vio aparecer a las dos palomas tras la figura de una virgen del retablo, unos tres metros más abajo de donde las perdió de vista. Se mostró pensativo de nuevo, pero unos alborotadores arrullos lo rescataron del ensimismamiento. Frente a él, justo donde apuntaba la escopeta, unas ocho o nueve palomas se peleaban por el trigo.

Guiñó un ojo, las tenía allí mismo, a tiro; qué pena que la escopeta no fuera de cartuchos como la del marido de Sagrario, con la de perdigones solo podría matar a una de las ocho o nueve. Entonces reparó en que la estrategia del trigo no era tan buena como pensaba, ni siquiera era buena. Apretó el gatillo, el eco repitió el disparo hasta disiparse. Palomas huyendo, palomas revoloteando por toda la nave, estrellándose contra los cristales de las ventanas, unas tres o cuatro desapareciendo entre las figuras del retablo, y una golpeando histérica con las alas el suelo, el reclinatorio del banco y el trigo, poniéndolo todo perdido de sangre mientras el cura, sonriendo con malicia, saboreaba la venganza. Al poco, dejando de batir las alas, se quedó inmóvil, tumbada sobre el trigo tintado de rojo.

Si la dejaba allí, mal; las otras, viendo el cadáver de una de sus hermanas, no se acercarían a la comida; si salía a retirarla, también mal; lo verían, verían al de la sotana negra que llevaba dos días vistiendo la iglesia de muerte y no se volverían a poner a tiro. No era buena idea. Miró el reloj, las doce y media. En media hora había matado una, estaba seguro de que ese día con el trigo a pocas más podría aniquilar; quizá al siguiente, cuando se hubieran olvidado de lo que escondía esa comida… Sí, le pediría la escopeta de cartuchos al marido de Sagrario, dejaría el cereal más lejos del confesionario, cuanta mayor distancia, los perdigones de los cartuchos se expandirían más, abarcarían más zona, podría matar a unos cuantos diablos de una sola vez.

Tiró de la escopeta hacia atrás y apoyó la culata en la banqueta, el cañón ahora apuntaba hacia el techo del templo. Abrió el termo del café. La tapa estaba pensada para utilizarla de taza.

Mientras se bebía el café con leche, largo de café, seguía meditando si retirar la paloma muerta o dejarla allí. A los cinco minutos, tras ver a un par de ellas posarse en el banco bajo el cual yacía el cadáver emplumado, decidió dejarla. Al instante llegaron otras tres; las dos primeras, revoloteando, se posaron en el suelo para comenzar a comer, con precaución, levantando cada poco la cabeza, los granos más alejados de la paloma muerta. Las otras tres, tras dos intentos, acabaron por emular a las primeras. Don Atilano, sonriendo con malicia, se bebió de un trago el café de la tapa del termo y acto seguido levantó la culata del arma de la banqueta. Volvió a ver movimiento por el rabillo del ojo en el retablo de detrás del altar; otra vez la pareja de palomas copulando, otra vez palomas, en concreto otras dos, asomando entre las figuras del retablo. Arrugó la frente, luego apuntó a las del trigo. Se oyó otra detonación repetida por el eco.

CAPÍTULO 5

Acabaron de comer; con la historia del infierno Arturito se comió todas las alubias a la chamusquina sin percatarse apenas del ligero amargor. Los otros niños se fueron al colegio, Pedro también, eso sí, sin comer y sin oír la interesante historia del infierno y del demonio. El pequeño, luego, se sentó en el portalillo de la casa con el tirachinas cargado en la mano. Miró hacia su vivienda con temor, su madre le dijo que hasta que no lo avisara no volviera. Y allí estaba, mirando la puerta de su casa, pensando en todo lo nuevo que ahora sabía del infierno (que el demonio no quema a la gente, pues cuando mueres te conviertes en energía, solo se lo hace pasar fatal durante toda la eternidad; lo que sí come es la carne de los muertos que va recogiendo por los cementerios, de los muertos que han sido malos…) cuando oyó hablar a la señora Elvira:

—Hay que decirles a sus padres que anden con cuidado con Arturito cuando hablen de los muertos. La historia que has tenido que inventar… Espero que los niños guarden la promesa y no se lo cuenten a nadie, y menos al cura, al de tu pueblo, porque a don Atilano…

—¿Acaso no es cierto lo del magma terrestre?

—Sí, pero eso de que el demonio va robando lo cuerpos de los muertos por los cementerios…, que estos curas todo lo que se salga de las historias tradicionales…

Y hasta ahí oyó, pues fueron sus ojos todos llenos de interés lo primero que se encontraron los dos mayores cuando abrieron la puerta de la calle.

—Sí, debemos tener cuidado con lo que hablamos, pero todos —afirmó el señor Matías, el herrero.

La señora Elvira le extendió la mano al niño.

—Vamos de paseo, cariño —dijo. Luego miró al cielo, cubierto por una fina capa de nubes.

—Tengo miedo de alejarme del infierno, el hombre del saco puede cogerme.

—Soy la mujer del portero del infierno, conmigo estás a salvo… ¡¡Litri…!! Ven. —El manso mastín acudió a la llamada al instante. A pesar de la mala puntería del niño con el tirachinas, al pobre animal le había arreado bien. Tenía una pequeña incisión en la parte delantera de la cabeza. Elvira lo montó encima del enorme animal albino. Se le agarró a los lomos. El perro movió el rabo. Le gustaba tanto montar a los niños como a ellos cabalgar sobre él. El único problema era que cuando veía un gato se olvidaba de todo, hasta de que los llevaba encima. Un día la señora Elvira se despistó y vio el gato después que el perro. Arturito acabó en el suelo, pero apenas sufrió daños, tan solo unos rasguños en las piernas. Peor le fue a Pedro, que intentó seguir encima de un Litri desbocado persiguiendo a otro gato; Arturito se tiró al suelo en cuanto vio al bicho. El otro tardó una semana en recuperarse de las heridas; del esguince, veinte días.

—Con Litri no se atreverá a acercase a ti.

Perro, mujer y jinete tomaron la calleja que, entre prados y encinas, comunicaba Darda con la carretera, a doscientos metros de la casa del niño y de la de sus vecinos. El señor Matías se fue a trabajar a las puertas del infierno, que ahora resultaba que el fuego no era del demonio, sino de la tierra misma. ¿Cómo podía haber fuego sin que nadie lo hiciera? Su madre todos los días encendía la chimenea y no paraba de alimentarla hasta que se iban a la cama porque si no se apagaba, como sucedía después de que se acostaran. Todas las mañanas aparecía apagada. Alguien tenía que alimentar el fuego del infierno, era imposible que se mantuviera encendido por sí solo. Además, la señora Elvira le dijo al señor Matías que había tenido que inventar una historia y él aseguro que lo del «mama terrestre» era verdad… «¿Qué «mama terrestre» era esa?», se preguntó Arturito; luego, a la mujer.

—¿Quién es esa «mama terrestre»?

—¿Qué «mama terrestre»? —respondió ella, extrañada.

—El señor Matías dijo que lo del «mama terrestre» era cierto.

La señora Elvira soltó una carcajada

—¡Ahhhh…! ¡El magma…! Mag-ma —silabeó, haciendo énfasis en la primera sílaba—. El magma es fuego líquido, como te dijo el señor Matías; la tierra por dentro, excavando mucho, mucho, está llena de fuego, es una bola de fuego líquido… ¿Sabes que la tierra es redonda?

Arturito, montado en el mastín, le dijo que sí. Un día fue a casa de la maestra con su madre y vio un balón azul y marrón, lleno de dibujos por todos los lados, sujetado a un arco de metal. La maestra, al ver que no le quitaba la vista de encima, cogiéndolo de la mano, lo acercó al balón. Con un movimiento rápido de mano le dio un pequeño golpe, el balón comenzó a girar velozmente. La maestra, deteniéndolo con ambas manos, comenzó a buscar algo en él. Apuntó con el dedo al final de uno de los dibujos marrones rodeados de azul; «mira, aquí estamos nosotros. Esta es la tierra en pequeñito. La tierra es redonda».

—Pues por dentro está llena de fuego.

—¿Y quién le echa leña para que no se apague? —Otra carcajada—. Mamá todas las mañanas tiene que encender la chimenea porque por la noche se apaga al dejar de echarle leña. —El niño acarició a Litri en la cabeza.

—Buena pregunta. —Se quedó pensativa, como cuando le preguntó, por la mañana, por qué la gente tiene miedo de ir al infierno, cuando después de muerto uno no se entera de nada. —Pues no sé, hijo, supongo que el demonio alimentará el fuego.

—Pero si el señor Matías dice que el demonio no hace el fuego.

—No sé, hijo, ya se lo preguntaremos al señor Matías.

Notó que Litri tensaba los músculos, para, luego, dirigir la enorme cabeza blanca hacia unas zarzas. El niño, inclinándose de un lado, tocó suelo con un pie; seguidamente, echando la otra pierna por encima del animal, se bajó justo cuando el otro se lanzaba hacia las zarzas. Desde el día que tuvo que desmontar, tirándose al suelo, con

Litri ya corriendo tras un gato, no se fiaba de la señora Elvira; en cuanto notaba al animal tenso saltaba al suelo. La pequeña mujer, que iba unos metros por delante de ellos, al oír alboroto, visiblemente alterada, volvió la cabeza hacia las zarzas. Vio a un gato gris salir huyendo, al perro detrás; luego, como buscando algo desesperadamente, paseó la vista en rededor hasta que la detuvo en la cara del pequeño. Lo miró de arriba abajo. Suspiro y sonrió.

El perro era grande y pesado, el gato pequeño y veloz. Litri llegó a ellos cuando alcanzaban la carretera, aún no embreada, pues podía denominarse también como un camino, por el cual no pasarían más de cinco coches a la semana. En Darda tan solo el alcalde disponía de vehículo, un Seiscientos, y ahora que Andrés y su esposa se quedarían a vivir después de enterrar al pobre Felipe, serían dos los coches del parque automovilístico de la pequeña población, el Seiscientos y un Rover 2000.

—Si toda la tierra por debajo es fuego, el infierno es muy grande. —La señora Elvira, apuntando al cielo con un dedo, lo movió de izquierda a derecha, del horizonte oeste al horizonte este.

—Tan grande como el cielo, hijo.

Arturito le preguntó qué había en el cielo para estar tan bien como le aseguraban que se estaba; a eso tampoco le supo responder: «nunca he estado», le dijo. A lo que sí le respondió, y menos mal (cada vez que venía el hombre del saco le llegaban nuevas preguntas), era a por qué, si ese malvado hombre sabía que siendo malo iba ir al infierno, asfixiado, pasándolas canutas durante toda la eternidad, era malo. «No ha recibido una buena educación de pequeño, no le advirtieron la que le podía caer si se portaba mal; ahora ya es tarde, y está intentando por todos los medios vivir muchos años para disfrutar todo lo que pueda antes del castigo eterno del fuego».

Tras caminar por la carretera, hacia el norte, durante cien metros, tomaron un camino a la izquierda; luego, dados los primeros pasos, Litri, viendo otro gato, corrió tras él con el pesado correr de su cuerpo, de unos cien kilos. El niño y la mujer siguieron caminando dirección a la octogonal iglesia, gobernada por don Atilano.

Camino del regato de Vallecerrado, pasaban frente a la antigua edificación cuando la puerta principal de la iglesia anunció que se abría con un molesto y chirriante sonido; ruido que alertaba al cura cuando alguien entraba o salía, al cura al que, si más de uno le reprochaba que estaba más sordo que una tapia, por algo sería.

La mujer y el pequeño vieron aparecer con una escopeta de perdigones en la mano al grueso y calvo don Atilano por el quicio de la puerta. Se los quedó mirando.

—¿Qué, no consigue acabar con las palomas?

El cura, con la escopeta en la mano, dio unos pasos hacia ellos.

—Buenas tardes, Elvira. Son el demonio, ya no sé qué hacer. Desde las once que llevo aquí, si hasta he tenido que traer comida, para luego no lograr matar más que cinco o seis. Ayer, cuatro que maté. En cuanto me ven levantar la escopeta salen volando, no paran quietas. Me he escondido en el confesionario y le he echado trigo para que se pusieran a tiro. He matado dos enseguida, pero luego han dejado de acercarse a comer. Las otras tres o cuatro, en el retablo del altar, las he cazado armándome de paciencia. Se esconden entre los santos… No sé qué hacer para acabar con ellas, quedarán unas veinte. Aún no me explico cómo pueden haber entrado, y más así, todas juntas. —Se volvió hacia la iglesia—. Si no estuviera cerrada con llave sería fácil adivinarlo. —Llegó a la puerta, se volvió otra vez hacia los otros—. Solo hay un palomero en el pueblo. Un mal bicho.

—Deje la puerta abierta y alborótelas, ya verá como al final encuentran la salida y las pierde de vista.

El cura meneó la cabeza lentamente. El niño no le quitaba la vista de encima.

—Tienen que morir todas, si escapan estoy seguro de que al siguiente día me las encontraré otra vez dentro… Además, deben morir por poner la casa de Dios perdida de mierda.

—¿Por poner la casa de Dios perdida de mierda, o por las molestias y el trabajo extra que le están dando al cura?

Don Atilano la escudriñó de arriba abajo mientras Arturito lo seguía mirando con fijación. Esa mujer siempre poniéndolo en evidencia, siempre poniendo en duda que actuara pensando en Dios, poniendo en duda su fe. Con ella tenía que sobreactuar, meterse a fondo en el papel de siervo de Dios.

—¿Qué insinúa, Elvira…? Puedo ser duro, tengo un carácter muy fuerte, pero no lo hago por venganza. Lo hago para que la sagrada casa de nuestro todopoderoso padre no vuelva a ser profanada por estos diablos, porque, no me cabe duda, solo unos diablos pueden entran en una iglesia cerrada a cal y canto —se inclinó hacia la mujer—; ¿o tienes otra explicación de cómo pueden haber entrado tantas palomas en un lugar cerrado? Y no solo eso, que llevan más de quince días sin comer, porque en la iglesia como no se coman los bancos o la piedra…, quince días sin comer, y tienen una vitalidad, y cagan, como si comieran todos los días. No sé si tienes una explicación. —La pequeña mujer dijo que no con la cabeza—. Solo puede haber una: que son unos demonios, procedentes del infierno, que están poniendo la casa de Dios perdida de mierda, y eso merece un duro castigado, a no ser que me expliques cómo han entrado estando todo cerrado y cómo se mantienen en pie sin comer nada durante quince días… —A pesar de que la mujer le acababa de decir que no lo sabía, se lo volvió a preguntar con la esperanza de que le diera alguna respuesta más convincente que la de los diablos, la respuesta que se veía obligado a dar para seguir ocultando su ateísmo. Aquel suceso lo estaba desquiciando, ante algo tan inexplicable estaba comenzando a pensar que en realidad aquellos bichos eran verdaderos demonios, que en realidad existían. Aquella misma tarde había vuelto a revisar, como el resto de días desde que aparecieron, el interior de la iglesia cuatro o cinco veces en busca de algún hueco por el cual alguien las hubiera podido introducir, como creía él que habían llegado al interior del sagrado recinto, pero nada, seguía sin encontrar una fisura en el hermético recinto por la cual las pudieran haber metido.

La mujer se lo quedó mirando desconcertada, le había dicho ya que no. Bajó la vista, miró a Arturito, le acarició la cabeza.

—Écheles trigo envenenado; ¿o tiene miedo de envenenar a la blanca?

El sacerdote se mostró decepcionado, luego extrañado. Arrugó el rostro.

—¿A la blanca? No hay ninguna blanca, son todas azuladas.

—Sí, hombre, al Espíritu Santo —contestó la mujer, y sonrió.

—¡¡Elvira…!! Con las cosas de Dios no se bromea… ¡Ah…!, por cierto, contigo tengo yo que hablar de otro tema.

—Usted dirá, don Atilano.

Se volvió de nuevo hacia la iglesia, cerró la puerta con llave, dejó la escopeta apoyada en la pared. Volvió a abrir, entró, salió y dejó la bolsa con los dos termos junto a la escopeta para luego dirigirse hacia mujer, niño y mastín, que llegaba a ellos con la lengua fuera después de que otro gato se burlara de su torpe correr. La menudita Elvira miraba al cura mientras este se les acercaba de nuevo, como si ella fuera el mastodonte y el otro la retaco.

—Hola, hijo —dijo el cura, como si el que acabara de llegar fuera el niño, y no el mastín.

Arturito lo miró de arriba abajo con la frente arrugada.

—¿Hijo? —¿Acaso era su padre el cura?

—Hola, señor cura —le respondió, sin más, sin intención de menospreciar al hombre al que le gustaba que lo llamaran padre, o, como poco, don Atilano.

Meneó la cabeza mirando a la mujer.

—Qué poco respeto…, qué mala educación. Cómo se nota que sus padres vienen poco a misa… ¿Y qué? ¿De paseo?

—Y bien..., ¿de qué quería hablar conmigo? —preguntó la mujer.

La miró un instante, luego al suelo, y de nuevo depositó los ojos en el rostro expectante de la otra.

—Deberías educar mejor a tu hijo Pedro, decirle que en misa no se habla, que se escucha al cura. Cada vez está más rebelde.

Litri, agotado por culpa del malvado gato, se tumbó delante de la mujer y de Arturito.

—Mi hijo Pedro está muy bien educado, cuando se porta mal lo castigo. Es un poco travieso, pero si usted se empeña en educarlo a tortazos, no adelantamos nada. —A don Atilano casi se le salen los ojos de las órbitas—. Desde el domingo pasado, después de que le diera otro tortazo, no hacemos vida de él... Y sabemos que no es la primera vez que le pega —la respiración de don Atilano era, ahora, la de un caballo desbocado, pero el mastodonte parecía seguir siendo la pequeña mujer, que se mantenía firme ante el volcán en erupción del párroco—, y no porque el niño nos lo haya dicho. Nos extrañó que comenzara a alborotarse desde el verano pasado. La próxima vez asegúrese de que la iglesia está vacía, que aunque les arree en la sacristía, con esas manos suyas, retumba en todo el edificio. Pero bueno, ¿sabe qué le digo? Que lo siga educando usted.

—¡Yo no tengo por qué educarlo...! Yo no lo estoy educando.

—¡Ah!, ¿no? ¿Entonces por qué le pega?

—Eso no es educarlo, eso es llamarle la atención. Además, ya que sus padres no le arrean cuando tienen que hacerlo, alguien tendrá que sacudirle.

La señora Elvira esbozó una sarcástica sonrisa.

—Sus padres no pegan, es un castigo que no sirve para nada más que para empeorar las cosas.

—Es la mejor forma que hay de domar a los gamberros... Mano dura, ese es el mejor castigo.

—Habla como si hubiera educado a muchos hijos, pero que yo sepa no tiene ninguno.

El cura levantó un dedo amenazador.

Arturito lo miró, ahora, con curiosidad.

—¡¡ELVIRA...!! No te consiento...

Litri, dando un respingo, levantó la enorme cabeza, en la cual presentaba una herida, la que le hizo Arturito con el tirachinas al confundirlo con el hombre del saco. El niño se la acarició.

—¿El qué, don Atilano...? ¿Qué no me consiente?

Se le acercó y se inclinó hacia los negros y chiquitines ojos de la mujer, que no se sintió amenazada. Litri rezongó, los otros lo miraron. El perro miró a un gato blanco que cruzaba la carretera hacia el pueblo, y allá se fue, a ser la risa de otro felino, dejando a su dueña indefensa ante el cura, que seguía inclinado, a un palmo del rostro de ella, como queriendo comprobar que no tenía ningún cuerpo extraño entre los ojos. Arturito volvió a mirarlo con curiosidad.

El párroco se incorporó sin apartar la vista de Elvira; luego, mirando hacia el portalillo de la iglesia, le dio la espalda. Arturito lo seguía mirando con curiosidad.

—No te hagas la tonta. Has insinuado que tengo hijos —acusándola, se volvió hacia ellos.

La mujer, a pesar de la acusación, lo miraba sin perder la serenidad.

—No diga tonterías, don Atilano, tanto usted como yo sabemos lo que he dicho. En ningún momento he asegurado que tenga hijos.

Volvió a poner el dedo acusador y los ojos en el rostro de la inalterable mujer.

—Ándese con cuidado, que esas acusaciones son muy serias. —La señora Elvira rio de nuevo sarcásticamente—. Y no se ría. —Arturito lo seguía mirando con curiosidad.

—De acuerdo, bien, ¿tiene algo más que decirme?

El cura abrió la boca, como para decir algo, pero, al instante, la cerró sin haber dicho nada. Luego se volvió de nuevo hacia la iglesia.

—Solo eso: que eduque bien a Pedro.

—Hágalo usted, que tanto sabe de educación —el cura se detuvo, se volvió, la miró de nuevo—, de mano dura. Ya que ha empezado a domarlo, siga haciéndolo como con el resto de niños a los que les cruza la cara de vez en cuando.

—No dudes que lo haré. Los niños necesitan mano dura, y a los que no les arrean sus padres, como a Pedro y a los otros cuatro, como ya te he dicho antes, alguien tendrá que arrearles.

—Como usted quiera… ¡Ah…!, le advierto que el sábado vendrá cerril a misa. Lo hemos castigado una semana sin salir de casa nada más que para ir al colegio y a misa, así que prepare esa mano, que va a tener trabajo.

Comenzó a acercárseles de nuevo, ahora escudriñando a la mujer. Litri se les acercaba con la lengua fuera, Arturito fue a recibirlo.

—Elvira, ándese con cuidado, que por lo que veo aún no me conoce, y eso que llevo veinte años ya en el pueblo.

Arturito animó a un cansado y humillado Litri subiéndose el encima. El perro puso cara de decir «lo que me faltaba…», o algo parecido, luego se sentó con cuidado de no tirar al niño. Al instante se tumbó. Arturito, bajándose, se sentó al lado del agotado mastín, luego comenzó a acariciarlo mientras miraba a los dos adultos.

—Ándese con cuidado y no me atice a su hijo, que a ese no le hace falta que lo animen.

—Yo no atizo a nadie, padre. —El cura pareció crecer de orgullo; «padre», que lo llamaran de ese modo era como que se arrodillaran ante él. Arturito se mostró confuso.

«¿Padre? ¿El cura es el padre de la señora Elvira…? A mí me ha llamado hijo… ¿Seré hermano de la señora Elvira?», pensó, como si hablara con el animal, mirándolo. Volvió la vista hacia los adultos.

—Yo solo le advierto que Pedro vendrá como vendrá después de estar unos días encerrado en casa —siguió diciendo la señora Elvira mientras el cura digería el sabroso trato de «padre»—. Si lo sé no le digo nada. No puede ser una buena, padre.

¡Otra vez padre…! Mientras al cura se le volvía a notar complacido, Arturito ya no dudaba; la primera vez podía haber oído mal, dos…

«¡¡La señora Elvira es hija del cura…!! —se dijo—. Es mi hermana… Me llamó «hijo»; entonces, ¿papá quién es?», acabó preguntándose.

El gato blanco cruzó de nuevo la carretera, ahora hacia la iglesia. Litri levantó la cabeza, hizo un amago de levantarse y ahí se quedó tumbado, mirando al provocativo felino que caminaba insultantemente a unos veinticinco metros de ellos, hacia un prado de pared de piedra. A pesar de sus cinco años, Arturito fue consciente de la impotencia del perro y del burlón comportamiento del gato. Sacó el tirachinas de entre los pantalones y, corriendo el riesgo de que el animal también se riera de su mala puntería, le disparó. La piedra alcanzó la trasera del bicho, que, maullando de dolor, aligeró el burlón paso hasta el punto de que sus cuatros patas más que correr volaban.

Arturito se rio, luego acarició a Litri. Estaba ganando en puntería, pronto estaría preparado para enfrentarse cara a cara con el hombre del saco.

Mientras la mujer lo miraba riéndose para sus adentros, don Atilano, saboreando ese segundo «padre» durante otros cuantos segundos, la volvió a apuntar con el dedo.

—Pues si eres tan buena como dices, deja de atizar a tu hijo y edúcalo como Dios manda.

—¿Como Dios manda o como usted manda? Que yo sepa Dios no predica la violencia.

—¿Qué sabrás tú lo que predica Dios…?

—Que no solo usted sabe leer, ni lee la Biblia.

El cura apuntó con el dedo a Arturito.

—Hasta él sabrá leer, pero no entiende lo que lee.

—Ya veo que conoce bien a la gente del pueblo, y eso que somos cuatro gatos. El niño aún no va a la escuela.

—Os conozco a todos como si os hubiera parido, yo no he dicho nada de que el niño vaya a la escuela, he dicho que sabrá leer, en modo figurado; no he afirmado que sepa.

—Ya me puede perdonar, he entendido mal. Entonces me dice usted, padre… —Al padre esta vez ya eso de «padre» le sonó como a lo que era, a burla. Arrugó la frente. Arturito, que jugaba con la mano de Litri, volvió a oír lo de «padre»; tres veces ya era mucha coincidencia. Se volvió hacia los adultos—. Entonces me dice, padre, que yo solo sé leer y no entiendo lo que leo, que cuando Jesucristo decía «dejad que los niños se acerquen a mí» era para educarlos a tortazos.

—Yo no he dicho tal cosa… Y como vuelva a llamarme padre con ese tono burlón se las verá conmigo.

—Descuide, don Atilano —dijo, haciendo énfasis en «don»—; no he utilizado ningún tono burlón, pero no volveré a llamarlo padre. En cuanto a lo otro, me lleva diciendo un buen rato que a los niños hay que educarlos con mano dura, a base de tortazos, y ahora lo niega. ¿En qué quedamos? ¿Mano dura o como Jesucristo y nosotros, mi marido y yo, con diálogo y cariño?

—Le recuerdo, por si no lo sabe, que Jesucristo echó a los mercaderes del templo a palos. Él también era violento cuando había que serlo.

—Ya veo, igualito que usted, que apalea a los niños y agasaja a los mercaderes, como a esas señoritas del Cuarto Arriba, a las que solo hace falta que les extienda la alfombra cuando vienen a misa.

El cura hizo un amago de hablar, se volvió hacia la iglesia y comenzó a mascullar algo por lo bajo. La mujer le dijo con la mano a Arturito que se le acercara, el otro seguía sermoneando por lo bajo, ahora con los puños apretados. El niño se levantó, Litri lo emuló.

El párroco se santiguó de espaldas a la mujer, luego se volvió.

—No voy a seguirle el juego…, no voy a entrar en discusiones teológicas con una analfabeta. —La apuntó con el dedo—. Se lo he advertido antes y se lo vuelvo a advertir ahora: no atice a su hijo o se arrepentirá. Espero que el sábado se porte bien, de lo contrario aténgase a las consecuencias.

La mujer le sostuvo la mirada hasta que dejó de apuntarla con el dedo, unos segundos después de advertirla. Arturito y Litri llegaron a donde la mujer, que cogió de la mano al niño, el cual volvía a mirar con curiosidad al sacerdote.

—¿Y qué va a hacer si no? ¿Pegarme un tortazo como a mi hijo…?

—Advertida queda.

—Está bien, no lo dejaré venir a misa; es lo único que puedo hacer para asegurarle que no le causara problemas.

—Advertida queda —volvió a repetir un relajado don Atilano; era como si la letanía que rezo por lo bajo lo hubiera transformado en una persona completamente distinta al volcán en erupción de unos minutos atrás.

El cura se volvió de nuevo hacia la iglesia.

—Creo que usted se ha confundido de profesión, debería haberse metido a guardia civil, policía o soldado. Como le gusta el enfrentamiento…

El cura, sin volverse, levantó el dedo apuntando al cielo.

—Advertida queda.

La mujer tiró de la mano del niño.

—Vámonos, Arturito. Que tenga buena tarde, don Atilano.

El cura llegó a la puerta de la iglesia, rebuscó entre la sotana negra.

—Advertida queda. —Metió la llave en la cerradura, una de esas antiguas llaves de hierro, y giró para cerrar. La llave no giró, pues la puerta estaba ya candada; la señora Elvira sonrió.

—Padre, dele otra vuelta, que no ha quedado bien cerrada, a ver si se le va a escapar el Espíritu Santo… Y descuide, que advertida quedo...

El otro no dijo nada y, cogiendo la escopeta de perdigones y los termos, emprendió el camino de vuelta a casa. Los otros tres, perro, mujer y niño, dejando a la izquierda la iglesia y el cementerio, adosado a la trasera del templo, pasaron bajo una enorme encina, en la cual encontraron ahorcado al padre de las señoritas cuarenta años atrás. Dejando atrás la encina, comenzaron a bajar hacia el regato por un sendero atestado de rocas y robles jóvenes.

Arturito echó la vista hacia atrás, hacia el cementerio. Luego le vino a la mente eso de que el diablo, según el señor Matías, que vivía en las entrañas de la tierra entre fuego, iba recogiendo los cuerpos de los pecadores enterrados para asarlos y comérselos. Pero no fue de ello de lo que trató con la señora Elvira.

—Señora Elvira —la mujer iba caminando delante, Litri cerraba la marcha—, ¿el cura es su padre?

La mujer se detuvo de sopetón un instante, el niño y el perro la emularon, luego sonrió y siguió caminando entre peñas y matas de roble. Los otros la siguieron.

—Sí, es mi padre, y el tuyo, y el de todos. —Se detuvo, luego se volvió hacia el niño y el animal, que se pararon también, Arturito con cara de confusión; ¡¡el cura su padre!! Entonces su padre, el que vivía con él y su madre, no era su padre...—. Pedro, sus hermanos y todos los niños del pueblo le piden la paga, ¿tú no se la has pedido nunca? —El niño dijo que no con la cabeza, el cura su padre... Seguía traumatizado—. Pues deberías pedírsela. —Elvira, volviéndose hacía el regato, rio por lo bajo, luego reemprendió la bajada. Los otros la siguieron.

—Entonces mi papá, el que vive con nosotros, ¿no es mi padre?

—Sí, cariño, él es tu papá, el más importante de todos. Luego están los demás papás, a los que no hay que llamar papás, pues papá solo hay uno; a los demás hay que llamarlos padre.

El niño, acelerando el paso, se situó junto a la mujer. Litri siguió caminando detrás. Dejaron a la izquierda unos huertos. Arturito miró a la señora Elvira.

—Los demás padres..., ¿pero cuántos padres tenemos?

Llegaron a una roca plana, de fácil acceso. Elvira, encaramándose a ella, miró al niño.

—Tenemos tantos padres como curas, todos los curas son nuestros padres; luego está Dios, que dicen que es el padre al que hay que querer por encima de todas las cosas, al padre que más hay que querer. —Se mostró pensativa, Arturito la miraba con fijación —. Tú, Arturito, ¿consigues todo lo que quieres? —el niño dijo que no con la cabeza—, pues yo tampoco; por mucho que lo he intentado, no consigo querer igual a mi padre que a mi madre, a mi hermano Germán que a los demás hermanos. Así que no intentes querer más a Dios que a tu padre, porque tú no eliges a quién quieres querer, eso te lo elige… —se mostró pensativa—, para no liarte más, eso, a quién vas a querer, a quién vas a amar, digamos que te lo elige Dios —miró al niño, le sonrió cariñosamente—, ¿entiendes lo que te quiero decir?

El niño parpadeó.

—Creo que sí: que por mucho que quiera tener un hermanito, no depende de mí, depende de la cigüeña.

La señora Elvira soltó una carcajada.

—Muy bien, veo que lo has entendido; ahora, esto que te he contado es un secreto, no se lo cuentes a nadie, y menos al cura —rio—, al padre Atilano, a él dile que a quien más quieres es a Dios, eso si te pregunta, claro. —Se acercó a un saliente de la roca que formaba parte del encajonamiento al que eran sometidas las aguas del regato Vallecerrado en un corto tramo, sacó la cabeza, miró hacia abajo, a un lado, al otro. Volvió la vista al niño, que acariciaba a Litri, ahora tumbado al lado de su joven amigo—. Pero no te olvides de pedirle la paga.

Arturito, pensativo, miró al suelo; al poco rato, levantando los ojos verdes amarronados, depositó la mirada sobre la espalda de la señora Elvira, que había vuelto a rebuscar con la mirada la orilla del regato.

—Al cura del pueblo de papá y mamá también le pediré la paga.

La señora Elvira dio un respingo, se volvió bruscamente hacia el niño. Litri alzó la cabeza.

—¡¡NOO!! A ese no, solo tienes que pedirle la paga a don Atilano, que es el cura de tu pueblo. Y yo no te he dicho nada, es otro secreto. Le dices que se la pides porque es el padre de la parroquia. Y no lo comentes con los demás niños, ellos te dirán que es mentira para que toquen a más parte, menudos son ellos.

—No, señora Elvira, no le diré nada a nadie, ni a los papás... ¿Madres cuántas tenemos

Elvira sonrió.

—Madre solo hay una, Arturito —dijo, y volvió la vista al regato.

Al niño, al mentar a sus padres, le vino a la mente el hombre del saco. Metiendo la mano bajo el jersey, rebuscó entre la cintura de los pantalones para sacar el tirachinas. Estaban lejos del infierno, y si aparecía el indeseable... La mujer dejó de otear la empedrada orilla del regato, se volvió y vio al niño visiblemente nervioso, con el tirachinas en la mano, mirando hacia el pueblo.

—¿Qué te pasa, cariño?

—El hombre del saco, estamos lejos del infierno y si...

Elvira se le acercó, lo abrazó.

—¿Qué te dije cuando salimos de casa?

—No sé, no me acuerdo.

—Pues que yo soy la mujer del guardián de las puertas del infierno —se mostró pensativa—, bueno, de uno de los guardianes; puertas del infierno hay muchas, en cada una hay un guardián, suele haber una en cada pueblo, en los grandes más de una… No tengas miedo, estando a mi lado no se atreverá a acercarse, a mi lado y con Litri.

El niño se relajó y, separándose de la mujer, metió el tirachinas entre los pantalones.

—Ya lo recuerdo, no me acordaba. Tengo miedo de que me coja.

La mujer se volvió a acercar a él, lo abrazó. Luego miró el reloj, las cuatro de la tarde. Levantó la cabeza hacia el cubierto cielo. Bajó la vista al rostro del niño.

—Sube aquí —el otro obedeció—, vigila bien que no se acerque nadie. Si ves a alguien de un lado o del otro del regato acercarse gritas alto: ¡¡LITRI!! Voy a poner el rabudo. A ver si lo encuentro, no me extrañaría nada que Pedro me haya engañado por castigarlo. Se volvió a asomar al saliente de la roca para, seguidamente, indicarle a Litri con el dedo que no se moviera. El mastín obedeció porque estaba agotado aún de correr tras los gatos, no porque entendiera la orden de la mujer. Era un buen animal de compañía y de carga, no de entendimiento.

—Estate atento y no me falles, Arturito, veas al que veas grita.

—Sí, señora Elvira, estaré atento; si veo venir gente gritaré: ¡¡Litri!!

Arturito la vio desaparecer entre una roca y un pequeño roble. El niño comenzó a otear los alrededores como un perdido buscaría el camino de vuelta a casa, nervioso. De pronto detuvo la mirada en seco y observó a Litri, que ya miraba al provocativo gato blanco, que estaba en alerta, subido en la pared de un huerto. El felino pareció ser consciente de que el dolor que le hizo ver las estrellas, ese que lo animó a correr incondicionalmente hacia delante y no volver la cabeza hacia atrás por nada del mundo...; el gato parecía ser consciente de que el niño tenía mucho que ver con el doloroso asunto, pues no vigilaba los movimientos de su enemigo natural, el perro, enemigo, en este caso en concreto, de los que suelen dar risa. Al gato ahora se le presentaba un dilema: saltar sobre una sabrosa y despistada paloma torcaz que comía bellotas bajo un roble, y sobre la que solo tenía que dejarse caer para merendar ese día, o huir del peligroso niño.

La elección fue fácil cuando el concienzudo mastín, o terco, todo depende, olvidándose del cansancio se lanzó con carrera torpe y cansina contra el burlón gato, salvándole el pellejo, así, a la paloma, que huyó como el gato, aunque uno, el gato, con la panza vacía, y la otra, con ella llena de bellotas.

Arturito perdió de vista al cabezota perro, que corría con fuerza de voluntad tras el hambriento felino. Miró a un lado, a otro. Estaba solo. El hombre del saco podría, ahora, atacarlo sin ningún problema; alzando el tirachinas, cargado, apuntó hacia la iglesia. Las piernas le comenzaron a temblar. Quiso gritar «¡SEÑORA ELVIRA!», pero gritó «¡LITRI!», y aunque no premeditada, la cosa le salió que ni a pedir de boca. Elvira apareció jadeante tras una roca, tan jadeante como Litri, que volvía agotado y con las fauces vacías, como siempre.

Tras tranquilizarlo, situarlo en un lugar donde no la perdiera de vista y pudiera advertirla de la presencia de intrusos, colocó en la corriente de agua el rabudo, el cono de mimbre con boca de embudo donde quedaban presas las sardas que bajaban por la corriente durante la noche. A primera hora de la mañana Pedro pasaría a recoger los pequeños peces, que fritos estaban buenísimos, de los cuales no se desperdiciaban ni las crujientes cabezas.

Cogiendo al niño de la mano, le dio una palmadita al mastín en el lomo para que se levantara. El animal obedeció. Emprendieron el camino de vuelta a casa.

—Ya verás qué sardas más buenas nos comemos mañana.

—¿Tengo que quedarme mañana también a comer? Quiero volver a casa ya con los papás, quiero que el hombre del saco se vaya esta tarde.

La señora Elvira le apretó la mano.

—No sabemos… Escucha —se agachó, le levantó la cabeza alzándole la barbilla con la punta de los dedos, lo miró cariñosamente a los ojos—, hasta que no se vaya no puedes volver, esta noche los papás vendrán a meterte en la cama y a contarte el cuento de todas las noches, como hacen siempre que viene ese monstruo. Luego tienen que volver a vuestra casa a dormir, si no desconfiará y no se irá hasta que no te pille, no debe enterarse de que en vuestra casa vive un niño. Se irá pronto —le dijo. «O eso espero», pensó.

La pequeña mujer, levantándose, apretó los puños. No podía creer que hubiera gente tan malvada, tan egoísta. Ya se lo explicarían más adelante a Arturito, aún era un poco inocente para entender ciertas cosas; sus padres corrían un serio riesgo, hasta que tuviera edad de entender, el miedo era la mejor medida. Aunque Elvira, después de todas las preguntas que le hizo esa tarde el niño, comenzaba a pensar que estaba ya preparado para que le explicaran lo del hombre del saco.

Subieron la pendiente hasta la iglesia. La mujer se asomó a la puerta del cementerio, Arturito se detuvo diez u once metros detrás de ella, mirando con temor la entrada del camposanto. Quizá el demonio estuviera en aquel momento comprobando si habían enterrado a alguien malo para llevarlo a asar.

Elvira dedujo que el temor del niño estaba relacionado con lo que le contó el señor Matías a mediodía, pues otras veces se había acercado con ella sin mostrar la más mínima señal de miedo.

—Ven, anda, que el demonio solo pasa cuando entierran a alguien. Hace muchos años que no muere nadie en el pueblo.

El niño se le acercó; Litri, que se había sentado a sus pies, levantándose, lo siguió a hasta la puerta del cementerio.

La mujer estudió minuciosamente la pared de la iglesia que daba al camposanto. Agarrando al niño de la mano, comenzó a bordear lentamente la construcción templaria mientras la observaba como quien busca algo sumamente pequeño, como turista que busca la rana de piedra entre los incontables detalles de la antigua y famosa fachada de la universidad de Salamanca. Se detuvo. Posó la mirada en la pequeña venta que recogía la luz del exterior, a unos cuatro palmos de la cubierta, restructurada tras el sospechoso incendio que ningún grupo izquierdista de los que se dedicaban a tales menesteres reivindicó; incendio gracias al cual el cura de entonces borró de su vista la octogonal forma que tanto le recordaba al diablo… «Qué más da que quede pequeña, somos cuatro gatos, la casa de Dios tiene que ser como todas casas de Dios, en forma de cruz… Además, la Iglesia paga, la Iglesia dice cómo se hará». Elvira paseó la mirada todo a lo largo del alero del tejado. Miró al niño, que se mostraba pensativo; «¿con qué me saldrá ahora este?», pensó Elvira. Comenzó a moverse de nuevo, pausadamente. Arturito seguía pensativo agarrado de la mano de la mujer, Litri les seguía los pasos.

—¿Hay más de un demonio…?

La mujer se paró, lo miró.

—No. ¿Por qué lo preguntas?

—El cura ha dicho que tiene la iglesia llena de demonios…, que las palomas son demonios...; ¿son las palomas demonios?

El mastín se tumbó junto al niño.

—Cuando alguien hace algo malo se dice que es un demonio porque el demonio es muy muy malo. Las palomas que hay en la iglesia según el cura son malas porque lo están ensuciando todo.

Comenzaron a caminar de nuevo.

—Antes he visto a un gato intentar cazar una paloma, el cura dice que no las puede matar, que no se están quietas…; que meta un gato.

La señora Elvira sonrió.

—O un halcón, como hacían en Francia, según dice el señor Matías. Los gatos no vuelan, son mejor para cazar ratones…, pero yo creo que el cura lo que quiere es matarlas él, que es lo que le gusta, la violencia. No sé cómo se ha metido a cura, los curas no deben andar a tiros con los pájaros ni a tortazos con los niños, deben ser como Jesús, predicar el amor y el perdón, no la violencia y la venganza. No creo que las palomas hayan aparecido de la nada, eso es imposible, tiene que haber una explicación.

Doblando una de las esquinas, como el resto, levemente pronunciadas, de la valiosa construcción de cerca de ochocientos años de antigüedad, siguió buscando algún hueco, alguna piedra cerca del suelo con síntomas de haber sido movida. Llegó a la fachada allanada con cemento con el propósito de reconvertirla en frontón de pelota, para, luego, seguir el minucioso reconocimiento. Alcanzó el portalillo con Arturito de la mano, Litri tras ellos. Empujó el grueso portón, más propio de una fortaleza que de una de las tantas y tantas construcciones dedicadas al culto de Dios. Apenas se movió. Le echó un minucioso vistazo.

El portón se presentaba tallado con varias figuras geométricas. Rombos, rectángulos, y en el centro cuatro cuadrados decorados con decorativos clavos de cabezas hexagonales. Terminando el exhaustivo examen, sin encontrar nada sospechoso que indicara que en la gruesa puerta estaba la respuesta al enigma de las palomas, tirando de la mano del niño, siguió bordeando la iglesia. Llegó de nuevo al cementerio. Abrió la puerta y pasó dentro arrastrando a

Arturito, que se había quedado parado en mitad de la entrada con cara compungida. El niño apretó fuertemente la mano de la mujer.

—No tengas miedo, ya te he dicho que el diablo hasta que no se muera nadie no volverá por aquí, y además pasa bajo tierra, no sale fuera.

Elvira estudió la parte baja del perímetro que lindaba con la fachada de la iglesia.

—Vámonos, Arturito, que don Atilano se cree que somos tontos y piensa que nos va a acobardar con esto de las palomas del demonio… ¿A quién le va hacer creer que han aparecido de la nada, que llevan quince días sin comer y están más vivas que el primer día…? ¿A quién le va a hacer creer que vienen del infierno? —Miró a Arturito—. Ya sabes lo que dijo el señor Matías: en el infierno solo entran las energías que mueven los cuerpos, que se llaman almas. ¿Cómo piensas tú que habrían salido del infierno, que es todo fuego, estas palomas de carne y plumas…? Chamuscadas... Este ha metido las palomas en la iglesia para que la gente que tiene dudas crea en el infierno, y así tenerlos acobardados. Me jugaría lo que fuera a que ha sido él. Con tal de meter el miedo en el cuerpo y poder chantajear a la gente es capaz de estar limpiando la iglesia un mes…

—¿Chantajear…?

—Sí, Arturito, el cura reza para que la gente no vaya al infierno, y luego le cobra —lo miró de reojo—, pero solo hay una forma de librarse del infierno: siendo bueno, y si se ha sido malo, pidiendo perdón y rezando, pero tiene que rezar uno, no lo puede hacer otro por ti por muy cura que sea.

—Entonces el hombre del saco si pide perdón y reza…

—No, hijo, cuando se es rematadamente malo como él no hay quien lo salve.

—Entonces…

Llegando a la carretera, la tomaron para dirigirse a la derecha, hacia el suroeste. Litri corrió tras otro gato; cuando niño y mujer tomaron el camino, la calleja, que los llevaría a casa, el pesado perro, otra vez con la lengua fuera, sofocado, los siguió.

CAPÍTULO 6

Don Atilano volvió la vista hacia atrás, hacia la mujer, el niño y el perro, que, en ese momento, doblaban una de las esquinas de la iglesia. Apretó los puños, y con ello la escopeta de perdigones y las asas de la bolsa de los termos. Volvió a mirar al frente. Desde que Celedonio lo tenía impedido, hacía unos cinco años ya, Elvira y su marido le habían perdido el respeto. Se sentía burlado, sentía que se reían de él. Cualquier otra persona a la que hubiera amenazado se habría arrodillado suplicándole perdón; si hasta el mal bicho del palomero, Sebastián, que no temía a nadie más que a la autoridad, no faltaba ni a una sola misa, esto después de amenazarlo con denunciarlo por rojo, hacía ya de ello unos seis años: «Hola, Sebastián». «Hola, señor cura». «Te lo voy a decir en pocas palabras: el cartero se muda de pueblo, él y sus doce hijos, y su mujer, claro. Me hacen falta feligreses para mantener la parroquia, porque no me van a tener aquí para decir misa a cuatro gatos, el de Cipérez podría atender a los dos pueblos, y yo lo que no quiero es que me caiga la desgracia de tener que abandonar el pueblo que tanto quiero… Tendrás que comenzar a ir a misa, o ya sabes qué les pasa a los rojos…». «Yo no soy rojo, don Atilano, pero descuide, que por media hora todos los sábados un cura tan bueno como usted no va a correr el peligro de que lo manden a un pueblo grande de esos que dan mucho trabajo. Si hay que ir a misa, se va, todo sea por un hombre tan bueno como usted. Ya se lo diré a la mujer, y a los nenes también. Ahora, tenga paciencia con esas dos cabras, que ya tienen una edad (seis y ocho años) y les costará». «Muchas gracias, Sebastián. Descuida, que ya los enderezaré yo». «De nada, don Atilano. Pero ya le advierto que se ande con cuidado, que esos dos son muy vengativos y no entienden de mano dura». «Eso ya lo veremos».

Tanto con el mal bicho de Sebastián, el palomero, como con otro que cerca le andaba de malo que era, las amenazas funcionaron a la primera. Con esos dos demonios, y con cualquiera que intentaba salirse del redil con comentarios o comportamientos impropios de hombres de Dios, funcionaban las amenazas. Funcionaban con todo el mundo menos con Elvira, que se comenzó a torcer poco después de la desagradable sorpresa que Celedonio le dio a él, al cura. Este hecho aconsejaba no materializar las amenazas, pues sospechaba que Celedonio había compartido con ella y con su marido uno de los dos incontables secretos, uno mucho más escandaloso que el del ateísmo; este, el del ateísmo, siempre lo había camuflado bajo un radical comportamiento sacerdotal. El otro, el inconfesable, el descubierto por Celedonio, podía desembocar en condenas de cárcel, eso si no desembocaba en las de sangre, ya fuera por cuenta propia o ajena. Sospechaba que Celedonio se lo había contado a Elvira. Intentó salir de dudas preguntándoselo muchas veces, pero nunca lo consiguió. «Nosotros no le hemos dicho nada, pero como pasa mucho tiempo en casa puede que haya visto alguna carta de esas y sin pedir permiso la haya leído, que ya sabes cómo son las mujeres de curiosas». «¿Pero no tienes guardadas las cartas…?». «Sí, ahora están bien guardadas, las tuve que guardar bajo llave para que no acabara leyéndolas cualquiera que entrara en casa. Los primeros días mi mujer no paraba de leerlas, decía que eran muy románticas. Le preguntaré a ella si sabe algo. A Elvira ni se me ocurriría, le escandalizaría que yo llegara a pensar que anda leyendo cartas de otros, me dejaría de hablar. Y puedes estar tranquilo, que las cartas no se van a perder, las tengo escondidas por separado en lugares seguros. Sería un desastre para los dos que llegaran a desaparecer todas juntas». Después de este primer fallido intento vinieron unos cuantos más que hicieron enojar a Celedonio: «¡¡Ya estás otra vez con lo mismo, Atilano!! Que no le voy a preguntar nada, te he dicho mil veces que se lo preguntes tú, no puedo romper la confianza de Elvira y Matías…».

Las señoritas, las jefas de Celedonio, esas enfermas egoístas, eran muy estrictas con las normas que debían cumplir sus asalariados, y sobre todo con una, la cual era imperdonable saltarse. En concreto la que se saltó Celedonio. Don Atilano podía entender que, para guardarse de no ser denunciado por incumplir la estricta norma de las señoritas, utilizara como escudo el secreto más vergonzoso y peligroso; lo que no podía entender era que se lo revelara a más gente. Eso era actuar de una rastrera forma, no podía entenderlo, pero tampoco estaba seguro de que le hubiera revelado el secreto a Elvira, solo lo sospechaba por el comportamiento burlón, cada vez más descarado, que esta le mostraba los últimos años. Y no podía hacer nada por resolver la duda. A Celedonio era conveniente dejarlo ya tranquilo, parar de atosigarlo, porque le podía arruinar la vida. A Elvira no iba a preguntárselo ni sutilmente, ni mucho menos por las claras. Eso era correr el riesgo de que la mujer, en el caso de no saber nada de ello, del inconfesable secreto, llegara a sospechar, fingiera saberlo, y al final él, ignorantemente, acabara por revelárselo. Seguiría como siempre: amenazándola, intentando hacerle perder los nervios, para que así, si era que lo conocía, pudiera amenazarlo con revelar el secreto. Darle dos o tres tortazos a su hijo Pedro de momento no estaba dando resultando, esa mujer tenía mucho aguante, o también podía ser que no conociera el secreto y no le quedara otro remedio que tener que aguantarse, sí, pero, entonces, ¿por qué era inmune a las amenazas? ¿Por qué parecía reírse de ellas cuando a todo el pueblo le daban miedo? ¿Debería dejarse de amenazas y actuar, como, por ejemplo: echarlos de la casa de donde vivían? Sería muy fácil amenazar al dueño de la vivienda para que ingeniara un desahucio. Las tierras del propietario de la casa de Elvira y su esposo, ubicadas en un pueblo vecino, pueblo donde vivía el labriego, pertenecían al obispado, que se las tenía alquiladas a bajo coste. También le sería fácil mandar un mensaje al pueblo durante el sermón de misa advirtiéndoles que era un grave pecado acudir a la fragua de la mujer que se reía de uno de los representantes de Dios en la tierra. Todos entenderían el mensaje a la primera. Si ante tales ataques a la familia de la mujer, esta, acabando de perder la paciencia, lo amenazara con desvelar el secreto si no retiraba las ofensas, la duda y la incertidumbre estarían subsanadas y todos tan contentos. Pero ¿y si la mujer, actuando con reciprocidad, lo desvelaba…? En el caso de que lo supiera, claro. A don Atilano, tanto lo del misterio de las palomas como el insultante comportamiento de Elvira lo tenían desquiciado.

El sacerdote de su pueblo, el que lo sacó del hambre cuando esta andaba por los trece años de vida en su estómago, en el del muchacho, que era también su edad, lo adoctrinó para amar a Dios y aborrecer a las mujeres, las cuales eran el demonio y a las que no debía tocar ni para acallar el apetito carnal, que era el cebo que utilizaban a la hora de pescar a los hombres con intención de apartarlos de Dios, con intención de vaciarles el cerebro, de hacerlos hombres de trapo, manejables, moldeables. «Atilano, hazme caso, la mujer es mala, lo peor de la creación. Estoy seguro de que, si Dios pudiera volverse a atrás, de la costilla que le arrancó a Adán no habría creado a una mujer. No habría creado a ese ser tan complejo, de un funcionamiento tan imprevisible e incontrolable que hasta él mismo se manipula sin saber por qué sí o por qué no. Ese ser al que no tienes por dónde coger sin escaldarte… Estoy seguro de que, si Dios pudiera volverse a atrás, de la costilla de Adán habría creado a otro hombre, ser de un funcionamiento tan simplón que no te pide más que lo justo: de beber y de comer… Hazme caso, a las mujeres ni acercarte, el corazón dáselo a Dios, y la carne, si te la pide el cuerpo y no puedes guardar la castidad…, de cualquier lugar menos de mujer, porque te acabarán apartando de Dios». Atilano obedeció; el corazón se lo dio a Dios, primero por comida, y más tarde por un salario digno, y por respeto, que no era moco de pavo; por ese respeto que le guardaban todos a los de las sotanas, ese respeto que, además de hacerle sentir importante y mucho más que algo en la vida, le daba una inmensa seguridad. Esa seguridad que se siente cuando además de respeto todo el mundo te tiene miedo. El corazón se lo dio a Dios, y la carne, al no poder pasar la prueba de la tentación, que tan predispuesto se prestó a ponerle el cura de su pueblo en primera persona..., la carne decidió dársela a los hombres, aunque no fue él quien lo decidió, pues el joven Atilano ya venía predispuesto de nacimiento... a dársela y tomarla. Hombres que no le iban a faltar, pues sus compañeros de oficio lo eran todos. Y así anduvo durante muchos años, dándole el corazón a ese Dios en el que no creía y tomando y repartiendo carne sin ningún tipo de compromiso con los compañeros homosexuales. Hay que decir que tuvo sus más y sus menos con el corazón, pues al no agarrase a ese Dios en el que no creía se le agarró unas pocas veces a lo primero que tenía a mano. La primera vez fue la peor. Don Atilano con el tiempo comprobó que era cierto eso de que el primer amor es el peor. El suyo fue el sacerdote de su pueblo, que era gordo, calvo y arrugado de viejo. Pero lo superó sin mucho esfuerzo y sin sentir que se moría, como suele sucederles a los enamorados por primera vez, si no lo tenía cerca. No era él de un sentimentalismo profundo, ni siquiera medio, lo suyo estaba a poco del suelo. Le daba más problemas la libido, por encima de la media, la cual lo llevó a toparse con un serio problema, que no paraba de reproducirse. El corazón de aquel joven sacerdote al que le vinieron problemas de fe, un propenso al sentimentalismo, a falta del Dios que se le desvanecía día a día después de conocer algunos crímenes de la Iglesia, se agarró, como si fuera lo único que lo mantenía con vida, al corazón del sacerdote que lo guio desde pequeño por los caminos de Dios, al corazón del sacerdote que le mostró una alternativa segura a la castidad, al corazón de ese sacerdote en el que siempre se refugiaba cuando le venían los problemas…, al corazón del ateo don Atilano, que vio que la cosa era seria cuando José María le propuso una locura, una de esas locuras que suelen hacer, o intentan, los enamorados. Dichas locuras suelen ir acordes al grado de enamoramiento. El enamoramiento de José María era de un grado seriamente preocupante, de extrema gravedad: «Cariño, amor mío, fuguémonos a América, allí la gente como nosotros no es perseguida. Podremos estar juntos sin tener que escondernos, nuestras vidas no correrán peligro… No aguanto más, tengo que verte todos los días, sentirte a todas las horas, no puedo estar un mes entero sin verte, mi cabeza no rige bien, no estoy a lo que tengo que estar…». «Relájate, Josito…, no…». «Déjame hablar, déjame que te explique… No rijo bien, los feligreses han comenzado a quejarse... Me da lo mismo ya, que se quejen, que se vayan al diablo, pero temo que nos descubran, que se enteren de qué es lo que me pasa. El otro día vino a confesarse una mujer, a punto estuve de confesarme yo ante ella, de hablarle de mi problema; a poco estuve de decirle que no se apurara, que pensar en el marido de otra mujer no era nada, que incluso llevárselo a la cama y fornicarlo era mucho más leve que mi problema, que a ella no la iban a encerrar por ello, que yo tenía relaciones carnales con un hombre, que no podía vivir sin él… A punto estuve de confesárselo… Tengo que hablarlo con alguien, a punto estuve de decirle que no me viniera a mí con esos problemillas cuando yo tenía uno mucho más gordo». «Josito, tranquilo, respira, no…». «Déjame hablar, déjame desahogarme… No puedo más, vayámonos a América, seremos felices…». «¿De qué viviremos? Relájate…». «Soy matemático, no lo olvides, daría clases, tú no tendrías que trabajar, te mantendría, tu presencia me mantendría vivo a mí…». «Escucha, a mí me ha pasado; el amor lo revuelve todo, lo que tenemos que hacer es dejarnos de ver». «¡¡NO…!! Me moriría». «Hazme caso, el amor se te pasará y todo arreglado…». «¡¡NO…!! Te amo, no quiero que se me pase…». «Es muy duro abandonar tu tierra, tu gente, no podríamos vivir con…». «¡¡NO AGUANTO MÁS!! Si no te vienes conmigo me mato, me corto las venas». Don Atilano abandonó la casa parroquial muy preocupado, ya no solo porque José María pudiera quitarse la vida (eso le dolería, pero no mucho, tenía localizados a un par de compañeros con los que aplacar el apetito sexual, a los que ya había recurrido antes de echarse de amante a Josito; uno estaba lejos, a doscientos kilómetros al norte, el otro muy cerca, el obispo de una diócesis cercana…), lo que más le preocupaba era que Josito no cumpliera la amenaza de quitarse la vida (le dolería, pero sería lo mejor) y pudiera estar expuesto a las más oscuras consecuencias de la locura de un homosexual enamorado, de un sacerdote homosexual enamorado, que era algo de una doble gravedad, por entonces: por un lado, perseguido por vago y maleante, que era en el grupo donde entraban durante la dictadura los de dicha conducta, y por otro, expulsado de la Iglesia, que sería insignificante para don Atilano si no fuera porque tan leve consecuencia vendría inevitablemente unida a la de la pérdida del trabajo y, la peor de todas, a la consecuencia más apocalíptica, a la de quedarse sin sustento económico, que sería como quedarse sin aire.

A don Atilano también le preocupaba que la locura de Josito se volviera vengativa y no se llevara el secreto a la tumba.

Aquella tarde a don Atilano le extrañó que Celedonio se arrodillara en el confesionario después de oír misa; antes le había extrañado también el modo en el que lo miró mientras escuchaba los oficios. Una mirada como de superioridad, una mirada muy segura, y hasta prepotente.

Celedonio solo se confesaba una vez al año, el miércoles santo. Aún quedaban dos meses para ello. Estaba allí, arrodillado, mirando hacia el confesionario. Los feligreses salieron de la iglesia, Manuela, la mujer de Celedonio, también. Se lo quedó mirando durante un minuto más o menos, el hombre seguía con la vista puesta en el interior confesionario. El cura lo seguía mirando, esperando que le pidiera confesión. Se le acerco: «¿Quieres confesarte?». «¿A ti que te parece?», le dijo sin dejar de mirar a la ventana del confesionario. «¿A ti? ¿Qué falta de respeto es esta, tuteándome como a un cualquiera?», se dijo don Atilano, pero decidió guardarse el reproche hasta averiguar el motivo de tan insultante comportamiento. Entró en el confesionario. «Ave María Purísima». «Sin pecado concebida». «Cuéntame», dijo a secas, ahorrándose el cariñoso calificativo de «hijo» o «hija» que solía acompañar al «cuéntame» de cada confesión. «He pecado, padre… Me he visto obligado a robar». Se hizo el silencio. «¿Tienes algo más que contarme?». «No… Bueno, sí, perdóname, padre, pero me he visto obligado a quedarme con una carta que me dio el padre José María para ti». Don Atilano enmudeció durante un instante. «Celedonio, vete a buscar esa carta ahora mismo a casa o acabarás muy mal». «Lo siento, Atilano, déjese de amenazas… Si quiere le digo lo que dice la carta, pero no se la puedo dar». «Son acusaciones falsas de un demente que no se pueden probar». «La carta entre otras cosas dice más o menos así: "Atilano, me siento engañado, manipulado… Estoy destrozado, cuando leas esto estaré embarcado para América, tengo que rehacer mi vida, he pensado que no merece la pena quitarse la vida por alguien…". La carta sigue poniéndolo verde y luego al final se despide: "Aquí te mando todas las cartas que me mandaste declarando tu falso amor, para que te las metas por el culo, que es lo que más le gusta a los obscenos como tú". Perdóname, yo tampoco podía creer lo que decía, pero cuando leí todas esas cartas donde le decías todas esas hermosas y picantes cosas no me ha quedado otro remedio que creerle, sin duda es tu letra». «¿Cuánto dinero quieres?». «Nada, no quiero dinero. Solo quiero silencio. No quiero que mis amas se enteren de cosas que van suceder». «Tienes mi silencio, pero no puedo asegurarte el silencio del resto de vecinos». «Atilano…, que eres el cura del pueblo, que somos cuatro gatos a los que controlar, que tienes a las autoridades a tu disposición. Tan solo te pido el silencio de Pepe y de Mauricio, el resto es buena gente…

Bueno, mejor pensado, quiero el silencio de todos, que la gente porque hoy sea buena no quiere decir que mañana lo siga siendo».

Era tarea de Celedonio, también, ayudar a encerrar el ganado bravo, vendido para tentaderos o corridas, de la finca que sus jefas, las señoritas, tenían en Villabarreros. Era Villabarreros una población de unos mil habitantes, a treinta kilómetros al este de Darda, donde el padre José María hacía labores de sacerdote desde que se ordenó, unos diez años atrás del día de la espantada a las Américas. El vaquero al que ayudaba Celedonio con el ganado bravo era vecino del cura, y este, el sacerdote, estaba puesto al día de la indignante norma que no debían incumplir los asalariados de las señoritas si querían seguir trabajando, ganándose el pan de cada día. Sus empleados no podían tener eso que siempre habían deseado ellas, eso que les generaba una envidia corrosiva, una envidia que les recomía las entrañas haciendo de sus corazones un criadero de ira, de esa ira que, junto con la envidia y algún que otro pecado capital más, se estaba llevando por delante la inmensa fortuna que heredaron después de que Andrés asfixiara a su padre para, luego, colgarlo de una encina y que así pareciera un suicidio; fortuna que las estaba salvado del castigo eterno del abismo de los infiernos, pero solo de momento. «¿Con qué vamos a purgar nuestros pecados cuando nos gastemos los ahorros?», se preguntaban todos los días… Poco podían hacer para que la mayoría de la gente no tuvieran lo que ellas anhelaban, pero sí podían impedir que sus asalariados lo consiguieran. Por ello en los contratos de trabajo que ya les hacían (desde que comenzaron con la gestión de las tierras heredadas los contratos de los empleados fueron de palabra, el de Celedonio fue el primero en papel) a los nuevos trabajadores contratados venían estipuladas las prohibiciones, y las consecuencias en el caso de incumplirlas. Despido inmediato sin ningún tipo de indemnización.

Seis meses después de la suplicante petición que le hizo a don Atilano, tiempo en el cual estuvo tres veces a poco de quitarse la vida, dos arrojándose a las vías del tren, otra cortándose las venas, a Josito le bajó mucho la fiebre del amor y le subió la de la venganza. Escribiendo una carta, la metió en una bolsa junto con todas las del falso amor que don Atilano le mandó por mediación del panadero de Villabarreros, que iba a vender pan y chucherías a los niños, en un Renault Cuatro blanco, tres veces por semana a Darda: lunes, miércoles y viernes. El panadero era un hombre temeroso de Dios, en el que confiaba al cien por cien don Atilano, pues sabía que sería capaz de matar a su propio hijo si Dios se lo mandaba, como quedó demostrado, según las escrituras, que también lo habría hecho Abraham. Al panadero no lo puso a prueba Dios, sino uno de sus servidores, uno de sus sabios servidores, el mercenario: «Ten esta carta, confío en ti, no la pierdas por nada del mundo, dásela a don José María; si la pierdes, el que la encuentre tendrá resuelta su vida y la de sus generaciones venideras, pero se ganará el castigo eterno. Contiene un valioso secreto que podría ser la ruina para la Iglesia». La carta con documentos sin importancia llegó a su destino intacta; esa y las dos siguientes de contenido vano de valor. El resto, las cinco cartas siguientes, las que le permitieron a don Atilano tener a alguien cercano con el que aplacar su apetito carnal, llegaron tal cual salieron de su destino.

El padre José María salió de casa con la bolsa de las cartas reconvertida en un paquete, sellado con un cordel blanco que, dando tres o cuatro vueltas al envoltorio, acababa en un grueso nudo. Se dirigió a la casa de su vecino, que era esperado a la puerta por Celedonio montado en su caballo. «Buenos días, Celedonio. Ya me dijo Paco que venías… ¿Qué tal?». «Buenos días, don José María. Bien, ¿para qué quejarse? Me va a dar igual… —se bajó del caballo, que lucía un pelaje rojizo—, ¿y usted?». «Bien, muy bien…, como nunca. No sé si sabrás que dejo el pueblo». «Algo me dijo Paco, ¿y cómo así? ¿Lo mandan a otro lado?». «A las misiones de las Américas. Pasado mañana parto. Lo estoy deseando. —Le extendió la mano con el paquete de cartas—. Ten, estoy seguro de que esto te servirá de gran ayuda —Celedonio cogió el paquete con expresión interrogante—, pero no lo abras hasta que yo parta. Se supone que es para don Atilano… Ya sabes el control que tenemos los curas sobre la gente. Se lo habría dado a Paco, pero es muy difícil taparle la boca a toda la gente de aquí; en Darda sois cuatro, allí don Atilano lo tendrá más fácil. —Se oyó la puerta de la casa de Paco, el cual, saliendo, saludó con la mano para, seguidamente, pasar a la cuadra, adosada a la casa—. No le digas nada a él». Celedonio, mirando hacia atrás, introdujo el paquete de cartas entre la gabardina. «Gracias, descuide… Le deseo lo mejor de lo mejor, usted no es como el resto de curas que he conocido». Paco, saliendo de la cuadra tirando de un caballo de pelaje castaño, ya ensillado, lo montó.

«Cuanta menos gente sepa lo que esconden las cartas, de más ayuda te servirá», le dijo el cura. «Descuide, y gracias de nuevo». Montando en el caballo, fue a reunirse con Paco, que, tras despedirse del cura alzando la mano, se alejaba al trote.

Don Atilano alcanzó la carretera y, visiblemente molesto con el comportamiento de Elvira, giró a la izquierda para dirigirse hacia el sureste. Tendría que ir a disculparse con la señorita Matilde, la pobre iba a tener una noche muy movida. El cura conocía el grado de excitación que alcanzaba cuando algún hombre se le acercaba; conocía cómo la ponía el olor de su aliento, el de él; conocía lo mal que se sentía después de no haber podido evitar alcanzar el cielo a través del pecado, que si bien es cierto que podía llegar a ser más grave, como, por ejemplo, fornicar con un hombre de carne y hueso y no con los habituales, los de siempre, los que les reproducía la explotada imaginación, no dejaba de ser pecado; un pecado, después de llegar a la conclusión de que a nadie más que a ellas y a su decadente economía les hacía daño, valorado en cien pesetas. Unos ocho años atrás la masturbación estaba tasada en quinientas pesetas. Hay que aclarar que las cien pesetas eran la sanción mínima para la falta de la masturbación, la sanción para la leve. Si durante el acto la imaginación se salía de lo normal, como podía ser que entraran en acción dos hombres, o como le solía suceder a Angustias una vez al mes, más o menos (la mente la trasladaba a la calle y allí fornicaba con su musculoso y atractivo amante a la vista de los usuarios del arbolado parque que tenían frente a su mansión de Salalina, la intensidad de esta fantasía se le agravaba en primavera y verano, que era la época de apareamiento de la mayor parte de los animales, ya fueran grandes o pequeños; pequeños, como lo eran las moscas, los cuales no se cohibían ante la presencia de nadie) la cosa pasaba a ser grave, a denominarse ya como lujuria, valorada en quinientas pesetas si era de tercer grado. La de segundo grado se pagaba a mil pesetas. Hasta los cuarenta años ninguna de las dos pasó de la masturbación leve, la corriente, pero fue pasar esa edad, quizá ya saturadas por la monotonía, cuando en la mente se les comenzaron a colar a menudo fantasías ante las que, aunque las escandalizaban, acababan sucumbiendo. Y luego todo fue ya tan fácil que de tríos o exhibicionismos en la vía pública pasaron a orgías de cinco o seis hombres, lujuria de segundo grado, que en diez años, a los cincuenta, se convirtieron en auténticas bacanales de mujeres y hombres revueltos, en una lujuria de primer grado, tasada en dos mil pesetas. En las libretas a medio quemar, indultas por el fuego, que don Atilano le compró al anterior empleado de las señoritas hacía eso de seis años ya, la lujuria de primer grado aparecía cada dos o tres meses, la de segundo grado cada mes y medio, la de tercer grado cada mes y la masturbación leve todos los días.

El día que se las mostró Manuel, el empleado que se las vendió, se quedó como traspuesto. Luego comprobó que eran de ellas comparando la letra con una de las cartas que le enviaban para avisarle de su llegada al pueblo, para que así pudiera tener adecentada la iglesia a su gusto. Al reconocer la caligrafía le hizo jurar al empleado, por su madre, que aquello no era ninguna broma.

Por mucho que se esforzó durante toda la vida que llevaba apegado a ese Dios en el que no creía, nunca había entendido que la gente pudiera llegar a creer ciegamente en Dios, a creer que después de muertos se va al paraíso o al infierno. ¿Qué les habrían hecho en el convento a las señoritas, cuando las tuvieron de niñas unos años, para que llegaran a cometer semejante desfachatez de anotar todos los pecados y ponerles un precio de perdón? Por su comportamiento algo debía fallarles en sus seseras, seguramente producto de conocer que su madre intentó matarlas al nacer. No lo entendía, podía comprender que la gente creyera en Dios, que lo diera todo por él, pero de eso a la desfachatez de pagar dinero para redimir los pecados, y no solo eso, anotarlos en libretas... Aquel día definitivamente comprendió que las hermanas eran unas enfermas mentales, pero eran unas enfermas mentales ricas, que no cesaban de donar dinero a la Iglesia, dinero del que él se beneficiaba. Otra cosa era ese afán de que las vieran como a unas santas, ese afán que las había llevado a pedirle..., a exigirle una doble canonización. Si no conociera lo de las libretas habría llegado a pensar que en realidad se creían unas santas.

Le pediría perdón a Matilde; perdón, aunque no fuera culpable, pues fue su hermana Angustias la que la empujó contra él. No tenía la culpa, pero eso no importaba, pues ellas eran las jueces, y las jueces lo habían declarado culpable de no tener tiempo de apartarse... Lo habían declarado culpable, a él, al cura que no les concedió el deseo de plasmar en una placa: «Iglesia Santas Hermanas Matilde y Angustias».

Con la escopeta de perdigones en una mano, en la otra la bolsa de los termos, don Atilano siguió caminando hacia el sureste. Dejando a la derecha tierras de pasto, guardadas por paredes de piedra donde se dejaba ver alguna que otra encina desmochada, y a la izquierda terrenos sembrados de cebada, que verdeaba aún baja, y cercados con paredes, también, de piedra, a las cuales acompañaban unas cuantas encinas, trecientos metros más adelante, don Atilano giró la cabeza hacia la izquierda. Al otro lado de un cercado, con tantas piedras caídas como en pie, diez pequeños y negros cochinos de cuarenta o cincuenta kilos se revolcaban en un sucio lodazal, junto a un cobertizo que presentaba el tejado atestado de palomas. Mientras los pequeños se revolcaban, la enorme y oscura madre, de doscientos y pico kilos y colmillos de considerable tamaño, tumbada bajo el tejado de una tenada, sobre una cama de paja, miraba al de la sotana negra que se había acercado a la pared con los ojos puestos en las palomas del tejado del cobertizo. La cochina, emitiendo un grave y amenazante sonido, se levantó visiblemente alterada. En respuesta al bufido de alarma de la madre, los hijos huyeron en estampida a refugiarse tras ella, las palomas levantaron escandalosamente el vuelo, y unas quince gallinas, que pastaban hierba a ambos lados de la carretera de tierra, corrieron, aleteando y cacareando alocadas, en todas las direcciones. Al otro lado de la carretera, doscientos metros más adelante del destartalado y fangoso corral, el palomero (Sebastián), que cortaba la hierba de la cuneta con una hoz, alarmado por el alboroto de los cochinos y las aves, inclinado hacia delante, miró al cura con la hoz en la mano. Desdoblando la espalda, se echó al hombro el saco de hierba que se comerían los cochinos para, seguidamente, encaminarse hacia el cura.

Las palomas volvieron al tejado, don Atilano a poner la vista en ellas. Arrugó la frente justo cuando Sebastián llegó a su altura.

—¿Qué tal se ha dado hoy la caza de la paloma, padre? Lo noto un poco malhumorado.

Don Atilano miró al espigado hombre de espeso cabello y rostro curtido, que descargó el saco del hombro. Los cochinos, oliendo la hierba recién cortada, se acercaron a la pared olisqueando el aire.

—¿Estás seguro de que no te faltan palomas? Las de la iglesia son idénticas a estas.

—Que no, padre. Ya se lo dije el otro día, ayer, hoy..., que las mías no aguantan sin comer tanto. Si quiere le doy un par de ellas, ya verá como a los dos días sin comer no les quedan fuerzas ni para andar. —Adoptando una falsa expresión de temor, lo miró fijamente a los ojos—. Las que tiene en la iglesia vienen de los infiernos, son unos demonios... No hay bicho de Dios que aguante cuatro días sin comer ni beber, y menos más de quince días como esos demonios. —Levantó el saco, mediado de hierba, y se lo echó a los alterados cerdos—. Mire estos, les eché de comer a las doce y se ponen como si llevaran sin comer quince días.

Don Atilano observaba a los animales devorar la hierba.

—Sebastián, no te burles, que sé perfectamente por qué vas a misa. Fui yo quien te amenazó con hablar a las autoridades si no comenzabas a ir, no otro. Que a ti eso del infierno y el cielo te trae sin cuidado...

—Padre, eso era antes. Habrá sido de ir tanto a la iglesia, pero ahora creo ciegamente en Dios, en el cielo, en el infierno. Antes puede, pero ahora no se me pasaría por la cabeza profanar la casa de Dios o ayudar a hacerlo. No quiero ir de cabeza al infierno, padre.

Don Atilano se lo quedó mirando fijamente a los ojos, el otro le aguantó la mirada. Cuatro niños que bajaban por la carretera corriendo y chillando, con sus carteras en la mano, distrajeron al cura, que apartó la vista de Sebastián. Dos de los chiquillos entraron en su casa, en la casa del teléfono público; los otros dos pasaron al patio exterior de la suya, frente a la de los otros. Luego, del patio entraron en la vivienda.

—Sebastián, ándate con cuidado, que a mi tú no me engañas. No crees…

—Le he dicho que ahora si… ¿Qué más tengo que hacer para demostrárselo? Voy a misa todos los sábados, me confieso… Creo ciegamente que esas palomas son unos demonios que han salido del infierno; no como usted, que cree que eso es cosa mía. ¿No será usted el que no tiene fe…?

El cura le lanzó una mirada asesina, luego levantó un dedo, amenazante.

—Te lo advierto, Sebastián…

—Si cree, ¿entonces por qué se empeña en buscar culpables fuera del infierno cuando todo apunta a que esas palomas son demonios? Padre, que llevan más de quince días sin comer… Eso solo tiene una explicación.

Cuatro o cinco gallinas, que habían vuelto a la cuneta a comer, se le acercaron al cura. Este tenía sobre los zapatos un poco de hierba que cayó del saco. Comenzaron a picotearle los pies. Don Atilano se las quitó de encima a patadas. Luego miró a Sebastián, que mostraba el entrecejo arrugado por el violento trato dado a las aves.

—¡Una explicación! —exclamó—. No juegues conmigo, no juegues conmigo... A un demonio no lo mata un simple perdigón, ni sangra como sangran esos bichos. Esos pajarracos son de carne y hueso; ¿ese afán de echarle la culpa al diablo no será con intención de desviar la atención?

—Pues usted dirá, padre; ¿cómo he podido meter las palomas con la iglesia cerrada a cal y canto, y echarles todos los días de comer?

El sacerdote miró a las palomas, que volvían a poblar el tejado del cobertizo. Luego, depositando los ojos sobre el rostro del palomero, lo miró con dureza.

—No lo sé, Sebastián, dímelo tú.

—Si lo supiera no sé si se lo diría.

—No sé por qué hace tan solo media hora no sospechaba de ti, pero ahora estoy seguro de que sabes mucho del asunto. No te olvides de quién es aquí la autoridad.

—Y usted no se olvide de que en un pueblo de cuatro gatos cuatro menos en misa se van a notar mucho... Solo tiene que ver lo que se nota la falta del pobre Felipe, imagínese cuatro menos...

—El hueco que ha dejado Felipe se nota mucho porque era más que una persona. Era un santo. Me hacen a mí lo que le hicieron su hija y su yerno Andrés y les iba a perdonar...

—Según él (ya sabe lo bien que nos llevábamos), lo único que le hicieron fue un favor muy grande yéndose a la Américas y dejándolo aquí solo. No lo dejaban vivir.

—Pues según tengo entendido, lo dejaron sin un real, se lo llevaron todo…, y ahora va y les deja la casa en herencia. Soy yo y… bueno, a lo que íbamos, que nos estamos desviando del tema…; ándate con cuidado…

—Ándese usted con cuidado, que por mucho que se pueda llegar a echar en falta a una persona, la ausencia de cuatro es la ausencia de cuatro… El señor obispo acabará por buscarle otra parroquia con más trabajo…, con a lo mejor el doble de trabajo, o cinco veces más.

—No sé qué tienes en mi contra. Otro cura ya te habría echado a la Guardia Civil. Cuando no ibais a misa tan solo traté de enseñaros el camino de Dios, pero vosotros no quisisteis seguirlo y yo no hice nada. Os he dicho muchas veces, a tu esposa y a ti, que cada uno es libre de elegir el camino a seguir; no me gusta meterme en política, ya os he dicho que estoy en contra de perseguir a los que pensáis de otra forma, a uno no se le puede obligar…

—¿Le tengo que recordar que vamos a misa porque usted me amenazó?

—Sí, reconozco que te lo tenía que haber pedido primero como un favor, y luego, si no hubieras aceptado, por las malas. Pero si no lo hice fue porque estaba desesperado. El cartero y sus doce hijos se habían ido del pueblo, y su mujer, eso se notó mucho en la iglesia, temí que el obispo me mandara a otro pueblo y que este lo llevara también el de Cipérez… Me hacíais mucha falta, y como nunca logré por las buenas que fuerais a misa, cuando no os necesitaba, estaba seguro de que solo lo conseguiría bajo amenazas.

—Tengo que reconocer, don Atilano, que no es como la mayoría de los curas, unos dictadores a los que no se les puede llevar la contraria. Esto lo sé de oídas, porque yo solo conozco a un cura, a usted, pero a la hora de la verdad es igual que todos; cuando no está nada en juego…

—Pues como todo el mundo, ¿o tú no?

—Yo también, pero yo no predico el Evangelio de ese Dios bondadoso, caritativo, piadoso…; de ese Dios que dio su vida por todos nosotros, del Dios del perdón y el amor.

Don Atilano se lo quedó mirando con cara complacida.

—Muchas veces he tenido la tentación de decirle algo a gente como tú, a gente a la que nadie creerá si va contando por ahí cosas. De contar algo que me hace sentir orgulloso, orgulloso de llevar a cabo lo que estoy llevando sin que nadie logre sospechar. Y tengo la tentación de decirlo por el mero hecho de la necesidad de presumir de mi logro. ¿Qué pensarías si te dijera que soy ateo? —Sebastián hizo un amago de hablar—. ¿Qué pensarías si te dijera que soy ateo y que si me metí cura fue por necesidad, por hambre?

Sebastián meneó la cabeza mientras sonreía incrédulo.

—Pues que ahora me cae mejor, padre. Nunca lo hubiera pensado de usted.

—Ya ves, Sebastián, las sorpresas de la vida… Y no tengo que decirte que no se lo cuentes a nadie, pues además de que nadie creerá a un rojo como tú, yo me enteraría y…

—No soy tonto, padre; ¿acaso he contado a alguien eso que tantas veces nos ha dicho a mi mujer y a mí? ¿Eso que de decirlo en público le llevaría a la cárcel, y por ello solo lo suelta cuando está a solas con alguien sospechoso de ser rojo, con alguien al que nadie va a creer? ¿Acaso he ido contando por ahí que usted está en contra de perseguir a los rojos?

—Ya lo sé, no eres tonto, y como no eres tonto me vas a decir la verdad sobre lo de las palomas, que eso de amenazarme con dejar de ir a misa no te va a servir de nada, entre otras cosas porque no se puede comparar el hecho de que a mí me cambien de pueblo con el hecho de que a ti te encarcelen. Si confiesas la gamberrada lo más será una bronca y un estofado de paloma de esos que tan bien prepara tu mujer, pero si no… Yo lo único que quiero es… ¡Ah!, y limpiar la iglesia de toda la porquería, eso también.

—Escuche padre: yo no he sido, no sé cómo las habrán metido. Le dije que no, pero sí que me faltan bastantes palomas; las de la iglesia son mías, las conozco como si las hubiera parido. Se lo he escondido por obligarme a ir a misa, compréndame, nunca me han gustado las iglesias. No sé, quizá… ¿Sabía que la iglesia ardió y que el cura de entonces modificó el interior porque no se sentía a gusto con la forma de antes? Como sabrá la iglesia tiene ochocientos años, la construyeron los templarios, que fueron perseguidos; no sería raro que hubiera algún pasadizo secreto, yo que sé…

El cura miró hacia atrás, hacia la iglesia, a la cual, desde donde estaban, solo se le veía el campanario. Pensativo, se la quedó mirando durante unos segundos. Luego volvió la vista hacia el palomero.

—¿Y dónde está ese pasadizo que dices?

Sebastián, meneando la cabeza, rio.

—Padre, yo he dicho que no sería raro, no, que haya un pasadizo, y menos que yo lo sepa... Haga guardia, haga guardia durante la noche, que es, seguro, cuando el que haya metido las palomas les echa de comer. Lo pillará, y así descubrirá cómo entra en la iglesia también

Don Atilano lo observó con mirada victoriosa.

—Te lo repito: no olvides quién es aquí la autoridad que te puede meter en la cárcel... No me voy a pasar la noche en vela cuando tú puedes decirme el nombre del sinvergüenza; ¿a quién le has dado las palomas?

—¿Usted cree que yo estoy para andar regalando palomas? Con las que me han quitado podría comer una semana. Que uno no se pasa todo el santo día por gusto recogiendo hierba de las cunetas y bellotas de las encinas y robles sin dueño. Si quiero alimentar a la familia no me queda otra que cebar a los cerdos de esa forma. Antes muerto que lamerles el culo a esas fascistas del Cuarto Arriba por cuatro terrenos de nada.

—Con cuatro terrenos de nada estos cerdos estarían muchos más gordos que ahora... Por tus hijos deberías dejar a un lado el orgullo.

—¡Por mis hijos! ¿Sabe lo que me ha dicho el mayor de la telefonista?

—No.

—Esas fascistas lo van a encerrar a él y a sus hermanos en un colegio de curas.

—¿Y qué hay de malo en eso? No sabes lo que cuesta un colegio de esos, los ricos meten a sus hijos en ellos, la telefonista y su marido deben de estar contentísimos…

—Sí, por eso la mujer les ha suplicado que no se los lleven. Los hijos deben crecer al lado de sus padres, necesitan el calor y el cariño de la familia para crecer felices. Los pájaros abandonan el nido cuando están preparados para afrontar la vida en solitario, nunca antes. Si coges un pájaro después de que haya abandonado el nido, cuando ya sepa comer solo, cuando sepa valerse por sí mismo, cabe la remota posibilidad de que se te muera de pena, pero nunca de hambre. Si lo coges a medias de criar se te muere seguro…

—Bueno, Sebastián, depende de qué pájaros. Que yo de pequeño crie palomas y tórtolas que cogía de los nidos.

—Ya, don Atilano, y yo. Yo de pequeño… y de mayor los sigo criando. Pero por muchos que he alimentado, no lo hago ni la mitad de bien que lo hacen sus padres, aunque sean primerizos.

—Bueno, bueno, que nos estamos apartando del tema, que eres un liante, Sebastián; a lo que íbamos: dime quién ha metido las palomas, que si como dices te las han robado, que no me lo creo, sabrás quién ha sido.

—¿Usted cree que si supiera quién ha sido no se lo diría? Le repito que es la comida de mis hijos de una semana. Que usted estará enfadado porque le ensucian la iglesia, pero yo más. Con la comida de mis hijos no se juega… ¿Seguro que tiene todas las copias de las llaves en casa? La puerta la pusieron nueva después de que ardiera la iglesia, usted aún no estaba en el pueblo; ¿quién le asegura que solo hay dos copias? Que la gente es muy mala. Usted mismo me contó que el anterior sacerdote no le daba mucha confianza, que estaba muy enfadado porque lo cambiaron de pueblo y que lo pagó con usted yéndose sin decirle ni siquiera dónde estaba la iglesia, y mucho menos la llave...

—Una mañana entera buscándola por toda la casa que estuve. La otra copia la encontré, al mes, por casualidad, sin buscarla. Y menos mal que se me rompió el cabecero de la cama, si no aún estaría escondida en el hueco. Y yo pensando que el cabecero era de madera maciza…

—Yo cambiaría la cerradura. Ya vería como las palomas acababan muriendo de hambre, y si no… Recuerdo que de pequeños subíamos al tejado de la iglesia por la pared del cementerio. Del tejado pasábamos al campanario. —En el ovalado rostro del cura nació una expresión de sorpresa, una expresión de sorpresa complacida—. ¿Tiene cerrada con llave la puerta del campanario?

—Ahora mismo voy a cerrarla. Nunca he entendido por qué la puerta del campanario tiene cerradura, nunca la he cerrado.

—Pues ahora ya lo sabe.

—¿Y tú por qué no me lo has dicho antes?

—Quizá si no me hubiera obligado a ir a misa bajo amenazas… Lo sabe más gente, no solo yo.

—¡Cuadrilla de demonios…! Y nadie me lo ha dicho. Ya veo que aquí no soy bien visto, que solo me hacen regalos para que rece por sus almas.

—¿Usted le ha preguntado a alguien por qué tiene cerradura la puerta del campanario?

—No, pero podrían haberme dicho que se puede subir a él por el cementerio, que llevo veinte años aquí ya, que a ellos también les molestará ver la iglesia hecha una porquería.

—Se les habrá olvidado. El cura nos vio subir del tejado al campanario. Se enteró todo el pueblo. Luego puso la cerradura y con el tiempo se olvidó el tema. Yo y los otros cuatro no lo hemos olvidado por la paliza que nos dieron nuestros padres. A la demás gente si se les recuerda lo recordarán, pero si no… Algunos se lo habrían dicho.

Don Atilano desvió la mirada hacia las palomas, que seguían guardando relativa calma sobre el tejado. Luego se quedó pensativo alrededor de un minuto. Miró a Sebastián ladeando la cabeza, con desconfianza.

—¿Te sale rentable mantener a tantas palomas? Deben de comer mucho… Siempre me he preguntado… ¿de dónde sacas el trigo? No tienes tierras, y apenas dinero, según dices. El otro día me dijo Celedonio que ha notado que le bajan muy pronto los sacos de trigo de las ganillas del corral.

Sebastián sonrió.

—Apenas les doy de comer algunos granos, una vez a la semana para que no se vayan. Los tres sacos de trigo que me dan los del

Cuarto Abajo como parte del pago de la temporada de siega se los comen casi todos los cerdos. Lo bueno de las palomas es que se buscan la vida solas, como los pájaros del campo; yo solo les doy cobijo, y como le he dicho antes, unos puñados de trigo a la semana. Poniéndoselo fácil tengo asegurada una buena parte de la comida de la familia, comida que es más sabrosa que la criada en el corral. Bueno, las palomas y las gallinas, que a esas también les toca buscarse la vida. Eso sí, les doy más trigo que a las otras… Ya me ha dicho Celedonio, ya, ¿y no le parece curioso que venga notando la falta de trigo más o menos desde que aparecieron las palomas en la iglesia?

El cura se mostró pensativo.

—¿Eso te dijo? ¿Quince días?

—Sí, bueno, la verdad es… «Llevo unos diez días notando que el saco de trigo baja muy rápido, ¿no sabrás tú algo de eso?», me soltó hace tres o cuatro días, como culpándome. Ya le conté lo que tiene usted en la iglesia.

—A mí, anteayer, solo me contó que le faltaba trigo, pero no caí en la cuenta. Ya me lo podía haber comentado.

—Pues sí, porque lo de las palomas ya lo sabía, se lo dije yo, pero claro, como es su protegido... Usted dirá que no, pero yo estoy seguro, y no solo yo, de que si lo protege es porque Celedonio le hace chantaje con algo.

—Ya hemos hablado muchas veces de eso, déjalo, no me tientes más, siempre acabamos con lo mismo.

—¡Ya sé! Puede probar que usted es ateo, y le chantajea.

—¡Sebastián!

—Vale, que ya lo dejo.

—Entonces, ¿crees que los de las palomas entran por el tejado a echarles de comer?

—Los o el, que puede que sea uno solo también. La verdad es que no sé qué decirle. Subir al tejado cargado con trigo no es fácil, ni con trigo ni sin trigo. A nosotros nos costaba lo nuestro… Pero entrar de esa forma ya le digo que se entra, lo de la copia de la llave puede ser, pero también no puede ser…

—¿Y lo del pasadizo ese de los templarios…?

—Se podría comprobar si el anterior cura no hubiera levantado las paredes que tapan los muros originales del interior. Con los muros ocultos es imposible.

—O no, si la boca del pasadizo está en el suelo; en la sacristía los muros son los originales, además, los túneles no tienen por qué estar junto a las paredes…

—¡¿Cómo no me he podido acordar antes?! Mi abuelo me contó un par de veces una historia de unos guerrilleros que escaparon de las tropas de Napoleón a través de un pasadizo secreto que había en una iglesia…

—¿Crees que es real la historia y que esa iglesia es…?

Sebastián miró hacia el campanario del pequeño templo.

—Todas las historias que me contaba mi abuelo eran reales. Siempre me decía: «en tal pueblo, fulanito de tal, el abuelo de fulanito, en tal lugar…». Todas menos la del pasadizo de la iglesia, a la que no situó en ningún sitio en concreto por mucho que yo le insistí. Con los años me di cuenta de que si no me lo dijo fue porque conociéndome como me conocía sabía que me metería en algún lio buscándolo.

El cura se lo quedó mirando, lo escudriñó de arriba abajo.

—Dime ahora mismo dónde está el pasadizo.

—Por mucho que busqué por los alrededores de la iglesia no logré encontrarlo; hace años que desistí, porque como comprenderá, si antes no iba a misa, ¿cómo podía buscarlo dentro de la iglesia? Y aunque hubiera ido no le iba a decir: «don Atilano, después de misa me voy a quedar buscando un pasadizo que me dijo mi abuelo que hay aquí dentro; no cierre, que ya cierro yo». Ahora que sé que es ateo me caer mejor, pero antes... ni muerto le habría dado a conocer mis sospechas para que solo usted, alguien que me chantajea para que vaya a misa, se beneficie del supuesto secreto. Ya sabe qué se dice por ahí de la riqueza que amasaron los templarios, que nunca ha parecido; quién sabe...

—Mañana mismo te quiero ver en la iglesia con herramientas. Levantarás todo el entarimado.

—¡Hombre! Don Atilano, tampoco es necesario levantar todo, con fijarse en si hay tablas sueltas en el suelo, que es por donde se supone que entran los de (o entra el de) las palomas...

—Eso si entran por el pasadizo, porque cabe la posibilidad de que lo hagan por otro lado; si hubiera tablas sueltas ya lo habría notado yo. Hay que levantar todo el entarimado y buscar el tesoro —ordenó exaltado el cura. Sebastián rio por lo bajo.

—Padre, no sé si habrá tal tesoro, el pasadizo sospecho que sí. Lo mejor es que se encierre en la iglesia y lo busque solo, porque a mí me gusta tanto el dinero como a usted, y si resulta que hay tal tesoro, no pensará que le va a ser más fácil matarme a mí que yo a usted. Le aconsejo, para evitar muertes indeseadas, que lo busque usted solo. Lo fácil que sería ocultar un cadáver en un pasadizo secreto…

—Sebastián, como levante todo el suelo y no encuentre nada…

—Yo no le digo que lo haga, no le aseguro la supuesta fortuna, ni siquiera tengo por seguro que exista tal túnel. A mí no me culpe. Yo primero cerraría la puerta del campanario con llave.

—Ya te dicho que ahora mismo voy a cerrarla… y ni se te ocurra decirle a nadie lo del pasadizo o ya sabes a qué atenerte —advirtiéndole, se volvió hacia la iglesia.

Sebastián cogió la escopeta de perdigones que el cura había dejado apoyada contra la pared medio derruida del corral.

—Tenga, no vaya desarmado, no sea que el tesoro esté guardado por el espíritu de algún templario —le aconsejó, y rio.

Don Atilano, volviéndose, cogió la escopeta para, a continuación, escudriñarlo de arriba abajo con el entrecejo arrugado.

—¿No te estarás riendo de mí y lo de la historia de tu abuelo es una invención?

A pesar de que por dentro se reía a carcajada suelta, Sebastián se puso serio por fuera.

—¿Usted cree que me gustan la cárcel y las torturas? No sabe el respeto que les tengo, don Atilano, debería saberlo ya. Que si voy a misa no es por hacerle un favor, ya sabe por qué es… Es tan cierto que mi abuelo me contaba esa historia como que usted y yo estamos aquí ahora mismo hablando.

El cura se volvió de nuevo hacia la iglesia y comenzó a caminar.

—Más te vale, Sebastián, más te vale.

—CIERTO QUE ME LA CONTABA, NO QUE FUERA CIERTA —le gritó mientras el cura se alejaba.

—Pasadizos… Este se cree que yo soy tonto y me voy a poner a excavar —se dijo el cura mientras caminaba a cerrar la puerta del campanario.

—Espero que no se ponga a cavar él solo y busque ayuda. No sé, a lo mejor no se lo tenía que haber dicho aún —pensó Sebastián mientras veía al otro alejarse por la carretera de tierra.

Llegó a la iglesia, pasó dentro. Las palomas, que ya comenzaban a dormitar, pues la luz del día iba menguando, al ver entrar por la puerta al demonio que había sembrado la casa de Dios de muerte, se adueñaron de una histeria colectiva, no todas; cinco o seis, las listas, mientras las otras alocadas se estrellaban una y otra vez contra los cristales de las ventanas, se refugiaron entre los huecos del retablo de detrás del altar.

Don Atilano no les hizo caso, entró en la sacristía y, cogiendo de un cajón la llave de la puerta del campanario, fue a cerrarla.

A los cinco minutos, entrando de nuevo en la sacristía, dejó la llave en su lugar para, seguidamente, abandonar la iglesia, la cual cerró con llave, llave a la que una vez fuera de la cerradura se quedó mirando, pensativo.

—¿Tendrá alguien otra llave? —se preguntó. Luego se mostró pensativo un rato, mirando a su alrededor. De pronto detuvo la mirada sobre una pequeña piedra. La cogió, abrió la puerta de la iglesia un poco, lo suficiente para meter la mano y dejar tras la puerta, por dentro, la pequeña piedra. Si alguien entraba desplazaría la inapreciable piedrecita y, así, el cura descubría por dónde entraban en la iglesia los de (o el de) las palomas.

Si después de cerrar la puerta del campanario y comprobar que por la principal no entraban los gamberros las palomas seguían sin desfallecer con el paso de los días, el dilema volvería a tomar el cariz misterioso, paranormal, que había dilapidado Sebastián con las teorías de la tercera copia de las llaves y la puerta del campanario, y, entonces, aunque se lo tomó a modo broma, a pesar de no demostrárselo, podría considerar lo del pasadizo secreto, algo que ahora le resultaba irrisorio. «Un pasadizo secreto…; cuentos de niños».

CAPÍTULO 7

Angustias abrió la puerta del patio, la fina capa de nubes que ahora cubrían el cielo lo había deshelado y se presentaba atestado de chorretones, que le daban a los altos muros el aspecto del rostro de un niño llorón. El olivo, al cual le habían dado una facha de roble, aún seguía goteando, igual que la higuera bajo la que estaba ubicada la pila de lavar ropa. Matilde pasó al interior mientras angustias le sujetaba la puerta. Se detuvo nada más entrar, esperó a que su hermana la cerrara y llegara a ella. Luego se puso en marcha, con su peculiar caminar de pasos cortos, idéntico al de la otra. Aquellos andares miedosos habrían sido capaces de llevar entre las piernas, durante kilómetros, un par de billetes sin peligro alguno de pérdida.

Angustias se adelantó a Matilde.

—Voy a ver —dijo, y se dirigió hacia la puerta de aluminio que daba entrada al enorme recibidor de la casa de Manuela y Celedonio, que no era suya, sino de ellas, la destinada a los sirvientes.

—Ve, pero yo creo que no vas a encontrar nada; o lo pillamos por sorpresa, o no lo pillamos. Ya lo habrán sacado de casa.

Angustias entró en la vivienda. Matilde se quedó observando la puerta verde, tras la cual Celedonio guardaba la hermosa moto Montesa que había despertado en las hermanas peligrosas envidias que estaban a punto de desembocar en una medida ejemplar que ahuyentaría de la cabeza del resto de empleados cualquier intención de emular a Celedonio en su adquisición. ¿Dónde se había visto semejante falta de respeto? Un sirviente no puede ser más que su amo, un sirviente no puede favorecerse de cualquier cosa que su amo no pueda o no deba poseer… Celedonio viajando en moto, y ellas en transporte público... El hecho de que tuvieran el dinero suficiente como para comprarse veinte mil motos como esa no lo eximía de su falta grave de respeto, y no solo les faltaba al respeto a ellas. Actuando de esa forma las incitaba a superar a su empleado comprándose un coche, y, además, contratando un chófer. Las obligaba a gastarse el dinero destinado a paliar el hambre del mundo a través de la Iglesia, y eso era faltarles al respeto a todos los pobres del mundo. Llegada a esta conclusión, Matilde entro en cólera, pues también comprándose el coche y contratando al chófer sus arcas se verían mermadas, esas arcas que las estaban salvando del castigo eterno de los infiernos.

Entró en el jardín justo en el momento en que Angustia salía de casa de los sirvientes. Se la quedó mirando, caminaba decidida, a grandes trancos, dejando desprotegido eso que sus piernas tan celosamente guardaban en los andares vacuos de rabia.

Angustias arrugó el entrecejo, su hermana entró en la casa. Del recibidor pasó a la cocina y miró con violencia a Manuela, que les preparaba la comida. La sirviente comprendió que algo grave sucedía, y que ella y su marido eran los culpables. Se temió lo peor.

Apartándola de malas maneras, se hizo con un cuchillo del cajón de los cubiertos. Sin mediar palabra abandonó la cocina. Manuela, temblando y con cara de pánico, fue tras ella. Angustias la vio salir del jardín con el cuchillo en la mano, luego a la otra que corría tras ella con el palo de una escoba alzado. Dudó a quién parar de las dos. Por la naturaleza de ambas armas (peligroso y dañino cuchillo, palo que no podía hacer ni la mitad de daño que el cuchillo) decidió ir a por su hermana. Cuando la alcanzó ya había entrado en la cuadra donde guardaba la moto Celedonio. Manuela, comprendiendo que la cosa no era tan seria como en un principio se temió y bajando el palo cuando se encontraba a unos cuatro metros de las dos hermanas, se detuvo en mitad del patio.

Angustias agarró a Matilde del brazo libre, la otra se volvió con ojos de diablo enfurecido y el cuchillo en alto. Angustias, con cara de terror, retrocedió para salir de la cuadra. Se oyeron dos pequeñas explosiones, luego golpes, rasgones de cuero, silencio. De nuevo más golpes; se oyó algo grande caer al suelo, golpes de metal contra metal. Angustias y Manuela, que se habían cruzado miradas asustadizas, ahora se miraron con cara de preocupación.

—Será mejor que entres en tu casa y acabes de prepararnos la comida en tu cocina, ya te avisaré… ¿Os dais cuenta de la que habéis preparado? —Manuela, diciendo que no con la cabeza, abrió la boca con intención de hablar. Pero unos enfermizos llantos procedentes de la cuadra hicieron que sus labios volvieran a unirse en ese cuadrado y blanquecino rostro de mejillas coloradas.

Angustias, volviendo la vista a la puerta de donde salía el llanto, apretó los puños para, seguidamente, volverse de nuevo hacia la sirvienta.

—Entra dentro, que ya hablaremos. Esto no va a quedar así… Y que no me entere yo de que vamos parlando por ahí lo que ha sucedido, que ya demasiado mal lo tenéis como para empeorar más las cosas.

—Descuide, señorita Angustias, de mi boca no…

—¿QUÉ TE HE DICHO…? —gritó—. Largo de aquí. —Manuela, sobresaltándose, se volvió hacia su casa. Comenzó a caminar—. A UNA SANTA… ¿NO OS DAIS CUENTA DE LO QUE LE HABÉIS HECHO A UNA SANTA?

Sin dejar de caminar, la sirvienta, girando medio cuerpo, le solicitó calma con las manos.

—Señorita Angustias, si no deja de gritar se va a enterar todo el pueblo —le advirtió. Luego entró en la vivienda.

Angustias apretó los puños, bufó. Luego, al oír el llanto más cercano, se giró hacia la cuadra.

Bajo el quicio de la puerta, con los brazos caídos, en una mano el cuchillo colgando, la cabeza mirando al suelo, dos mechones de pelos desprendidos del moño delante de la cara y con el abrigo sin los tres botes de arriba… Bajo el quicio de la puerta, en un estado deprimente, Matilde, lloraba.

Su hermana se le acercó, la abrazó.

—No llores, Matilde, tú no tienes la culpa —el llanto arreció, seguía con los brazos colgando—, la culpa es de esos dos, les daremos su merecido, nos han provocado, son unos irresponsables… y a don Atilano, a él también...

Matilde la apartó cariñosamente.

—No, hermana, no; nosotras somos los demonios, y yo el peor de todos… Nos guste o no, somos unos demonios —afirmó, sollozando.

—Ya, Matilde, ya, pero tú piensa en lo que te he dicho muchas veces: que por lo menos intentamos ser unas santas, no como otros. Eso Dios lo tendrá en cuenta. ¿Qué demonios les dan la fortuna a los pobres? Ninguno. No tengas miedo, que con eso ya nos hemos ganado el paraíso. Ni ningún demonio ni… bueno, pocas personas de todas las que dicen ser buenas, o las que se dicen que lo son, le dan todo a los pobres. —Hubo un momento de silencio—. Creo que, aunque seamos nosotras las malas, los que nos hacen serlo deberían pagarlo, hay que intentar alejarlos de nosotras. Al obispo hay que decirle que expulse al cura, que le quite los hábitos. Ya no nos vale ningún castigo de esos que a punto estuvieron de conseguir que se lo llevara Dios, nos ha dejado bien claro que no aprende nada, casi muere de un infarto y sigue preparándolas. Que lo expulse o haremos las donaciones a otra diócesis. El señor obispo verá. Y en cuanto a estos dos… No he visto nada, pero a mí la casa me huele a un bicho de esos, estoy segura de que tienen alguno. Lo de la moto es una falta de respeto, a ti no te convienen estos nervios… ¿Estás bien, te duele el brazo o el pecho? —Matilde dijo con la cabeza que no—. Hay que despedirlos, que hoy es la moto, mañana vete tú a saber… Que tú no estás para nervios…

—En lo de don Atilano tienes razón, ya le hemos dado demasiadas oportunidades, pero a Celedonio y a Matilde deberíamos darles otra. A ver cómo reaccionan con lo de la moto, a ver qué dice

Celedonio; Manuela ya ves que no ha dicho nada, esa mujer tiene un carácter muy tranquilo, no como su marido. Dejémoslo estar a ver qué pasa. Me encuentro mucho mejor, creo que desahogarme con la moto me ha venido bien, fue al intentar contenerme cuando comencé a sentir en el brazo un ligero dolor, me puse más nerviosa, yo creo que fue eso lo que me llevó a destrozársela. Démosles otra oportunidad, así también podremos descubrir si nos engañan con lo otro, que, como eso está estipulado en el contrato, si nos engañan despido sin ningún tipo de indemnización.

Angustias, volviéndose al jardín de su casa, comenzó a caminar hacia allá. Matilde la siguió.

—Como quieras, pero si te encuentras a ese bicho en casa te dará un infarto del susto.

—Descuida, ahora que sospechamos algo no me pillará de improviso, no me llevaré ningún susto.

Llegaron a la puerta del jardín. Angustias se volvió.

—Voy a avisar a Manuela de que ya puede continuar haciendo la comida en nuestra cocina, y le advertiré que el servicio nunca debe poseer algo que nosotras no podamos o no debamos tener.

—Sí, será mejor decírselo, así no podrán decir que no se lo hemos advertido —dijo Matilde, y pasó al jardín. Su hermana se dirigió a la vivienda de los sirvientes.

Sonó la campanilla de aviso del portón del patio de las señoritas. Al instante se oyó el puño de hierro golpear el portón.

—¡YA VA, YA VA! —se dejó oír en el patio—. Qué poca paciencia, por Dios —dijo por lo bajo Manuela.

—Buenas tardes, Atilano.

—Buenas tardes, Manuela. Vengo a ver a las señoritas.

—Espera un momento, voy a decírselo —le pidió, y le dio con el portón en las narices. Al instante se volvió a abrir la enorme puerta del patio—. ¡Ah!, cuando termines con ellas, te pasas por casa, que tengo que hablar contigo de estos dos demonios —le dijo, y volvió a cerrar la puerta dejándolo con la palabra en la boca.

Don Atilano tenía la mala costumbre de entrar en las casas sin que lo invitaran. Él llamaba, le abrían, y pasaba como si fuera su propia casa, y como si fuera suya, se sentaba donde le parecía sin que nadie le ofreciera asiento. Esa confianza impuesta por una nula educación y amparada por la impunidad con que el gobierno franquista había vestido a todo lo relacionado con el clero, a Manuela, desde el primer momento, la indignó. Fue por ello por lo que después del chantaje que le hizo su marido, al descubrir su homosexualidad, siempre que iba a su casa, o a la de las señoritas, le cerraba la puerta y lo tenía esperando fuera como mínimo cinco minutos; luego, si a las señoritas les venía bien, lo dejaba pasar. Esto en casa de las señoritas, en la suya no lo había vuelto a dejar entrar, lo atendía en la puerta o, si el asunto era delicado, en el estrecho cuartito del porche donde dormía el perro y guardaban la leña. Que dicho cuartito no tuviera ningún tipo de luz, ni artificial ni natural, que lo iluminara estando la puerta cerrada, no importaba, pues para hablar no les hacía falta la luz, y además el perro, que hacía guardia mientras la delicada interlocución se llevaba a cabo, ahuyentaba a posibles cotillas con su duro carácter de animal desconfiado y enrabietado. Hay que decir que siempre era Manuela la que se encerraba con don Atilano en el cuarto oscuro de las interlocuciones delicadas. Celedonio no se atrevía a entrar ni acompañado de su mujer.

Don Atilano, medio indignado, esperó una media hora en la calle. Hizo tres intentos de abandonar e irse a casa, pero sabía que aquello empeoraría las cosas y que el tenerlo esperando era parte del castigo que le aguardaba por no tener tiempo de apartarse cuando la señorita Matilde se le vino encima. Él no tenía la culpa, pero tendría que disculparse ante esas dos poderosas mujeres.

Que Manuela lo reclamara para hablarle de las hermanas también influyó en la decisión de quedarse allí delante de la puerta, como si fuera un cualquiera, esperando a ser recibido por las hermanas.

—Ya puedes pasar, Atilano. Y no te olvides de ir a verme después —le recordó, sin disculparse por la larga espera.

—No, descuida, Manuela.

Entonces fue cuando Manuela se percató de lo que portaba en la mano derecha el cura. Dando un respingo, apuntó con el índice a la escopeta de perdigones.

—¿No pretenderá acabar con ellas? —preguntó, y rio.

Don Atilano se la quedó mirando complacido. Luego meneó la cabeza.

—Tienes unas salidas, Manuela… Vosotros como no vais a misa no os habéis enterado de lo de las palomas.

—No vamos, no, pero como comprenderás en un pueblo de estos una se entera de todo. Pasa, que te acompaño.

Mientras lo acompañaba le contó la finalidad de la escopeta de perdigones.

Manuela golpeó con el puño la puerta del salón de las señoritas. «Adelante», se oyó. La mujer, pasando, le indicó al cura que entrara, luego lo dejó a solas con las hermanas. Cerró la puerta.

Lo esperaban sentadas en sus sillones de terciopelo rojo, una frente a la otra, con las piernas recogidas, pegadas unas a otras como si fueran una sola, dentro de dos largos vestidos de tono oscuro. En el medio una ovalada y baja mesa de roble, con patas arqueadas y detalles florales. La base del mueble decorada con un cristal. Todo ello, menos el cristal, lacado de un oscuro marrón. Sobre la mesa un pequeño jarrón con rosas blancas de tela y una bandeja con dos tazas humeantes. A la izquierda de las señoritas, frente a los ojos del cura, una chimenea de mármol, decorada con dos columnas bajas, acogía la enorme fogata que iluminaba la rectangular estancia.

Don Atilano siempre que observaba esa chimenea se imaginaba a Manuel, el antiguo empleado, el que le vendió las libretas a medio quemar donde apuntaban los pecados las señoritas… Se lo imaginaba limpiando la ceniza y los restos de material indultados por el fuego; pequeños trozos de madera ennegrecida, otros hechos ya carbón, así como también las libretas con parte de la valiosa información a salvo, bajo unos centímetros de papel tiznado.

Más de una vez se le pasó por la cabeza contarle a Celedonio lo que solían esconder los restos del fuego de la chimenea algunas mañanas, pero al final se lo guardó para sí. La decisión de callarse la tomó después de que el otro lo sobornara.

—Buenas tardes, don Atilano —saludaron las hermanas.

—Buenas tardes, señoritas —respondió, y comprobó que no era bienvenido al ver solo dos tazas sobre la mesa, y no tres, como era lo habitual.

—Manuela debería habérselo dicho… Deje la escopeta fuera, por favor. ¿Cómo se atreve?

Don Atilano miró el arma.

—No es culpa de Manuela, lo siento. Tendría que haberme dado cuenta yo y dejarla fuera —la excusó. Salió al jardín y, dejándola apoyada contra la pared de la casa, volvió a entrar.

—¿Cómo es que defiende tanto a Manuela cuando es bien…?

—¡ANGUSTIAS…! ¿Qué te he dicho…? —le advirtió su hermana, poniéndose en pie.

—¡¡MATILDE!! —gritó más fuerte Angustias mientras se levantaba también. Su hermana, callándose, volvió al asiento—. ¿No te parece poco lo que te ha obligado a hacer esta mañana? —preguntó mientras se volvía a sentar. Luego miró a don Atilano, que permanecía de pie, con cara de estar conteniendo la respiración—. ¿Usted cree que los empleados pueden vivir mejor que sus amos? —El cura hizo un amago de abrir la boca—. Ya le digo yo que no, eso es una falta de respeto. —Seguía mirándolo, ahora fijamente; su hermana, sentada, miraba al suelo, con cara de niño arrepentido que se ha portado mal. Don Atilano, que ya parecía haber dejado de contener la respiración, escuchaba atentamente—. Se compran una moto..., ¡una moto! Y nosotras no podemos permitirnos comprar ni una bicicleta, que podríamos hacerlo, sí, podríamos comprarnos un millón de bicicletas, pero no podemos permitírnoslo porque ese dinero va destinado a paliar el hambre en el mundo. Hacemos el enorme sacrificio de viajar en autobús mezclándonos con gente de mala calaña para que luego los señoritos se compren una moto y nos inciten a gastarnos el dinero de los pobres comprándonos un coche, y, claro, contratando un chófer, eso o... Mi hermana... Mi santa hermana ha puesto en riesgo su salud, la del cuerpo y la del alma, para que el dinero destinado a los pobres no sea malgastado en lujos. —Se sentó sin dejar de mirarlo fijamente, Matilde seguía con la mirada en el suelo, y el cura, de pie (en torno a la mesa no había más asientos libres), seguía escuchando atentamente a esa mujer a la que, después de lo de las libretas de los pecados, así como a su hermana, veía como a una enferma mental; una enferma mental a la que había que complacer si no quería tener problemas—. Sabrá de sobra lo malos que son los nervios para los problemas de corazón, que usted también padece —don Atilano asintió—, y lo mala que es la ira para el alma, pues en la ira está el demonio...; para el alma y también, como los nervios, muy mala para los problemas cardíacos —don Atilano volvió a asentir—. Pues mi hermana, la santa de mi hermana Matilde, ha preferido no contener la ira y abandonarse a ella... Le ha destrozado la moto, poniéndose en peligro, para así no tener la tentación de gastarnos el dinero de los necesitados en lujos innecesarios. Así que no vuelva a defender a esos dos demonios. Le aconsejo que los denuncie por rojos. —Don Atilano palideció. Si los denunciaba Celedonio haría públicas las cartas que delataban su homosexualidad, convirtiéndolo en un vago y maleante, que era el grupo donde el gobierno franquista había metido a los homosexuales.

—Angustias, no seas... No te dejes llevar tú también por la venganza, recuerda que es de buena santa saber perdonar. Ya te he dicho que les demos otra oportunidad. No te dejes vencer por el demonio.

—No soy yo, hermana, la que se ha dejado llevar por la ira y ha destrozado la moto.

—Lo sé, por eso te lo digo. Yo ya no puedo hacer nada, solo pedirle perdón al Padre y hacer penitencia; tú sí, tú estás a tiempo de rectificar.

Don Atilano avanzó dos pasos hacia las hermanas.

—Tiene razón su hermana, señorita Angustias, la venganza no es buena, no es de santas, de una santa como usted.

—Déjese de sermones, don Atilano —pidió Angustias—, y díganos a que se debe su visita. Esta mañana ha tenido usted un comportamiento inapropiado para ser quien es. Un cura se debe a Dios y tiene que huir de la carne. Ha sido una vergüenza que se haya aprovechado de la situación, el no retirarse cuando vio que mi hermana se le echaba encima no tiene perdón. Si no hubiera sido un sacerdote lo entendería. Mi hermana Matilde, aunque ya es mayor, sigue tan hermosa como siempre. Muchos hombres aún la pretenden

—a don Atilano casi se le escapa una carcajada; «¿lo dirá en serio?, ¿pensará eso de su hermana o solo lo dice para halagarla?»—, pero tratándose de usted no tiene perdón.

El cura, dando otro paso, se pegó a la mesa.

—Precisamente…

—Por favor, padre, guarde las distancias —lo interrumpió Matilde—, ya ha tenido bastante esta mañana.

El cura retrocedió dos pasos.

—Perdonen… precisamente a eso he venido: a pedirles perdón por lo de esta mañana. Me he comportado fatal, he estado todo el día disgustado pensando en ello, si no vine antes fue porque he estado muy atareado con lo de las palomas… Perdónenme, por favor, no podré dormir bien si no me perdonan. —Angustias, tomando la taza de café por el asa, le dio un trago. Su hermana la emuló, luego depositó la taza sobre la mesa, como la otra—. Por favor, señoritas.

Matilde se echó hacia delante.

—Don Atilano, usted no tiene vergüenza. ¿Cuántas más veces tenemos que perdonarlo para que deje de enojarnos? —El cura hizo un amago de hablar, pero Matilde se lo impidió—. Debería renunciar de una vez al sacerdocio; un sacerdote como usted, que no cesa de cometer errores, que, si los comete contra unas santas como nosotras, qué no hará contra los demás feligreses… Un sacerdote como usted no es digno de seguir ejerciendo. Solo lo perdonaremos si abandona, porque si lo hace sabremos que sus palabras de pesar son sinceras y no una argucia con la que pretende salvar su puesto.

Hechos, don Atilano, hechos y menos palabras, que las palabras ya sabe que se las lleva el viento.

El cura, como pidiéndole una opinión, quitó la mirada del esquelético rostro de la señorita Matilde para ponerlo en el de la señorita Angustias, no menos esquelético que el de la otra.

—Estoy de acuerdo con Matilde, don Atilano. Abandone y quedará como un caballero ante todo el mundo, podrá ir con la cabeza alta. Aferrarse a su puesto le traerá malas consecuencias, y además no lo conservará. No se olvide de que nosotras tenemos mucho mando. Lo de esta mañana ha sido la gota que ha colmado el vaso. Somos unas santas, pero lo que no podemos permitir es que nos siga tentando con la carne, nos siga corrompiendo, usted, un sacerdote. No tiene perdón… Y encima no es capaz de complacer a unas santas como nosotras bautizando una iglesia con nuestros santos nombres, no tiene perdón…

El mismo sermón de siempre. Estaba claro que lo habían perdonado, que, como castigo, solo querían meterle el miedo en el cuerpo, como otras veces. Por ello, el cura, para darles el gusto, salió de la estancia con cara compungida y suplicándoles perdón.

Ahora tendría que ir a hablar con Manuela. Después de lo que le habían contado las señoritas estaba seguro de que el tema a abordar sería el del destrozo de la moto. Después de aquello y lo comentado por ellas, ya no le quedaba ninguna duda, ahora sí que tenían un serio problema mental. Eran unas enfermas mentales; ellas, unas de las personas más poderosas de la comarca, unas enfermas mentales con poderes para quitar y poner alcaldes, profesores, curas… Don

Atilano se preguntaba cuánto tiempo más aguantaría sin tener que utilizar las libretas medio chamuscadas de los pecados, esas armas tan valiosas que seguían enterradas, envueltas en plástico y metidas en una caja de acero inoxidable en el suelo del sótano de su casa, no fuera que algún desastre, como bien podía ser un incendio, las destruyeran dejándolo desprotegido ante semejantes mentes enfermizas. Y mientras se lo preguntaba, se vio, mentalmente, atacado por esas dos enfermas mentales después de chantajearlas; se vio atacado, tirado en el suelo sangrado a borbotones de un profundo corte en el cuello. Se quedó paralizado en medio del patio. Esas valiosas armas de defensa se acababan de convertir en peligrosas enemigas. Si llegaba la hora de usarlas tendría que manipularlas con sumo cuidado, como si fueran explosivo líquido, sensible al movimiento. Nunca se le había pasado por la cabeza que la valiosa información podría llevarlo a la tumba, pero eso fue antes de conocer el incidente con la moto, el cual demostraba que la locura de las hermanas estaba muy por encima del grado que don Atilano le había asignado después de conocer lo de los cuadernillos. Un nivel de locura que podría llevarlas a matar.

Mirando hacia la casa de las hermanas, se pasó la mano por la frente; luego, rascándose la cabeza, visiblemente nervioso, se dirigió hacia la salida del patio, hacia el enorme portón.

Abandonó el recinto de altos muros. Lo bordeó para llegar a la puerta principal de la casa de Manuela, que era donde lo recibían desde que Celedonio lo chantajeó con las cartas del amante herido. Remangándose la sotana, subió los cinco escalones de cemento, miró a su izquierda. Allí estaba el estrecho cuartito donde guardaba la leña el matrimonio y se cobijaba Rocki, el rojizo perro, cruce de pastor belga con bóxer, que compaginaba las tareas de guardián de la casa durante la noche con las de vaquero de ganado bravo durante el día, como podía ser dirigir a los animales o tumbar e inmovilizar a alguna res que precisara tratamiento en mitad del campo. Alguna res hembra o macho de poca edad que no sobrepasara los dos años de vida. Derribar a un toro de más de trecientos kilos era tarea difícil para un solo perro.

Había anochecido ya, el reloj marcaba las seis y media y, por lo tanto, Rocki ya estaba en casa, descansando en el cuarto de la leña, con el oído puesto en la calle, alerta ante posibles intrusos que pudieran subir por las escaleras del porche. Pero don Atilano no tenía nada que temer, y no lo hacía. El perro lo conocía de sobra, sabía que aquel hombre de sotana negra no era un peligro para la familia ni para él, esto en condiciones normales. El animal se mostraba muy sensible últimamente, sobre todo cuando veía a alguien con una escopeta de perdigones. El cura no era Pedro, el hijo travieso del herrero y de la señora Elvira que le pegó un perdigonazo una semana atrás en el lomo, pero sí portaba un arma parecida a la que le hizo ver las estrellas. El perro levantó la cabeza; «hola, Rocki, majo», lo saludo el cura. Luego, escopeta en mano, se acercó con la intención de acariciarlo. El otro vio al hombre de la sotana negra que se dirigía hacia él, meneó el rabo amistosamente, pero, luego, al ver lo que portaba en la mano, tensando todos los músculos, erizó el vello. El cura no se percató del estado de enojo del perro hasta que, ya casi encima de él, gruñó amenazante, mostrándole desde el primero hasta el último de los afilados cuchillos que tenía por dentadura. Cuando quiso reaccionar, ya se abalanzaba sobre él. Instintivamente, agarró la escopeta en diagonal con ambas manos protegiéndose así de las mortíferas mandíbulas que solían candarse cuando apresaban algo. El animal mordió el arma con tal violencia que tumbó al sacerdote. Los gruñidos que emitía aquel demonio enfurecido, el cual intentaba quitarle de las manos la escopeta moviendo bruscamente las mandíbulas de un lado al otro, llamaron la atención del matrimonio dueño del perro, que estaba dentro de la vivienda, y de Elvira y su marido, que pasaban por allí en aquel momento.

Mientras la bestia seguía intentando quitarle con violencia el arma y el otro continuaba aferrado a ella como si fuera su propia vida, la saliva perruna se deslizaba por el acero de la escopeta para acabar precipitándose sobre la cara aterrorizada de don Atilano, al cual le daba absolutamente lo mismo la viscosidad apestosa que sentía sobre el rostro. Por el rabillo del ojo vio dos siluetas paradas en mitad de la calle.

—¡¡QUITÁDMELO DE ENCIMA!! —gritó.

—Yo creo que si suelta la escopeta... —opinó tranquilamente Matías, el herrero, mientras el cura, jadeante, y el perro, enfurecido, luchaban por hacerse con el control del arma.

Don Atilano miró, esta vez con rostro enfurecido, de nuevo al matrimonio de la calle.

—¡¡QUITÁDMELO, U OS LAS VERÉIS CONMIGO!!

—Hágale caso a Matías, suelte el arma —le aconsejó Elvira, tranquilamente.

Se oyó la puerta de la vivienda abrirse.

—¡¡ROCKI...!! ATRÁS... —gritó Celedonio. Pero Rocki estaba cegado y sordo de ira.

Tras Celedonio apareció Manuela, que, mirando al cura, al demonio enfurecido y luego al matrimonio de la calle, rio con ganas. Ellos hicieron lo propio.

El dueño del animal agarró al perro por detrás mientras gritaba: «¡ROCKI, ATRÁS...! LA MADRE QUE TE...».

—¡¡QUE SUELTE LA ESCOPETA LE HE DICHO!! —le volvió a aconsejar Matías, ahora gritando.

—¡SÍ, SUÉLTALA! —gritó también Celedonio mientras tiraba hacia atrás de la bestia agarrándola de los lomos.

Don Atilano por fin obedeció. Soltó la escopeta. Perro y amo cayeron hacia atrás, el animal encima, de lado, el amo debajo. Rocki se incorporó con el arma aún entre las mandíbulas y, envuelto en un ambiente de risas, bajó sacudiéndola violentamente de un lado a otro, golpeándola primero contra las paredes de las escaleras del porche, y, luego, una vez en la calle, contra las piedras del suelo mientras corría enrabietado de un lado a otro. Cuando los allí presentes lo perdieron de vista, las escandalosas risas aún seguían oyéndose en la calle, y el jadeo del cura, sentado, ahora, en el suelo, acabó por remitir.

—No nos mire con esa cara, don Atilano, que tiene usted toda la culpa, le hemos dicho unas cuantas veces «suelte la escopeta, suelte la escopeta», y usted, nada —le reprochó Matías.

El párroco se levantó sacudiéndose la sotana.

—No digo que no tengas razón, pero esto no ha tenido ninguna gracia para que os riais como os habéis reído. Esto no va a quedar así.

—Esto, Atilano, va a quedar así porque lo digo yo; ¿acaso estás herido…? No, así que no te enfades y ríete también, hombre, que deberías darle las gracias a Matías. Te ha salvado de una buena.

El cura encaró a Celedonio.

—¿Porque lo dices tú va a quedar así…? No te consiento esta falta de respeto delante de…

—No pasa nada, Atilano, si te hablo así delante de… Escucha —miró a su alrededor—: entremos en el cuarto de la leña todos…; mejor entremos en casa, que Rocki no nos podrá avisar si se acerca algún cotilla

Pasaron al recibidor de la vivienda y, de allí, al comedor, junto al habitáculo de la cocina. Matías y Elvira, dándole la espalda a la humeante chimenea, se acomodaron en unas sillas, Manuela en un escaño, el cura en un cómodo sillón, y Celedonio se quedó de pie pidiéndole con la mirada a don Atilano que le cediera el asiento. El de la sotana, obedeciendo, se sentó en el escaño, junto a Manuela.

—Pues eso, Atilano, me lo has preguntado muchas veces. —Miró al herrero y a su mujer—. Ellos son muy buenos amigos nuestros, y gente de fiar, si no confiara no te habría puesto en peligro, porque además el secreto perdería valor, y yo… mi mujer y yo no nos podríamos curar en salud. Le necesitamos aquí, en el pueblo, para que la gente mala no abra la boca y pueda peligrar nuestro trabajo. Ya te he dicho muchas veces que tener al cura de tu lado es más seguro que tener a la maestra, al alcalde y hasta a la Guardia Civil; es lo que más seguridad da, es lo que…

Don Atilano miró con enojo a Elvira y Matías, sentados frente a él.

—Vamos, que ellos lo saben.

—Sí, pero descuida, que ya te he dicho que nos conviene a todos, a ti y a nosotros dos, que el secreto siga siendo secreto. No podemos permitir que deje de serlo. A ti te expulsarían, y entonces ya nadie podría impedir que las malas personas le vayan con el cuento a las señoritas.

Don Atilano miraba, ahora, pensativo el fuego de la chimenea. Luego puso los enojados ojos en Celedonio.

—Me has engañado; ¿cuántas veces me dijiste que no sabías si Elvira conocía el secreto?

—Y no lo sabía, yo no. —Miró a Manuela—. Ella sí, pero no me dijo nada hasta el mes pasado.

—No pasa nada, don Atilano, yo no dejaré de hablarle de usted ni de llamarle padre, que sé que le gusta mucho… —De pronto la cara de Elvira fue la de alguien que ha reparado en algo bruscamente—. ¡Ah…!, y no se extrañe si alguien le pide la paga, que los niños pequeños son niños pequeños y pueden sentirse confundidos con eso de que al cura también se le llame padre.

Don Atilano la escudriñó con semblante meditativo.

—¿Qué le has contado a Arturito…?

—Padre, perdóneme, pero ya sabe lo mucho que me gusta gastar bromas. Además, que le dé al niño una peseta a la semana de paga no va a afectar a sus ahorros… En cuanto a mi hijo Pedro, puede seguir arreándole los tortazos que quiera, que yo no le voy a amenazar con hablar…; y no le doy permiso porque crea eso de que «la letra con sangre entra», no, se lo doy por todo lo contrario, para que vea que cuanto más le sacuda más problemas tendrá con él

El señor Matías y el otro matrimonio asintieron.

—Lo de las cuatro pesetas al mes me suena a chantaje —Elvira se encogió de hombros—, pero descuida, que se las daré. Lo de tu hijo ya veremos… —respondió don Atilano. Miró a Manuela—. ¿Y tú, de qué tenías que hablarme? Porque si creéis que puedo hacer que las señoritas os paguen el arreglo de la moto estáis muy equivocados. Ellas mandan más que el obispo; bueno, su dinero. No hay nada que yo pueda hacer respecto a eso.

—¿Qué le ha pasado a la moto? —preguntó Matías con cara de preocupación.

—Están locas, sobre todo la señorita Matilde —comenzó diciendo Manuela—. Nunca la había visto así. Entró en la cocina con cara de demonio, cogió un cuchillo y salió. La seguí. Entró en la cuadra de la moto y se lio a cuchillazos con ella como una loca, como si la Montesa le hubiera hecho algo, como si hubiera atropellado a su hermana. Ruedas, asiento… —Matías y Elvira miraron con una mezcla de ira y espanto a Celedonio—. Acabó por partir la hoja del cuchillo, pero el depósito de gasolina está agujereado. Luego la tiró al suelo, el motor desprendido... Destrozada, la ha dejado destrozada esa loca.

El herrero y su mujer, preocupados y con caras enojadas, seguían mirando a Celedonio, que tenía puesta la vista en el rostro del cura regalándole una sonrisa sarcástica, aunque quizá la sonrisa, tuviera más de malicia que de sarcasmo.

El matrimonio de herreros sabía lo mucho que le gustaban las motos a Celedonio. Siempre había deseado tener una, era la ilusión de su vida. Pero no una cualquiera de esas de cuarenta y nueve centímetros cúbicos, que por entonces era lo común. Se había enamorado de la Montesa de ciento veinticinco centímetros cúbicos desde que unos quince años atrás, cuando era aún un adolescente de dieciséis años, la viera por primera vez. Un acaudalado terrateniente que llegó a su pueblo, El Cubo de Don Sancho, para instalarse, además de un lujoso coche poseía una moto de esas. Ahora que había conseguido hacerse con una tan solo pudo disfrutarla poco más de un mes. El herrero y su mujer le dejaron parte del dinero de la deseada adquisición, y, ahora, sentados a la mesa con él, con Manuela y con el cura, tras observar a su vecino con una mezcla de espanto e ira unos segundos, se miraron, indignados, con la frente arrugada. Luego, como si don Atilano fuera el culpable del desastre, lo acribillaron con miradas acusadoras. Celedonio seguía mirándolo con esa confusa sonrisa que a don Atilano nada bueno le sugería.

—¿Que no puedes hacer nada al respecto...? —le preguntó Celedonio—. Pues no pasa nada, hombre, mañana mismo iré a ver a

Celestina y le enseño las cartas de tu exnovio. Ya sabes lo mucho que le gusta hablar a esa mujer.

—Como quieras, las señoritas se van a enterar de lo que tenéis en casa, y eso ya sabéis lo que significa.

—Mira, Atilano, yo prefiero perder el trabajo a que todo el mundo se entere de que soy… vamos, que me pierden los hombres. Este trabajo me gusta mucho, me encanta el ganado bravo, si lo pierdo me dolería, pero de hambre no nos moriríamos, ya saldría alguno. Por maricón sí que me señalaría con el dedo todo el mundo, por estar parado nadie lo haría, además, puedo recuperar el trabajo de carbonero que dejé hace cinco años cuando vine aquí; mis hermanos estarían encantados, tienen mucha tarea.

Don Atilano se movió nervioso en el escaño.

—Dadme alguna idea para conseguir que os paguen el arreglo de la moto… —Miró a uno y a otro—. Celedonio, Manuela, comprendedme, no puedo hacer nada.

—Ya se la doy yo —dijo Elvira—. Usted ya sabe lo creyentes que son esas brujas; si les dice que si no rediment el pecado pagando el arreglo irán de cabeza al infierno, seguro que no se lo piensan… Además, con lo que disfrutan predicando lo santas que son, no creo que les guste nada que se sepa que unas santas como ellas andan por ahí como endemoniadas destrozando motos.

El cura meneó la cabeza.

—Culpan a Celedonio por incitarlas a comprar algo que ellas no tienen, gastándose, así, el dinero destinado a los pobres. Dicen que un sirviente nunca debe tener lo que no tienen sus jefes, que eso es una falta de respeto. —Los dos matrimonios se miraron, sonrieron incrédulos—. Lo culpan por poner en peligro la salud de Matilde, ya sabéis que padece de corazón, que se vio obligada a destrozar la moto para que ellas no tuvieran que comprar algo similar que superara el valor de la Montesa, pues un siervo no debe ser más que su jefe… Si no se sienten culpables, Elvira, no puedo decirles que paguen el arreglo para librarse del infierno.

—Haga que se sientan culpables. Usted es cura, métales uno de esos rollos suyos sobre Dios y los pecados, ya verá como al final se sienten culpables.

—Son unas retrasadas mentales, si lo intento lo único que conseguiré es que muevan Roma con Santiago para echarme del pueblo, y no tendrán que mover mucho, ya sabéis lo rápido que se consigue todo con dinero.

Celedonio se levantó del sillón para, bordeando la mesa, situarse junto a Manuela.

—Mujer, levántate y deja salir a Atilano, que ya no hace nada aquí.

La mujer obedeció.

—Celedonio, te juro que si pudiera hacer algo lo haría.

—Que te levantes y salgas de mi casa, ¡ya! —le ordenó, con el brazo estirado apuntando hacia la salida.

El cura se levantó.

—Celedonio, recapacita, perderás el trabajo —le pidió mientras pasaba entre el escaño y la mesa para quedarse frente a él.

—Ya te dije antes que prefiero perder el trabajo que acabar en la cárcel por maricón.

—No te atreverás.

—Ya sabes que sí… Un mes, tienes un mes para que veas que soy bueno, te doy un mes para convencerlas…, para conseguir que paguen el arreglo de la moto

Don Atilano hizo un amago de hablar.

—Un mes, y ni media palabra más. Sal de mi casa. Y, por favor, cierra la puerta al salir.

Don Atilano obedeció.

Se encontró con Rocki sentado en el porche. La escopeta de perdigones, en mitad de la pedregosa calle, abierta, con el cañón visiblemente doblado y la culata de madera desprendida del armazón de acero

Rocki, moviendo el rabo amistosamente, se sentó sobre las patas traseras ofreciéndole la cabeza para que se la acariciara. El cura lo acarició. Seguidamente, el perro se sentó como niño bueno que ha recibido un regalo; el otro bajó las escaleras del porche. Se detuvo, miró la escopeta, luego al animal, que, ahora, tumbado con la cabeza apoyada sobre las patas delanteras, lo miraba a él. Se fue hacia la escopeta, volvió la vista atrás, Rocki lo observaba con la cabeza levantada, como en alerta. Llegó a donde el arma, miró otra vez al perro, que se había sentado de nuevo sobre las patas delanteras, eso sí, con semblante serio. El cura se inclinó hacia la escopeta. Inclinado, con la mano sobre el arma desdibujada, volvió la cabeza hacia atrás. El otro estaba ya incorporado. Don Atilano levantó la escopeta un palmo del suelo. El animal gruñó. La dejó donde se la encontró. Mientras se incorporaba, Rocki se sentaba

Al comenzar a caminar hacia casa, se imaginó a la señorita Matilde fuera de sí, acuchillando la moto de Celedonio. Entonces le dio un vuelco el corazón. Como quien descubre algo de suma importancia mientras camina, se detuvo de sopetón casi cuando había acabado de dejar atrás los altos muros del patio de las señoritas. No podía chantajearlas con las libretas, desde el momento que lo hiciera dejaría de estar tranquilo hasta en su propia casa, sería un sinvivir, con la espada de Damocles siempre al cuello. Ahora que conocía el nivel de locura que alcanzaban, sobre todo Matilde, no le quedó duda de que esas enfermas mentes podrían acabar con él en cuanto se descuidara, eso si no contrataban a un asesino; por dinero no iba a ser. Y se felicitó de no ser malvado, ya que de serlo habría utilizado esos pequeños cuadernos para sacarles dinero chantajeándolas, y, de haber sido así, seguramente ahora estaría a unos dos metros bajo tierra en una caja de madera.

—Se las doy a Celedonio y mato dos pájaros de un tiro: me curo de que delate mi homosexualidad, me ha dado un mes para convencerlas, y como esas locas lo van a matar cuando intente chantajearlas… Aunque, claro, para acabar con la amenaza tendrían que morir también el herrero, su mujer y Manuela… —Pensativo, reanudó la marcha, cuatro pasos más tarde terminó por dejar atrás las altas paredes del patio de las señoritas—. El herrero y su mujer, porque Manuela, si muere su marido, se irá a su pueblo y allí el riesgo es menor que aquí, porque allí… —se detuvo de nuevo, junto a la pared de piedra de un prado— tienen que morir los cuatro, tengo que ingeniármelas para que maten a los cuatro… —Sus labios reprodujeron una maliciosa sonrisa—. Con cuatro asesinatos nadie, ni todo el dinero que atesoran, las libra del garrote vil. —Comenzó a mover su pesado cuerpo de nuevo—. Me libro de la amenaza de que mi homosexualidad salga a luz y del riesgo de ser expulsado de la iglesia (me daría lo mismo si no me diera de comer)…, de perder el trabajo por algún capricho de estas dos locas que llevan desde que llegué al pueblo sin dejarme vivir tranquilo, de sobresalto en sobresalto, amenazándome constantemente con ser puesto de patas en la calle. ¿Cómo no lo habré pensado antes? Tengo que idear un plan, no será sencillo, Celedonio me ha dado un mes para convencerlas, tengo un mes para idear el plan. —Pensativo, siguió caminando hacia su casa. Se cruzó con un muchacho de unos quince años, el cual lo saludó después de quedarse parado viendo cómo el otro se alejaba. Iba tan concentrado en sus pensamientos que no se percató de la presencia del hijo de su vecina, de Sagrario, la cual le hacía las tareas del hogar a cambio de que rezara por su alma y la de toda su familia.

—Buenas noches, don Atilano… ¡BUENAS NOCHES…! —acabó por gritar al ver que el cura seguía alejándose sin inmutarse.

El sacerdote, sobresaltándose, miró a su alrededor asustado. Se encontró, a sus espaldas, con el muchacho

—Buenas noche, Juan Diego. ¿Qué gritos son esos?

—Perdone, don Atilano, pero es que me he cruzado con usted y ni se ha dado cuenta…

—Uno, que tiene muchas cosas en la cabeza, muchos problemas… Mira cómo anda tu madre con vuestros problemas, y eso que solo sois cinco en la familia… Imagínate yo, que tengo por familia a todos los del pueblo.

—Y eso que somos cuatro gatos, el cura del pueblo de mi padre sí que tiene que estar cansado, Viti es treinta veces más grande.

El cura se lo quedo mirando, y cuando iba a reprenderlo por la contestación llena de malicia, le vino a la mente algo.

—Se me ha estropeado la escopeta de perdigones, mañana por la mañana necesito la tuya, tengo que acabar con las palomas… Bueno, se me había olvidado, esta mañana pensé que con la de cartuchos de tu padre los perdigones se expandirían, podría matar a más de una con un solo disparo, no sé…

—En casa está, hable con él.

CAPÍTULO 8

La señora Elvira puso sobre la mesa un plato de alubias recalentadas al fuego de la chimenea. El olor a chamusquina seguía mandando sobre el resto de olores.

—¡¡Jo…!! Mamá, no me las pongas para cenar, te prometo que mañana me las como a la hora de comer. —sentado en el escaño de madera que miraba al fuego, protestó Pedro al comprobar que su madre dejó el plato de alubias en el lugar de la mesa donde comía él.

—Ya están calientes, no se pueden calentar tres veces…

—¡¡Jo…!! Eso es mentira, sí se puede… —miró a su padre, sentado en una silla, a su derecha—, ¿a que sí, papá?

—O te las comes esta noche, o las tendrás mañana para desayunar, y frías —sentenció su madre.

Su hermana Lourdes, un año menor que el otro, sentada en el escaño, a la derecha de Pedro, llevándose la mano a la boca, soltó unas risitas burlonas. Pedro, enfurecido, le pegó un puñetazo en el antebrazo. La niña comenzó a llorar.

—¡¡A tu habitación sin cenar…!! !!YA!! —ordenó con autoridad Elvira.

Arturito, sentado junto a Lourdes, a su derecha, se interesó por ella mientras la niña se frotaba el brazo.

—¡¡NO, MAMÁ…!! —Se puso en pie, dejando un hueco en el escaño entre Luis, el menor de los hermanos (seis años), y la dolorida niña—. ENCIMA DE QUE SE HA REÍDO DE MÍ —gritó. Al instante, dirigiéndose hacia la mesa, tomó asiento para, luego, comenzar a comer las alubias a la chamusquina con chorizo como si fuera su plato preferido.

—Espera a que nos sentemos todos, que no tienes educación ninguna —ordenó la madre, la cual seguía repartiendo el resto de platos por la mesa, estos, de sopa. Luego miró a su marido—. No sé a quién se parece.

Pedro dejó la cuchara al lado del plato mientras tragaba con vistoso esfuerzo las alubias apenas masticadas. Arturito, Luis y Lourdes, sentados en el escaño, girados hacia atrás, miraban la escena. El padre, sentado en una silla junto al escaño, protestó.

—A mí no me mires… y no te quejes, que de tres solo nos ha salido uno rana.

—Tú no lo defiendas…

—Yo no lo estoy defendiendo, solo te digo…

—Venga, a cenar, que se enfría la sopa.

Tomaron asiento a la circular mesa camilla de madera de roble, la cual se mostraba protegida por un mantel de hule y unas faldillas granates que a la vez guardaban el calor generado por brasero de cisco.

Cuando se llevaron las primeras cucharadas de sopa a la boca, Pedro tenía mediado ya el plato de alubias a la chamusquina. Matías miró a Arturito.

—¿Qué tal vas con el tirachinas, Arturito?, ¿has ganado puntería?

—Pregúntale a Litri, y a un gato, ¿verdad, Arturito? —dijo la señora Elvira. El niño sonrió.

—Pero bueno… Arturito, te lo hice para cazar pájaros y defenderte del hombre del Saco, no para darle al pobre Litri. Ya he visto la herida que tiene en la cabeza…

El niño se ruborizó.

—No fue su intención, ¿verdad, Arturito? —preguntó la señora Elvira. El otro asintió—. Este mediodía con el lío de las alubias, con lo del infierno y todo lo demás se me olvidó contarte, Matías. Confundió a Litri con el hombre del saco, y menos mal que se le cayó la piedra cuando aparecí yo cargada con el saco de la hierba de las gallinas... Pobre, estaba congelado de frío y muerto de miedo. Lo encontré ahí atrás, entre las zarzas del chiquero del corral. —Miró a Arturito, los demás ya lo estaban mirando—. Creo que dentro de poco estará preparado para defenderse del hombre del Saco con el tirachinas. Uno de los gatos que andan por la iglesia creo que no va a volver a reírse de Litri. Menuda pedrada le arreó también.

Arturito sonrió, orgulloso.

—¡Bah…! Eso es suerte. El canijo no es capaz de darles ni a tres montados en un burro —aseguró Pedro, con la boca llena de la última cucharada de alubias a la chamusquina.

Matías miró contrariado a Pedro. Luego a Arturito.

—Arturito, dile que, si está tan seguro de tu mala puntería, salga a la calle y se ponga al otro lado; si como dice no eres capaz de darles a tres montados en un burro, menos a un canijo que no levanta un palmo del suelo.

Pedro se removió en el asiento mirando al plato vació. El rostro de la madre quería esconder una risa burlona.

—Eso, eso…; venga, sal, valiente —lo animó con malicia la pequeña Lourdes. Pedro comenzó a mostrarse tenso, su cara fue cogiendo un tono rojizo.

—Gallina, que eres un gallina… —lo espoleó ahora el pequeño Luis. Arturito se mostraba complacido por el apoyo que estaba recibiendo de los hermanos del niño que siempre se burlaba de él.

—Gallina, gallina… —cantaban ahora los dos pequeños a la vez. El rostro de Pedro ya no podía adquirir un tono más colorado, así como sus músculos llegaron al punto de máxima tensión.

Elvira, viendo venir la estampida de su travieso hijo, gritó:

—¡¡YA ESTÁ BIEN…!! A CALLARSE TODO EL MUNDO. Que no os sabéis comportar.

Se hizo el silencio. Pero el volcán en erupción de Pedro acabó por explotar. Se levantó decidido.

—¿GALLINA YO? —gritó—. VAMOS, CANIJO. —Y abandonó la cocina antes de que su madre le gritara:

—¡SIÉNTATE AHORA MISMO…!

El padre meneó la cabeza.

—A buenas horas. Esto tenías que haberlo cortado antes.

La mujer, que se dirigía malhumorada hacia la salida de la estancia, se volvió.

—¿Y tú, para qué estás? Menos hablar y más actuar, que si no fuera por mí este ya no tendría arreglo, que también es hijo tuyo. —Se volvió hacia la puerta de la salida.

Al poco, se oyó en todo el pueblo, y en la mesa donde cenaban, sonrientes, los tres niños y el padre:

—O ENTRAS AHORA MISMO EN CASA O DUERMES FUERA CON EL HOMBRE DEL SACO.

La amenaza de la mujer les recordó a Arturito, a Luis y a Lourdes que el indeseable andaba cerca. Borrando la sonrisa de los labios, se miraron preocupados. El señor Matías se percató del temor de los pequeños.

—Tranquilos, ya sabéis que conmigo estáis a salvo, que trabajo a las puertas del infierno, a ese monstruo le da mucho miedo acercarse —apuntó con el dedo a la pared norte de la cocina—, que está aquí atrás.

—¿Y Pedro? A él lo cogerá, está en la calle, muy cerca de casa de Arturito.

—No te preocupes, hija, Pedro va a entrar ahora mismo en casa, en cuanto tu madre lo deje solo en la calle.

Pedro, al otro lado de la calle, contra la pared de piedra del cercado de encinas y peñas, miró desafiante a su madre.

—Eso del hombre del saco es un cuento, si es verdad que mata a niños y que está en casa de Arturito, ¿por qué no viene la Guardia civil y se lo lleva?

La señora Elvira se quedó pensativa.

—La madre que lo parió, ¿qué le cuento ahora yo a este?

En estas andaba, meditando cómo salir del apuro, cuando sintió una mano en el hombro. Miró hacia atrás. Era su marido.

—¿Lo has oído…? Dice qué por qué al hombre del saco no se lo lleva la Guardia Civil.

Matías se acercó a Pedro, luego se inclinó hacia él.

—La Guardia Civil solo puede encerrar a la gente mala que está viva. El hombre del saco es un muerto, un fantasma que no se sabe cómo ha logrado escapar del infierno y que cree que con las entrañas de los niños menores de trece años podrá resucitar, volver a la vida.

—Eso es mentira, los fantasmas no existen.

Matías, con rostro apesadumbrado, se giró hacia su mujer, que resopló nerviosa. Se volvió de nuevo hacia su hijo, con rostro profundamente serio. Pedro se asustó. No recordaba haberle visto a su padre nunca una cara tan irritada, ese semblante era más propio de su madre, aunque no tan duro.

—Me da lo mismo que te lo creas o que no te lo creas, entra ahora mismo en casa o te meto a rastras, no soportaría perder a un hijo… —Apuntó con el dedo hacia la casa de Arturito—. Tú no sabes el monstruo que hay en esa casa, no sabes de lo que es capaz ese animal. Hasta que no se vaya, tú, tus hermanos pequeños y Arturito no estáis a salvo cerca de esa casa; y de noche, ni cerca ni lejos, de noche solo estás a salvo con los mayores, o dentro de casa. A sí que —apuntó con el dedo hacia su mujer, que permanecía bajo el quicio de la puerta— ya estás entrando ahí ahora mismo. —Pedro, acobardado y mirando hacia la vivienda de Arturito, se dirigió al portalillo de su casa, donde su madre lo esperaba—. Cuando tengas unos años más ya te explicaré la verdad.

Llegó a su madre; esta, retirándose, lo dejó pasar, no sin antes apremiarlo por el buen comportamiento removiéndole el pelo a modo de caricia.

Cuando estaba a punto de entrar en la cocina, la mujer, llamándolo, le hizo una indicación con la mano para que se acercara.

—Y no te burles de Arturito, Pedro, hijo, que lo está pasando muy mal; sé bueno con él.

Pedro, asintiendo, se dirigió de nuevo a la cocina.

El señor Matías llegó a donde su mujer y resopló.

—Esa gente es una indeseable, que tengamos que tener atemorizados a nuestros hijos y a Arturito... Espero que esto no les cause ningún trauma. La cosa va a acabar mal, lo veo venir —le advirtió a su mujer.

La casa que las señoritas tenían en Salalina se encontraba en una de las turísticas calles del casco antiguo, a trescientos metros de la catedral nueva. Más que casa era una casona, toda ella de piedra, tanto las paredes exteriores como las interiores. Se accedía a su interior a través de una puerta que formaba parte de un enorme portón de dos hojas, todo ello de gruesa madera; aunque a decir verdad ese portón no daba acceso directo a la casona, sino a un patio cuadrado, al cual lo rodeaban soportales de columnas redondas de piedra. Dichos soportales levantaban medio metro sobre el nivel del patio y eran protegidos por un muro de más o menos un metro de altura. A ellos se accedía a través de cinco escaleras, cuatro de ellas en las esquinas, y la quinta, y principal, bastante más ancha que las otras, frente al portón de entrada al patio. Tras subir estas escaleras, las anchas, se encontraba la entrada oficial de la vivienda, que bien podía considerarse como un pequeño palacio. Pero no era el enorme portón, ni el acogedor patio, ni los soportales, ni el pequeño palacio en sí lo que impresionaba, pues edificaciones de ese estilo, o parecido, las había en todas las partes; lo que impresionaba cuando se abría la puerta del patio era algo creado por la madre naturaleza. Una enorme encima que abarcaba con su redondeada copa toda la extensión del recinto subía por encima del tejado de la edificación de dos plantas haciéndose visible desde el exterior. Aunque esto indicaba la proximidad de la poda. Después de que Celedonio la desmochara, hacía eso de dos años que dejó de verse por encima del tejado; ahora, su majestuoso tamaño solo podía ser admirado desde el interior del cuadriculado habitáculo que precedía al pequeño palacio. Un enorme tronco, al cual harían falta diez personas para abarcar por completo, y, apuntando al cielo, seis gruesos y desnudos brazos, que habían comenzado ya a recuperar el follaje perdido por la drástica poda, era lo único que dejaba ver ahora la majestuosa encina, la cual probablemente ya estuviera allí antes de ser levantada la edificación que la acogía, allá, por mediados del siglo XIX. El abuelo Gervasio, el empresario que amasó una enorme fortuna viendo venir antes que nadie el auge del negocio textil, el hombre al que debían las señoritas el enorme capital que tan estrambóticamente estaban dilapidando…, el abuelo Gervasio le había comprado el pequeño palacio de la encina a los descendientes del conocido noble que ordenó su construcción.

Las señoritas abrieron la puerta de la antigua edificación, se persignaron y salieron al soportal. Matilde portaba un paraguas negro en la mano, cerrado. Angustias comenzó a bajar las escaleras; su hermana la siguió, a la vez que extendía el brazo con la palma de la mano mirando hacia el gris y goteante cielo. Abriendo el paraguas, cogió del brazo a su hermana Angustias, que se había detenido a esperar la protección de uno de los inventos más prácticos de la humanidad, el paraguas, en este caso el paraguas de su hermana Matilde. Cogidas del brazo, como si fueran una sola, comenzaron a caminar con su peculiar andar de pasos cortos y rápidos. Al pasar bajo el goteante follaje de uno de los seis brazos de la majestuosa encina, casi ya alcanzada la puerta de salida, una ráfaga de aire pasó sacudiéndolo todo. A la par que las pequeñas hojas de la larga rama se libraban apresuradamente de la carga del agua de lluvia, el golpeteo sobre el paraguas aumentó notablemente la intensidad. Aligeraron el paso.

Abriendo la puerta de madera que acogía el portón, salieron a la calle. Se persignaron de nuevo y, con su peculiar caminar, cogidas del brazo, giraron a la derecha. La suave lluvia, la conocida como «mojabobos» que caía aquella mañana de enero de 1964, le daba a la empedrada calle el característico brillo de la humedad, y agilidad a los numerosos transeúntes de la histórica ciudad universitaria, ya fueran protegidos o sin protección.

Mudas, callejearon bajo la lluvia durante quince minutos hasta que llegaron a los pies de las escaleras de acceso al palacio episcopal. Escoltadas por dos altos cipreses, las subieron. Llamaron a la puerta.

—Señoritas, se lo dije entonces, cuando lo castigué dos veces haciéndole creer que lo mandaba a las misiones tercermundistas (recuerden que la última vez sufrió una angina de pecho en el puerto de Algeciras), y se lo digo ahora: lo conozco muy bien, le causará más daño hacerle creer que lo mando a las misiones que expulsarlo de la Iglesia —les aseguró su esmirriada excelencia desde un sillón muy rojo, muy bajo y tan ancho que bien hubiera sido capaz de acoger a cuatro cuerpos del mismo y preocupante tamaño del que vestía a la persona del señor obispo.

Las señoritas, sentadas (Matilde a la izquierda, Angustias a la derecha) del máximo responsable de la diócesis salelina, mirándose desde sus sillones, idénticos al del otro, al unísono clavaron de nuevo sus miradas, ahora, duras, sobre el delgado hombre.

—Creo que no nos ha entendido bien, don Gonzalo —comenzó diciendo Angustias—. Ese desalmado se desnudó delante de nosotras enseñándonos todas sus vergüenzas..., las otras veces solo se nos ofreció. Esto no tiene perdón posible. Nada de darle un escarmiento. Exigimos su inmediata expulsión, o si bien le parece, el inmediato traslado a las misiones africanas, pero que sea a las más peligrosas.

Matilde, trasladando la vista del rostro de su hermana a la del obispo, asintió.

El escuálido clérigo, pausadamente, tras mirar a una y luego a la otra, se inclinó hacia la baja mesa de salón para, seguidamente, haciéndose con una taza de café con leche, darle un sorbo ante la atenta mirada de las otras. Acto seguido, inclinándose de nuevo, devolvió la taza a la mesa.

—Yo creo que el impresentable comportamiento de don Atilano debe tener una explicación. Algo serio le debe haber acontecido que le haya trastocado la sesera, nadie en su sano juicio se desnuda delante de unas personalidades como las suyas, tan queridas y apreciadas en todos los lados…

—Pues por eso hay que expulsarlo; si lo hizo con nosotras, qué no les habrá hecho a las demás mujeres del pueblo, qué les habrá obligado a hacer… Matilde, alzando el brazo con la palma de la mano extendida, se la puso sobre la frente mientras bajaba levemente la cabeza—. No quiero ni pensarlo.

Mirando a la alfombra de terciopelo roja que pisaban las tres patas arqueadas de la mesa sobre la que descansaban las tres tazas de café, el obispo se mostró pensativo durante unos segundos. Luego, levantando la cabeza, miró al frente, a la gruesa puerta de roble de la salida de la estancia.

—Lo mejor será que hable con él. A todos nos puede acontecer alguna vivencia que nos trastoque la sesera, a mí, a ustedes…

—¿Insinúa que estamos locas…? —preguntó Angustias escudriñando al clérigo de alto rango.

—¡NO…! Líbreme Dios de tener tan monstruosos pensamientos contra unas personas tan cuerdas como ustedes —las hermanas relajaron la tensión—, lo que digo es que nadie tiene la culpa de pasar por una vivencia negativa que lo deje impedido por algún tiempo, como así parece haberle sucedido a su párroco. Yo creo que lo mejor será apartarlo durante un tiempo del sacerdocio. Lo mandaré avisar para comprobar el estado en el que se encuentra y así decidir cuánto tiempo conviene tenerlo apartado.

—Y en ese tiempo, sea un año, dos…, supongo que, al no ejercer, no recibirá un céntimo de su salario… —inquirió Angustias.

—Compréndanme, primero tengo que hablar con él, pero no es justo que estando enfermo dejemos de pagarle, él no tiene…

Angustias se levantó bruscamente.

—O en un mes lo manda a la calle sin pagarle ni un duro, o lo manda a África, u olvídese de las donaciones… y de la herencia de nuestras tierras. Solo faltaba eso, que el degenerado cobre estando tirado a la Bartola. Vámonos, Matilde.

El obispo solicitó calma con las manos. Matilde, con un gesto de manos similar al del otro, le pidió a su hermana que se sentara.

—Angustias —comenzó diciendo Matilde—, aún no hemos acabado. Recuerda, lo del internado de los niños. —La otra se sentó.

El señor obispo, echándoles unas rápidas miradas, arrugó la frente.

«¿Lo del internado de los niños…?», se preguntó mientras las escudriñaba.

—Bueno, don Gonzalo, lo del internado cuando acabemos con don Atilano. Que yo aún no he dicho la última palabra…

—¡PUES YO SÍ…! —gritó Angustias.

—Tú sí, hermana, pero yo no, y tengo tanto derecho como tú… Don Gonzalo, si como usted dice nuestro párroco se ha vuelto loco…

—Yo no he dicho tal cosa.

—No, pero ha dicho que una persona que obra como él no está cuerda, que anda mal de la sesera. —Miró a su hermana Angustias—. ¿Qué te parece, hermana?, tres meses en el manicomio no le vendrían mal a don Atilano. —Angustias sonrió con malicia—. Estoy segura de que se le quitará la obsesión de desnudarse delante de todo el mundo.

—Un año, mejor un año internado —repuso Angustias—. ¿Qué le parece, don Gonzalo?

El obispo se mostró pensativo. «Son unos demonios estas mujeres», se dijo.

—No es tan fácil internar a alguien en el manicomio. Eso lo tiene que decidir un especialista. Yo no puedo decir que tal persona está loca, soy obispo, no médico.

—Bien, como quiera —comenzó diciendo Angustias—, estoy segura de que a la diócesis de Ciudad Rodrigo le vendrán muy bien nuestras donaciones y nuestra herencia. Tres mil hectáreas de terreno no se heredan todos los días. —El obispo resopló—. Lo conozco bien, don Julián no tendrá ningún impedimento en hablar con un médico que certifique la locura de nuestro párroco y dé la orden de internarlo en el manicomio, de internar en el psiquiátrico a una persona tan peligrosa para la sociedad…, a una persona que va por la calle exhibiendo sus partes íntimas.

—Tampoco se pongan así, yo no he dicho que no lo vaya a internar, he dicho que no es tan fácil… Si como dicen va desnudándose así como así por la calle (esto no me lo habían contado hasta ahora, solo que se desnudó antes ustedes), podrán conseguir el testimonio de las demás mujeres.

—Creímos que el valioso testimonio de unas personalidades como nosotras valdría, por ello no le hemos hablado de las demás mujeres con las que se ha propasado.

El obispo iba a decirles que antes, con el comentario «qué no le habrá hecho a las demás mujeres del pueblo, qué les habrá obligado a hacer», le habían dado a entender que no sabían nada, y que ahora le venían con esas, pero se calló, ya que no se creía nada de lo que le estaban contando; ni lo de ahora ni lo de las proposiciones deshonestas de hacía años, cuando el pobre don Atilano, por culpa de unas caprichosas y locas acaudaladas como ellas, estuvo a punto de perder la vida en el puerto de Algeciras de una angina de pecho. Y razones tenía para no creer que el hombre con el que mantenía relaciones carnales desde hacía ya unos cuantos años se fuera desnudando por ahí; todavía si fuera ante hombres…

—Cuantos más testimonios se unan a los suyos, a los valiosos testimonios de unas santas como ustedes, mucho mejor. Hablaré con un doctor que conozco, un buen amigo. Pero tengan en cuenta que estos trámites llevan su tiempo, intentaré que agilice las cosas para que en un mes don Atilano esté internado en el manicomio. Eso sí, para internarlo es de suma importancia sus testimonios y los de las demás mujeres. Tendrán que darles aviso de que estén preparadas para cuando se las requiera.

—Descuide, don Gonzalo, que ya hablamos luego por teléfono con el pueblo y todo resuelto.

El señor obispo se levantó.

—Pues muy bien, ha sido…

—Aún no hemos terminado. Tenemos que tratar el asunto del internado de los niños…, ¿ya no se acuerda? —preguntó la señorita Matilde.

—¡Ah…! Sí, disculpen —se sentó—, lo de don Atilano me ha afectado mucho, se me había olvidado. Ustedes dirán. Háblenme de lo del internado.

—La educación de los niños es de suma importancia para que acaben convertidos en hombres de provecho. Los del pueblo no disponen de la buena educación que atesoran los colegios de la Iglesia. Dispóngalo todo para que acojan dentro de un mes a nueve niños en el colegio de los jesuitas y para buscarles un buen internado católico, y a seis niñas en el colegio Hermanas Cristianas, con alojamiento igualmente.

El obispo miró a la alfombra roja, luego se mostró pensativo, luego ligeramente nervioso.

—El curso está ya empezado. Esos colegios son de congregaciones católicas, como todas, en las que el obispo no tiene mano, son administradas por…

Angustias se levantó.

—Nos da lo mismo, don Gonzalo, que no tenga mano. Ese no es nuestro problema. Mueva lo que tenga que mover para que nuestros nueve niños y nuestras seis niñas estén recibiendo en un mes la mejor educación, y alojados en el mejor internado. O lo hace usted o lo hace el obispo de Ciudad Rodrigo. Estoy segura de que don Julián estará encantado de recibirnos. Vámonos, hermana. Matilde se levantó.

—De acuerdo, mándenme la documentación de los niños. No se preocupen, en un mes sus niños estarán recibiendo la mejor educación y tendrán el mejor alojamiento… ¡Ah!, no es por nada, tengo entendido que aún no han redactado el testamento. —Las hermanas se detuvieron de sopetón—. Sé que aún no están en edad, tan solo tienen sesenta años, pero Dios es muy caprichoso, no entiende de edad… Sería una desgracia, Dios no lo quiera, que murieran y sus bienes, al no tener parientes vivos, acabaran donde no deben.

Las hermanas se miraron.

—¿Y dónde deben acabar según usted? ¿En la diócesis de Ciudad Rodrigo? —preguntó Angustias.

—En cualquier diócesis que pueda seguir haciendo con sus bienes la labor humanitaria que ustedes llevan practicando años.

—No se preocupe, don Gonzalo —dijo Angustias—, que Dios todo lo sabe y todo lo ve… Ya sea antes o después de redactar el testamento, sabrá cuándo es el mejor momento de llevarnos con Él. Usted haga lo que le pedimos y todo irá bien para todos.

Con semblantes duros y protegidas de la lluvia por el paraguas, que ahora sostenía la señorita Angustias, bajaron las escaleras de acceso al palacio episcopal. Una vez en la calle miraron hacia la ventana del salón del esmirriado señor obispo, que levantó la mano para despedirlas. Volviéndose sin corresponder al saludo, comenzaron a caminar por la chorreante calle mientras don Gonzalo las observaba apenado; tendría que buscarse un nuevo amante, iba a ser difícil encontrar uno que lo satisficiera tanto como don Atilano y que además fuera inmune al amor como él, porque lo último que deseaba era que le sucediera lo que al otro, el amante que le dio las cartas de amor a Celedonio.

—Vamos a hacer de nuestros niños unos hombres de provecho —comenzó diciendo Angustias—. No saben la suerte que tienen de tenernos la gran parte del año como vecinas; sus padres también nos lo agradecerán, como los niños, cuando los vean hechos unos hombres de estudios. Van a ser la envidia de los demás chiquillos; esos otros, por tener unos padres tan ciegos y testarudos no van a llegar a ningún lado..., y egoístas, que solo piensan en su bien y no en el de sus hijos. Mira que les hemos insistido... Somos unas santas. —La señorita Matilde miró de reojo a su hermana, luego, resoplando, elevó la vista al cielo—. A don Atilano le vamos a hacer un bien muy grande curándolo de esa enfermiza obsesión que tiene con desnudarse...

Matilde se detuvo de sopetón, Angustias dos pasos más adelante. Retrocediendo, protegió a su hermana de la lluvia con el paraguas. La otra la miraba con dureza.

—Te recuerdo, hermana, que ya no estamos con el obispo; si quieres engañarte, engáñate tú sola, pero no pretendas engañarme a mí, porque lo que no puede ser no puede ser…

—Lo siento, Matilde, estaba pensando en alto, intentando mentalizarme…

—No pasa nada, pero métete en la cabeza de una vez por todas que somos unos demonios, y demonios seremos hasta la muerte. Ya sé que es duro ser mala, hermana, pero peor sería no poder redimir los pecados e ir de cabeza al infierno. Debemos sentirnos afortunadas de tener la riqueza que tenemos, gracias a ella nos ganaremos el cielo.

—Ya, pero terminaremos por agotar los ahorros, como te dije ayer, y entonces…

—Y entonces, como también te dije yo ayer, y muchas veces, el cielo ya lo tenemos ganado, que aunque se nos acabe el dinero… Ayer noche estuve pensando; puede que Dios nos haya hecho malvadas para probarnos, para ver si disfrutamos o sufrirnos, y así mandarnos al cielo o al infierno…

—Yo no sé tú, pero si es así, yo lo tengo ganado desde el día que le di el visto bueno a Andrés para que matara a nuestro padre…

—Y yo, hermana, y yo… Lo pasamos fatal.

Sonó el teléfono en casa de Nati, la mujer del teléfono público de Darda.

—Dígame.

—Buenos días, Nati —la mujer se puso rígida, firme, como soldado que se encuentra con un superior de alto rango—, soy la señorita Matilde.

—Buenos días, señorita Matilde, ya, ya la había reconocido.

—Escucha: coge papel, bolígrafo y apunta.

—Espere un momento, señorita Matilde, que voy a buscarlos.

Al medio minuto Nati volvió a coger el teléfono.

—Dígame, que apunto.

La señorita Matilde le dio los nombres de cinco hombres. Cuando nombró a su marido le dio un vuelco el corazón.

—Diles que te he dicho yo que te den los datos de sus hijos. Cuando los tengas me los mandas por carta… ¡Ah…! Y diles que en un mes lo tengan todo preparado para mandarlos a estudiar a Salalina.

Al rostro de Nati le llegó un semblante funesto.

—Mi pequeño no, por…

—¿Qué te dije ayer…?

—Ya, señorita Matilde, pero…

—¡CALLA Y ESCUCHA!, que eso no es todo. Dile a las mujeres de esos hombres que les van a preguntar por don Atilano, que les digan que se ha desnudado delante ellas unas cuantas veces…; como comprenderás esto también te incluye a ti. Nosotras no tenemos la culpa de que tengas el marido que tienes, un vago redomado…

CAPÍTULO 9

Pedro, el hijo travieso de los herreros, abriendo la puerta de casa, corrió con sus botas de goma, que le llegaban casi hasta las rodillas, por la embarrada calleja. Se protegía de la llovizna que caía a las ocho de aquella desapacible y gris mañana con un chubasquero azul marino. Litri, el blanco mastín burlado día tras día por los gatos, lo siguió con su pesado y peculiar correr. Tras cien metros de torpe carrera, se detuvo, sacudió el empapado pelaje y volvió para sentarse, calado hasta los huesos, en el portalillo de la vivienda de los moradores a los que protegía por comida, alojamiento y cariño.

Pedro llegó a la carretera de tierra y miró a su izquierda. Una difusa y diminuta figura, allá a lo lejos, entre la espesa y suave llovizna, se dirigía hacia él. Se resguardó bajo el grueso brazo de una encina que formaba parte del cercado de piedra de un terreno de labranza. Cubierta por un desgastado chubasquero de tonalidad oscura, salpicándolo todo con sus botas de goma, las cuales le llegaban, como al otro, casi hasta las rodillas, la figura fue creciendo a cada zancada en tamaño y visibilidad hasta que al llegar a la encina fue ya un palmo más alta que la del otro.

—¿Ya estás bueno? —preguntó Pedro.

—Estoy mejor… Esas zorras nos van a internar en un colegio de curas. Lo voy a convertir en un infierno, el primer día le prendo fuego.

—Lo siento. Ya lo sabía. Se lo dijeron el otro día a mi madre. Intentaron convencerla para que nos internaran a nosotros también. Haría lo mismo: lo quemaría…

—Tenéis suerte de no depender de ellas… Vamos, se nos hará tarde.

Pedro, delante, Juan, el travieso hijo de la telefonista, detrás, comenzaron a correr por la embarrada carretera de tierra. Cien metros más adelante tomaron a la izquierda el camino que los llevaría a la iglesia. Dejándola a la izquierda, continuaron corriendo.

Pedro, sin aminorar la marcha, se giró hacia el otro, que lo seguía mientras el agua se le escurría por el desgastado chubasquero para ir a encontrarse con la que empapaba la quemada hierba, maltratada por las numerosas y cruentas heladas del último mes.

—Mi madre dice que anda cazando las palomas con una escopeta de balines. —Rieron escandalosamente. Cuando comenzaron a descender hacia el regato entre pequeñas matas de robles y resbaladizas peñas, Juan se situó a la altura de Pedro. Redujeron el ritmo de la carrera—. Luego me dijo que por la noche, cuando iba a hablar con Celedonio y Manuela, Rocki le quitó de las manos la escopeta y se la destrozó —más risas—; pobre perro, el otro día le di un perdigonazo, creo que le ha cogido manía a las escopetas. —Mientras descendían, ahora cuidadosamente, por la resbaladiza pendiente, volvieron a reír.

Se detuvieron a la orilla del regato, junto a una roca con forma de visera que se libraba del agua de la lluvia vertiéndola hacia el afluente del río Oblea. Examinaron con detenimiento el curso del riachuelo. Juan extendió la mano.

—Allí esta.

Pedro se dirigió hacia donde apuntaba el otro, que lo siguió. Se metió en el agua con cuidado. Con el cristalino liquido cubriéndole casi por completo las botas de goma, caminó hacia un bulto alargado que negreaba en el centro de la corriente. Juan, extremando las precauciones a cada paso que daba dentro del empedrado regato, lo siguió.

Pedro, remangándose, comenzó a buscar bajo el agua. Al poco su mano tiró hacia afuera agarrando una cuerda. Se la enrolló en la muñeca para, ayudándose con la otra mano, tirar hacia arriba de ella. Del agua emergió una especie de cono agujereado por diminutos cuadraditos. La boca del cono tenía forma de embudo invertido. Dentro, pequeños cuerpos, adueñados de una histeria colectiva, se golpeaban entre ellos con violencia, y al rabudo.

—¡Halaaaa…! Está lleno. Cómo os vais a poner. A ver si en nuestro rabudo hay tantas sardas —deseó Juan mientras llegaba a Pedro.

Sacando del agua el aparejo de pesca, caminaron unos veinticinco metros riachuelo abajo, hacia el sur; luego, tras escrutar minuciosamente el entorno que los rodeaba, como si fueran dos fugitivos, se situaron bajo la peña con forma de visera. Pedro se llevó el dedo a la nariz.

—Silencio, que no nos pillen —le dijo a su compañero. Acto seguido, arrastrándose bajo la roca, dejaron de verse.

A los veinte minutos salieron para, seguidamente, descargando las sardas en una bolsa de plástico, esconder el rabudo vacío bajo la peña.

—Vamos, corre, que se nos hace tarde —le pidió Juan a Pedro, y corrieron regato arriba, hacia el norte, en busca del rabudo de Juan. A los quince minutos, Pedro, corriendo bajo la incesante lluvia, subía la calleja dirección a casa con la bolsa llena de sardas. El otro, con una cantidad parecida de pequeños peces, hacía lo propio hacia el oeste por la carretera de tierra. Al pasar junto al corral de paredes medio destartaladas de Sebastián el palomero, que le quedaba a la izquierda, miró las palomas. Se protegían de la fina lluvia posadas en las vigas de la tenada, donde también se resguardaban la oscura cerda y sus creciditas crías. Se imaginó al cura pegando tiros dentro de la iglesia. Riendo, siguió corriendo hacia el oeste. Doscientos metros más adelante, abrió la puerta del jardín para, de cuatro zancadas, llegar a la entrada de la casa con la bolsa llena de sardas. Oyó que sus padres discutían al otro lado de una de las ventanas que daban al jardín, la de la cocina. Sacó del bolsillo un viejo reloj de pulsera sin correa. Las nueve y diez. Sus hermanos ya estarían en la puerta del colegio esperando a que la profesora les abriera.

Pasó dentro con cuidado de no hacer ruido. Se acercó a la puerta de la cocina, entreabierta.

—Si no estuvieras haciendo el vago todos los días los niños no se moverían de aquí. Tú tienes la culpa.

—Excusas… Y yo no hago el vago; bueno, un poco puede, pero… ¿prefieres que te trate a palos como Mauricio a su mujer?, que muy trabajador, muy trabajador…

—Eso no tiene nada que ver con lo que hablamos. Puedes tratarme con cariño como hasta ahora y trabajar, puedes hacer las dos cosas sin tener que molerme a palos. Mauricio es un maltratador porque así es él, no porque trabaje mucho… Que sea cosa de que cuando vuelvan las señoritas vayas a pedirles trabajo, me dijeron…

Alguien llamó a la puerta de la entrada. Juan, sobresaltado, se internó, apresuradamente, en el pasillo para acabar pasando a su habitación con la bolsa de las sardas.

—Hola, Sagrario.

—Buenos días, Nati.

Nati hizo pasar a la cocina a Sagrario, mujer de rostro redondeado, morena y de baja estatura, que rondaría los cincuenta años. Al instante, Juan, saliendo de puntillas de su habitación, con cuidado de no hacer ruido, salió a la calle, para, luego, volver a entrar, esta vez anunciando su presencia abriendo la puerta ruidosamente. Pasó a la cocina. Las dos mujeres, de pie, y el hombre, sentado a la mesa, se lo quedaron mirando. Saludó. Vació las sardas en el fregadero; algunas, aun agonizando, con la boca abierta, dieron unos coletazos. El niño salió despidiéndose.

—Adiós, me voy a la escuela.

Al poco se lo oyó entrar en su habitación, luego pasos acercarse a la puerta de la entrada, en la cocina no se oía ni media palabra.

Cuando la puerta anunció que se cerraba, la conversación volvió a la boca de las mujeres.

—Están locas... Que diga que don Atilano se desnudó delante de mí... No les basta con llevarse a mis tres niñas...

—Lo sé, Sagrario. Ya sabes lo que nos pasará si desobedecemos. Don Atilano lo entenderá, sabe por qué lo vamos a acusar.

—No sé si te das cuenta de que lo mandaremos a la cárcel, son acusaciones muy graves. Si solo lo echaran del sacerdocio...

A través de la ventana, Nati apuntó con el mentón a una enorme casa que había al otro lado de la carretera.

—Ya sabes que no nos llevamos bien, ¿puedes decírselo tú?

Sagrario miró con sus oscuros y pequeños ojos la casa con patio del otro lado de la carretera.

—Sí, se lo diré a Tere..., va a ser muy duro. A vosotros os da igual, no tenéis la relación que tenemos nosotros con él, que le preparo la comida, le friego los platos, le limpio la casa todos los días... Parece una cosa, pero cuando lo conoces bien... En el fondo don Atilano es buena persona.

Nati, sentándose junto a su marido, se giró con la silla hacia la otra.

—Si no te digo que no, Sagrario. Yo ya te lo he dicho, no te obligo a nada. Tú misma. Con mi testimonio y el de las otras don Atilano ya va acabar mal, callándote no vas a salvarlo, y además os quedareis sin las tierras que os ayudan a comer.

Sagrario se la quedó mirando durante unos segundos, luego se volvió hacia la puerta de salida de la cocina.

—Lo sé, haga lo que haga… —dijo. Se quedó pensativa, como si hubiera reparado en algo. Nati la escudriñó de arriba abajo—. Tienes razón —se volvió hacia la telefonista y su marido—, no me queda otra opción que delatarlo —acabó por decir para, al instante, abandonar la cocina. La otra la siguió hasta la puerta.

—Si por casualidad don Atilano desaparece del pueblo antes de que comencemos a declarar sería muy sospechoso, reza para que eso no suceda porque no me quedara más remedio que decirles a las señoritas que lo has avisado. —La otra se giró hacia la telefonista—. Sagrario, te aprecio mucho, no me obligues. Porque lo que no puede ser es que nos pongas en peligro a las demás familias por una sola persona, piensa en tus hijos.

—Descuida, Nati, no le voy a decir la que le espera —asegurándoselo, salió por la puerta para despedirse alzando el brazo.

Protegida de la lluvia por un oscuro y desgastado paraguas, lluvia que había arreciado y que ya no era tan fina, atravesó la encharcada carretera para pasar al enorme patio exterior de la vivienda que le indicó Nati, la cual siguió discutiendo con su marido hasta que el hombre le prometió que iría a pedirles trabajo a las señoritas para que lo emplearan en las temporadas del esquileo, en las de la siega y en la de la bellota (de octubre a enero) como porquero. Luego la telefonista salió al jardín a coger leña, de un cuarto aledaño a la casa, para encender la chimenea.

Vio a Andrés y a su mujer, Amparo, que pasaban por la calle protegidos por un paraguas rojo.

—Buenos días… Pensaba que ya os habíais ido para América.

El matrimonio se detuvo. Andrés ya rondaría los sesenta, su mujer, la hija del difunto Felipe, andaría por la misma edad. Cuarenta años habían pasado desde que se embarcaron para las Américas con el dineral procedente del pago del asesinato del padre de las señoritas. Que habían cobrado dos veces. Cuatro millones a Angustias y Matilde, tres a la malograda madre superiora de las Hermanas Teodosias, asesinada en un camino cuando pretendía huir a América con los tres millones de pesetas que las hermanas terratenientes les dieron. Los mismos que les prometió la difunta abuela si domaba a sus nietas. Los mismos que le prometió ella a Andrés si acababa con la vida del padre de las señoritas de una forma que pareciera un suicidio.

—Buenos días, Nati. No vamos a volver. Aquellas tierras son muy buenas, un clima cálido, estupendo, pero la tierra de uno tira. Nuestros dos hijos se harán cargo de la fábrica de azúcar —le explicó Andrés.

—Sí, deseamos pasar los años que nos queden de vida en nuestro querido pueblo.

Me alegra saber que seguiremos teniendo vecinos —dijo Nati, que miró a Amparo, la hija de Felipe—. Tu padre nos hacía mucha compañía.

—Yo creo que le hacíais más compañía vosotros a él... Se empeñó en quedarse aquí solo, lo bien que habría vivido allá, rodeado de su familia... —El rostro blanquecino de Amparo, que era baja y morena, comenzó a temblar—. No le habría pasado... —dijo, con voz temblorosa, para, al final, arrancara llorar. Andrés le atrajo con suavidad la cabeza y se la apoyó en el hombro. Dejó de llorar—. Si no hubiera estado solo le habrían cortado la hemorragia... Cuántas veces le dije antes de irnos para Venezuela que esa manía suya de salir a mear a la calle de noche nos traería algún disgusto, que algún día se iba a tropezar..., de noche no se ve bien. No podría orinar en un orinal como todo el mundo... Con ochenta años salir a la calle a mear... —Meneó la cabeza. De nuevo el llanto, de nuevo Andrés llevándosela a su hombro, de nuevo cesó el llanto—. Mala suerte que perdiera el conocimiento..., estoy segura de que lo perdió, si no se habría levantado y os habría pedido ayuda... Mala suerte que el golpe fuera en la ceja... En otro lado no habría sangrado tanto, habría vuelto en... —Otra vez el llanto, otra vez Andrés y su hombro...

«¿Pero cómo se puede ser tan falsa...? Él se quedó encantado de perderlos de vista, pero eso de que se empeñó en quedarse... Bien sabe todo el pueblo que le dijeron que de irse con ellos ni hablar», se dijo Nati mientras Andrés, consolando a Amparo, entró en el juego del paripé de su mujer.

—Tranquilízate, mujer, fue su decisión.

La telefonista vio a un hombre al otro lado de la carretera. Enfundado en un desgatado chubasquero y unas botas de goma que le llegaban hasta las rodillas, bajaba a paso ligero la pequeña pendiente. El hombre del chubasquero los saludó alzando el brazo, le devolvieron el saludo de igual modo. Sebastián, dándoles la espalda y sin variar el ligero rumbo, con una maliciosa sonrisa en los labios, comenzó a caminar por la carretera de tierra.

—Escoria —se dijo.

Cuando Sebastián salió del corral con un saco y una hoz, el matrimonio subía la carretera en dirección opuesta. Brindándoles otra maliciosa sonrisa, comenzó a segar la verde hierba de la cuneta, un poco quemada por las heladas del último mes. Después de meter la primera mano de hierba en el saco oyó el sonido metálico de unas puertas. Levantó la vista; Sagrario, protegiéndose de la lluvia con un paraguas, abandonaba la vivienda del patio, ubicada frente a la de Nati.

Don Atilano, despertándose bruscamente, miró hacia un lado. El despertador saltaba en la mesilla escandalosamente. Agarrando el ruidoso trasto, se incorporó para detenerlo malhumorado. Eran las nueve de la mañana. Ataviado con un camisón blanco, se bajó de la cama. El grueso cuerpo introdujo los pies, abrigados con unos calcetines de lana, en unas alpargatas de andar por casa que reposaban sobre una alfombra roja de terciopelo, junto a la cama. Bostezó. Estuvo hasta altas horas de la noche (las tres y media, o por ahí) meditando si darle las libretas donde anotaban los pecados las señoritas a Celedonio, para que fuera él el que las sobornara con hacerlas públicas si no le arreglaban la moto o si lo despedían por haber incumplido una de las prohibiciones estipuladas en el contrato laboral que los unía. Cuando meditó la noche anterior, camino de casa, pensó que sería lo mejor, entregárselas. El hecho de que le destrozaran la moto con un cuchillo acababa por catalogarlas como las enfermas mentales que hasta entonces solo parecían ser. Las creía capaces de matarlo si las sobornaba él, entregándoselas al otro mataba dos pájaros de un tiro: se libraba de la amenaza de Celedonio, la de hacer públicas las cartas que demostraban su homosexualidad, y a la vez se deshacía de las enfermas, que acabarían en la cárcel, para luego morir a garrote vil. Enfermas que no cesaban de crearle problemas con sus caprichos, enfermas que le robaron la tranquilidad que creyó que tendría desde un principio en una parroquia con tan pocos feligreses. Pero ¿y si la creencia de que las enfermas matarían a su enemigo no resultaba tal…? Celedonio le había dado de plazo un mes para conseguir que le pagaran el arreglo de la moto, tenía mucho tiempo aún para pensar qué hacer.

Abandonando el dormitorio, pasó a la cocina. Se asomó, a escondidas, entre las cortinas de la ventana. El marido de Sagrario salía de casa, puntual como todos los días. Como todos los días, el robusto hombre de unos cincuenta años, haciéndose un cigarro, comenzó a fumárselo bajo el tejadillo del portal. Don Atilano suspiró, luego la respiración se le aceleró. Espiando al fornido hombre entre la cortina, se subió el camisón, para, seguidamente, rebuscando entre la entrepierna, comenzar a manipular el hinchado miembro. Aumentó la intensidad a la par que el redondeado rostro comenzaba a tensársele, y cuando el del cigarrillo, tras haberse vuelto hacia su vivienda para sacar de debajo de un asiento de piedra unas botas de gomas embarradas, comenzaba a cambiarse el calzado poniendo un pie, como todos los días, sobre el duro asiento, inclinándose hacia adelante, la agitación de la mano del cura adquirió un ritmo tan desenfrenado que, como todos los días a esas hora, las cortinas comenzaron a temblar para, al poco, acogerse a una sospechosa calma.

Diez minutos después de terminar el rutinario y placentero acto, como todos los días, Sagrario golpeó la puerta del señor cura. La puerta se abrió. La pequeña mujer de rostro redondeado pasó con una escopeta de cartuchos y munición en la mano.

—Tenga, lo que le prometió ayer mi marido.

—Gracias. Con esta voy a acabar en un santiamén con esos demonios —dijo, y abandonó la casa.

—¿Cuánto le queda para jubilarse, don Atilano? —le preguntó la mujer.

El cura se volvió hacia ella con una mueca de extrañeza en el rostro.

—¿A qué viene esa pregunta ahora…? Los curas nunca nos jubilamos, lo nuestro es una vocación, no un trabajo.

—No, por nada. Curiosidad.

El sacerdote le aguantó la mirada unos segundos y, luego, dándole la espalda, comenzó a alejarse.

—Don Atilano…

El otro se volvió de nuevo.

—Dime, Sagrario.

—No, nada, tonterías mías, vaya a acabar con las palomas.

El cura la miró con el entrecejo arrugado mientras la otra cerraba la puerta, y volviéndose de nuevo emprendió el camino hacia la iglesia dejando en su casa a Sagrario, que, como todos los días, le haría la limpieza a cambio de orar por su alma y la de su familia.

Nati tenía razón; advertirle que lo iban a acusar de exhibicionismo lo favorecería a él, pero no a su familia, a la de ella, que saldría seriamente perjudicada cuando las señoritas le quitaran las tierras, algo de lo que ya estaba advertida por la telefonista; si el cura desaparecía del pueblo, ella la acusaría de haberle avisado de la que se le venía encima.

Le iba a resultar muy duro, pero no le quedaba otra opción que testificar en un su contra.

Paraguas en una mano, escopeta en la otra y el desayuno (un bocadillo de chorizo envuelto en papel de periódico) metido bajo la oscura sotana, entre los pantalones, llegó a la iglesia.

Abriendo la puerta lo justo para poder meter la mano, se agachó e introdujo el brazo en la abertura. Tentó el suelo, al instante sacó la mano cerrada. Por allí nadie había entrado, la piedrecita se encontraba donde la había dejado el día anterior después de cerrar. Si alguien hubiera entrado la habría desplazado. Se incorporó, pasó al interior del templo. Al sentir la presencia del humano vestido de negro con la escopeta en la mano, ahora con una más grande y amenazadora, las palomas comenzaron a alborotarse. Miró hacia el retablo de detrás del altar y alcanzó a ver a dos pajarracos desaparecer entre tres de los numerosos y valiosos detalles, como el día anterior. Arrugó el entrecejo. Se dirigió a las escaleras que llevaban al campanario. Sebastián le contó que de pequeño entraba en la iglesia con sus amigos por el campanario. Se subían al tejado a través de las paredes del cementerio, pegado a la parte trasera del templo, del tejado al campanario, y luego al interior de la iglesia. Subió las escaleras hasta que se topó con la puerta que había cerrado con llave, el día anterior, por primera vez durante todos los años que llevaba de párroco en el pueblo. Estaba tal cual la dejó, cerrada con el candado. Bajó las escaleras y echó un vistazo a las aves, alborotadas de nuevo desde que notaron otra vez su presencia.

—No sabré si entraban por el campanario hasta que no pasen unos días. Si siguen sin desfallecer dentro de tres o cuatro días… —Comenzó a otear el suelo—. Es imposible, un túnel en la iglesia que lleve al exterior… es imposible. Entrarán a darles de comer por el campanario, un día sin comer no se les notará, estoy seguro de que dentro de cuatro días ni andar podrán… Porque por la puerta tampoco han entrado, habrían arrastrado la piedra —se dijo, y, cogiendo la escopeta, se dirigió al confesionario a esconderse e intentar reducir el número de palomas, las cuales estaban dejando el templo apestosamente sucio, y con el inconfundible e insoportable hedor a excrementos de pájaro. Quedarían unas quince.

»Si las mato a todas hoy no sabré si entraban por el campanario… o sí. Si las mato a todas hoy, y mañana hay de nuevo palomas… Es imposible, si las mato a todas se acabó, es imposible que haya un túnel por el que entren esos sinvergüenzas.

Echó un puñado de trigo, del saco que guardaba en la sacristía, sobre la zona del entarimado que podía controlar desde el confesionario. El movimiento alteró un poco a las palomas, luego se hizo la calma. Se dispuso a sacar el cañón por uno de los cientos de agujeritos que decoraban la parte frontal, pero le fue imposible. El arma tenía el cañón diez u once veces mayor que el de la escopeta de perdigones, pues estos eran diez u once veces más pequeños que los cartuchos. El rostro se le vistió de decepción mientras meneaba la cabeza.

—¿Cómo no me he dado cuenta antes…? —se preguntó, luego se mostró pensativo mientras escrutaba los cientos de agujeritos que tenía enfrente. ¿Cómo introducir el enorme cañón y así poder matar a tres o cuatro palomas de un solo disparo?

Tras un buen rato pensando en ello, mientras seguía explorando el tablero agujereado del confesionario le vino la solución al comprobar que las palomas no perdían el tiempo y estaban dando buena cuenta del trigo. Poniendo el cañón contra la celosía, a través de la cual se comunicaba el confesor con el pecador, apuntó y, al instante, disparó. Se oyó un enorme estruendo en todo el sagrado recinto, que el eco repitió hasta hacerlo desaparecer.

Ahora tenía un agujero lo suficientemente grande como para introducir el cañón de la escopeta de cartuchos, un enorme dolor en el hombro, un tremendo susto, un buen tramo de la pared, recientemente encalada, atestada de pequeñas bolitas de acero y a los demonios de pájaros más alterados que nunca. Cuando se repuso del sobresalto (no del todo, aquello no se le olvidaría en la vida), abandonando el confesionario, comprobó que además no había matado ni a una sola paloma, ni siquiera herido; el único herido era él, con un creciente dolor en el hombro derecho.

Fue al sentarse en un banco, pensando en lo sucedido, preguntándose cómo el disparo había ido a parar casi al techo, si él apunto al suelo, cuando le vino a la mente la advertencia del marido de Sagrario: «agarre fuerte la escopeta, don Atilano, si no quiere tener goteras en el tejado, que esta no es como la de balines».

Sentado en el banco, jurándose no volver a usar aquella peligrosa arma, que permanecía en el interior del confesionario, vio, por el rabillo del ojo, a dos palomas salir de entre los detalles del retablo de detrás del altar. Al entrar en la iglesia las había visto esconderse. Arrugando la frente, se mostró pensativo.

Ya lo sabía, pero Sebastián el día anterior le recordó que la forma del interior de la iglesia fue modificada tras un incendio que dejó en pie tan solo las robustas y casi milenarias paredes, construidas por los templarios. El antecesor de don Atilano, enemigo de las construcciones templarias, pues decía que evocaban al maligno, le había dado forma de cruz, como toda buena iglesia católica, contratando la construcción de paredes que anulaban la octogonal forma, dejando así inaccesibles y triangulares cámaras de aire.

Incorporándose, pensando en ello, se dirigió a investigar el retablo.

Al recordar a las palomas entrando y saliendo de entre los detalles, pensó que no sería nada extraño que detrás hubiera una cámara que comunicara con el resto. Intentando encontrar alguna puerta camuflada que lo llevara a los ocultos recintos, examinó minuciosamente el retablo. Podía ser que si lograra acceder a ellos encontrara algo que resolviera el enigma de las palomas, si es que, con el paso de los días, con la puerta del campanario cerrada y la piedrecita de la entrada sin señales de haber sido movida, las aves seguían sin desfallecer.

No encontró nada sospecho, eso no quería decir que no lo hubiera. Recorrió el perímetro de la iglesia en busca de algún supuesto acceso secreto. No encontró nada, pero le vino nuevamente a la cabeza la idea del pasadizo secreto que le contó Sebastián. Quizá, de haberlo, la entrada estuviera en alguna de esas cámaras de aire.

—Si no se pude acceder a ellas, que haya o no haya túnel es igual…; ¿de qué les sirve llegar a los huecos si luego no pueden entrar en la iglesia? —se preguntó para, de pronto, como si hubiera reparado en algo, mover la cabeza de un lado a otro—. ¿Cómo se me puede haber pasado por la cabeza lo del túnel? ¿Cómo he podido estar buscando una puerta secreta en el retablo y en las paredes...? Estas malditas me están volviendo loco. Los sinvergüenzas que han hecho esto entraban por el campanario, no van a poder volver a hacerlo por ahí, dentro de unos días a las palomas les comenzarán a abandonar las fuerzas… —Dio un respingo—. Tengo que matarlas antes de que se queden muertas de hambre en cualquier lugar al que no pueda llegar y comiencen a oler mal; pero con la otra escopeta, esta —se llevó la mano al dolorido hombro— es peligrosa, tendré que pedirle la de perdigones, la mía… Maldito perro, maldito Celedonio.

Fue pensarlo y hacerlo; recogiendo la de cartuchos del confesionario, volvió al pueblo. A los veinte minutos entraba de nuevo por la puerta de la iglesia portando en la mano la escopeta perdigones del hijo mayor de Sagrario.

Pero tres horas más tarde abandonó de nuevo la iglesia malhumorado. Las palomas que habían sobrevivido a los tres días de cacería no lo habían hecho por suerte, sino por inteligencia. En tres horas solo fue capaz de matar a una, que, para no ser menos que sus malogradas compañeras caídas los dos días anteriores lo había puesto todo perdido de sangre.

Tendría que limpiar las abundantes manchas de sangre que le daban a la casa de Dios un aspecto siniestro y diabólico, y, ya de paso, los no menos abundantes excrementos que maltrataban a la vista y sobre todo al olfato. Pero ello no le correspondía a él, eso era cosa de mujeres.

Quizá tendría que deshacerse de ellas, de las palomas, de una forma no tan justiciera. Dos días atrás solo entraba en su vengativa mente acabar con los malvados bichos a perdigonazos, exterminarlos a todos. Ahora, visto lo visto, el aspecto de matadero que había adquirido un lugar tan sagrado le había hecho recapacitar sobre sus justicieros métodos. Al día siguiente les abriría el portón de la entrada e intentaría deshacerse de ellas de una forma más pacífica. Las alborotaría para que huyeran o les echaría trigo en el portalillo, o las dos cosas.

Arturito salió de casa con el tirachinas metido entre los pantalones. Había acabado de desayunar, eran las diez y media de la mañana. El hombre del saco hacía ya eso de tres días que abandonó la casa, pero el niño no se encontraba seguro. Antes, el indeseable avisaba siempre la hora y el día de la visita, así como días de estancia; ahora ya no. Se había vuelto muy malvado, más aún. Las dos últimas veces llegó por sorpresa. Así no se podía vivir, estando alerta las veinticuatro horas del día, era un sinvivir. Aunque sus padres le decían que estuviera tranquilo, que de noche no vendría, no dormía bien. Era un miserable. Pero eso se iba a acabar. Había ganado puntería con el tirachinas…, mucha puntería, llevaba tres días practicando a todas las horas. Aún fallaba algún tiro que otro; pocos, de diez disparos, como mucho dos fallos. No pararía de entrenar hasta que consiguiera un pleno de aciertos en cinco tandas de diez. Tenía cinco años, aún no iba al colegio. El verano anterior su padre le enseñó a contar hasta diez. Cuando estuviera preparado ese diablo se iba a enterar.

Cruzó la calle corriendo. La lluvia no parecía tener prisa por abandonar la zona; no caía mucha, pero mojaba igual. Protegiéndose del agua con un oscuro y desvaído chubasquero azul, rebuscó entre unas zarzas pegadas a la pared de piedra del prado de las encinas y peñas para, al poco, sacar dos latas redondas, medio oxidadas, de medio palmo de altas y ponerlas sobre la pared. Acto seguido, volviendo a rebuscar entre las zarzas, colocó otras dos, idénticas a las primeras. Repitió la operación hasta tener diez latas sobre la pared. Seguidamente, recogiendo pequeñas piedrecitas del encharcado suelo, corrió al portalillo del herrero y la señora Elvira.

Acarició a Litri, el mastín blanco, que estaba sentado a la puerta y que movió el rabo de un lado para otro. Poniendo las piedrecitas sobre el poyo de piedra, sacó el tirachinas de entre los pantalones. Lo cargó con una piedra, apuntó a una de las latas de encima de la pared, a la del extremo este y disparó. Estaría a unos veinticinco metros. Se oyó un sonido hueco y metálico; al instante, otros, que fueron reduciendo la intensidad hasta que la lata se detuvo al otro lado de la pared, sobre la húmeda y ennegrecida hierba, quemada por los hielos de las últimas semanas.

Las bisagras de la puerta anunciaron que se abría.

—Buenos días, Arturito, ¿ya estamos? —dijo la señora Elvira cuando el niño apuntaba de nuevo a otra lata, a la del mismo extremo. Se oyó otro ruido hueco y metálico, se oyó otra lata caer, luego botes...

—Buenos días, señora Elvira. Sí, tengo que entrenar mucho para matar al hombre del saco, cada día tengo más puntería.

La señora Elvira meneó la cabeza.

—Pobrecito. Que haya que andar metiéndole miedo... Deberían decírselo antes de que prepare alguna con el tirachinas.

A cada nuevo disparo se oía un sonido hueco y metálico, luego arrastrar de latas.

—¡¡Muy bien!! Ni un fallo.

Arturito, corriendo, se encaramó a la pared (casi ya no llovía) para, seguidamente, saltar al otro lado. Recogiendo las latas desdibujadas por las pedradas del tirachinas, las colocó en el mismo lugar de antes. Saltó la pared, corrió al portalillo. La señora Elvira se había metido en casa, dejando la puerta entre abierta. Litri, levantado, movía el rabo y la cabeza, olfateando el interior de la vivienda.

Al poco salió la mujer con una lata vacía de sardinas, de un kilo, llena de los restos de la cena del día anterior. Patatas con chorizo. El rabo de Litri comenzó a moverse con más soltura, con asombrosa velocidad de un lado a otro, la cabeza husmeando violentamente el brazo de la mujer que cargaba con su desayuno. Elvira, volviéndose, dejó a sus espaldas al animal para, sin perder tiempo, inclinarse y dejar en el suelo el desayuno de Litri. Al instante se oyó otro golpe metálico.

Hasta la cuarta tanda de disparos no falló. Se sentía orgulloso. Vio a un hombre de vestimentas negras acercándosele por la calle, protegiéndose de la lluvia con paraguas.

—Hola, hijo —saludó el cura.

—Hola, padre..., ¿me da la paga?

El cura lo miró confuso, luego, tras recordar lo que unos días atrás le dijo la señora Elvira, en su redondeado rostro le nació una mueca de contrariedad a la par que unas risas salían tras la puerta de la vivienda del herrero. El cura, refunfuñando, miró a las espaldas del niño, a la vivienda del señor Matías, y a continuación se puso a rebuscar entre la sotana. Al poco, sacando un antiguo, desgastado y medio redondeado monedero negro de hombre, lo abrió; luego, tras rebuscar en él, cogió una moneda color cobre para, al instante, extendérsela a Arturito, el cual lo miraba complacido con el tirachinas en la mano.

—Gracias, padre —le dijo después de salir del portalillo y coger la moneda.

Don Atilano miró con la frente arrugada hacia la puerta entre abierta de la señora Elvira y, guardando el monedero, enfiló la calleja en busca de la carretera de tierra que lo dejaría en el camino que conducía a la octogonal iglesia templaria, de ocho siglos de antigüedad.

Arturito, parado en mitad de la calle con el tirachinas en una mano, en la otra la peseta con el retrato de Franco impreso en una cara, se protegía de la ya escasa lluvia con el chubasquero desvaído mientras miraba a la ancha y negra silueta mientras se alejaba.

Otra vez el chirriante sonido de una bisagra anuncio que la puerta de la señora Elvira se abría. El niño se giró hacia la mujer, que le indicaba con la mano que se le acercara. Corrió a reunirse con ella en el portalillo. Abriendo la mano, le enseñó, sonriente, la peseta.

La mujer le dio una palmaditas.

—Muy bien, Arturito, ¿ves como es verdad lo que te decía? El próximo sábado le vuelves a pedir a la paga.

—¿Y cuándo es el próximo sábado, señora Elvira?

—Ya te lo diré cuando llegue.

Se oyó el chapoteo de unas pisadas acercándose, mujer y niño miraron a su derecha. El señor Matías apareció con el rostro tiznado a ronchones, fruto del polvo que desprendía el carbón, el cual utilizaba como combustible.

Se quedó mirando al niño, luego al tirachinas, que agarraba su mano derecha.

—Hola, Arturito. ¿Qué tal va la puntería…?

—Bien, muy bien —contestó su mujer—. Enséñale lo que te ha dado el cura.

Abriendo la mano, le enseñó la peseta.

—Es la paga, ¿verdad? —El niño asintió.

El señor Matías sonrió mirando a su mujer.

—Muy bien, Arturito, no te olvides de pedírsela la semana que viene.

—No, el próximo sábado me lo va a recordar la señora Elvira.

—Hala, sigue practicando —lo animó Matías, y, agarrándola por la cintura, metió a su mujer en casa. Cerrando la puerta, enfilaron hacia la cocina. Antes de llegar a la entrada oyeron un ruido hueco y metálico procedente de la calle. El matrimonio, tras detenerse un instante, entró en la cocina.

—Hay que decirles a sus padres que dejen de meterle miedo con el hombre del saco; que le digan la verdad. Estoy segura de que se escapará de casa igual. No veas cómo les atina a las latas —Elvira cogió un plato rebosante de tocino frito que reposaba junto al fuego de la chimenea—; algún día la va a preparar gorda, y no tardando mucho —acabó diciendo mientras dejaba el plato de tocino sobre la mesa a la que estaba sentado el herrero esperando el almuerzo.

—En cuanto le digan al niño que ha vuelto el hombre del caso sale echando leches de casa, pues no le tiene miedo ni nada. —La mujer entró en la despensa—. Una cosa es darles a unas latas y otra cosa… Aún es pequeño para entender.

Elvira cogió medio pan de una bolsa de tela, colgada de un clavo en la despensa, para, luego, dejándolo sobre la mesa, al lado de su marido, dirigirse hacia el mueble del cajón de los cubiertos, de donde sacó un cuchillo.

—Matías, cuando acabes de almorzar miras la cara que pone al tirarle a las latas. —Le dijo la mujer mientras le acercaba el cuchillo—. No es de miedo, yo creo que ahora que apenas falla con el tirachinas se ve capaz… Te digo que al final la va a liar gorda, o si no, al tiempo. —Se sentó junto a su marido—. Se lo diré a sus padres, luego que hagan lo que quieran…; no quiero callarme y tener luego remordimientos.

—¿Dónde están los niños, mujer?

—En casa de mi hermana. Pedro… ve tú a saber dónde anda ese bicho. Vendrá calado como todos los días…. He estado pensando…

—El señor Matías cortó una rebanada de pan—. No sé… —Luego, tras poner encima un trozo de tocino frito, sacó su navaja de uno de los bolsillos de sus pantalones. Elvira, que intentaba decirle algo, callándose, comenzó a observarlo con cara de pocos amigos. Matías a abrió la navaja, la hoja era ancha, y cuando iba a cortar el tocino, la otra le llamó la atención.

—¿Ya vuelves a las andadas? ¿Qué te tengo dicho de la navaja…?

—Ahora no están los niños, no se les antojará cortar... Una cosa es…

—Me da lo mismo, aquí se come con cuchillo. Si quieres comer con navaja prepárate la comida en la fragua y come allí —el acobardado hombre, guardando la navaja sin rechistar, se hizo con el cuchillo—, y date por satisfecho que dejo que cortes el tocino encima del pan, nunca te he dicho nada cuando estamos sentados a la mesa sin los niños, así que… —Se hizo un silencio. La pequeña mujer miró hacia el plato de tocino y, pensativa, comenzó a girarlo—. Como te decía antes, no sé, he pensado… No hay forma de enderezar a Pedro, es un mal ejemplo para sus hermanos, creo que necesita una educación especial. Nosotros lo hemos intentado… Con los otros no estamos teniendo problemas, no somos nosotros que no sabemos, es él que… puede que le venga bien mandarlo con los curas. —Matías, que se llevaba un trozo de tocino a la boca, dejó la mano suspendida en el aire; luego, al instante, bajándola, dejó el trozo de tocino sobre la rebanada de pan. Miró a su mujer.

—No sé, mujer…

—No podemos dejar pasar esta oportunidad, nos saldrá gratis. Sí, puede que perdamos a un hijo, seguro que no nos lo perdonará… Aunque, a la larga, también puede que nos lo agradezca cuando se haga un hombre y comprenda que necesitaba una educación especial.

El herrero se llevó a la boca el trozo de tocino que dejó antes sobre el pan. Lo masticó pensativo, con los ojos de su mujer puestos en él. Tragó.

—Lo perdemos seguro, pero ya bien perdido está; si con nueve años nos torea, ¿qué no hará cuando le llegue la adolescencia…? Lo perderemos, pero bien perdido está ya… Ya lo había pensado cuando esas dos nos lo propusieron, no te dije nada por miedo a que montaras en cólera, tú eres la madre…, vosotras estáis mucho más apegadas a los hijos que nosotros, los habéis tenido dentro... Me apena, pero me alegra que pienses de ese modo; lo perderemos seguro, aunque puede que tengas razón y con los años nos lo agradezca —meneó la cabeza—, aunque lo veo difícil... No hay otra salida. Llama hoy a esos dos demonios, diles que le hagan un hueco a Pedro.

La mujer se removió nerviosa en la silla.

—Ay... —suspiró—, va a ser muy duro, Matías. No le diremos nada, lo llevaremos engañado, lo dejaremos allí sin más, es lo mejor... Se me va a partir el corazón, pero lo que no puede ser es dejarlo aquí y que al crecer nos dé problemas mayores como su primo. Olvidé decirte: ayer me dijo el panadero que había hablado con mi hermano. Julio ya está otra vez en la cárcel. Esta vez le ha dado una paliza al hijo de un guardia civil solo por ser hijo de quien es. El muchacho ha perdido un ojo.

El herrero meneó la cabeza

Siguieron hablado del tema de Pedro hasta que Matías acabó de almorzar, unos quince minutos, luego Elvira lo acompañó hasta la salida. Litri, tumbado junto a Arturito, al oír la puerta se levantó y, meneando el rabo, se acercó al herrero. Este le acarició la cabeza; mientras, se oían las piedras del tirachinas de Arturito derribando latas. El mastín se volvió a tumbar. Arturito, haciéndose el importante, como quien realiza una valiosa labor, siguió a lo suyo sin prestar atención a los otros dos, que intuyendo las ansias de alabanza que embargaban al pequeño, se dispusieron a complacerlo.

—¡Muy bien, Arturito, muy bien! No has fallado ni una, que se prepare el… —Matías sintió una patada en las pantorrillas, rectificó tras una pausa—, que se preparen los gatos del pueblo.

El niño, que cruzaba la calle para recoger las latas derribadas, esparcidas al otro lado de la pared de piedra, se volvió hacia ellos.

—Y el hombre del Saco. Solo he fallado dos tiros en toda la mañana —informó, y saltó al prado de encinas y peñas a por las latas.

—Yo creo que tienes razón, mujer, dile a sus padres que hablen con él, que le expliquen… Al final preparará alguna, y, además, puede que esto en el futuro le cree problemas psicológicos y les pase a ellos lo que a nosotros con Pedro; estas cosas a los niños pequeños (que solo tiene cinco años) pueden pasarles factura. Ve a ver esta mañana a su madre y dile.

Celedonio, el sirviente de las señoritas, acompañado por Rocki, el perro que lo ayudaba en las labores de atender el ganado bravo, cerró la «portera» (como se suele llamar por aquellas tierras a las puertas de los cercados hechas con palos y alambre) y se encaramó a uno de los dos caballos que las señoritas le permitían como herramienta de trabajo, al tordo, un precioso animal de pelaje blanco manchado de gris. Ataviado con un traje de agua gris, y bajo la llovizna que lo llevaba acompañando toda la mañana en su diaria labor de atender el ganado bravo, tomó el camino hacia Darda. Entre dos cercados de pasto, de paredes de piedra, al paso, llegó a las escuelas con Rocki siguiéndole los pasos. Doblando a la derecha, tomó una calle para dejar el pequeño edificio de enseñanza a la izquierda. Calle que podía denominarse también como camino si no fuera porque aquellos dos extensos terrenos, uno a izquierda, otro a derecha, con sus respectivas viviendas, estaban dentro del casco urbano, pequeño casco urbano. Cuatrocientos metros más adelante arribó a la enorme casona, dentro de la cual estaba ubicada la vivienda donde tendría su hogar mientras trabajara para las señoritas del Cuarto Arriba. Dejando a la derecha el portón de madera, por el cual se accedía al patio de sus excéntricas, enfermas mentales y malvadas amas, amo y perro giraron a la derecha para continuar, bajo la lluvia, bordeando la edificación. Cien metros más adelante, deteniendo el caballo, se apeó; seguidamente, acercándose a la pared de su casa, lo ató a los barrotes de la ventana del salón.

Dejando al perro sacudiéndose el agua en el portal, entró en casa. Del recibidor pasó al comedor.

—Hola, mujer.

—Hola —saludó Manuela desde la cocina, una rectangular y estrecha estancia a la cual se accedía únicamente desde el comedor.

Celedonio se quitó la visera, la capucha del traje de agua y luego el traje, que acto seguido tendió en una silla frente al fuego de la chimenea.

—¿Cuántas veces te he dicho que te quites fuera el traje de agua y que lo dejes en el portalillo…? —le recriminó la mujer desde la puerta de la cocina mientras miraba el reguero de agua que marcaba el trazado de los pasos de su marido dentro de la casa.

—Perdona, mujer…, estoy preocupado. Esta vez las locas van en serio. Se van a quitar al cura del medio —le informó mientras cogía el traje de agua.

—Ya me ha dicho Nati. Esta mañana ha declarado ante un médico que Atilano se desnudó delante ella y que se la meneó —le dijo Manuela, luego pasó a la cocina.

—Eso mismo me ha dicho su marido, y sus tres hijos con los curas a Salalina… —le indicó Celedonio dirigiéndose hacia la calle. Dejando el traje colgado de unas puntas, clavadas en una de las paredes del portalillo, volvió al comedor, donde Manuela, armada con la fregona, recogía el reguero de agua que el hombre había dejado al entrar en la vivienda.

Celedonio se sentó al fuego de la chimenea.

—Estamos perdidos. A ver qué cura nos ponen ahora. Sin Atilano esos envidiosos le van a ir con el cuento a estas locas, ya no tendrán miedo de hablar… Nos despedirán —acabó diciendo Celedonio mientras se calentaba las manos.

—Para andar así, estresados, sin ser una familia corriente, yo creo que sería lo mejor. Tus hermanos tienen mucho trabajo —le recordó Manuela, ahora fregando el suelo del recibidor.

—Ya, pero a mí me gusta mucho trabajar con el ganado bravo, venir todos los días a comer y a dormir a casa, y no estar semanas en el monte cuidando las carboneras…; cobrar todos los meses y no cuando se vende el carbón. Si no fuera por lo que nos han prohibido, estaríamos como Dios.

—No se puede tener todo, Celedonio, lo primero es la familia. ¿De qué nos sirve vernos todos los días y tener más dinero si no podemos ser una familia como Dios manda…?

Hubo un momento de silencio; Celedonio amagó dos veces con hablar, al final se decidió.

—Aunque no tengan hecho el testamento, si mueren las tierras acabarán siendo de la Iglesia, estoy seguro de que el gobierno se las cederá… Franco, Iglesia, todo lo mismo. A esos no les importara qué tengamos o dejemos de tener, además, ya sabes lo que piensa el obispo sobre esa manía enfermiza que tienen nuestras amas… Si mueren nos quitaríamos un problema de encima.

Manuela, aún desde el recibidor, lo escudriñó.

—Dime que no estás pensando lo que estás pensando, Celedonio —dijo, y siguió fregando.

—¿Lo que estoy pensando, mujer?

—No preguntes, que lo sabes tan bien como yo. —Acabó de fregar. Se dispuso a guardar la fregona en la cocina.

Celedonio se la quedó mirando mientras la otra pasaba al comedor. Manuela sintió la mirada e hizo lo propio. El hombre sonrió. La mujer pasó a la cocina.

—Estoy pensando que mucha gente se alegraría, nadie lo iba a sentir, yo creo que ni Dios…

—¡CELEDONIO…! ¡Por Dios…! No digas blasfemias —le ordenó Manuela, en mitad de la cocina, con el cubo de la fregona en la mano.

—Pero si son unas… Dime, ¿a quién hacen bien?

La mujer dejó el cubo en un armario.

—Yo también creo que a nadie, pero de ahí a que digas que Dios… Ya se las habría llevado —le informó mientras se le acercaba.

—Le diré al cura que las invite a café y le eche matarratas, o le digo a todo…

—Celedonio, ni se te ocurra. Piensa un poco, ¿a qué crees que sabrá el café con matarratas?, a rayos; ¿o es que le vas a decir que le eche mucha azúcar para que no les sepa a rayos? —La mujer rio mientras se sentaba al fuego de la chimenea junto al otro—. Y hasta seguro que la leche se corta y no tendrán que probarlo para descubrir que pasa algo raro... Además de darse cuenta y no morir, el cura te echaría a ti la culpa, los dos de cabeza a la cárcel, y seguro que al garrote luego.

—Tendría que probar que lo he obligado.

—Tú no tienes dos dedos de frente… No arreglaríamos nada porque se darían cuenta. Que el cura no pueda probar que lo hizo obligado tampoco arregla nada. Ellas seguirían viviendo.

—No me gusta, me sentiré fatal, Dios no lo va a entender… Celedonio, dejémoslo como está, si nos pillan… Mejor dicho, mañana mismo las llamas y se lo cuentas; si lo entienden, que no lo van a entender, bien, y si no, nos vamos para el pueblo y hablas con tus hermanos.

—De eso ni hablar… ¿Dios…? Si Dios entiende que se haya matado a un montón de gente en su nombre porque no creen en Él, esto también lo entenderá…

—¿Y quién te dice a ti que Dios entiende a todos estos asesinos que tenemos por aquí? Que lo diga la Iglesia no quiere decir que Dios lo entienda.

—Me da lo mismo, si no es en el café, cuando vuelvan, ya me encargaré yo de echarles matarratas en la comida. Echándoselo en esas alubias que les preparas, que tanto les gustan, no se van a enterar; se lo comerán y a criar malvas…

—Y tú y yo detrás, porque el matarratas les agujereara el estómago, vomitarán sangre antes de morir, las autoridades investigarán… Eres un bestia. Nadie merece morir… Te denunciaré.

—Pues ya lo estás haciendo, porque a la menor oportunidad…

Manuela, visiblemente nerviosa, se pasó la mano por la cabeza.

—De acuerdo, que Dios me perdone. Cuando vuelvan les cerraré la puerta del comedor cuando duerman la siesta al brasero... y se lo dejaré mal encendido, por si cerrando la puerta no basta. No despertarán de la siesta, no sufrirán. Nadie se enterará, accidentes de esos pasan a diario. —Miró a su marido, que la observaba con una sonrisa en los labios—. Matarratas en la comida, ¿qué le dirías a la Guardia Civil, que creíste que era sal? —Celedonio sonrió—. Hombres… —terminó diciendo Manuela.

Don Atilano, tras darle una peseta a Arturito, enfiló la calleja malhumorado. Él, al que todo el pueblo respetaba…, al que todo el pueblo temía, víctima de las burlas de una mujer, ¡de una mujer! Una mujer se estaba riendo de él en sus propias narices, y lo peor de todo era que no podía hacer nada. Era una sinvergüenza, utilizaba la valiosa información, la de su homosexualidad, para mofarse, para faltarle al respeto de la peor forma que se puede faltar al respeto, no como Celedonio y Manuela, siempre respetuosos. Su comportamiento no dejaba de ser comprensible, Atilano los entendía, lo chantajeaban para protegerse de esas dos enfermas mentales, no se mofaban como ese demonio de Elvira.

Protegiéndose de la llovizna con un paraguas negro, caminó por la calleja sorteando los numerosos charcos que la incesante lluvia había creado. Era sábado, por fin podría decir misa tranquilamente sin tener que estar pendiente de las palomas que durante un buen tiempo hicieron sus necesidades allá donde les vino en gana, ya fuera sobre el cristo crucificado, sobre el valioso retablo de detrás del altar, sobre el altar mismo, sobre las cabezas de los feligreses o sobre la del cura…; cura que no era otro que él, don Atilano. Menos mal que Sebastián le contó la forma de entrar en la iglesia furtivamente. Desde que cerró con llave la puerta de las escaleras del campanario, cuatro días hacía ya de ello, las palomas habían comenzado a dar señales de desfallecimiento, y el día que decidió, dos atrás, aparcar a un lado las ansias de venganza y perdonarles la vida abriéndoles la puerta para que pudieran huir de su cautiverio, de una muerte tan lenta como segura, como suele ser la del hambre, terminó el calvario de decir misa rodeado de esos pájaros que no sabían hacer otra cosa que poner todo el pequeño y sagrado templo perdido de excrementos y de plumas…; de mierda. Pájaros que, por otro lado, no tenían la culpa de que unos gamberros los hubieran encerrado, privándoles de su libertad, entre los gruesos y antiguos muros de la valiosa construcción templaria, a la cual un fanático e ignorante sacerdote había profanado ocultando el octogonal interior tras las cuatro paredes que ahora le daban al pequeño templo un aspecto más de iglesia católica, como debía ser según aquel inculto que se hacía llamar siervo de Dios. Esa iglesia que las señoritas le habían aconsejado derribar haciéndose cargo ellas del coste, del coste del derribo y de la construcción de una nueva, pues estaba endemoniada... Esa iglesia que se salvó del derribo gracias a que las enfermas mentales pedían a cambio una beatificación en vida... Esa iglesia estaba, ahora, limpia y reluciente como los chorros del oro de pies a cabeza. Un día entero habían estado las mujeres requeridas por el párroco barriendo, bregando, frotando; volviendo a barrer, a fregar, a frotar una y otra vez hasta no dejar rastro de sangre, ni de excrementos, ni de plumas, ni de nada que recordara a paloma... Un día entero, lo que se dice un día entero: de siete de la mañana a siete de la mañana, había dejado a las mujeres, requeridas bajo amenaza, extenuadas; y todo porque el caprichoso de don Atilano no podía esperar al siguiente sábado, tenía que ser ese mismo el que dijera ya misa oliendo, viendo y sintiendo una pura limpieza. Actuando de esa egoísta forma, que dejó a las mujeres inservibles durante dos o tres días, no solo consiguió una iglesia reluciente, también animó a declarar en su contra a dos de las tres mujeres que se mostraban menos reticentes a ello; «este animal se va a enterar, no solo le voy a decir al médico que se desnudó delante de mí, le diré que me obligo a meneársela...». «Yo le diré que me violó». «Si declaráis eso lo meterán en la cárcel, no en el manicomio...», mientras, agotadas, regresaban a sus casas, les dijo una de las otras mujeres. «Pues mejor». «Sí, mejor». «Que lo encierren». «Y que le den...». «A la cárcel; yo porque ya he declarado, si no...».

Dejando la calleja, giró hacia la derecha, por la carretera, para, cien metros más adelante, tomar el camino a la izquierda. Luego, bajo el cielo gris meón, tras recorrer cien metros, arribó a la entrada de la iglesia. Ansioso, introdujo la llave en la cerradura y, entreabriendo, tocó con la mano la piedrecita que, situada en el recorrido de la puerta, le decía si alguien había entrado o no. Estaba donde la depositó la última vez que cerró, seguía sin entrar nadie furtivamente por allí. Cogiendo la pequeña piedra, la dejó junto a la entrada, por fuera, para abrir del todo. Al instante, de sopetón, como si le hubieran metido una puñalada por la espalda, sus ojos se abrieron hasta no poder más a la vez que se echaba hacia atrás espantado, como si hubiera visto dentro de la iglesia al mismísimo demonio, ese en el que no creía.

Don Atilano, allí, en mitad de la puerta, respiró profundamente varias veces hasta que se relajó un poco, y ya menos alterado, con un ligero dolor oprimiéndole el pecho y el brazo izquierdo, observó el palomar en el que se había convertido de nuevo el pequeño templo. Si no había cien palomas, no había ninguna.

Se encaminó hacia las escaleras que llevaban al campanario. La puerta estaba cerrada; creía que sí, pero no, por allí no habían metido a las primeras palomas ni luego las habían estado alimentado unos quince días. ¿Por dónde, entonces? Por la puerta imposible..., y si por la puerta imposible...

Abandonó la iglesia respirando hondo, el ligero dolor del pecho y del brazo izquierdo había mermado. Protegiéndose de la lluvia, que aún caía, con el paraguas negro, enfiló la carretera a buen paso. Tras recorrer cuatrocientos metros, llegó al corral de paredes medio derruidas de Sebastián.

—¡SEBASTIÁN…! —gritó.

Los pequeños cerdos, tumbados bajo la tenada, en un extremo, levantándose alterados corrieron a refugiarse tras la madre, tumbada en el otro extremo de la tenada. La cerda se levantó amenazante, encarando, sin abandonar la protección del tejado, al de la sotana y el paraguas negro.

Al poco salió Sebastián del cobertizo. Se puso la capucha del chubasquero.

—¿Qué pasa, don Atilano? —preguntó mientras comenzaba a acercársele pisando, con las botas de goma, el lodazal en el que se había convertido el suelo del corral tras las lluvias de los últimos días.

—Coge herramientas y ven conmigo, vamos a levantar todo el suelo y tirar las paredes hasta que el dichoso túnel aparezca… Ya están otra vez las palomas dentro, ahora muchas más, el doble.

—Ahora iba a ir a verlo, me lo imaginaba, me faltan un montón de palomas. —Levantó una mano vendada, la derecha—. Yo no puedo hacer el trabajo, me corté ayer con la hoz segando hierba. Dígaselo al herrero, antes fue albañil, sabrá hacerlo mejor que yo. Como coja a esos bandidos se van a enterar… No sabe usted lo que nos ayudan esas palomas a comer todos los días, están jugando con el pan de nuestros hijos… Se van a enterar.

El cura, sin mediar palabra, atravesó la pequeña población para entrar en la fragua. Cinco minutos más tarde la abandonaba contrariado y, en otros cinco minutos, llegó de nuevo donde Sebastián.

—Ya lo he hecho, ya se lo he dicho al herrero…, que hasta el lunes no puede. Tenemos que comenzar hoy, haz un esfuerzo, te lo pido por favor; o si no ya sabes, te lo puedo pedir de otra forma, pero no puedo pasar de hoy, tenemos que comenzar hoy.

—Don Atilano, no sea malvado, ¿no ve que no puedo? Lo haría encantado si fuera la mano izquierda. Espere al lunes, solo son dos días.

—¡NO! No puedo esperar, no quiero esperar. No sabes el sacrificio que han hecho las mujeres para limpiar la iglesia. Un día entero sin parar, las pobres… Se lo diré al marido de Nati, y tú te vas a enterar…

—Recapacite, don Atilano, eso tiene que hacerlo gente entendida en albañilería, como lo es también el herrero; yo, lo del suelo, si no fuera por la mano, me atrevería, pero tirar las paredes… No sea malvado, compréndame, apenas puedo mover la mano, sino lo haría, lo del suelo, lo de las paredes ya le he dicho que tiene que ser gente más entendida, esas paredes… Espere al lunes…

—La iglesia no se va a caer por echar abajo esas paredes, las levantaron para modificar la forma que tenía el interior, no para sostener el techo.

—Ya lo sé, don Atilano, la iglesia no se va a caer, pero sí pueden caérsele encima las paredes al que intente tirarlas, para eso hay que saber, es muy peligroso, alguien podría morir —don Atilano se mostró pensativo— y usted sería el responsable. —El cura, bajo el chorreante paraguas, lo miró como quien mira por encima de las gafas—. Piénselo bien, espere dos días, yo le ayudaré a sacar a las palomas… Como pille a esos bandidos se van a enterar, jugar con el pan de mis hijos…

—Sí, Sebastián, tienes razón, esperaré. Vamos, saquemos a las palomas de la iglesia. Estos días de atrás cuando pensé lo del túnel me dije que dejara de pensar tonterías, pero ahora sé que no es ninguna tontería, estoy seguro de que hay un túnel por el que meten a las palomas esos demonios. Se van a enterar, cuando los encuentre los esperaré dentro hasta que aparezcan, se van a enterar, si tengo que esperarlos noches enteras, los esperaré.

—Espéreme, voy a terminar de echarle de comer la hierba a los conejos —le pidió, y se volvió hacia el cobertizo.

—De acuerdo, yo voy yendo para allá, te espero allí.

—Vale —dijo, y luego comentó desde la puerta del cobertizo mientras se volvía hacia el cura:

—Menos mal que ha llovido y la hierba parece que va creciendo un poco más.

La señora Elvira despidió a su marido, que volvía a la fragua, y a Arturito, que seguía derribando latas. Luego, bajo un paraguas rojo estampado en flores, se encaminó hacia la casa del teléfono público.

—No nos lo va a perdonar; los otros niños van porque a sus padres los obligan estas dos locas, Pedro no, a Pedro lo vamos a internar porque nosotros queremos. No nos lo perdonará en la vida. —Resopló, luego suspiró—. Pero es lo mejor, hemos intentado educarlo, no es un niño cualquiera, nos ha sido imposible; con sus hermanos no estamos teniendo problemas, pero con él... Él es el culpable, nosotros no... No nos lo va a perdonar; bueno, puede que a la larga sí, cuando crezca y entienda que no nos dejó otra elección. —Angustiada, e intentando justificar lo que iban a hacer, llegó a la casa del teléfono público, a casa de Nati.

Oyendo gente, se giró hacia la carretera, hacia el norte. Vio al cura y a Sebastián hablando, gesticulando, uno dentro del corral, don Atilano al otro lado de la pared medio derruida, al borde de la vía. Los dos parecían malhumorados. No se percataron de la presencia de la mujer, a unos doscientos metros de ellos.

Elvira abrió la rudimentaria puerta del pequeño jardín de pared de piedra, el cual era escoltado por dos nogales, uno en cada extremo. Dubitativa, la cerró para, luego, tras volverse hacia ella pensativa, con semblante apesadumbrado, abrirla de nuevo y pasar dentro.

—¡No...! Tengo que hacerlo —Nati miraba, con la frente arrugada, a la indecisa y angustiada mujer desde la ventana de la cocina—, hay que hacerlo y ya está, es por su bien. —Desde dentro, cerrando la puerta del jardín, se dirigió hacia la entrada de la casa. Vio a la otra que la observada desde la ventana; entonces, bajando la cabeza, se acercó a la puerta. La telefonista, abandonando la cocina, fue a abrirle.

—Buenos días, Elvira. ¿Ha pasado algo? He visto que intentaste irte sin llamar.

—Buenos días, Nati. Sí, bueno, no ha pasado nada, todavía. Va a pasar… —La miró, se mordió los labios—. Ahora mismo voy a llamar a las señoritas para que manden a nuestro hijo Pedro también con los curas. —La telefonista, sorprendida, se echó hacia atrás—. No podemos con él, lo hemos intentado, con los otros no tenemos problemas, nunca los hemos tenido…; este puede con nosotros… —Suspiró—. Ay, Nati… —abrazándose a ella, arrancó a llorar—, no nos lo perdonará —acabó diciendo, sollozando.

—Tranquila, pasa —le pidió la otra mientras se la separaba. Luego, cerrando la puerta, le dejó un pañuelo para que se limpiara las lágrimas—. Tranquila, ahora se enfadará, con el tiempo os lo agradecerá. Juan también está enfadado, no nos habla…

—No le digas nada a nadie, y menos a Juan. Pedro aún no lo sabe. Se lo diremos un par de días antes, es capaz de prepararnos alguna, no sabemos qué hacer.

Elvira siguió desaguando la pena con Nati un buen rato más. Dos veces intentó echarse atrás e irse sin llamar por teléfono, la otra se lo impidió.

Pedro y Juan, abandonando la gruta de la peña del regato, comenzaron a correr pendiente arriba. Protegidos de la lluvia con chubasqueros y botas de goma, llegaron a la cima de la pendiente. Dejaron a la izquierda la iglesia, convertida de nuevo en palomar, para correr en busca de la carretera, luego, por ella, hacia el este, cien metros.

Se detuvieron, se despidieron. Pedro corrió calleja arriba, Juan siguió por la carretera de tierra, corriendo y mirando el suelo para evitar así que el agua le entrara en los ojos. De pronto se chocó contra algo grande y negro, que lo dejó sentado en el húmedo suelo.

—¡¡MIRA POR DÓNDE VAS!!, demonio —gritó, en pie, el cura, que caminaba por la carretera, a pesar de que el paraguas le impedía que la lluvia se le metiera en los ojos mirando, como Juan, hacia el suelo.

—Yo miro por dónde voy —respondió el travieso niño mientras se levantaba para, al instante, seguir corriendo, dejando al otro rezando maldiciones y frotándose las piernas, que se habían llevado la mayor parte del golpe.

Doscientos metros más adelante vio a Sebastián salir del corral, ataviado con un chubasquero tan aviejado como el suyo.

—A ver cuándo me das la pareja de palomas —le dijo, sin parar de correr.

—Sinvergüenza, a vosotros os voy a dar yo, que sé que sois los de las palomas; no tenéis vergüenza, mal rayo os parta, malnacidos de...

Sebastián tomó dirección norte, tras el cura. Juan, llegando a la puerta del jardín de su casa, la abrió, luego oyó hablar a su madre, luego a otra mujer medio llorando. Se detuvo. Al instante, de puntillas, se acercó a la puerta de la casa, que Elvira había dejado entreabierta después del segundo intento de abandonar la vivienda sin llamar por teléfono.

—Pedro no nos lo perdonará…

Juan, arrugando la frente, se pegó más a la puerta.

—Y venga con que Pedro no os lo perdonará… Entra aquí, llama a esas brujas y diles que apunten al niño, que mandáis a Pedro con los curas, que ya verás como cuando crezca os lo agradecerá, como el nuestro.

Juan, visiblemente alterado, y sorprendido, se echó hacia atrás. Luego pegó de nuevo la oreja a la puerta. Ya no se oía a nadie, la empujó. Pasando al interior de la vivienda, de puntillas, se acercó al pequeño habitáculo utilizado como locutorio. Tras encontrarse la puerta entreabierta, asomó media cabeza con mucho cuidado de no ser visto. Su madre, de espaldas a él, miraba a Elvira, la cual tenía el teléfono en la oreja. Echándose hacia atrás, se pegó a la pared, junto a la puerta.

—Buenos días, ¿están las señoritas? De parte de Elvira, la mujer del herrero de Darda. —Hubo una espera.

—Buenos días, señorita Matilde, que lo hemos pensado mejor, vamos a mandar a Pedro con los curas…

Juan, tapándose la boca, de puntillas, retrocedió hasta la entrada para salir al jardín. Del jardín a la calle. Al instante entró de nuevo, haciendo mucho ruido.

—Nati, al oír la puerta del jardín, se asomó a la entrada.

—Espera un poco aquí bajo el tejadillo, hijo, la madre de Pedro está hablando por teléfono de cosas que los niños no debéis oír.

—Vale, mamá —respondió Juan—; de cosas que no debemos oír… —Pensado luego, se rio por dentro.

Tras el inusual comportamiento de su hijo, que, como niño bueno, por primera vez en mucho tiempo obedeció sin rezongar, la mujer lo miró con la frente arrugada. Juan se la quedó mirando. «¿Qué he hecho?», se preguntó. Al instante se percató.

—Jo, llueve, tengo frío… Que hable bajo, que cierre la puerta…

—¡Que esperes y no protestes!, que estás siempre protestando, ya verás con los curas…

Elvira, colgando el teléfono, arrancó a llorar escandalosamente. Nati la oyó, luego miró a su hijo.

—Ya verás con los curas —le dijo, y entró en casa a consolar a la otra.

«Ya veré… Cuando le prendamos fuego a la casa de esos demonios de viejas con ellas dentro, ya veré si vamos con los curas… Ya verán, se van a enterar de lo que somos capaces Pedro y yo», se dijo Juan.

Matilde, tras colgar el teléfono llena de satisfacción, abandonó la salita reflejando en el rostro el gozo que la corroía por dentro. Pasó al salón donde la esperaba, sentada en su sillón, su hermana Angustias, que al verla con la cara llena de felicidad le iba a preguntar: «¿qué buena noticia te han dado?», pero que no le dio tiempo, pues la otra se moría de ganas de darle la buena nueva.

—Nos vamos a librar del demonio que tiene el herrero por hijo, me acaba de llamar su mujer, que lo apuntemos también... Estoy segura de que en el mes que queda alguno de los padres que nos dijeron no cambiarán de opinión. —Se sentó en su sillón—. ¿Qué te parece si regresamos el lunes a Darda y volvemos a visitar a los que se han negado?

—Por mí encantada.

—Hay que proponérselo una y otra vez, que no dejen de pesar en ello… —Matilde tocó la campanilla, al instante apareció el mayordomo—. Adelantamos el viaje a este lunes, prepáralo todo para… Prepara la mudanza. ¿Qué te parece, hermana, como primera residencia la casa de Darda? —Faustino asintió—. El pueblo va a ser ahora muy tranquilo, y sin el cura, más aún. Tenemos que buscar un sacerdote de nuestro agrado, un sacerdote que no nos engañe como don Atilano nos engañó cuando se lo propusimos al señor obispo… ¿A qué esperas, Faustino?, muévete.

El mayordomo, al cual la grata noticia lo había cogido por sorpresa (ya no tendría que aguantarlas tanto tiempo), abandonó el salón con una extensa sonrisa en los labios, sonrisa que Angustias y Matilde vieron.

—Ah, Faustino, se me olvidaba —el otro se detuvo—, y vete preparando tú también, que desde el lunes nos servirás en la casa de Darda.

—Pero, señorita Matilde…, mi familia no puede…

—Sí, sí puede quedarse sola. Pero si lo prefieres, te puedes quedar aquí cuidando la casa por amor al arte, con el nuevo mayordomo, con Celedonio… ¿Qué te parece, Angustias?

—Me parece muy bien, hermana, Celedonio odia la ciudad, le encanta el ganado bravo… Aquí no necesitara la moto para moverse. Hermana, es una idea estupenda. —Miró a Faustino, parado bajo el quicio de la puerta, dándoles la espalda, maldiciéndolas silenciosamente—. ¿Aceptas o no aceptas? Que no tenemos mucho tiempo para buscar un mayordomo. Allí, en Darda, antes parábamos cuatro días, no lo necesitábamos; con Manuela, la mujer de Celedonio, nos bastaba. Ahora no, si tú no quieres, tendremos que buscar otro.

El mayordomo se volvió, cabizbajo.

—Sí, pueden contar conmigo... No hace falta que busquen a nadie, iré encantado..., tan predispuesto a servirlas como aquí.

—Hermana.

—Dime, Angustias.

—¿No has pensado que si trasladamos a Celedonio aquí para que cuide la casona tendremos que contratar a un nuevo vaquero que atienda el ganado de allí? Un sueldo más, ¿no será mejor...?

—Hermana, la casa de Darda es pequeña, requiere muchos menos cuidados que esta, Faustino andará muy sobrado de tiempo. Hasta ahora, como he dicho antes, la mujer de Celedonio lo hacía, y mira el tiempo que le sobraba. No vamos a tener a este —apuntó con el mentón al mayordomo, que escuchaba, de espaldas, temeroso, bajo el quicio de la puerta— desocupado medio día, él se podrá ocupar del ganado bravo, le dará tiempo. —A Faustino la noticia le modificó severamente el rostro—. No te preocupes, el vaquero te enseñará a cuidar a esas delicadas y peligrosas reses.

El mayordomo se volvió.

—Señoritas, lo siento, pero eso sí que no. Búsquense a otro, tengo experiencia de sobra, encontraré un nuevo puesto de mayordomo sin problemas. No las quería dejar solas, diez años son muchos, pero…

—Como quieras, Faustino, aceptamos la baja voluntaria, pásate mañana a firmar.

El mayordomo, asintiendo, abandonó el pequeño palacio apesadumbrado. No le resultaría tan fácil encontrar un nuevo trabajo como intentó hacerles ver. Pensó que si renunciaba temerían quedarse sin el mayordomo en el que tanto confiaban y se echarían atrás, no solo en las intenciones de asignarle la tarea de atender al ganado bravo, sino también en el propósito de mandarlo a Darda. Pero no le habían dejado otra alternativa. Una cosa era seguir trabajando en lo suyo, aunque pasara temporadas sin ver a la familia, y otra muy distinta, e insoportable para él, tener que atender ese tipo de reses. Si abandonó su pueblo hacía diez años fue precisamente para eso, para no pasar frío, calor…, para no estar expuesto a las inclemencias del tiempo ni a la peligrosidad de cierto ganado, de ese ganado al que le tenía verdadero pánico.

Pero ellas no tenían la culpa. Algún día tenía que suceder. Su antecesor se lo dejo bien claro: «ni se te ocurra mostrar tu verdadero estado de ánimo, si algo no te gusta intenta hacerles ver que te gusta, o al revés, porque son muy malas y con tal de hacer mal…». Los últimos años se había vuelto confiado, si se hubiera mostrado disgustado cuando le dieron la noticia de que la residencia de Darda pasaba a ser la primera, y por lo tanto que estaría menos tiempo con ellas, si no hubiera mostrado alegría sonriendo, lo habrían dejado donde estaba, la vida le habría mejorado, pero no…

—Ahora tendremos que contratar un nuevo mayordomo —comentó Matilde—. Es una pena, Faustino me gustaba, el tener mal corazón nos da satisfacciones, pero nos priva de estas cosas, no sé…

—Qué le vamos a hacer, hermana, somos malas… Bueno, Matilde, hacer solo podemos seguir haciendo lo que estamos haciendo, que mucho es: pagando dinero por nuestra maldad. Mayordomo ya tenemos, un vaquero es lo que tendremos que contratar, recuerda que Celedonio tendrá que hacer de mayordomo…

—Vaquero y mayordomo tendremos que contratar, porque en cuanto a Celedonio le digamos que se venga para acá a cuidar la casa…, otro que pide la baja voluntaria, pues no odia él la ciudad.

—Es una buena idea, Matilde, lo mejor para deshacernos de él, lo de la moto ha sido la gota que ha colmado el vaso… Aunque será mejor que no le digamos nada hasta que encontremos nuevo vaquero, no vaya a ser que el ganado se quede desatendido. Luego ya veremos lo del mayordomo, que tendremos que ir buscando uno, porque a Celedonio en cuanto se lo digamos… Qué malas somos.

—Sí, aunque… ser malas, como he dicho antes, satisfacciones sí que nos da, pero remordimientos y quebraderos de cabeza también… Ay, hermana, esto es un sinvivir, no puede una disfrutar si luego sufrir…

La tarde llegó como se fue la mañana, con el cielo gris y meón de los últimos tres o cuatro días. La familia de Nati comió con la tranquilidad y paz de los días en que el hijo travieso andaba con la cabeza ocupada tramando alguna fechoría. Juan se lo comió todo sin las habituales protestas, sin apenas darse cuenta de que estaba comiendo aquellas patatas cocidas que para nada le gustaban y que todos los días ponía su madre de comer, así como el tocino rancio y pasado de año que les sobraba a los vecinos de una posición social más llevadera que la de su familia.

Nati vio a Juan levantarse de la mesa y lo siguió con la mirada hasta la salida de la cocina. Le pegó un toque al marido con el pie; este, que rebañaba con un trozo de pan la grasa dejada por el tocino frito en el plato, la miró. La mujer apuntó con el mentón al hijo que abandonaba la cocina. Con un gesto de manos, el hombre le dijo que lo dejara. La otra se mostró malhumorada mientras el hombre volvía a la tarea de rebañar la grasa.

—¿Dónde vas a estas horas...? No paras en casa.

—¿Y quién le ha dicho, madre, que voy a salir de casa...? —respondió desde el recibidor. Luego, poniéndose el chubasquero, salió corriendo a la calle.

Nati resopló y, desviando la mirada hacia el marido, movió la cabeza de un lado a otro visiblemente enfadada. El hombre, sintiendo los ojos de su mujer sobre su rostro, miró a un lado y a otro, al hijo pequeño y al mediano, que rebañaban como él el plato.

—Déjalo, mujer, le queda un mes. Ya lo domarán los curas, que para eso les van a pagar.

—Yo no quiero ir con los curas, papá —se quejó el mediano.

—Ni yo —hizo lo propio el pequeño.

—Pues que sepáis, por si no lo sabéis ya, que si vuestro padre no fuera un holgazán no tendríais que ir con los curas.

—Mujer, no les digas eso…

Nati siguió reprochándole que no se esforzara en buscar trabajo, siguió llamándolo vago, siguió culpándolo del internado de sus hijos. El pequeño al final acabó llorando, el mediano huyó tapándose los oídos con las manos para terminar refugiándose en su dormitorio, que era también el de sus hermanos. Al poco entró el pequeño llorando y tapándose también los oídos. Se abrazó al otro, que lo consoló.

—No llores, yo siempre estaré a tu lado para defenderte, yo y Juan. No permitiremos que nadie te haga daño.

Juan, atravesando la carretera, corrió calle arriba. En poniente, tras el campanario de la iglesia, el cielo, esperanzadoramente, clareaba; la abundante agua buscando la cuneta de la carretera, corría canalizada rudamente a ambos lados de la vía de tierra medio empedrada. A mitad de la cuesta un veloz y asustado gato, blanco y negro, la atravesó; al instante, un perro pardo de mediano tamaño lo siguió. Primero el felino, luego el otro animal, saltaron una pared de piedra. La persecución continuó por el prado de encinas, peñas y verde hierba empapada, hasta que el agotado gato entró por la gatera de la puerta de una casa deshabitada. El perro, olfateando la puerta, luego toda la pared, luego los alrededores, se sacudió el agua y, meneando el rabo, volvió tras sus pasos hasta que alcanzó el portalillo de la casa de los vecinos del cura, de Sagrario y su familia.

Se volvió a sacudir el agua y, al instante, se tumbó todo a lo largo. Para entonces Juan ya había llamado a la puerta de su inseparable amigo Pedro.

—¡PEDRO! —gritó.

Pedro apareció en la puerta.

—¿Dónde vais con lo que llueve? —les preguntó Elvira, que asomó tras su hijo.

—Al portalillo de la iglesia a esperar la misa —respondió Juan.

—Son las tres, hasta la seis no empieza…

—Ya lo sé, señora Elvira, el cura me ha dicho que vigilemos la puerta, que con la lluvia las palomas se meten debajo del portalillo y lo llenan de mierda, que ya tiene suficiente con las de dentro, que las espantemos.

El del herrero salió al portalillo.

—¿Y desde cuándo le hacéis caso al cura…?

—Desde siempre, señora Elvira —respondió Juan. Pedro, asintiendo, corrió calleja abajo, bajo la lluvia, protegiéndose con un chubasquero.

—Adiós, señora Elvira —dijo Juan, que corrió tras el otro.

Cuando la pequeña mujer perdió de vista a Juan en la esquina del portalillo, se abandonó al llanto.

«¿Qué vamos a hacer sin ellos? Son unos salvajes, sí, pero alegran… mi niño…», se dijo Elvira, que, cerrando la puerta, fue a la cocina a reunirse con los demás.

Pedro y Juan llegaron al portalillo de la iglesia.

—¿Hacemos fuego? Tengo frío —propuso Juan.

—¿Con qué? Está todo mojado.

—En la boca de la cueva, bajo la peña, hay escobas y ramos secos.

—¡Ah, sí! Es verdad.

Bajaron al regato, al poco subieron con una buena carga de pequeños arbustos secos. Prendieron fuego en una esquina del portalillo, donde siempre.

—El día que vuelvan las señoritas, le prendemos fuego a la casa con ellas dentro. Muertas ya no podrán mandarnos con los curas… Esta mañana he oído a tu madre hablar por teléfono con ellas. Te van a mandar con los curas también.

Pedro, tras dar un respingo, exclamó:

—¡¡ESO ES MENTIRA!!

—Piensa lo que quieras…, pero es lo que he oído: «que eres muy malo, que te mandan con los curas a ver si te doman», le dijo tu madre a mi madre… Ayúdame a prenderles fuego a esas viejas del demonio.

—Lo dices para que te ayude.

—Esta noche cuando os vayáis a la cama los niños sal con cuidado de la habitación y los escuchas a escondidas, seguro que dicen algo de ti y los curas… Pero es verdad. Escúchalos. Lo tengo todo planeado. Tú te quedarás fuera para avisarme si viene alguien, yo salto al patio y le prendo fuego a la puerta de la entrada. He oído a Celedonio hablar por teléfono y decirle a alguien que el suelo es de madera, arderá enseguida, lo haré cuando duerman la siesta… Esas se van a enterar… Nadie nos va a mandar con los curas, nadie…

Pedro, digiriendo la mala noticia, no escuchaba… La traicionera noticia era una traición. Se libraban de él ruinmente. Nunca hubiera imaginado que sus padres lo mandarían con los curas, su familia no era como la de Juan, que se veían obligados a obedecer a las señoritas si no querían que les quitaran las pocas tierras que les prestaban; a sus padres nadie los obligaba, la fragua les concedía una buena estabilidad económica. Se iban a librar de él como si de una alimaña se tratara.

—¿Qué me dices, Pedro? ¿Me ayudarás?

—No te estaba escuchando, no me lo puedo creer…

Juan le repitió el plan mientras echaba más arbustos secos al fuego.

—Las vas a quemar vivas…, ¿te vas a atrever a hacerlo? La Guardia Civil nos meterá en la cárcel... Irás al infierno…, iremos al infierno.

—Son muy malas, toda la gente se alegrará, seguro que la Guardia Civil también… Le prendo fuego y nos vamos. Si vigilas bien nadie se enterará. Somos unos niños, ¿quién pensará que hemos sido nosotros?

—Vale, pero tengo miedo de ir al infierno, me da…

—Dios te perdonará…, son gente muy mala.

Calentándose al fuego que los protegía del húmedo frío de aquel sábado de finales de enero, siguieron hablando del tema un buen rato más. Luego, cambiando de conversación, trataron de cosas de niños traviesos; cada uno propuso nuevas fechorías, que ambos aprobaron y acordaron cumplir en los próximos días, y cuando distinguieron la sotana negra de don Atilano bajando por la calleja, una hora antes de que diera comienzo la misa, que era todos los sábados a las seis de la tarde, meando sobre las llamas apagaron el fuego para, seguidamente, huir. Dejando la hexagonal iglesia a su izquierda, bajaron la pendiente hasta el regato.

Por fin había dejado de llover, el cielo era cubierto ahora tan solo por una fina capa de nubes claras que amenazaban con disiparse. En el horizonte, entre las ramas de las encinas recientemente desmochadas, unos rayos de sol se colaron para iluminar la roca en forma de visera bajo la cual los traviesos niños acababan de internarse en la gruta. Cinco minutos más tarde el sol anunció la proximidad de la noche dejándose caer, allá, entre las encinas que la lejanía mermaba.

Don Atilano, tras alterarse al distinguir el inconfundible resplandor de las llamas en una esquina del portalillo y dos pequeñas siluetas moviéndose rápido, observó cómo la entrada de la iglesia era engullida por el humo. Aceleró el paso.

«Qué ganas tengo de que llegue el día en que se vayan con los curas, y no solo uno, me voy a librar de los dos. Parece ser que la educación que decía Elvira no era la buena, ya se han cansado de la tontería esa de educar hablando y no arreando —se decía el cura—; menos de un mes me queda de tener que aguantarlos».

Después de que Elvira hablara con las señoritas, estas habían propagado ya la noticia de que el hijo del herrero también entraba en el lote. No tuvieron paciencia de esperar un par de días para proponerles de nuevo el internado, en persona, a los padres que no habían aceptado. Ordenando a Nati que los fuera a buscar a sus casas, hablaron con un par de ellos por teléfono y los pusieron al día de la nueva incorporación. Aunque la telefonista, Nati, les rogó a los padres que no le contaran a nadie lo de Pedro, uno de ellos, Mauricio, enemistado con el herrero, no dudó en propagar la noticia.

Cuando don Atilano llegó a la iglesia el portalillo ya se había liberado casi por completo del humo. Aún quedaban un par de pequeños tizones humeando. Abrió la iglesia, de nuevo libre de palomas después de que Sebastián, esa misma mañana, le ayudara a sacarlas por la puerta. No dudaba que al siguiente día las molestas aves estarían otra vez dentro, pero eso se iba a acabar. El lunes por la mañana el herrero abrirá huecos en las paredes y accederán a las cámaras de aire a buscar el túnel por el cual, don Atilano ya no dudaba, los malhechores introducían a las palomas y luego las alimentaban. Lo encontrarían, luego lo sellarían y solucionado el molesto problema. Creyó mejor solución esta última que la de esperarlos durante la noche para saber quiénes eran los sinvergüenzas que no cesaban de profanar la casa de Dios, de su jefe intelectual; por lo menos solución más rápida. Prefería quedarse con la duda a tener que pasarse sin dormir una noche, para que quizá luego los otros, barruntándolo, no se presentaran.

Un día y medio le quedaba. Estaba deseando que llegara ya el lunes para comenzar a buscar el pasadizo.

CAPÍTULO 10

Sagrario, la vecina de don Atilano, sentada a la mesa del salón de su casa, se removió nerviosa. Frente a ella, el médico encargado de tomar declaración para que un juez dictaminara la locura del cura esperaba, armado con bolígrafo y papel e inclinado sobre la mesa, el testimonio de la mujer, el último testimonio de las cinco mujeres a las que las señoritas habían obligado a declarar que don Atilano se desnudó ante ellas.

—La verdad, señor, es que me da pena nuestro cura. Me han dicho que lo meterán en el manicomio, pero lo que yo creo es que irá a la cárcel. Desnudarse delante de nosotras puede ser de locos, pero también de violadores, esto son cosas muy serias… ¿Quién decide si está loco? ¿Usted?

El doctor, dejando el bolígrafo sobre el papel, se echó hacia atrás.

—Un juez tiene que estudiar el caso, él decide; yo, como entendido en el tema, con su declaración y las declaraciones de las demás mujeres certifico que el comportamiento es el de un desequilibrado mental… Mire, esta no es la manera de proceder de la justicia, tanto usted como yo sabemos que aquí se va hacer lo que digan las señoritas. —Se incorporó, cogió el bolígrafo y, poniéndolo de nuevo sobre el papel, le espetó:

—Diga de una vez lo que tiene que decir, que a mí tampoco me gusta, pero es lo que hay, unos mandan y los demás obedecemos.

—Entiéndame, es mi vecino, le hago las tareas del hogar desde hace años, tenemos mucha…

El doctor se puso en pie, malhumorado.

—Como quiera, yo no la voy a obligar. —Recogió el folio, lo metió en una carpeta—. He intentado terminar mi trabajo, con las declaraciones de las otras cuatro valdrá, pero ya les diré que usted no ha podido…

Sagrario se levantó.

—No, por favor, siéntese, que ahora declaro.

El doctor se sentó, luego ella. Abrió la carpeta, sacó el folio en blanco y se lo extendió indicándole con el bolígrafo la parte inferior.

—No es necesario que declare, firme aquí, que ya pongo yo lo que tengo que poner.

La mujer firmó, le pasó el folio.

—Gracias —le dijo, y se lo quedó mirando mientras el otro guarda el papel firmado en la carpeta—. A las que había que encerrar era a ellas.

—Lo sé, pero ya le he dicho antes que aquí manda quien manda, el dinero…; aquí y en todos los lados, y mientras siga mandando ese, se seguirán haciendo barbaridades de estas, y otras muchas peores. —Le extendió la mano—. Gracias por todo… No sé si sabrá ya que tomarán este pueblo como primera residencia… —Sagrario dijo que no con la cabeza mientras sus ojos abiertos hasta no poder más mostraban miedo, miedo de tener cerca la mayor parte del año a dos enfermas mentales, a dos enfermas mentales que podían hacer las locuras que se les antojara sin que nadie se lo pudiera impedir, por las buenas, claro.

El doctor, abandonando el salón, esperó a que Sagrario se recompusiera de la nefasta noticia que le acababa de dar; al poco, una vez que la mujer medio reaccionó, lo acompañó a la puerta de la salida.

El doctor se volvió hacia atrás al oír la puerta de la vivienda de enfrente. Sagrario desvió la mirada hacia donde apuntaba la otra.

—Buenos días, Sagrario —saludó el cura, y miró la carpeta del hombre de buen vestir—. Buenos días tenga usted también.

Los otros les devolvieron el saludo.

—Es el nuevo administrador de las señoritas ha venido a…

—No hace falta que me des explicaciones. Me voy, tengo prisa, me espera Matías, vamos ver si encontramos por dónde meten esos bandidos las palomas.

—Que tenga suerte —le deseó Sagrario.

—Gracias, seguro que sí —le respondió, y echó a andar calle abajo.

Doctor y mujer se miraron. Sagrario se llevó una mano a la cabeza. El otro la agarró por el hombro.

—No se disguste, nosotros no tenemos la culpa…, es lo que hay —le dijo, y, seguidamente, soltándole el hombro, se encaminó hacia un Seat Seiscientos aparcado al lado de la casa del cura. Entró, arrancó y se despidió de la mujer levantando la mano. La otra hizo lo propio, luego entró en casa meneando la cabeza.

El cielo bajo el que caminaba don Atilano se mostraba medio cubierto de nubes, de esas nubes que parecen de algodón y que suelen adoptar caprichosas formas. El cura se sorprendió observando una nube, allá, sobre la iglesia, que simulaba la forma de un tricornio. Parecía como si la sagrada construcción lo tuviera de sombrero. Desde que abandonó la infancia, la tortuosa y hambrienta infancia, no pasaban de cinco las veces que se había detenido a observar algunas de las caprichosas figuras que moldeaban ese tipo de nubes que tanto lo entretuvieron de niño, que tan buena compañía le hicieron en aquellos días de estómagos vacíos y llorosos. Como le sucedía ahora, las otras cuatro o cinco ocasiones fueron fortuitas, no había alzado la vista al cielo con la intención de buscar el parecido, el parecido lo había buscado a él. En una ocasión, viajando en tren hacia Algeciras a cumplir con el castigo, simulado, impuesto por el obispo tras exigírselo las señoritas, llegando ya casi a destino, mirando hacia el cielo por la ventanilla, este le regaló la forma de un corazón agrietado reproducido por una nube. Al día siguiente le dio la angina de pecho, pues el mensajero que no dudaba que iría a comunicarle que lo perdonaban no llegaba... Ese mensajero que no llegó, pues se confundió de puerto. En otra ocasión, justo después de reunirse con el novio que le pidió que huyera con él a las Américas, propuesta que rechazó, nada más abandonar la vivienda del sacerdote enamorado perdidamente de él, de don Atilano, un cuervo que pasaba volando graznó escandalosamente cuando un milano le clavó las garras en su oscuro cuerpo emplumado; entonces miró hacia arriba, hacia la procedencia del escandaloso sonido. El milano descendía con su presa en las garras cuando el cura clavó la vista en una nube que había adoptado la caprichosa forma de un sobre abierto. A los pocos días Celedonio le comunicó que tenía unas cartas muy comprometedoras que demostraban su homosexualidad. Ahora se había encontrado la nube en forma de tricornio al mirar hacia la iglesia, a la cual ansiaba llegar para resolver de una vez por todas el misterio de las palomas. El semblante esperanzador pasó a ser de preocupación, un tricornio nada bueno podía presagiar; no era supersticioso, sería una tontería suya, pero las formas adoptadas por las nubes que anteriormente le llamaron la atención acabaron teniendo mucho que ver con los peliagudos asuntos que le surgieron seguidamente.

—¿Qué le sucede, don Celedonio? —preguntó Sebastián, el cual le echaba de comer a los cerdos la hierba recién cortada de la cuneta.

—Buenos días, Sebastián… Nada, ¿por qué?

—No, por nada… Lo veía venir muy contento y, ahora, después de mirar hacia la iglesia, le ha cambiado la cara.

Se mostró pensativo, mirando a Sebastián, que estaba expectante. A los pocos segundos, el cura pareció volver en sí.

—Temo no encontrar nada tras las paredes, en media hora he quedado con Matías.

—Pues que tenga suerte, algo tendrá que haber, las palomas no pueden aparecer de la nada, así como así. Además, son mías, no vienen de los infiernos. Esta mañana otra vez que he echado en falta una buena cantidad de ellas, pero bueno, como sé dónde están…

Para mí que tiene que haber algún pasadizo o algo parecido tras esas paredes…

—Pues sí, y lo vamos a encontrar. Ya te contaré… ¿Qué tal llevas la mano?

Sebastián alzó la mano vendada.

—Bien, pero debo tener cuidado, el corte está en mal sitio, se puede abrir fácilmente… Ya me contará.

—Sí, bueno, voy para allá. Hasta luego, Sebastián.

—Hasta luego, don Atilano.

Sebastián, mirándolo mientras se alejaba, se desenrolló la venda. En la mano no había señal alguna de heridas. Sonrió.

—¡ARTURO, HIJO…! —Arturito se despertó sobresaltado—. Rápido, las sábanas, las mantas, la ropa…, al baúl todo, al baúl… Ya está aquí otra vez el hombre del saco. —Arturito se levantó de la cama de un salto—. Luego ya sabes… Lo primero, ahora, abre la ventana y ventila, que no te huela —terminó por ordenarle su madre, que cerró la puerta de la habitación. Luego abrió otra que se encontró de frente al girarse a la derecha y, visiblemente alterada, pasó a un amplio zaguán.

El niño abrió la vieja ventana de madera, luego introdujo en el baúl todo lo que podía delatar la presencia de un niño en la casa. Una vez la habitación limpia de rastro de niño, con el tirachinas en la mano, se dispuso a esconderse dentro del baúl, pero se mostró indeciso. Otra vez ese indeseable había regresado sin avisar, así no había quien pudiera dormir tranquilo…, quien pudiera vivir tranquilo. Con la vista puesta en la entrada del dormitorio, metió un pie dentro del baúl; al poco lo sacó, lo volvió a meter; luego, apretando los dientes y poniendo cara de malo, volvió a sacar el pie y se dirigió hacia la salida con el tirachinas cargado con una piedra. Abrió la puerta con sumo cuidado, sacó la cabeza, miró a la derecha, todo a lo largo del pasillo, luego a la izquierda, a la puerta por la que su madre pasó al zaguán. Se mostró dubitativo; de pronto, tensando todos los músculos, abandonó la habitación para colocarse frente a la puerta. Con semblante malhumorado y endurecido, estirando las gomas del tirachinas todo lo que pudo, la piedra seguía en el cargador, apuntó a la puerta esperando al que se acercaba a ella desde el otro lado marcando el caminar con sonoros y rápidos pasos. Si era el hombre del saco se iba a enterar, el día anterior no falló ni un solo tiro en las prácticas, le reventaría la cabeza con la piedra. Eso ya no podía continuar así. Las pisadas estaban ya allí mismo, tensó los músculos de nuevo, apretó los dientes, la manilla de la puerta se giró hacia abajo, Arturito estiró un poco más las gomas del tirachinas, aumentó la presión sobre los dientes, estos rechinaron. La puerta comenzó a abrirse, el niño dio un paso hacia atrás.

La madre de Arturito, sobresaltada, emulando a su hijo, retrocedió otro paso, luego miró a sus espadas, luego al frente.

—¡GATO, GATO, GATO…! —gritó mientras pasaba al pasillo corriendo y gesticulando con las manos extendidas, como quien espanta a un animal.

Arturito, al ver a su madre aparecer por la puerta, relajó temores; al instante bajó el tirachinas y, cuando ella comenzó a gritar y gesticular con las manos, corrió por el pasillo hacia la salida de la casa.

—Ve a casa de los vecinos, hijo, ya te avisaremos —le dijo por lo bajo al niño, que abandonó la vivienda corriendo. Luego la mujer desanduvo el terreno recorrido del pasillo.

La señora Elvira miró el reloj, las nueve. Abrió la puerta preguntándose quién llamaría a esas horas.

—¿Qué pasa, Arturito? Has madrugado mucho hoy.

—El hombre del saco, que ya está otra vez en casa —dijo sin mostrar el temor de otras veces, algo que a Elvira le extrañó. La última vez que el indeseable llegó de improviso, la semana anterior, encontró al niño aterrado.

—Pues sí que estamos bien… No te veo yo con mucho miedo…

—Ya, solo un poco. Ahora soy muy bueno con el tirachinas, si intenta cogerme le pego un tiro que lo mato.

—Pues deberías tenerle más miedo, entra. —El niño entró en casa. Nada más poner el pie en el recibidor los tres hijos de la mujer del herrero salieron corriendo de casa con sus carteras en la mano, y, sin dejar de correr, Lourdes y Luis se despidieron casi sin darse cuenta de que Arturito estaba allí, Pedro no dijo ni media palabra—. Adiós, hijos. —Se los quedó mirando mientras se alejaban; el mayor estaba muy raro, casi no les hablaba, la mujer y su marido pensaban que se había enterado ya de lo del internado. Cuando perdió de vista a los niños, volvió la mirada a Arturito—. Pasa, no habrás desayunado.

—No.

—Deberías seguir teniéndole miedo al hombre del saco, de ese demonio uno no se puede defender solo con un tirachinas.

—Yo sí —aseguró, y pasó a la cocina.

La mujer, llevándose las manos a la cabeza, entró tras él.

«Mira que se lo dije a sus padres: "explicádselo bien, dejad de meterle miedo con el hombre del saco o acabará pasando alguna desgracia", este la va a preparar gorda, es capaz de entrar en su casa y liar la de San Quintín con el tirachinas».

Matías, el herrero, salió de la fragua tirando de una carretilla cargada con un saco de cemento y un montón de arena. Dos cinceles, dos macetas, una pala y una paleta acompañaban al cemento y a la arena. Llego, a la altura del portalillo de su casa, y virando hacia la izquierda, enfiló la calleja. Silbando una copla, cinco minutos más tarde alcanzó la carretera.

Miró hacia la izquierda, una silueta negra se divisaba a lo lejos. Soltó la carretilla, se sentó sobre ella y la herramienta. Sacó un paquete de tabaco de liar, se hizo un cigarrillo.

Cuando don Atilano llegó a él ya tenía mediado el pitillo.

—Buenos días —saludó el párroco.

—Buenos días, don Atilano —hizo lo propio Matías.

—¿No decías que vendrías sobre las diez menos cuarto?, aún no son las nueve y media.

—Pensé que acabaría de arreglar el arado más tarde —le respondió mientras cogía la carretilla.

El cura comenzó a caminar por la carretera, seguido del otro. Sin dejar de andar, volvió la cabeza hacia atrás.

—Mejor, así acabaremos antes. No sabes las ganas que tengo de saber qué hay tras esas paredes. —Miró al frente—. Espero que haya algún túnel, algún agujero, algo por donde estén metiendo las palomas porque estoy ya desesperado, si no hay nada me voy a volver loco.

—Tranquilo, padre, que si no encontramos nada dentro de las paredes ya le ayudaré yo a buscar en otro lugar. A las palomas tienen que meterlas por algún sitio —intentó tranquilizarlo Matías.

—Bien, ya veremos —dijo el cura.

Cinco minutos más tarde llegaban a la puerta de la iglesia. El cura, abriendo con la llave, empujó un poco la puerta, lo justo para meter la mano; seguidamente la introdujo por la pequeña abertura. Al instante la sacó mostrando una pequeña piedra.

—La pongo detrás de la puerta. Por aquí no han entrado, si entraran desplazarían la piedra, siempre está donde la dejo al cerrar.

—Buen invento tiene usted contra los ladrones, haré yo lo mismo para saber si mi mujer sale de casa por la noche cuando estoy echando la partida donde Celedonio. Pondré una piedrecita de estas delante de la puerta. —Pasaron dentro—. Aunque… ¿quién me dice que sale la mujer y no alguno de mis hijos, el descarriado Pedro? —Matías llegó con la carretilla a la pared del fondo—. Sabe usted, don Atilano, que lo vamos a mandar con los curas, estará contento. Sin el de Nati y sin el nuestro podrá usted decir misa más tranquilo.

—No es por nada, Matías, pero ya le he dicho muchas veces a tu mujer que a estos hay que enderezarlos a mano dura. Ya ves al final lo que habéis tenido que hacer.

—Bueno, don Atilano, usted lleva un tiempo arreándoles y tampoco ha adelantado nada… ¿Dónde comienzo a abrir?

—Aquí mismo, no sé si habrá solo una cámara de aire o varias. Abre aquí, entra y luego ya veremos si tenemos que hacer más boquetes… Con una vez a la semana que he estado controlando a los granujas de vuestros hijos, los sábados durante la misa y poco más, no se puede hacer nada si luego en casa les dais un tipo de educación más blanda, estos necesitan mano dura las veinticuatro horas del día… Comienza a romper ya, que estoy impaciente.

—Según tengo entendido hay varias cámaras. Los albañiles anularon los recovecos pegándose a los picos salientes para no robarle mucho espacio a la iglesia —explicó Matías mientras se hacía con una maceta y un cincel.

—Pues nada, venga, manos a la obra a ver si hay suerte y encontramos a la primera el túnel, el agujero o lo que sea —ordenó el cura. Luego echó una ojeada a las palomas, en las cuales esa mañana, por primera vez desde que aparecieron en la iglesia, no fue en lo primero en lo que se fijó al entrar. Sebastián tenía razón, esa noche habían vuelto a meter más. Pero eso se iba acabar, se dijo, y, al instante, le vino a la mente la nube en forma de tricornio augurándole alguna desgracia. Visiblemente nervioso, resopló.

La vecina del cura, Sagrario, entró en casa meditando qué hacer para librar a don Atilano del manicomio, o de la cárcel. Llevaba tantos años ayudándolo con las tareas del hogar que le había cogido aprecio, y cariño. Lo veía como a alguien de la familia…, como a alguien querido de la familia. No le quedó elección, las señoritas la obligaron a declarar; de negarse los habrían despojado de las tierras, de esas tierras que ayudaban lo suyo a la hora de llenar el plato, de esas tierras que explotaban sin tener que darles nada a cambio más que su lealtad, que obedecerlas en todo, que facilitarles los caprichos. Además, de haberse negado a declarar no habría solucionado nada. Los testimonios de las otras cuatro eran más que suficientes para inculparlo.

«¿Qué puedo hacer yo, una "don nadie", para librarlo del calvario que le espera?», se preguntó una y otra vez mientras hacia las tareas de su casa y las del cura, el cual se lo recompensaba rezando por su alma y por el de toda la familia. Siendo consciente de que necesitaría disponer de una suma importante de dinero con el cual intentar sobornar a alguien, optó por lo único que podía hacer. Si las señoritas hubieran sido señoritos habría barajado el soborno de la carne, señoritos y muy necesitados, pues las carnes que ella ya solo les hubiera podido ofrecer eran carnes mustias, arrugadas y pasas.

Dejó la comida del cura a medio hacer. Estaba segura de que don Atilano ese día no se iba a entretener llenándose la panza con el cocido castellano que con todo el cariño del mundo comenzó a cocinarle. No se iba a entretener ni a hacer las maletas. Cogería los papeles importantes, los ahorros, y huiría como si lo persiguiera el diablo.

Enfiló la cuesta abajo. Al llegar a la carretera Nati la saludó: «buenos días, Sagrario, ¿dónde vas tan a prisa?», pero Sagrario, no percatándose del saludo, tomó la carretera dirección norte. Al pasar junto al corral de Sebastián, este segaba la hierba de la cuneta de enfrente. La saludó y, de igual modo, la mujer no se dio cuenta del saludo. El hombre se la quedó mirando; luego, sintiendo la mirada de la otra mujer, de Nati, sobre las espaldas de Sagrario, se volvió hacia ella. Sacudiendo la mano y haciendo una mueca con la boca le dio a entender algo así como: «menudo cabreo se lleva»; la otra rio y lo atribuyó al de siempre, a su marido, que día sí y día también llegaba a casa a comer borracho. Ya no sabía qué hacer con él; el vinatero, que pasaba todas las semanas, los jueves, por Darda, le llevaba el vino directamente al campo. Él escondía las botellas por allí y se lo iba bebiendo a su antojo, sin ningún control, mientras realizaba las labores de labrador y ganadero.

Sagrario, llegando a la altura del camino que llevaba a la iglesia, vio la puerta abierta. Se detuvo. Luego se mostró pensativa. Hizo tres amagos de dirigirse hacia la pequeña y antigua construcción templaria y, tras darse la vuelta para regresar a casa y luego desandar unos veinticinco metros, se volvió y, casi corriendo, tomó el camino hacia la iglesia. Se presentó en la puerta, a través de la cual llegaban ruidos de fuertes golpes.

Cuando Matías entró por el boquete con un cirio encendido, don Atilano contuvo la respiración a la par que se acercaba a la boca del agujero. La llama del cirio iluminó la triangular cavidad que desprendía un ligero olor a humedad. Los ojos del cura escrutaron ansiosos, milímetro a milímetro, aquellos siete u ocho metros cuadrados que no dejaron ver nada de lo que buscaba. Decepcionado, sacó la cabeza.

Al poco, el herrero abandonó la oscura cámara.

—Rápido, pica ahí —le ordenó el ansioso sacerdote apuntando con el dedo a la izquierda del boquete, a unos tres metros, por el acababa de salir el herrero con el cirio en la mano.

—Ya le dije que tendría que abrir muchos agujeros; ya ve la forma hexagonal de la iglesia por fuera, antes también la tenía por dentro —le indicó Matías.

—Ya lo sé, ya lo sé… Tú… Aunque la dejemos como un colador de aquí no nos movemos hasta que no descubramos por dónde meten las palomas esos demonios, que vete tú a saber quiénes son.

—Lo que usted diga, don Atilano, que para eso es el que va a pagar.

Unas tres horas después, sobre la una de la tarde, don Atilano metía la cabeza por el quinto boquete abierto para sacarla visiblemente enojado.

Mientras el herrero salía del agujero con el cirio encendido, el cura, llegándose a la carretilla, se hizo con un martillo y un cincel para, seguidamente, comenzar a golpear con rabia la pared.

—Tranquilo, don Atilano, tómeselo con calma o acabará reventado antes de abrir el agujero.

—No puedo, Matías, me ha comenzado a doler el brazo, tengo que desaguar la tensión antes de que me dé un infarto.

El herrero empezó a golpear en otro punto de la pared, a unos seis metros al sur, de la última abertura hecha, a tres de donde el cura golpeaba con violencia el cincel.

—Abro este y me voy a comer, don Atilano, que el estómago ya me lo pide.

El párroco, con los cinco sentidos puestos en la zona de la pared que intentaba agujerear con más ganas que práctica, no oyó al otro.

Media hora más tarde, cuando un don Atilano, jadeante, daba dos míseros golpes y descansaba unos cuantos segundos, más cercanos de los veinte que de los diez, para volver a golpear con el mismo ímpetu y descansar otro poco, el herrero terminó de abrir un nuevo agujero por el cual internarse a seguir probando suerte en la búsqueda del pasadizo. Para entonces, en la cavidad abierta por el otro, por el agotado, apenas se podía meter una mano.

—Ya está, voy a entrar a ver si encontramos en esta el dichoso pasadizo —dijo Matías mientras se hacía con el cirio encendido.

Don Atilano, dejando de golpear, le quitó el cirio de la mano y se internó en el agujero a la vez que una voz lo llamaba a gritos. Por el tono elevado y grave, comprendió que algo serio había sucedido.

Salió del agujero, Sagrario ya se dirigía hacia él. La mujer saludó al herrero.

—Salgamos fuera, tengo que hablar urgentemente con usted a solas.

—¿No puedes esperar un momento? —le preguntó el cura.

—No, don Atilano, no puedo ni debo esperar más, por favor, salgamos fuera.

La cara de la mujer, de una severa seriedad, le aconsejó al párroco obedecer. Salieron fuera.

El herrero, haciéndose con el cirio, pasó por el agujero recientemente abierto e iluminó la estancia. De pronto, sus ojos se abrieron hasta no poder más mientras retrocedía unos pasos. Allí, en mitad de la triangular y húmeda estancia de unos ocho metros cuadrados, con la vista puesta en una de las tres esquinas, el cirio encendido en una mano, permaneció impasible cerca de un minuto asimilando lo que veían sus ojos. Al final, reaccionando, se asomó al agujero. Los otros dos seguían fueran de la iglesia, o se habían ido, pues no vio a nadie a través de la puerta abierta. Volviendo la vista hacia adentro, se acercó al hallazgo para, seguidamente, comenzar a estudiarlo con una barra de metal que alguien se había dejado dentro. Con la frente arrugada y pensativo, abandonó la cavidad. Se dirigió hacia la salida de la iglesia. Vio al cura alejándose a grandes trancos; tras él, la mujer había comenzado a correr, el herrero supuso que para dar alcance al otro.

«Solo, mucho mejor, seguiré abriendo agujeros y pensando qué hacer. Tiene que haber pasado algo muy gordo para que don Atilano se vaya de esa forma. Tenía unas ganas locas de desenmascarar el misterio de las palomas. Si vuelve y me pregunta le diré que no he encontrado nada… Tengo que hacer algo, esto no va a quedar así», terminó diciéndose el herrero.

Don Atilano delante, Sagrario detrás intentándole seguirle el paso, llegaron a la casa del primero. Mandó pasar a la mujer, le indicó que lo siguiera. Bajando unas chirriantes escaleras de madera, pasaron al sótano. El cura buscó algo, cogió el azadón y se dirigió hacia la esquina sur de la estancia de suelo de tierra. Comenzó a cavar. La mujer, que solo había abierto la boca, desde que le dijo al cura que huyera o acabaría en la cárcel o en el manicomio, para responder a las cuatro órdenes que le dio el otro con un «sí, don Atilano», lo miraba inmóvil desde la entrada del sótano.

Tras cavar ansiosamente durante un minuto, comenzó a hacerlo con delicadeza, como si lo que buscaba estuviera cerca. De pronto, dejó de excavar. Agachándose, comenzó a mover con las manos algo, como intentado desclavarlo del suelo. Tras varios intentos, sus manos se movieron más ligeras hasta que terminaron por sacar del agujero una caja de metal. Se acercó a Sagrario, que se preguntaba qué objeto valioso escondería la caja para que el otro la tuviera enterrada en un lugar tan secreto.

Don Atilano, abriendo la caja, sacó un envoltorio de plástico para, seguidamente, desenvolverlo. La mujer comprobó que se trataba de libretas medio carbonizadas. El cura, entregándole una, le dijo que la leyera.

Comenzó a leer. Mientras leía los ojos se le agrandaban a la par que la boca se le abría. Con cara de asombro, cada poco, miraba al cura, el otro meneaba la cabeza como afirmando que lo que leía era cierto, pero la mujer desconocía quién había escrito aquello, y al final acabó por preguntarle lo que mentalmente se estaba preguntando.

—¿De quién son?

El cura rebuscó entre la caja algo y le entregó un sobre.

—Compruébalo tú misma, es una carta de la señorita Matilde. —La otra leyó el remitente, abrió la carta y comenzó a leer. Al comprobar que era la misma letra que la de la libreta chamuscada donde estaban anotados pecados inconfesables, llevándose la mano a la boca, miró al cura.

—No saben que las tengo, las echaban al fuego pensando que se quemarían sin comprobar que así era. Me las vendió el antiguo sirviente, Manuel, al que despidieron. Ahora mismo voy a hablar con ellas —le extendió la mano—, ten, quédate con estas dos. Les diré que o retiran la denuncia o las hago públicas, y que si algo me sucede alguien lo hará por mí… Si algo me pasara, encárgate de hacerlo, pero sin que conozcan tu identidad. Como comprenderás, están más locas de lo que parece, serían capaces de hacerte cualquier barbaridad.

—¿Pero qué le van a hacer a usted esas dos tísicas?

—No sé si te has enterado de cómo le ha dejado la moto a Celedonio la señorita Matilde con un cuchillo. —Sagrario dijo con la cabeza que no, el cura se lo contó—. Te aseguro que aunque parezcan unas tísicas el odio que llevan dentro es capaz de levantar hasta a un muerto, y, además, si no son ellas las que intentan matarme, no les costaría nada pagar a alguien para que lo haga.

Sagrario comenzó a subir, pensativa, las escaleras del sótano. Tras ella, el otro.

—Don Atilano, sabrá de sobra que esas locas nos han obligado a unos cuantos padres a mandar nuestros hijos con los curas. —El cura miró hacia atrás, hacia la mujer.

—Sí… Quieres que las soborne también con lo de los niños, que se echen atrás y no os los quiten, ¿no?

—Sí, por favor.

La mujer de Celedonio, Manuela, llenó el brasero de cisco y lo sacó al patio. Echó encima unos ramos secos para luego prenderlos con una cerilla. Las ascuas resultantes del fuego comenzaron a prender el cisco, pronto la combustión tomó el camino necesario para evitar accidentes indeseados. Todos los inviernos braseros mal encendidos producían muertes dejando sin oxígeno las estancias cerradas sin la ventilación correspondiente.

Manuela, comprobando que el brasero aún no estaba en su punto (aunque ya no humeaba había trocitos de ramos por quemar que, con el tiempo, cuando las ascuas los alcanzaran, comenzarían a consumirse desprendiendo gases *devoraoxígeno*), lo cogió y lo introdujo en la casa de las señoritas, en el comedor. Miró a un lado, a otro. Lo metió bajo la mesa donde comían y luego se echaban una cabezadita sus jefas. La mesa estaba cubierta por unas faldillas.

A la media hora, sobre la una y media, las señoritas se sentaron a comer, Manuela les sirvió la comida. En invierno les gustaba comer con las piernas bajo las faldillas al calor del brasero. Cuando terminaron la fruta, la sirviente, una vez recogida la mesa, se despidió con un «hasta la noche» dejando entreabierta la puerta del comedor; fue lo que le ordenaron justo cuando salía de la estancia, lo que le ordenaron ese día y lo que le ordenaban todos los días.

Pasada media hora volvió a la casa y, comprobando, a escondidas, desde la puerta del comedor, que estaban ya dormidas, les cerró la puerta y abrió una de las ventanas del recibidor por si la cosa le salía mal y poder así defenderse, diciendo que el aire que entró por la ventana cerró la puerta del comedor.

A don Atilano, como vaticinó Sagrario al decidir dejar a medio cocinar el cocido e ir a contarle lo de la denuncia de las mujeres, se le había quitado el hambre; aun así, obligado por la mujer, comió un tentempié, compuesto por un buen trozo de queso de las ovejas del marido, así como otro trozo de chorizo procedente del mismo lugar, que no animal, pues el rico embutido era de cerdo, como solía ser el famoso embutido de la zona, y no de oveja.

—Coma un poco más, don Atilano, que con el estómago lleno les hablará mejor, tendrá las ideas más claras —le aconsejó Sagrario, de pie, junto al sacerdote, que comía sentado a la mesa de la cocina.

—No me quiero entretener más —dijo, y se levantó—. Si como me has dicho tu declaración fue la última, puede que el médico ese haya presentado ya la denuncia y la Guardia Civil esté en camino, tengo que hablar cuanto antes con ellas.

El cura se dirigió hacia la salida de la cocina. La mujer lo siguió.

—No creo, me dijo que las declaraciones se las entregaría a un juez para que decidiera, tardarán unos días…

—No me fío yo mucho de lo que haya dicho ese, estas locas habrán movido Roma con Santiago para que vengan a prenderme enseguida. No voy a esperar, iré ahora a hablar con ellas.

—Pues si es así, y ha presentado ya la denuncia, debería huir, no sé yo si las señoritas podrán hacer algo. Una cosa es hablar con el médico, otra sobornar a la Guardia Civil.

El otro se volvió.

—Si han sobornado al obispo, imagínate tú, Sagrario… Con dinero se puede sobornar hasta a Dios —dijo.

—¡¡Uh, Dios mío…!! No diga usted esa blasfemia, don Atilano —exclamó Sagrario llevándose las manos a la cabeza.

—Es un decir, mujer, no hay que tomárselo todo tan al pie de la letra.

—«No mentarás a Dios en vano», don Atilano, que hay veces que no lo conozco yo a usted. Sobornar a Dios…, tiene usted unas cosas…

—Perdóname, Sagrario, hay veces, cuando estoy muy nervioso, que pierdo los nervios y digo cosas de estas —se disculpó el cura ateo mientras abría la puerta de la salida de la vivienda.

—Yo no soy quien para perdonar, don Atilano; a Dios, a Él es al que le tiene que pedir perdón.

Saliendo a la calle, se volvió hacia la otra.

—Todos los días le pido perdón por mis pecados, Sagrario; ya sabes: quien esté libre de pecado que tire la primera piedra.

La mujer asintió.

—Así es

El cura se despidió de la mujer recordándole lo de las libretas, aconsejándole que las escondiera en un lugar secreto que tan solo debía revelar si se llegara a sentir en peligro o si le sucedía algo a él; le prohibió hablar de ellas, ni con él debería hacerlo a no ser que surgiera una urgencia de extrema gravedad.

Con una de las libretas metida entre los calzoncillos, se encaminó a visitar a las señoritas. Llegó a la enorme puerta del patio. Tocó la campanilla.

Manuela cerró la puerta del jardín diciéndose que era lo mejor que les podía pasar a los padres que se veían obligados a mandar a sus queridos hijos con los curas, privándose de ellos durante largas temporadas; lo mejor que le podía pasar al pobre don Atilano, que lo iban a encerrar en un manicomio, eso si no acababa en la cárcel; lo mejor que le podía suceder al pueblo entero, que se libraría de las locuras de unas dementes como ellas…; que murieran era lo mejor que les podía suceder a unas enfermas mentales como ellas, que se las veía sufrir tanto… Diciéndose todo esto, Manuela enfiló hacia la puerta del patio para regresar a casa, y lo hizo a pesar de que estaba haciendo una excelente obra, de la cual se beneficiaría media humanidad de la que residía en la provincia de Salalina. Lo hizo con un nudo muy grande en el estómago y otro en la garganta; iba a acabar con la vida de dos mujeres que, aunque fueran unos diablos, también eran personas. Comenzó a sentirse una asesina.

«¡Ay, Dios mío, perdóname...! ¿Pero qué voy a hacer...? ¿Pero qué estoy haciendo...?», se dijo. Luego volvió la vista al jardín de la casa de sus amas. Desandando lo andado, pasó al jardín para plantarse frente a la puerta. Pensativa, hizo un amago de entrar.

—Se acabarían nuestros problemas, se beneficiaría mucha gente, muy buena gente... Solo Dios puede dar y quitar la vida, Manuela, no te condenes... Ay, Dios mío, ¿qué hago...?

Dame una señal, ¿qué debo hacer? ¿Dejarlas morir? ¿Salvarlas? ¿Qué hago? —Juntó las manos y luego, poniéndolas verticalmente sobre los labios, miró hacia el cielo—. Mándame una señal, Dios mío. —Oyó la campanilla de la puerta de entrada al patio, le dio un vuelco el corazón. Corrió a abrir.

—Buenas tardes, Manuela, vengo a ver a las señoritas.

«Gracias, Dios mío», se dijo. Luego mandó pasar al cura.

—No sé si debo, están durmiendo la siesta, supongo que será algo urgente.

—Urgente no, de vida o muerte; ya sabrás que me han denunciado, voy a hablar con ellas, tengo algo que...

—Vaya, vaya... Vaya deprisa, que a lo mejor aún no se han dormido —lo apremió mientras le ponía la mano en la espalda a la vez que lo empujaba levemente hacia el jardín.

A don Atilano le extrañó tanta amabilidad. Desde que a Celedonio le dieron las cartas que probaban su homosexualidad, esas con las que lo chantajeó para que les tapara la boca a los que intentaran hablarle a las señoritas de la infracción que habían cometido él y su esposa, el matrimonio dejó de tratarlo con el respeto, rozando el miedo, que se les solía tener entonces a los sacerdotes; ¿a qué venia tanta amabilidad ahora?

Sin quitarle la mano de la espalda, y rezando porque las señoritas siguieran con vida, lo llevó hasta la entrada de la vivienda. Abrió la puerta como quien llega tarde a una cita importante. El cura se extrañó más aún. Algo raro estaba pasando, lo empujó dentro. Cuando el padre iba a cerrar, tras pasar al interior de la vivienda, la otra, impidiéndoselo, abrió la puerta del todo; luego, casi corriendo, recorrió los cinco metros de pasillo para abrir la del comedor como si le faltara el aire y dentro hubiera un mar de puro oxígeno.

Vio a sus amas con la cabeza hacia atrás, recostadas contra el respaldo de sus respectivos sillones.

«Estarán dormidas, no hace ni diez minutos que les cerré la puerta», se dijo. Miró al cura, luego a las otras. «Sí, pero el brasero está mal encendido, cuando volví después de comer a cerrarles la puerta había pasado más de media hora, y si a pesar de que la puerta estaba abierta…». Las volvió a mirar, le dijo al otro con la mano que esperara y, como quien se acerca a un león dormido, comenzó a acercarse a ellas rezando porque esas dos salvajes le echaran una monumental bronca por despertarlas.

Sebastián, después de que don Atilano fuera al encuentro de Matías para comenzar la búsqueda del supuesto pasadizo, cogió la hoz, un saco y comenzó a segar la hierba que nacía en las cunetas de ambos lados de la carretera. Y en dicha tarea anduvo toda la mañana, con un ojo puesto en la iglesia y otro en la hierba, esto al principio. Cuando las primeras horas pasaron y nadie abandonaba el pequeño templo, anduvo más tiempo con los dos ojos clavados en la casa de Dios que en la cuneta. Y la cuneta dejó de existir para él cuando vio venir al cura, visiblemente alterado, después de hablar con una desconocida Sagrario, la cual no había respondido ni a los saludos de él ni a los de Nati.

Fue al preguntarle a don Atilano, cuando pasó junto al corral, más visiblemente alterado de lo que parecía de lejos, «¿qué tal va la búsqueda, don Atilano?» y el otro contestarle «ahora eso es lo de menos…», cuando decidió acercarse a la iglesia a preguntarle a Matías, con el cual tenía una excelente relación. Solo faltaba que después de la que había tenido que montar no apareciera nada detrás de las paredes interiores del edifico templario de al menos ocho siglos de antigüedad.

—¿Se puede? —preguntó desde la entrada.

—Pasa, Sebastián —al poco, contesto Matías. La tardanza en responder, aunque no fue larga, le hizo sospechar que lo había sorprendido realizando alguna tarea comprometedora.

—¿Qué tal va la búsqueda?

Matías, sentado en un banco, se hacía un cigarro. La carretilla con las herramientas, el cemento y la arena estaba junto al agujero de la cámara donde se encontraba el inesperado hallazgo, impidiendo el acceso al interior; el resto de agujeros abiertos, libres de estorbos.

—Aquí andamos, este cura… pasadizos secretos ¿Quién le abra dado la idea…? ¿Qué haces tú por aquí a estas horas, a la hora de comer?

Sebastián, acercándose al otro, se sentó junto a él.

—Ya ves, andaba hay segando hierba y me he dicho: «voy a ver si han encontrado algo, estoy harto de que me quiten las palomas para meterlas en la iglesia». —Matías le hizo un cigarro, se lo dio—. Gracias. Tengo tantas ganas como el cura de averiguar cómo diablos las meten. Si por la puerta no es, por el campanario tampoco, las ventanas están todas con cristales, no se ve ningún hueco…, tú me dirás por dónde las meten. La idea del pasadizo fue mía...

Matías lo escudriñó, mirándolo como quien mira por encima de las gafas.

—Creo que tú sabes muy bien por dónde las meten.

—¡¡Si, hombre…!! Eso lo sabrán tu hijo Pedro y el de la telefonista, estoy seguro de que son ellos.

Hubo un largo silencio. Matías le dio tres caladas al cigarro, Sebastián comenzó a sospechar que el otro había descubierto lo que escondían las paredes y que estaba tramando algo. Lo lógico sería que hubiera dado aviso ya.

—Don Atilano me dijo que te cortaste en la mano, que por eso no habías podido venir tú… —Sebastián levantó la mano vendada—. Mira, Sebastián, somos muy buenos amigos, no sé por qué… —Lo miro, nervioso—. Entra en el agujero de la carretilla, ahí está el cirio, al lado las cerillas. No sé qué hacer. Estoy casi seguro de que esto lo has montado tú para que lo descubriera yo. Dime que no es así.

Sebastián se levantó, cogió el cirio, lo encendió y se dirigió hacia el agujero. Una vez allí, sin mirar en el interior, volviéndose, depositó el cirio en la carretilla y, arrepintiéndose de haber entrado a preguntar, se quitó el vendaje de la mano, que seguía libres de cortes. Matías sonrió.

—Cuando te he oído en la puerta he comenzado a sospechar. Mira dentro y hablamos, no sé qué hacer… Y me tendrás que contar cómo lo has sabido, porque no me lo has dicho directamente sin montar todo este lío.

Sebastián le dio las correspondientes explicaciones; luego, después de decirle que podía contar con él, se levantó y se dirigió hacia la salida mientras el otro lo observaba alejarse desde el banco. Al llegar a la puerta, rebuscando algo entre las botas, sacó un trozo de alambre para, seguidamente, enroscarlo en la cabeza de uno de los clavos que decoraban las figuras geométricas de la puerta, en concreto a uno de los cuadrados esculpidos en el centro de la puerta. Matías lo seguía mirando desde el banco. Una vez atado el clavo, miró a un lado del portalillo y, cogiendo una piedra, le dio un golpe seco mientras sujetaba el alambre con la otra mano. La figura cuadriculada, desprendiéndose de la puerta, quedó colgando, por dentro, del alambre que sujetaba el otro, dejando en la puerta un considerable agujero por el cual habría sido posible introducir cinco o seis palomas juntas. Miró a Matías, que sonreía meneando la cabeza; luego, tirando hacia atrás del alambre, con la otra mano, colocó la figura desprendida en su lugar para, al instante, tensando con fuerza el trozo de cuerda metálica, tapar el agujero dejando amarrado y bien amarrado el decorativo y cuadrado trozo de madera.

A las cinco de la tarde se abrieron las puertas del colegio. Una veintena de alborotadores chiquillos salieron corriendo en todas las direcciones. Los traviesos Juan y Pedro bajaron la pendiente que verdeaba frente a las escuelas y al llegar abajo se detuvieron junto a la pared de piedra de un cercado, en el cual habitaban una vivienda y una colección de animales domésticos. Incontables y alborotadoras gallinas, siete u ocho patos, tres pavos, cinco cerdos negros, dos caballos, hembra y macho, una vaca lechera y dos perros de abundante pelaje negro, uno de ellos, el macho, con las partes bajas chamuscadas.

—Ya están aquí otra vez las señoritas; ¿te atreves? —preguntó Juan.

—¿A prenderle fuego a la casa con ellas dentro…? —Juan asintió, Pedro se mordió los labios—. Iremos al infierno, me da miedo.

—Gallina, que eres un gallina —lo acusó Juan.

—No soy ningún gallina… Es que matar a alguien es un pecado muy grave.

—Ya te dije el otro día que las señoritas son muy malas, toda la gente lo dice, no creo que sea pecado matar a alguien tan malo —aseguró Juan mientras comenzaba a caminar bordeando la pared de piedra, dirección a su casa. Pedro lo siguió.

—Mis padres dicen que es pecado matar hasta al hombre del saco... Ya está otra vez en casa de Arturito. Mi padre me dijo el otro día que ni se me ocurra andar de noche por la calle cuando está ese en el pueblo, que no sé de lo que es capaz de hacer el monstruo del saco.

—Bah, el hombre del saco... —Juan se detuvo, miró hacia atrás—. Gallina, que eres un gallina... Venga, hombre, que no tendrás que entrar en el patio. Solo te necesito para que me avises si viene alguien. Salto al patio, le prendo fuego a la puerta, ya te dije que el suelo es de madera... ¡Ah...!, y será muy fácil. —Pensativo, Pedro comenzó a darle pataditas a la pared—. Ayer estuve viendo cómo quemaba la basura del basurero, alguien había tirado unos botes de pintura, quedaba un poco dentro... No veas cómo arde la pintura. El cura tiene en la puerta de casa un bote desde hace mucho tiempo, estuvo pintando las verjas de las ventanas, está a medias. Es tan fácil como cogérselo, echarlo en la puerta de las señoritas y prenderle fuego. —Pedro seguía, pensativo, dándole pataditas a la pared—. Venga, no seas gallina, nadie te va a echar la culpa, no como a mí, que si me pillan dentro... No sé, he pensado también prender el bote, romper el cristal de una ventana y metérselo; es más difícil que nos pillen, pero el ruido puede despertarlas. Se nos escaparían por la puerta, si les prendo la puerta están perdidas, por las rejas de las ventanas no escapan ni borrachas...

Juan reanudó la marcha, Pedro seguía pegándole pataditas a la pared. Al poco, el hijo de la telefonista se volvió hacia el otro.

—Te espero esta noche a las once en la entrada del patio, y si no vienes no te vuelvo a ajuntar, me haré amigo de Comemocos y les diré a todos que eres un gallina, que te da miedo el hombre del saco, que no me has querido acompañar por la noche a robarle palomas a Sebastián; nos burlaremos de ti toda la vida —Desandando el terreno andado, se acercó al oído del otro, que seguía dando pataditas, pero que se detuvo cuando sintió los sabios de Juan junto a su oreja—. Y como te chives de que he sido yo el que le ha prendido fuego te mato, sabes que soy capaz de matar…; esta noche las voy a matar, toda la gente se pondrá muy contenta, son muy malas. A mis hermanos y a mí nadie nos va a separar de nuestros padres para llevarnos con los curas, las voy a quemar vivas, además, si mueren, tú tampoco irás…, ¿o es que ahora sí quieres ir con los curas? —El otro negó con la cabeza—. Adiós, hasta las once, o tú veras. —Se le apartó del oído—. Pedro —Pedro lo miró—, no seas tonto, solo tendrás que quedarte fuera.

—Si no me pillan mis padres saliendo por la ventana, allí estaré.

—Nunca te han pillado, así que si no estás, ya sabes —le advirtió Juan mientras lo amenazaba pasándose el índice por el cuello a modo de cuchillo. Luego, bordeando la pared, tomó el camino de vuelta a casa otra vez. Pedro tragó saliva, tenía miedo de ir al infierno; matar a alguien era un pecado muy grave, seguía diciéndose, pero en ese momento le daba ya más miedo su inseparable amigo Juan que el infierno.

El hijo de la telefonista llegó a la carretera y miró a su amigo, que se mostraba pensativo, con la vista puesta en el suelo. Pedro, sintiendo la mirada escrutadora del otro, levantó la vista y, con el dedo anular hacia arriba, le dio a entender que allí lo tendría a las once.

—Señoritas..., señoritas, despierten... —las llamó Manuela mientras se acercaba a ellas rezando para que las hermanas terratenientes despertaran—. Despierten, don Atilano ha venido a verlas. —Las hermanas seguían recostadas sobre el respaldo de sus sillones sin dar señal alguna de vida. Don Atilano, a pesar de que Manuela le dijo que esperara fuera, acercándose a la puerta del comedor, asomó la cabeza. Vio a la mujer aproximándose a las otras, con toda la precaución del mundo, mientras las instaba a despertar sin alzar mucho la voz.

—Señoritas, don Atilano tiene algo importante que decirles — arrepintiéndose de haberles encendido mal el brasero, le comunicó ya casi al oído a la señorita Matilde, que, como su hermana, seguía sin inmutarse. De pronto, la señorita Angustias dio un fuerte ronquido, el cual le provocó una violenta sacudida en todo el cuerpo, para volver a una inquietante y sospechosa calma. Manuela, sobresaltada, se echó hacia atrás y respiró un poco más tranquila, pues llegó a pensar que estaban muertas. Por lo menos Angustias no lo estaba, pero mientras lo celebraba regalándole una sonrisa a don Atilano, le vino a la mente la muerte de su abuela, a la cual, una vez que expiró, su cuerpo, ya vacío de vida, en un acto reflejo, expulsando bruscamente el aire retenido en los pulmones, le provocó un espasmo parecido al que acababa de ver en el cuerpo de la señorita Angustias, quien también le había dado un buen susto.

De sopetón, se echó hacia atrás mientras borraba la sonrisa de los labios para mostrar un funesto semblante. Volvió la vista a sus inmóviles amas. Las sospechas de don Atilano de que algo grave sucedía aumentaron.

—¡¡Están muertas…!! —exclamó Manuela en un tono alto de voz.

—¿Muertas…? —preguntó don Atilano con cara de incredibilidad y dando un paso hacia la otra.

—¡¡Sí… muertas, muertas…!! —mientras se volvía hacia el cura repitió la mujer, con un tono de voz ya cercano al grito.

—¿Cómo van a estar muertas…? Estarán dormidas… Manuela, están durmiendo —acabó por asegurar, preocupado, el cura ateo mientras se dirigía hacia las señoritas. Muertas ya no las podría sobornar, ya no podrían volver a su lugar los hilos que movieron con la intención de encerrarlo en el manicomio. Ya no podría hacer nada más que huir.

—¿Que cómo van a están muertas…? —repitió la pregunta Manuela—. PUES PORQUE ESTÁN MUERTAS, LA GENTE SE MUERE, ATILANO…, ESTÁN MUERTAS, MUERTAS —acabó por gritar, histérica, con las manos en la cabeza. Se veía ya en el infierno sufriendo condena.

De repente, los ojos del cura se abrieron hasta no poder más, el semblante le empalideció como si estuviera viendo algo sobrenatural, a la vez que le renacía la esperanza.

—¿Que estamos muertas…? —Manuela se volvió hacia atrás. Angustias se acababa de incorporar mostrando un rostro serio, malhumorado. A pesar de ello la criada resopló, relajando así la tensión—. ¿Qué pasa aquí, Manuela…? —Clavó los ojos en el cura—. ¿Qué hace él aquí?

—Pensé que estaban muertas, no despertaban… —Matilde abrió los ojos y se incorporó, desconcertada, mirando a unos y otros.

—¿Muertas…? ¿Qué hace usted aquí, don Atilano…? FUERA DE AQUÍ —le gritó Matilde.

—Lo siento, señoritas, me han obligado. —Miró a Manuela—. Por favor, Manuela, déjanos solos, tengo que decirles a las señoritas algo que no les va a gustar nada.

La señorita Matilde la mandó salir indicándole la puerta con el brazo extendido. La sirvienta, abandonando el comedor, salió al pasillo y allí se quedó a escuchar.

—Manuela, ¿qué te he dicho…? Sal ahora mismo de la casa, ya te llamaremos cuando te necesitemos —le ordenó Matilde.

El cura tomó asiento.

—Perdonen que me tome la libertad de sentarme sin ser invitado. —Sacó algo de entre la sotana, lo puso sobre la mesa—. Reconocerán esta libreta medio quemada.

Las señoritas arrugaron la frente; Matilde la cogió, la abrió. Al reconocer su letra, mirando a don Atilano con cara de asesina, le pasó la libreta a su hermana mientras se levantaba del sillón.

—Dígame ahora mismo de dónde ha sacado esto o acabará ajusticiado… ¿Cómo se ha atrevido? —lo amenazó Matilde. Luego se llevó la mano al pecho mientras comenzaba a respirar con dificultad. Se sentó y, tras rebuscar en los bolsillos de la bata algo, sacó un pequeño frasco de cristal que abrió al instante. Temblorosa, se tomó una pastilla.

Angustias miraba la libreta y no la miraba, se mostraba con la vista perdida, distante. De pronto, la pálida y débil Matilde, amansada por la vista de una libreta requemada, como si la pastilla que se tomó contuviera mil demonios y no una de las fórmulas químicas destinadas a dilatar las arterias coronarias, utilizadas frecuentemente por los enfermos de corazón, se levantó y comenzó a escupir maldiciones mientras golpeaba la mesa con rabia. El cura, asustado, levantándose, retrocedió hasta la puerta. Angustias seguía muy lejos del comedor.

—¿CÓMO SE HA ATREVIDO, MISERABLE…? SE VA USTED A PUDRIR EN EL MANICOMIO. —Dio un fuerte golpe en la mesa con la mano cerrada. La levantó. Don Atilano seguía en la puerta, agarrado a ella con fuerza—. ME CAGO EN TODOS SUS MUERTOS, EN LOS MUERTOS DE SUS MUERTOS—. Golpeó otra vez la mesa violentamente con la mano. Volvió a alzarla—. ES USTED… HIJO DE LA RAMERA MÁS GRANDE QUE HA PARIDO MADRE, MIL RAYOS LO PARTAN POR LA MITAD… —Otro golpe. Angustias, sin parpadear, seguida en su mundo, que parecía muy lejano. Don Atilano continuaba mirando al animal enfurecido con temor, agarrando la puerta con fuerza, como si fuera un arma, o su salvación—. QUE SE LO COMAN VIVO LOS BUITRES Y NO MUERA HASTA QUE SE TRAGUEN EL

ÚLTIMO TROZO DE SU PODRIDA CARNE... —Más golpes, esta vez tres seguidos—. QUE NO MUERA NUNCA Y SUFRA DURANTE LA ETERNIDAD EL DOLOR DE SER DEVORADO POR MILLONES DE HORMIGAS CARNÍVORAS... —Cinco golpes más—. QUE BAJE FUEGO DEL CIELO Y LE ABRASE POCO A POCO... QUE NO SE MUERA Y ESTÉ QUEMÁNDOSE POR SIEMPRE JAMÁS... —Dio golpes y golpes hasta caer agotada. Jadeante, se sentó. La señorita Angustias seguía con la vista perdida, ahora en el fuego de la chimenea. Manuela, al oír los gritos desde el patio, lo abandonó para, bordeando la casona, situarse al lado de la ventana del comedor a intentar averiguar el motivo de los histéricos gritos.

—Lo único que les pido es que hagan lo que tengan que hacer para que la denuncia... —se interrumpió don Atilano, el cual seguía agarrado a la puerta del comedor como si fuera su propia vida, al ver a la señorita Angustias volver en sí como un vendaval para levantarse bruscamente, como impulsada por una fuerza descomunal, o sobrenatural, y dirigirse hacia la chimenea. Luego la vio tirando la libreta medio chamuscada al fuego y, con el atizador, darle vueltas y vueltas hasta que el fuego la devoró por completo.

—Solo les pido que retiren la denuncia, nada más —las dos hermanas lo miraban, ahora, con caras descompuestas por la ira; unas miradas que hicieron retroceder al cura—, y ni se les ocurra... Si algo me sucediera, tengo diez u once libretas más como esa que acaban de quemar. Si algo me sucediera alguien las sacaría a la luz.

Manuela, pegada a la ventana, desde fuera, arrugó la frente.

—¿Libretas…? —se preguntó.

—Si salen a la luz, te mataremos… Nadie va a retirar la denuncia, de cabeza al manicomio vas a ir —le aseguró la señorita Matilde mientras daba dos pasos hacia el otro.

—Piénsenlo bien, aún tienen tiempo; si me viene a buscar la Guardia Civil, ese mismo día alguien las hará públicas. No querrán quedar, unas santas como ustedes, como unas depravadas, como unas enfermas mentales, ¿verdad? —les advirtió el cura, retrocediendo de espaldas.

—Nadie va a quedar como una depravada…

—Eso espero, no lo olviden —interrumpió don Atilano a Matilde, que seguía avanzando con una cara que aterraría hasta al mismísimo Lucifer.

—Nadie va a quedar como una depravada porque te vamos a matar —terminó por decir Matilde justo cuando el cura cerraba la puerta de la entrada para huir atemorizado.

—No podemos hacer nada, hermana —comenzó diciendo Angustias. La señorita Matilde se volvió hacia su hermana—. Debemos parar la denuncia, ya lo has oído; a mí también me duele, pero prefiero que esas libretas no salgan a la luz… ¿Cómo hemos podido cometer un error tan grave? Por la fecha es de hace siete años, ha sido obra del antiguo sirviente, no creo que Celedonio… Ya nos habría chantajeado.

Manuela, pegada a la pared, junto a la ventana, sonrió maliciosamente. Luego, al oír pasos acercándose, miró a un lado y a otro. Comprendió que alguien estaba a punto de aparecer por la esquina de la casa de las señoritas. Seguramente sería don Atilano, pero no queriendo correr el riesgo de equivocarse y que fuera otra persona, dejó la escucha para, bordeando la casona, llegar a la puerta de su casa.

Matilde comenzó a acercarse a la mesa. Miró a una decaída Angustias, sentada al brasero.

—¿Cómo íbamos a imaginar que no se quemaban enteras…? Cuando las tiramos al fuego prenden enseguida. El fallo ha sido quemarlas a última hora, después de que se hayan ido los sirvientes; de haberlo hecho por la mañana, recién encendida la chimenea, se habrían quemado por completo —opinó Matilde, que, dejando a la izquierda la mesa y a su hermana, se dirigió hacia la chimenea mientras continuaba hablando—. Con el fuego encendido durante todo el día se habrían quemado por completo, pero, claro, a última hora… el fuego acaba por apagarse y…

—No, el problema es… —interrumpió Angustias a su hermana, que ahora miraba las llamas de la chimenea—. ¿Has visto cómo la he quemado enseguida moviéndola de un lado para otro con el atizador? No las hemos sabido quemar bien, nos hemos fiado; luego, claro, como siempre son otros los que limpian las cenizas…

Matilde, de pronto, como si le hubiera molestado algo, se volvió bruscamente hacia la otra.

—¡Faltaría más…! ¡Que encima tuviéramos que limpiar la chimenea nosotras! —protestó—. Va a hacer de nosotras lo que quiera. Espero que no empiece a pedir dinero. Pero tienes razón, no podemos deshacernos de él. Si supiéramos quien más lo sabe… —Se mostró pensativa—. Si lo supiéramos acabaríamos con los dos… Qué vergüenza, Dios mío… Solo pensar que saben todas esas…, que somos unas pervertidas, que nos pierde la lujuria…, que fantaseamos con ser poseídas por varios hombres a la vez…, que él es uno de ellos… ¿Qué pensarán de nosotras…? Y nosotras diciendo que somos unas santas, cuántas veces se habrá reído de nosotras…; se habrán reído. ¿Quién será la otra persona…? —Se dirigió hacia la mesa, se sentó—. Ay, hermana, yo no sé tú, pero yo mañana me voy a Salalina y no vuelvo a aparecer por este pueblo. Qué vergüenza, espero que solo lo sepan el cura y la otra persona, espero que Manuela no se haya percatado de lo mismo que el sirviente despedido y no tenga guardadas más de estas dichosas libretas, lleva limpiando la chimenea mucho tiempo, desde que despedimos al otro.

—Tienes toda la razón, mañana nos vamos y no volvemos por aquí en la vida, eso de no conocer quién más que el cura lo sabe… Es que esto es algo vergonzoso… Celedonio y Manuela no creo que sepan nada, ya nos habrían chantajeado. —Angustias se mostró pensativa—. Lo que yo no entiendo es por qué no las ha utilizado antes, estoy segura de que las tiene desde hace años, que se las dio o que se las vendió el otro sirviente cuando lo despedimos. No sé por qué no las ha utilizado antes. Dos veces estuvo a punto de embarcar para las misiones por nuestra culpa, ¿por qué no las utilizaría entonces?

—Yo creo, Matilde, que el obispo le dijo que solo era un aviso, que solo pretendíamos darle un escarmiento; ahora estoy segura de que lo sabía. El obispo parece que le tiene aprecio, se lo dijo...

—No sé yo, Angustias, recuerda que le dio una angina de pecho del susto…

—Ya, pero fue porque el mensajero que mandó para decirle que lo habíamos perdonado se confundió de puerto y fue a Sevilla, no a Algeciras. Lo de la angina le sucedió cuando el mensajero no apareció, al que esperaba, porque estoy segura de que se lo dijo el obispo. Pensó que habíamos cambiado de opinión, que debía ser castigado, embarcado para las misiones africanas… —De pronto la señorita Angustias, reparando en algo, alzó las cejas—. Nos ha estado engañado todo este tiempo para que nos apiadáramos de él, no padece de angina de pecho.

—Cualquier cosa.

—Al no llegar el mensajero y verse en peligro de embarque, estoy segura de que en lo primero que pensó fue en desobedecer la orden del obispo y chantajearnos entonces con las libretas, pero luego pensó en lo de la angina de pecho, hacernos creer que le había dado una para que nos sintiéramos mal, para que en lo sucesivo dejáramos de sobrepasarnos con él. Ha sido ahora, viéndose ya seriamente en peligro, cuando ha decidido actuar. —Matilde arrugó el entrecejo—. ¿Y cómo es que sabe que lo han denunciado? Se supone que es un secreto que debían guardar nuestras mujeres…

Angustias se encogió de hombros.

—Un secreto entre tanta gente… Las cinco mujeres, el médico, el obispo…, los maridos de esas mujeres. Vete tú a saber, hermana, quién se lo habrá contado.

Matilde se mostró pensativa durante unos segundos para, de sopetón, dar un respingo que asustó a su hermana Angustias.

—¡Sagrario…! Sagrario es la persona que sabe lo de las libretas, es la que tiene alguna. —Angustias, que estaba recostada, se incorporó con el entrecejo arrugado—. Es la única persona que simpatiza con el cura, la única… Le hace la comida, le limpia…, todas las tareas de la casa… Sagrario se lo ha contado y él le dijo lo de las libretas; ¿a quién, si no? Es la única persona en el pueblo que lo aprecia…

—Se va a enterar esa… Ahora mismo vamos y hacemos que confiese, le decimos que lo sabemos, que si nos las da la perdonamos, que si no…

—Hay que matarla, lo mejor es matarla; a ella y al cura —sentenció Angustias.

Matilde meneó la cabeza

—No sé, hermana…, ¿nos lo perdonará Dios? Recuerda lo de nuestro padre, ya lo hemos hecho una vez; nosotras no fuimos, pero si pagamos para que lo mataran… —Angustias adoptó la cara de alguien que repara de sopetón en algo importante—. El asesinato es un pecado grave…

—¿Estará aún Andrés en el pueblo? —preguntó Angustias.

—¿En qué estás pensando, hermana…? —La otra sonrió maliciosamente—. No, otra vez no, al final iremos de cabeza al infierno, por muchas buenas obras que hayamos hechos o vidas que hayamos salvado; el asesinato es un pecado muy grave.

—Matilde, ¿a cuánta gente ha matado la Iglesia en nombre de Dios...? Recuerda, nuestro querido amigo Francisco, el Caudillo, ha matado a miles de personas, más creyente que él...

—Ya, pero es distinto, ha matado a miles de rojos, que son el diablo. No es lo mismo, Angustias.

—Lo mismo es, Matilde, estas personas están atacando a unas personalidades como nosotras, que, como bien dices, hemos hecho muy buenas obras, salvado muchas vidas. Dios lo entenderá.

—No sé, Angustias, no sé...

—Tenlo por seguro, el cielo ya nos lo hemos ganado... Ahora mismo vamos a ver a Sagrario, ya verás como lo cuenta todo. No tenemos alternativa, unas almas caritativas como nosotras no merecen quedar como unas depravadas, como unas viciosas, como unas pecadoras... Dios nos lo tiene perdonado de antemano, lo entiende. —De pronto, Angustias comenzó a mover, nerviosa, la nariz, apuntando en todas las direcciones para acabar clavándola entre sus piernas. Levantó las faldillas. Fue sacudida por un golpe de humo—. ¡Uh, Dios mío! ¡Fuego...! —exclamó mientras se levantaba envuelta en humo. Puso las faldillas sobre la mesa, Matilde ponía ahora las de su lado. La visibilidad del salón comenzó a ser engullida por la humareda que desprendía el brasero, mal encendido por Manuela. Angustias de un asa, su hermana de la otra, lo sacaron de debajo de la mesa para, a toda prisa, salir al jardín y dejarlo en el suelo humeando.

Matilde se lo quedó mirando, acordándose, maldiciendo a Manuela. Angustias entró a toda prisa dentro de casa. Al poco salió con un cubo de agua. El brasero, tras mostrar su mal humor, bufando energéticamente mientras lanzaba al cielo, con violencia, una nube de gases, acabó por morir, sin más.

—¡¡MANUELA!! —gritó Angustias.

Manuela, tras verse obligada a dejar de escuchar a escondidas la interesante charla de sus amas y huir porque alguien se aproximaba amenazando con sorprenderla en tal delicada situación, acabó por bordear la casona para llegar a la puerta por la cual se accedía a su vivienda, integrada en el mismo edificio ovalado que la de las señoritas.

Vio a Arturito, que, a pesar de que ya apenas fallaba, practicaba con el tirachinas derribando una lata tras otra. Se lo quedó mirando; el niño, al sentirse observado, poniendo recto su cuerpo de cinco años, sacó pecho, luego estiró las gomas del tirachinas y, al instante, dispararó sin apenas apuntar, como por inercia. Se oyó un golpe metálico, luego una lata golpeando el suelo, rodando. Sin hacer un gesto que delatara el saberse observado, disparó tres o cuatro veces más, con el mismo satisfactorio resultado. Hinchado de un oculto orgullo, se dispuso a hacer una nueva diana. Cargó, estiró las gomas y las soltó. Se oyó otro sonido, idéntico a los anteriores.

—Buena puntería, Arturito —el niño miró hacia atrás, como sorprendido de que alguien lo estuviera observando—; no fallas una.

—Ya se lo dije, ya no tengo miedo del hombre del saco, si aparece le meto una pedrada que lo mato. No sé por qué tengo que seguir escondiéndome.

—Arturo, no es lo mismo darles a las latas. Ese hombre es muy malo, te puede hacer mucho daño. —Apareció Elvira por la calle, saludó a Manuela con la mano, la otra le devolvió el saludo de igual modo—. No podrás defenderte de él con un tirachinas —continuó explicándole Manuela—, tienes que hacer caso de los papás, que te quieren mucho y te lo dicen por tu bien.

Elvira puso la mano cariñosamente sobre el hombro del niño, este volvió la cabeza hacia ella.

—Sí, Arturito, con el tirachinas no tienes nada que hacer, hasta que no se vaya es mejor que te quedes en nuestra casa.

El niño asintió, pero el gesto repetitivo de cabeza no dejaba muy claro si quería decir que sí, que tenían razón, o «sí, sí, vale, lo que vosotras digáis, pero yo a ese hombre le voy a pegar una pedrada con el tirachinas en toda la cabeza que se le van a quitar las ganas de meterme en el saco y echarme en una cazuela con agua hirviendo».

Manuela, mirando a Elvira, meneó la cabeza. La mujer del herrero, viendo en el gesto del niño lo mismo que la otra, se puso frente a él y se agachó.

—Prométeme que no vas buscar al hombre del saco para dispararle con el tirachinas. —Arturito dijo que sí con la cabeza—. ¿Cómo que sí…? ¿Sí qué?

—Que sí, señora el Elvira, que se lo prometo.

—¿Sabes qué les sucede a los niños que mienten? —le preguntó Elvira, aún inclinada hacia el niño.

—Sí, que van al infierno.

—Pues tú veras…

Elvira miró a Manuela, luego volvió a menear la cabeza, esta vez sonriendo. La otra asintió con pesar. La mujer del herrero tenía razón, a la menor oportunidad que tuviera el niño entraría en su casa a la busca y captura del hombre del saco.

Manuela le indicó con la mano a la otra que se acercara.

—El cura tiene unas libretas que comprometen seriamente a las señoritas. Hoy las ha ido a ver, ya sabes que han obligado a unas cuantas a decir que se desnudó delante de ellas —Elvira asintió mientras se oía una lata caer—, que lo quieren encerrar en el manicomio —la otra volvió a asentir—, pues después de decirme que los dejara solos, la señorita Matilde… —Manuela le contó todo lo sucedido a Elvira—. No sé si hablarles de las cartas que tenemos que prueban la homosexualidad del cura. Decirles que les doy algunas para mantener callado a Atilano, pero que a cambio rompan la prohibición que nos tiene desquiciados.

Mientras nuevas piedras golpeaban las latas, Elvira se la quedó mirando durante unos segundos.

—Ni se te ocurra, lo mejor para vosotros es que don Atilano siga en el pueblo; si lo encierran en el manicomio, ¿quién mantendrá callada a la gente…? Cualquiera les puede ir con lo vuestro a las señoritas, y entonces… Yo de esas locas no me fío. Estoy segura de que, aunque os retiren la prohibición, en cuanto les deis alguna carta que pruebe la homosexualidad de don Atilano os echarán a la calle por incumplir el contrato… No se te ocurra darles ni una, ni decirles nada de eso.

Manuela miró al niño.

—Tienes razón —dijo mientras paseaba la vista desde Arturito hasta la silueta de alguien que se les acercaba —. ¿De dónde viene Matías?

—De la iglesia, no sé qué habrá pasado, me dijo que venía a comer, son ya casi las cuatro. Lo ha contratado el cura para que intente descubrir cómo le meten las palomas en la iglesia.

Matías llegó a la altura de Arturito. Saludando al niño y luego a las mujeres, le hizo una señal con la mano a su esposa para que lo siguiera. La otra, tras despedirse de Manuela, obedeció. Al poco entraron en casa. El herrero, sentándose al fuego de la chimenea, miró a la mujer fijamente durante unos segundos, después al fuego.

—No vas a creer lo que he encontrado detrás de una pared de la iglesia —dijo sin dejar de mirar las llamas que devoraban cuatro o cinco maderos de encina.

Fuera, Manuela oyó:

—¡¡MANUELAAAAAAA!!

Sobresaltada, y temerosa, acudió a la llamada enfurecida de la señorita Angustias.

CAPÍTULO 11

Pedro se acostó, como de costumbre, nada más terminar de cenar. Normalmente en casa del herrero se cenaba, en invierno, a las nueve. Aquel día de últimos de enero de 1964 no debía ser un día normal porque la cena se sirvió a las ocho de la tarde. Pedro, a las nueve, se cubrió por completo con las mantas. Algo serio debía haber sucedido. Su padre apenas habló durante la cena, se mostró pensativo mientras comía el asiduo puré de patatas de todas las noches, y el segundo plato, sardas fritas, tan asiduas como el primero, mientras corría agua por el regato, que venía a suceder, en años normales de lluvia, de noviembre a mayo. Elvira, con semblante apesadumbrado, no le quitó la vista de encina a su marido en toda la cena. Esto a Pedro no se le pasó por alto, y en parte se alegró. De no haber estado preocupados, habrían estudiado a conciencia, como todas las noches, cada uno de los gestos de él y de sus hermanos, que era el modo que tenían de averiguar sus estados de ánimo, y, entonces, se habrían percatado del semblante serio y temeroso de su hijo Pedro, ese semblante que le había traído la amenaza de su inseparable y mejor amigo Juan. Una cosa era hacer travesuras como abrir portillos en paredes, disparar con la escopeta de balines a perros y gatos, soltar a las vacas, los cerdos, las gallinas…, los animales de los corrales, etcétera, y otra cosa muy distinta era quemar una casa con personas dentro, aunque estas fueran de lo más malvado que había parido madre. Matar era pecado, y de los gordos. Irían al infierno. Tenía que cumplir las órdenes de su amigo, amenazó con matarlo, y, después de lo que pretendía hacerles a las señoritas, lo veía capaz. Obedecería, y después a rezar todos los días para que Dios lo perdonara. Iba obligado, Dios lo entendería; él no quería ir, de no acudir su amigo lo mataría.

Arturito dormía en su habitación, esperaba no despertarlo, que no se percatara de su huida por la ventana. Acabarían pronto, saltar al patio y prenderle fuego a la puerta de la casa de las señoritas era algo que a Juan le llevaría poco tiempo, no más de diez minutos. Él se quedaría fuera, vigilando que no se acercara nadie. Una vez cometida la atrocidad, volvería a casa, entraría en su habitación por la ventana y ya está. Como mucho veinte minutos. Ese enano no se despertaría, nunca lo había oído despertar en mitad de la noche, solo faltaba que lo hiciera en esa ocasión, que no lo viera en la cama y se lo dijera a sus padres. Lo mejor era despertarlo y amenazarlo con pegarle si decía algo… ¿Para qué despertarlo cuando lo podía amenazar ahora que aún no dormía…?

Se levantó de la cama y, entre la penumbra de la habitación, se le acercó.

—Si te despiertas esta noche y no me ves en la cama, no le digas nada a mis padres o te saco a la calle para que te lleve el hombre del saco —le advirtió al oído.

—Ya no me da miedo el hombre del saco, pero no diré nada, Pedro.

—Así me gusta, enano.

Volvió a la cama, miró el reloj de pulsera que le regalaron el día de su primera comunión, el año pasado, iluminándolo con una cerilla. Las nueve y media, le quedaban dos horas y media para reunirse con Juan.

—De lo de las cerillas tampoco digas nada o… —le advirtió por lo bajo.

—No, Pedro, quiero ser tu amigo, no le voy a decir nada de ti a nadie.

—Más te vale.

Oyó a sus padres hablar por lo bajo, algo debía haber pasado, seguro que hablaban de él… No, no era de él, sería de eso en lo que pensaba su padre durante la cena. ¿Qué sería? No les estaba mal, por mandarlo con los curas, pensó. ¿Lo mandarían después de que Juan quemara vivas a las señoritas? Pensando y pensando y volviendo a pensar, le llegó la hora. Las once menos diez. Levantándose, se llegó a donde Arturito, que dormía profundamente. Sus padres aún no se habían acostado. Era raro; menos las noches de los fines de semana y festivos, solían irse a la cama siempre antes de las once. Abriendo la ventana, salió al exterior rezando para que no entraran en su habitación. Nunca lo hacían una vez que lo creían dormido, ¿por qué iba a ser distinto? Caminaba con sigilo, mirando a su alrededor para comprobar que no lo veía nadie; ¿quién iba a andar a esas horas por la calle? Pero, por si acaso, se llegó hasta la puerta de la casa de las señoritas. El miedo hacia Juan le borró de la mente la advertencia que le hizo su padre respecto del hombre del saco, pero, al verse allí, en mitad de la noche, solo, le vino el recuerdo de la advertencia: «tú no sabes el monstruo que hay en esa casa, no sabes de lo que es capaz ese animal. Hasta que no se vaya, tú, tus hermanos pequeños y Arturito no estáis a salvo cerca de esa casa; y de noche, ni cerca ni lejos, de noche solo estás a salvo con los mayores, o dentro de casa». Le comenzaron a temblar las piernas mientras miraba en rededor, luego miró el reloj, las once. No había rastro alguno de Juan, al cual ahora también le tenía miedo. Temiendo que el hombre del saco apareciera, esperó unos diez minutos más a su inseparable y peligroso amigo. Al no ver señal alguna de él, dudó entre volver a casa o ir a su ventana a llamarlo, a lo mejor se había dormido. Al final, y a pesar del miedo que le estaba haciendo pasar lo del hombre del saco, se decidió por lo segundo, solo faltaba que el otro al final acabara por llegar, no lo viera allí, pensara que no se había presentado y...

Con sigilo, llegó hasta la ventana de Juan. La golpeó varias veces. La ventana se abrió.

—Vamos, llevo esperándote un buen rato.

—Las he visto salir hace media hora por la puerta del patio y cerrar con llave. Mejor lo dejamos para mañana, no quiero quemar la casa para nada; no sé si habrán vuelto, es raro que a estas horas…

—¿Y por qué no me lo has dicho?

—No quería que me oyera tu padre llamando a la ventana. Pensé que al no verme te irías para casa creyendo que había salido algo mal. Vete, a ver si te va ver alguien.

—Vale, pero tenías que haber…

—Que sí… Vete, mañana lo hacemos. Nos vemos a las ocho para ir a recoger las sardas.

—Vale, hasta mañana al final de la calleja.

Las señoritas, después de abroncar a Manuela por dejarle mal encendido el brasero y ordenarle que encendiera uno en condiciones, salieron fuera a toda prisa. Tomaron la calle de enfrente, que se dirigía al sur entre dos cercados, el de la izquierda de pasto, el otro de siembra. Doscientos metros más adelante, virando a la izquierda, entraron en una pequeña calle, en la cual se divisaban dos casas, una frente a la otra. Dejando la del cura a la izquierda, llamaron a la de Sagrario.

Sagrario, al abrir la puerta y verlas allí, con caras demacradas además de por la edad y los malos hábitos por el descomunal enfado que llevaban encima, se echó hacia atrás como si hubiera visto al mismísimo diablo en persona.

Don Atilano, asomado a la ventana, a pesar de que las estaba viendo de espaldas y no les veía sus desfiguradas caras, asustándose tanto como su vecina, sospechó que habían deducido quién era la otra persona que sabía lo de las libretas, la persona que las daría a conocer si a él le llegara a suceder algo. Al instante, comenzó a hacer las maletas con la mente puesta en el autobús que pasaría al siguiente día, a eso de las nueve de la mañana. Matarían a Sagrario, luego irían a por él. Le podía dar una libreta a Celedonio para que las sacara a la luz si a él le pasaba algo, pero lo cabal era huir del pueblo y seguir viviendo, no merecía la pena morir por un puesto de trabajo, algo que para él, un ateo, era el sacerdocio. Mientras hacía una maleta miró el reloj, las cuatro y media. Dejando de hacerla, comenzó a pensar dónde esconderse en el pueblo que esas dos locas no lo encontraran. No podía esperar, localizable, al autobús del siguiente día; tenía que esconderse, pero ¿dónde? En Darda era respetado por ser quien era, el cura, una autoridad como podía ser por entonces la Guardia Civil, aunque si se escapaba de la máxima autoridad, como eran las señoritas, nadie lo iba a ayudar; tan solo podría haberlo ayudado su vecina, Sagrario, pero si no estaba ya muerta cerca le andaba. De pronto su rostro fue el de alguien que ha encontrado una repentina solución a sus graves problemas, a sus problemas de vida o muerte. Metiendo toda la ropa en las maletas, en tres, dejó los armarios vacíos y abiertos, bien a la vista, para que diera la impresión de que el dueño de la casa la había abandonado a toda prisa. Luego, dejando entreabierta la puerta, con la intención de facilitarle la entrada a las señoritas para que comprobaran, viendo los armarios vacíos, que se había ido ya del pueblo, bajó las maletas al sótano para, seguidamente, esconderlas en un falso suelo y se sentarse a esperarlas. Cuando las oyera entrar se escondería en el falso suelo, junto a las maletas.

—Buenas tardes, señoritas… ¿Qué sucede…? Pasen, pasen —les pidió Sagrario, que acabó por mostrarles el temor tragando saliva un par de veces.

Las señoritas, entrando en el recibidor, se volvieron hacia la otra, que sujetaba la puerta, abierta, y a la que se le pasó por la cabeza salir a la calle, encerrarlas dentro y huir; pero que se le quitó la idea de la cabeza tras recordar que dentro estaban dos de sus hijos.

—Hola, buenas tardes, Sagrario —saludó Matilde—. ¿Por qué tenía que pasar algo? ¿Pasa algo?

Cerró la puerta.

—No, nada, no pasa nada, señoritas.

—¿Seguro que no pasa nada, Sagrario? —preguntó ahora Angustias, escudriñándola con mirada asesina.

—No, nada, seguro que no pasa nada.

Hubo un silencio. Sagrario, pegada a la puerta, las otras, frente a ella, exigiéndole una explicación con la mirada.

—Lo sabemos, Sagrario —le informó Matilde—. No empeores las cosas.

—¿Lo saben…? ¿El qué?

Angustias se fue hacia ella, la otra se pegó más, aún, a la puerta. Inclinada sobre ella, Angustias, le dijo:

—Lo de las libretas —Sagrario tragó saliva—, nos lo ha dicho don Atilano.

—Lo siento, me obligó cogerlas. —Se despegó de la puerta. Las otras, mirándose, se sonrieron, como diciéndose: «lo sabíamos».

De tres pasos, la mujer, poniéndose en medio del recibidor, las encaró.

—Ahora mismo se las doy, compréndanme. —Se volvió para perderse en un pasillo. Al poco apareció con las dos libretas en la mano.

—¿No esperarás que te perdonemos? —inquirió Matilde. La otra volvió a tragar saliva—. Lo habríamos hecho de habérnoslo confesado en cuanto te las dio ese chantajista... Además, seguro que las has leído, que sabes...

—¡No...! —Dos amenazadoras miradas se clavaron en ella—. Bueno, sí, sí las he leído, pero ya lo sabía, don Atilano me dijo lo que había escrito en ellas. No le diré nada a nadie, se lo juro... Se lo ruego, perdónenme.

—Esa afirmación sobra —dijo Angustias—, por supuesto que no hay que pedirte ni decirte que no se lo digas a nadie... Y no hay perdón, y no se os ocurra escapar, que será peor, ya te diremos el castigo. —Sagrario hizo un ademán de hablar, Matilde le ordenó silencio con el dedo sobre la nariz; luego, volviéndose, abrió la puerta y salió a la calle sin despedirse.

—¿Entendido? —le preguntó Angustias. La otra dijo que sí con la cabeza.

Cuando Angustias salió, miraron, al unísono, hacia la casa del cura para luego comenzar a alejarse sin mediar palabra hasta que no se encontraron a unos cincuenta metros de las dos viviendas.

—Vayamos a visitar a Andrés, tienen que morir los dos —sentenció Angustias.

—Es mejor ir de noche y a escondidas, por si alguien nos ve entrar; recuerda que supuestamente estamos enemistadas con ellos.

—Sí, de noche será mejor, espero que no se niegue —deseó Angustias.

—No se negará, podemos engañarlos diciéndoles que los denunciaremos, que podemos demostrar que mataron a nuestro padre con una contundente prueba que hemos conseguido.

En dos minutos estaban entrando en el patio. El nuevo brasero se mostraba cubierto por completo de ceniza, como debía ser para evitar accidentes indeseados. Matilde se asomó a la puerta del patio que comunicaba con la casa de Manuela y Celedonio. Llamó a la mujer a gritos. Al poco, Manuela apareció en el patio y, tras ser abroncada por no habérselo metido ya en casa, introduciéndolo en el comedor, lo dejó debajo de las faldillas de la mesa. Y lo hizo maldiciéndolas y arrepintiéndose de no haberlas dejado dormidas a merced del peligroso brasero devora oxígeno. Una vez comprobado que la sirvienta no se había quedado a escuchar y que la puerta del comedor estaba abierta para evitar quedarse sin oxígeno, reanudaron la conversación abandonada al entrar en el patio y ver que el brasero ya en buenas condiciones seguía allí.

No cesaron de darle vueltas al tema hasta la hora de cenar, lo único claro que tenían era que Sagrario y el cura debían morir. En un principio estaban de acuerdo en que debía ser Andrés el asesino, luego dudaron. Andrés podía negarse, ya no le hacía falta el dinero como cuando lo contrataron para acabar con la vida de su padre; sí, lo podían amenazar con denunciarlo por dicha muerte, intentando engañarlo, diciéndole que tenían algo que probaba que fueron él y su suegro quienes asesinaron a su padre, que poseían una carta que dejó escrita la madre superiora, antes de huir, a las demás monjas pidiéndoles perdón por abandonarlas y explicándoles el porqué, que no era otro motivo que el que ya no era digna de Dios, pues había contrato a los albañiles de Darda para que asesinaran a su padre, al de ellas. Pero ¿y si no se lo creía...? ¿Sería aconsejable que ellas mismas cometieran los crímenes? ¿O contratar a otra persona? Sería peligroso que alguien no involucrado en los asesinatos conociera a las autoras intelectuales. Dejando aparcada a un lado la opción de Andrés, sondearon posibles nombres para realizar el trabajo. En un principio pensaron en Sebastián. Era una buena elección: pobre, sin apenas tierras ni recursos... Aceptaría a la primera en cuanto le dijeran que cuatro millones de pesetas. Pero luego recordaron que rechazó unas tierras que intentaron prestarles a costo cero, por el mero hecho que eran de unas capitalistas como ellas... No, Sebastián no aceptaría, y, además, lo pondría en conocimiento de las autoridades. Luego pensaron en el marido de Nati. Hablar con él y si no aceptaba amenazarlo con quitarles las tierras, pero no lo creyeron capaz de matar ni a una mosca. Siguieron saliendo nombres, que al instante generaban no pocas dudas, y, al final, una vez cenadas, decidieron que no les quedaría otra que intentar engañar a Andrés con la invención de la carta.

A las once menos cuarto de la noche, cerrando por fuera la puerta del patio, tomaron la calle de enfrente para, escoltadas por la oscuridad, dirigirse hacia el sur.

Algo que saltó la pared del prado de encinas y peñas las dejó inmóviles. Les pareció que aquella pequeña y saltarina figura que se movía sobre dos patas era un niño o un enano. Dado que en pueblo no había enanos, dedujeron que se trataba de un niño..., ¡un niño a esas horas…! La inmovilidad fue acompañada por el temor. No debía verlas nadie a esas horas, nunca salían de noche, la gente sospecharía que tramaban algo. El pueblo era muy pequeño, a esas alturas de la noche, y con ese frío, nadie andaría por la calle. De pronto se oyó un perro ladrando en la dirección que saltó el niño, luego unos escandalosos chillidos de un animal pequeño, como un conejo o algo parecido, después se volvió a oír al perro rezongando mientras los chillidos se iban apagando, hasta que todo se quedó en silencio.

—Era un perro, ya decía yo que un niño… —dijo Angustias.

—Sí, un perro detrás de un conejo.

Emprendieron el camino. Al otro lado de la pared del prado de encinas y peñas, Juan luchaba por contener las risas después de oír a las hermanas. Las había engañado bien engañadas. Se preguntó dónde irían a esas horas mientras maldecía su mala suerte, tendría que esperar al siguiente día para quemar la casa con ellas dentro.

Llegaron, a escondidas, a la puerta de la vivienda de Andrés y de su esposa, Amparo. La casa estaba tras la de Nati. Llamaron. Al poco se abrió la puerta. Amparo se mostró tan sorprendida que no respondió al saludo de buenas noches de las hermanas, que la miraban, enojadas; ¿a qué esperaba para hacerlas pasar?

—¿Podemos pasar…? —preguntó Matilde.

Amparo, por fin, reaccionó.

—Sí, sí, claro… Es que no esperaba a nadie a estas horas, y menos a ustedes.

Pasaron.

—Andrés, han venido las señoritas.

Se oyó arrastrar de sillas en la cocina, luego las hermanas vieron aparecer a un corpulento hombre por la puerta.

—Buenas noches..., ¿a qué es debida tan grata visita a estas horas?

Respondieron al saludo las hermanas y contestaron la pregunta sin rodeos.

—Seremos claras —dijo Angustias—. Tenemos un problema con dos personas; lo sentimos, no sé si lo habrás vuelto a hacer después de lo de nuestro padre, pero necesitamos que las mates. Tres millones de pesetas.

El hombre se las quedó mirando durante un rato, luego a su esposa.

—Tres millones... Hace treinta años cuatro millones por matar a uno, y hoy por matar a dos, tres millones... Lo siento, búsquense a otro... Ni por mil millones lo volvería a hacer.

—Tú verás; no sé si sabréis que la madre superiora dejó escrita una carta pidiendo perdón a las monjas por huir del convento, una carta que dice entre otras cosas que contrató a los albañiles de Darda para matar a nuestro padre.

—Eso es mentira —aseguró Andrés.

—Como quieras —comenzó diciendo Matilde—. Tienes dos días para matar al cura y a Sagrario, si no lo haces descubrirás que lo que decimos tiene mucho de verdad... Todo, lo tiene todo de verdad. Vámonos, hermana.

Marido y esposa se miraron. Amparo las señaló con el mentón mientras las otras se dirigían hacia la puerta.

—Esperen. Lo haré, pero, como ustedes comprenderán, esto tenemos que negociarlo…, es muy poco dinero lo que me ofrecen.

—¿Ves, hermana, como entrarían en razones? —dijo Matilde. La otra sonrió maliciosamente.

—Pasen, hablémoslo tomando café, ¿qué les parece? —les preguntó Amparo.

—Sí, está bien, pero prepáranos un chocolate, que con el café luego no dormimos —repuso Matilde.

—Como quieran, vengan —Amparo estiró el brazo indicándoles la puerta de una estancia—, pasen por ahí. —Las hermanas, pasando al salón, tomaron asiento, sin preguntar, en los sillones del matrimonio, dejándoles a ellos un par de sillas que había a ambos lados de la mesa baja de salón. Andrés se las quedó mirando.

—¿Están cómodas, señoritas?

—Como si estuviéramos en nuestra casa. Gracias —respondió Angustias en tono burlón.

—Me alegro. Ayudo a mi mujer con el chocolate y luego hablamos del tema.

—De acuerdo —asintieron al unísono las hermanas.

Andrés pasó a la cocina a ayudar a su mujer.

—¿Qué te dije, hermana…? Han picado, los hemos engañado bien engañados —se congratuló Matilde—. Como mucho un millón más, no están en condiciones de exigir. —Angustias, asintiendo, se llevó el dedo a la nariz dándole a entender que se anduviera con cuidado de no ser oída. La otra, levantándose del sillón, se sentó en una silla, junto a su hermana—. Yo creo que debemos pedirle que maten a toda la familia de Sagrario, hijos y marido; ¿no crees que pueden conocer también lo de las libretas? —Angustias se encogió de hombros—. Que le prenda fuego a la casa de noche mientras duermen, que haga que parezca un incendio fortuito... Como mucho cuatro millones, no están para exigir. ¿Has visto el coche que tienen? Deben de haber hecho mucho dinero. No creo yo que con la fábrica de azúcar... ¿Tú crees que la tienen? —Angustias se volvió a encoger de hombros—. Estos, me huele a mí, que en las Américas se han dedicado al negocio del crimen, verían que se ganaba dinero, no creo yo... Como mucho tres... —Matilde siguió hablando un buen rato más hasta que Angustias, indicándole con el dedo en la nariz que se callara, y apuntando con la otra mano a la puerta, le comunicó que se acercaban.

Entraron en la estancia, Amparo traía el chocolate para las señoritas, Andrés el café para ellos. Angustias volvió al sillón, dejándoles la silla para los otros, que tomaron asiento.

—Espero que les guste el chocolate —dijo Andrés—. Es de Ecuador, tenemos amigos, siempre que vamos nos dejan bien surtidos... —Las hermanas bebieron un sorbo, se relamieron—. ¿Sabían que Ecuador es uno de los principales productores de cacao del mundo? —Las otras asintieron mientras daban buena cuenta del preciado manjar negro. Andrés sonrió a su mujer.

—Muy bueno, en la vida he probado nada igual —aseguró Angustias. Su hermana asintió.

—Tráeles más, Amparo, se lo merecen.

—No creerás que por esto te pagaremos más, porque…

—Tendrán que reconocer que es poco dinero —interrumpió Andrés a Angustias—. Yo no me niego… No sé qué les habrán hecho el cura y Sagrario, pero… doce millones estaría bien.

—¡Doce…! Así va a ser muy difícil negociar. No estáis en condición de exigir. Recuerda la carta de la madre superiora. Da gracias a Dios por que no te obligamos a hacerlo gratis, da gracias a que te pagamos tres —le aconsejó Angustias.

Amparo se presentó con dos vasos de agua.

—Piensen… Tómense antes del otro chocolate estos vasos de agua, para facilitar la digestión, este cacao es muy fuerte. —Las otras se la bebieron—. Piensen que si heredaron fue por mí, hice un buen trabajo.

—Habríamos contratado a otro asesino —dijo Angustias.

—Sí, además no solo nosotras salimos ganando —le recordó Matilde—; con el dinero que os dimos habéis hecho una buena fortuna, deberías hacerlo gratis, en agradecimiento…

—Miren, entonces ganamos siete millones. No solo los cuatro suyos, fue la madre superiora la que nos contrató para lo de vuestro padre por tres millones. —Las hermanas se miraron, luego a Andrés con desprecio—. Después, engañándolas con que su padre se iba a casar y las dejaría sin un céntimo de herencia —las miradas de desprecio se acentuaron— saqué los cuatro que ustedes me pagaron, que con los tres de la madre superiora… Siete millones, que por entonces… Diez millones, ahora diez o nada…

—Eres un malvado, cómo te atreviste, engañarnos a nosotras…

—Déjalo, hermana —le pidió Matilde—. Salimos ganando, nuestro padre actuó rastreramente permitiendo a la malvada de nuestra abuela que nos encerrara en el convento; se lo merecía, aunque nos duela, se lo merecía… Cuatro millones y no se hable más, o ya sabes, la carta de la madre superiora…, que al final… gratis —amenazó Matilde.

—Está bien, cuatro.

—Pero tendrás que matar a toda la familia de Sagrario…

Andrés se levantó de la silla de sopetón…

—Esto es una burla…, es…

—Sera fácil, préndele fuego a la casa mientras duermen —le indicó Angustias.

Andrés se rascó la cabeza.

—Está bien. Se están aprovechando, pero… ¿y al cura? Será sospechoso. Mueren sus vecinos, luego él…

—Ya pensarás algo —dijo Angustias.

—De acuerdo, ya pensaré algo. ¿Y cómo les va la vida?

Siguieron hablaron unos veinte minutos más, les hicieron tomar otro vaso de agua a cada una: «tómense este otro vaso de agua, les vendrá bien para que el estómago absorba las tazas de chocolate que ya están preparadas, enfriándose un poco», les aconsejó Amparo, y cuando por fin llegó el chocolate, Andrés dio un respingo, como si se hubiera acordado de pronto de algo importante.

—Ya lo tengo. —Las hermanas se sobresaltaron—. Donde hemos vivido todos estos años, en Venezuela, los sicarios tienen un método muy efectivo para acabar con sus víctimas, mueren de un modo que parece que ha sido de muerte natural. Utilizan un veneno que tarda en actuar dos o tres días después de tomarlo, el veneno crea coágulos de sangre que acaban produciendo infartos o derrames cerebrales. Las autoridades no sospechan, ni las familias de las víctimas. Con don Atilano acabaré de esa forma, lo invitaré a tomar chocolate. —Las hermanas se miraron con los ojos muy abiertos, luego cada una a su taza de chocolate, como si las tazas fueran el mismísimo diablo—. Le echaré el mismo veneno que se acaban de tomar ustedes. —Angustias y Matilde, levantándose de sopetón, con semblantes blanquecinos, como si les hubieran dado una inesperada puñalada, se miraron. El matrimonio las miraba sonriendo maliciosamente. Las otras, encogiéndose, comenzaron a dar arcadas—. No se lleven mal rato, el veneno ya está en la sangre, hace media hora que lo tomaron, el agua que se han bebido ha ayudado a ello… Pero no teman, que todo veneno tiene su antídoto —les informó, y sacó un par de frasquitos del bolsillo de la camisa. Las otras se abalanzaron hacia Andrés, que ya había abierto los botecitos y amenazaba con derramarlos—. Siéntense y hagan lo que les voy a decir o… solo tengo estos dos frasquitos de antídoto. —Amparo llegó con un folio y un bolígrafo. Las otras se sentaron—. Redacten una carta asumiendo la culpabilidad de la muerte de su padre y la firman. Sé que siempre llevan su sello encima, estampen el sello y les suministraré el antídoto.

Las señoritas hicieron exactamente lo que les pidió Andrés.

—Muchas gracias. Andaremos por la misma edad, cinco años arriba, cinco abajo, lo suyo es que nos queden, más o menos, los mismos años de vida, o puede que no, que muramos nosotros antes que ustedes, nunca se sabe… Me gustaría, nos gustaría a mi mujer y a mí, que nuestros dos hijos disfrutaran de una finquita aquí en el pueblo. Como sería muy sospechoso que en el testamento… Tengo entendido que aún no han redactado testamento… —las otras asintieron—, que le piensan dejar la mayor parte de sus bienes a la Iglesia… —Volvieron a asentir—. Pues van a redactar ahora mismo el testamento.

—Antes el antídoto. No somos tontas; lo rectamos, no nos lo das… Pasado mañana vuestros hijos serán nuestros herederos —dijo Matilde.

—Les aseguro que se lo daré… Piensen un poco: donen todas sus tierras a los vecinos del pueblo, las tierras de este pueblo, las demás háganlo a la Iglesia, que sé que lo tienen pensado para salvar sus almas… Les aseguro que tendrán el nombre en la iglesia de Darda que sé que añoran tener, y hasta cambiarán el nombre del pueblo por los de ustedes dos, las recordarán como a unas santas, como las santas que presumen que son. No crean que lo hago porque me caen bien mis vecinos, me dan absolutamente lo mismo; yo lo que quiero…, nosotros lo que queremos es que nuestros hijos tengan una finquita aquí, como ya he dicho antes, pero sería muy sospechoso que en el testamento solo estén nuestros hijos, que no deben estar, pero sí nosotros. Es mucho menos sospechoso que entren todos los vecinos, entre los cuales estamos unos servidores. Somos diez vecinos, cien hectáreas para cada uno es una buena finquita. Así nuestros hijos… Redáctenlo y tendrán el antídoto. Se lo prometo. —Las señoritas se cruzaron de brazos—. Hacemos una cosa: lo redactan, les doy el antídoto y luego lo firman; sin sus firmas, aunque sea su letra…

—Hermana, tiene razón —comenzó diciendo Angustias—. Los vecinos nos tendrán por unas santas, tenemos muchas tierras que entregar a la Iglesia para salvar nuestras almas. Aún no hemos hecho el testamento, si morimos el Estado acabará quedándose nuestros bienes, nuestras almas peligrarán. Escribámoslo ahora. —Miró a Andrés—. Danos el antídoto, te lo prometemos.

Andrés asintió, se lo dio, las otras bebieron como si el agua que contenían los pequeños frascos fuera el antídoto contra el inexistente veneno. Con semblantes llenos de alivio, como quien se acaba de salvar de la muerte, comenzaron a redactar el testamento en un cuaderno abierto que les trajo Amparo. Fue Angustias la redactora, que, tras escribir unas líneas, con la vista tan cerca del cuaderno que casi lo tocaba con la nariz, comenzó a olfatear el papel.

—¿Qué sucede, señorita Angustias? —preguntó Amparo.

—Este papel no estará hecho de chocolate…

—No, señorita Angustias, lo que pasa es que tengo el cuaderno encima de la chimenea, que se ha tragado todo el vapor del chocolate, es muy puro. —Se acercó Amparo el cuaderno a la nariz—. Pues tiene razón, huele mucho a chocolate.

Terminado de redactar el testamento, lo firmaron, lo metieron en un sobre y le pusieron su sello. Luego escribieron la dirección donde tenía que ser enviado, que no era otra que la de su abogado. Por último le entregaron el sobre a Andrés para que se encargara de meterlo en el buzón, el cual les recordó que se cuidaran de hacer nuevo testamento, que tenían la declaración de su puño y letra, y firmada, declarándose culpables del asesinato de su padre, «y como comprenderán, algo tan importante no lo vamos a guardar nosotros, exponiéndonos a peligros como los asesinos a sueldo», les advirtió Andrés antes de pedirles que esperan un poco en el recibidor, que Amparo les regalaría unas tabletas de chocolate de hacer para que lo tomaran cuando se les antojara. Las otras esperaron encantadas.

Pedro, caminando a hurtadillas mientras miraba en todas las direcciones, llegó a la altura de la calle donde se comenzaba a divisar su casa. Vio un haz de luz saliendo del tejado, procedente de la claraboya de la cocina. Miró el reloj, las once y veinticinco. Sus padres seguían despiertos. Si ya se inquietó a las once menos algo, hora en la que salió de casa, al comprobar que sus padres aún estaban despiertos, cuando a esas horas siempre dormían ya, ahora, casi a las once y media, la inquietud le aumentó. ¿Qué les sucederá? Pegándose a los muros de la vivienda vecina, la de los padres de Arturito, comenzó a avanzar muy despacio, sin quitar la vista del portal de su casa, como si fuera un perro de presa que ha descubierto una pieza.

Se congratuló de que las señoritas no estuvieran, le había demostrado a Juan que estaba con él, que podía seguir disfrutando de su confianza, y sin poner en peligro su alma; como lo estaría si esos demonios no hubieran salido de casa, pues habrían muerto devoradas por el fuego que Juan planeó provocar esa noche, con la colaboración de él.

Al llegar al portal de la casa de Arturito, le vino a la mente el hombre del saco; temeroso, cruzando la calle de tres zancadas, se posicionó junto a la puerta de su casa, dejándola a la derecha, para, luego, pegado a la pared y con el oído en guardia por si su padre, su madre, o los dos a la vez abrían la puerta, se deslizó buscando la ventana de su dormitorio. La encontró tal cual la dejó, cerrada. Había temido que un golpe de aire la abriera, pues estaba sin echar el cierre, algo imposible, pues se hacía desde dentro y él estaba fuera…; imposible, a no ser que Arturito padeciera de sonambulismo y lo hubiera echado, o sus padres, al percatarse de su ausencia, para que aprendiera, así, a no escapar de casa por la noche. Este último pensamiento lo impulsó a abalanzarse contra la ventana y empujarla, con el corazón en un puño. La ventana se abrió, Pedro suspiró. Paso dentro, luego, comprobando que Arturito dormía, se metió en la cama. Pero no pudo dormir, aunque muy por lo bajo, como quien habla para no despertar a alguien, sus padres dialogaban. No logró entender lo que decían ni cuando pegó la oreja a la puerta, una vez que se levantó de la cama. Sería la una menos cuarto cuando, con la oreja aún pegada a la puerta, oyó pisadas que salían de la cocina, luego la puerta de la entrada abrirse despacio, luego cerrarse, luego pisadas que volvían a la cocina y, por último, el llanto de su madre. Un llanto como cohibido, como miedoso de ser descubierto. Preocupado, comenzó a dar paseos por la habitación. Cada vez que pasaba a la altura de la puerta la miraba, se detenía, hacia un amago de abrirla y continuaba con los paseos. Unos cinco minutos de paseos duró el llanto entrecortado y cohibido de su madre. Luego silencio. Metiéndose en la cama, cerró los ojos e intentó la difícil tarea de dormir.

El herrero, abandonando su casa, intentó transmitir serenidad regalándole una sonrisa a Elvira, pero le transmitió todo lo contrario, pues las sonrisas hay veces que son sinceras y rebeldes y no obedecen más órdenes que las del estado de ánimo de sus amos, y no las de sus deseos. La macabra sonrisa que pintaron los labios de Matías le heló la sangre a su esposa, la cual fue invadida por un repentino temblor. El hombre hizo un amago de arreglar lo que ya no tenía arreglo y, comprendiendo, se volvió hacia la calle a la vez que la mujer cerraba la puerta para luego, temblorosa, entrar en la cocina y arrancar a llorar con cuidado de no despertar a sus hijos.

Matías hizo el mismo recorrido que su hijo. Pegado a la pared de la casa de Arturito, comenzó a deslizarse por la oscura y fría noche de cielo raso y estrellado. Era la una menos cinco de la madrugada. Enfundado en oscuros ropajes, los cuales se fusionaban a la perfección con la oscuridad, se deslizó con sigilo por la noche hasta llegar al corral medio derruido de Sebastián.

Una oscura silueta emergiendo de las tenadas fue a su encuentro. Se acercó al herrero.

—Han salido de casa hace media hora, creo que están en la iglesia.

Matías dio un respingo.

—¡En la iglesia!

—Sí…, se habrán enterado…

—Vamos, rápido; ¿tienes la escopeta?

—Sí, aquí está. —La levantó mientras abandonaba el corral.

—No te la había visto. Vamos. —Matías enfiló la carretera, el otro lo siguió.

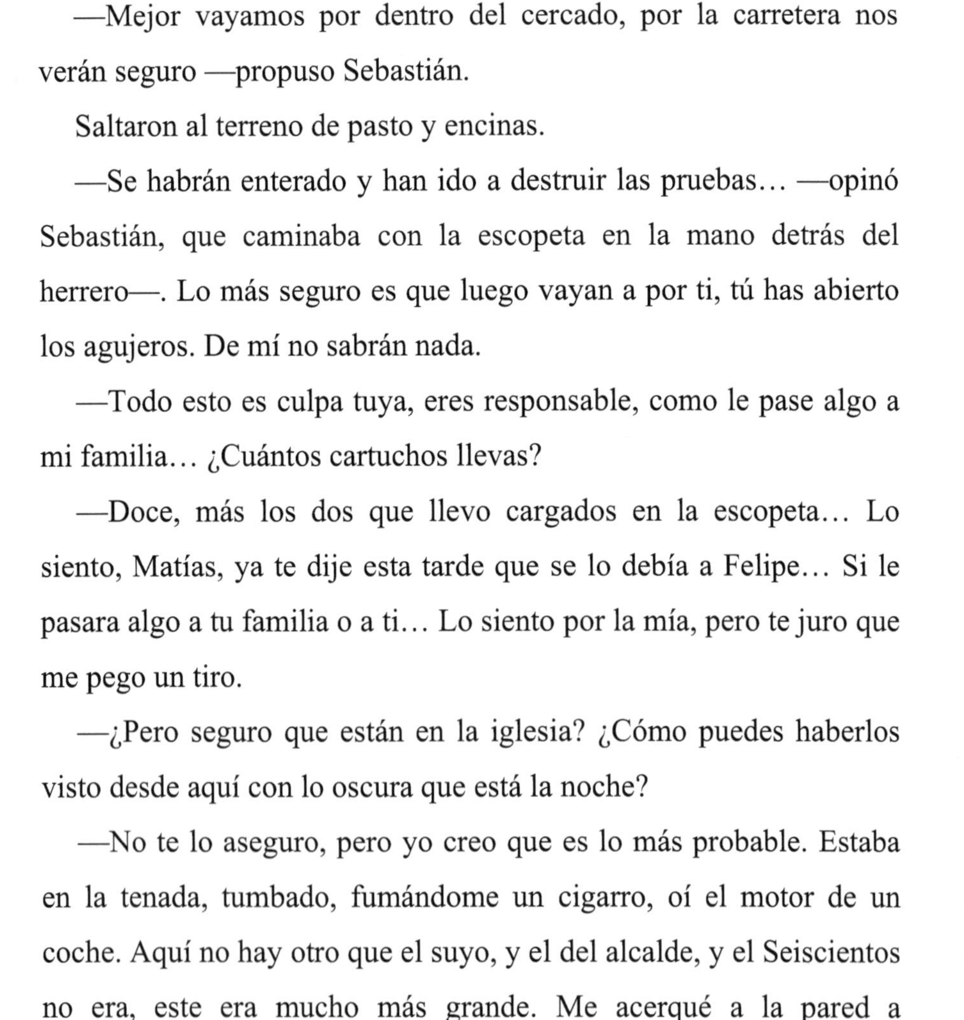

—Mejor vayamos por dentro del cercado, por la carretera nos verán seguro —propuso Sebastián.

Saltaron al terreno de pasto y encinas.

—Se habrán enterado y han ido a destruir las pruebas… —opinó Sebastián, que caminaba con la escopeta en la mano detrás del herrero—. Lo más seguro es que luego vayan a por ti, tú has abierto los agujeros. De mí no sabrán nada.

—Todo esto es culpa tuya, eres responsable, como le pase algo a mi familia… ¿Cuántos cartuchos llevas?

—Doce, más los dos que llevo cargados en la escopeta… Lo siento, Matías, ya te dije esta tarde que se lo debía a Felipe… Si le pasara algo a tu familia o a ti… Lo siento por la mía, pero te juro que me pego un tiro.

—¿Pero seguro que están en la iglesia? ¿Cómo puedes haberlos visto desde aquí con lo oscura que está la noche?

—No te lo aseguro, pero yo creo que es lo más probable. Estaba en la tenada, tumbado, fumándome un cigarro, oí el motor de un coche. Aquí no hay otro que el suyo, y el del alcalde, y el Seiscientos no era, este era mucho más grande. Me acerqué a la pared a escondidas, me extrañó que salieran a estas horas. Iban sin luces. Lo seguí con la vista, a lo lejos vi una luz roja, que creo que es la del freno, luego distinguí, entre la oscuridad, al coche entrando en el camino de la iglesia. Está muy oscuro, pero el coche es blanco…

—Y por qué no te acercaste… Media hora hace que los viste, ¿no?

—Sí, más o menos. No podía ir, había quedado contigo a la una. Imagínate que llegas y no estoy. Es mejor hacerlo entre los dos, y con cabeza.

—Tienes razón, me habría puesto de los nervios. Has hecho bien.

Siguieron avanzando, despacio, pegados a la pared; las ropas de Sebastián eran también de un tono tan oscuro que encajaban a la perfección en aquella oscura noche.

Sebastián intentaba decir algo cuando el herrero le solicitó silencio llevándose el dedo a la nariz.

Se detuvieron.

—Lo mejor es que nos comuniquemos por señas —comenzó diciendo por lo bajo Matías—. Nos pueden oír, la noche está muy calmada, cualquier ruido que hagamos lo oirían. —El palomero asintió con la cabeza—. Ponte el pasamontañas, es conveniente que no nos conozcan, que crean que somos ladrones; si nos ven la cara sabrán la que les espera, comenzarán a gritar… Lo primero atarlos, luego taparles la boca. —Sebastián volvió a asentir. Se pusieron los pasamontañas, tan negros como el resto de prendas.

Matías comenzó a distinguir entre la oscuridad el blanco del coche, aparcado al lado del portalillo de la iglesia. Aceleró el paso, su corazón también. Aún no sabía qué hacer con ellos, tenía sentimientos enfrentados; no le gustaban las personas vengativas, él nunca lo había sido, pero ahora deseaba la venganza por encima de todo. Eso le hacía sentirse fatal, no tomarse la justicia por su cuenta era algo, solo pensarlo, que lo corroía por dentro también. Actuara como actuara sufriría. Hasta que no los tuviera enfrente no sabría qué iba a hacer con ellos, y quizá ni entonces lo supiera.

Ya podía distinguir perfectamente el flamante Rover 2000 blanco, recientemente adquirido por sus dueños. La iglesia estaría a unos cien metros. Llegaron al final de la pared de piedra. Matías, con un gesto de manos, le pidió al otro que se detuviera y luego que se agachara. Sebastián obedeció. El herrero sacó la cabeza y miró en torno a la iglesia, intentando oír alguna señal de vida de los del coche blanco. Tras unos cinco minutos, escrutando los alrededores, a intervalos, y mirando a su compañero, le hizo un gesto con la mano para que le cubriera las espaldas. Saltó la pared y, encorvado, alcanzó la fachada sur de la construcción templaria. Miró al otro, que, medio asomado a la pared del cercado, le indicó que prosiguiera. Pero Matías, deteniéndose primero, miró de nuevo a su compañero para, a continuación, sacar un cuchillo de entre los pantalones. Pegado a la pared, con el arma en la mano, se deslizó hasta la esquina del portalillo. Asomó la cabeza y, al no ver nadie, llegó hasta la puerta de la iglesia. La empujó, no se abrió, la volvió a empujar más fuerte. Tampoco hubo suerte. Abandonando el portalillo, le indicó a Sebastián que estaba cerrada. De pronto, el otro comenzó a indicarle, visiblemente alterado, con la mano la trasera de la fachada sur, luego le hizo gestos para que se escondiera tras el coche. Obedeciendo al instante, se tumbó bajo el automóvil para poner la vista en la facha sur. Al minuto aparecieron un hombre y una mujer. El hombre delante, la mujer detrás, se dirigieron hacia el coche. Matías vio cómo Sebastián saltaba la pared, con la escopeta en la mano, para dirigirse hacia los otros, que le daban la espalda.

Abandonando el coche, se dirigió hacia ellos, los cuales, al verlo con el cuchillo en la mano, se detuvieron. Nada más detenerse, Sebastián puso la escopeta en la espalda de Andrés, que ahora estaba situado junto a su mujer. Un escalofrió le recorrió el cuerpo, dejándolo inmóvil.

—Tírate al suelo o te reviento el corazón, cerdo.

La mujer se volvió y, al ver al del pasamontañas de la escopeta, abrió los ojos hasta no poder más, luego la boca, y cuando iba a gritar llegó Matías por detrás para taparle la boca con una mano; al instante, con la otra, le presionó la nuca a la vez que tiraba violentamente hacia atrás de ella y le doblaba las rodillas dándole un golpe en el la doblez con las suyas. La mujer cayó al suelo. Andrés seguía paralizado. Sin dejar de taparle la boca, el herrero, sentándose sobre Amparo, sacó un trapo de entre el anorak. La otra comenzó a golpearlo con las manos, pero no impidió que el trapo acababa en su boca, lo notaba hasta la laringe. Sebastián le dio a Andrés un fuerte golpe con la escopeta en las rodillas, en la doblez también. Cayó al suelo de bruces, el golpe hizo que volviera en sí, pero para entonces ya lo habían inmovilizado de manos, y sintió cómo comenzaban a inmovilizarle también los pies. Su agresor lo puso mirando hacia él.

Al instante tenía otro trapo en el mismo lugar que su mujer, que había sido inmovilizada también de manos y pies.

Los amarrados intentaban librarse de las ataduras retorciendo las manos y los pies, golpeando el suelo, reptando…, y mientras lo intentaban emitían sonidos guturales de impotencia, absorbidos por los trapos de la boca. Los desesperados e inútiles intentos de gritar les provocaban involuntarios tragos, haciendo, así, que los tapones de tela se les internaran más. Pronto descubrieron que las inútiles protestas agravarían las cosas, que más que pedir auxilio lo que estaban haciendo era ahogarse. Cesó el intento de pedir socorro, así como en el propósito de soltarse.

Matías y Sebastián los observaban, jadeantes por el esfuerzo, cuando el herrero fijó la vista en el coche.

—¿Sabes conducir?

—No he montado más que en autobús…, qué pregunta.

—Tenemos que llevar el coche a su casa como sea, con él aquí no podremos hacer las cosas tranquilamente; a estas horas será difícil que alguien lo vea, pero no imposible. Debemos llevarlo a su casa, que es donde debe estar para que a nadie le resulte extraño… A mí me han dicho cómo se conduce, pero nunca lo he hecho.

—Yo creo que lo primero que debemos hacer es meterlos en la iglesia, ocultarlos. Qué suerte que el cura te dejara la llave.

—Sí, tienes razón, metámoslos. No sé qué le habrá pasado a don Atilano, no lo he vuelto a ver; no me la dejó, la dejó puesta en la cerradura… Vamos a meterlos, luego intentaré llevar el coche.

Sebastián comenzó a quitarse el pasamontañas, Matías le dijo que aún no.

Metieron al matrimonio en el templo entre los dos, primero al hombre, después a la mujer, los cuales movían nerviosos los ojos, donde se les veía el pánico. Respiraban con dificultad. Sebastián, advirtiéndolo, intentó sacarles un poco los trapos.

—Déjalos, no sea que… —le ordenó Matías.

—Acabarán por ahogarse

El herrero los miró durante un instante; luego, inclinándose, tiró un poco hacia afuera de los trozos de tela que los asfixiaban.

Quitándole a Andrés las llaves del coche del bolsillo de los pantalones, salieron fuera a intentar llevar el vehículo a su lugar, donde nadie se extrañaría de verlo.

—Hay que pisar el embrague, menos mal que está mirando hacia la carretera y no tenemos que dar marcha atrás —dijo Matías. Con el embrague pisado, arrancó—. Ahora hay que levantar poco a poco el pie del embrague, y cuando comience a temblar, pisar el acelerador. —El herrero lo hizo, levantó poco a poco, pero debía ser más poco a poco, porque el coche, que tenía metida marcha, dando un brusco salto, detuvo el motor.

Tras ocho intentos, el vehículo arrancó de nuevo. Tuvieron suerte, estaba metida la primera marcha y el coche comenzó a moverse. Matías dijo que en primera irían muy lentos, pero decidieron seguir y no cambiar de velocidad, porque no tenía ni idea de cómo se hacía. Tardaron quince minutos en recorrer el kilómetro que había desde la iglesia hasta la casa del desdichado matrimonio.

—Bueno —dijo Matías, que ya sabía qué iba a hacer con ellos y que se lo había contado al otro—, son casi las dos, a las seis se comenzará a levantarse la gente, tenemos cuatro horas. Vamos a ello. Ahora ya no hay peligro… No sé qué estarían haciendo detrás de la iglesia, pero ha sido lo mejor que nos ha podido pasar… Mejor que hayan ido ellos solos que tener que andar llevándolos nosotros.

—Pues sí, tienes razón… Seguro que estaban buscando cómo entrar a averiguar si habías descubierto algo.

Llegaron a la iglesia, pasaron al interior y cerraron la puerta con llave. Andrés y Amparo se habían movido unos metros, reptando; casi consiguieron alcanzar la puerta, algo que les habría dado lo mismo, pues lo otros la dejaron cerrada con llave al ir a llevar el coche.

Primero a la mujer, luego al hombre, los sentaron en unas sillas mirando al hueco de la pared donde Matías había hallado algo tan importante como para volver al lugar de madrugada y retener de malas maneras, pero seguras, a un hombre y a una mujer. Andrés no sabía quiénes eran esos dos encapuchados. Llevaban tan solo veinte días en el pueblo; desde que emigraron, cuarenta años atrás, con la fortuna que les pagaron las señoritas y la madre superiora por asesinar a su padre, dejando al de Amparo, Felipe, solo y sin un céntimo, desde entonces tan solo habían vuelto dos veces: quince años atrás, cuando Felipe a punto estuvo de morir por una pulmonía, y hacía eso de veinte días, el día que el pobre Felipe, ya anciano de ochenta y tantos, acabó muriendo desangrado por un fuerte golpe en la ceja. En los días que llevaban en el pueblo, con intención de quedarse, pues se habían empadronado, dejando a sus dos hijos al cargo de la fábrica de azúcar y del negocio relacionado con el crimen organizado, apenas se habían relacionado con sus vecinos y, por lo tanto, no podían reconocer a sus raptores por la voz. Durante el tiempo que estuvieron tumbados en el suelo de la iglesia esperando a los otros, Andrés no se percató de los agujeros de las paredes, algo normal, pues era de noche y todo estaba a oscuras. Ahora que sus ojos se habían hecho a la oscuridad y podían distinguir nítidamente lo que les rodeaba, empezó a comprender el motivo de su secuestro, y más al reconocer, a pesar de que habían pasado unos cuarenta años, la zona del muro agujereado hacia donde los habían puesto mirando. Tragó saliva.

—¿Sabes qué me he encontrado esta mañana ahí detrás? —le preguntó Matías apuntando con una mano al hueco recientemente abierto y con la otra quitándose el pasamontañas. Al reconocer al herrero, Andrés volvió tragar saliva. Luego negó con la cabeza que supiera lo que había detrás. Amparo también reconocido a Matías, y ahora sus ojos mostraban temor, miedo, mucho miedo...; pánico, pues era más pánico que miedo lo que le transmitía el rostro de Matías, pero no porque fuera feo, sino por lo que representaba dicha cara.

—Te refrescaré la memoria, malnacido —le dijo, y estirando el brazo todo lo que pudo, le pegó un tortazo que le estrelló la cara contra el hombro de su mujer—. Sabes perfectamente lo que hay ahí detrás, lo sabes. Tú y tu pobre suegro levantasteis las paredes... Ni te puedes llegar a imaginar lo que es estar buscando a un hijo desaparecido, al cual te han dicho que lo más probable es que lo hayan matado unos ladrones de ovejas… Pero como no aparece el cuerpo tienes esperanzas, y las sigues teniendo después de buscar y buscar, pues que los caballos lleguen con dos heridas de arma blanca a las cuadras no quiere decir que tu hijo esté muerto. Te imaginas mil historias, que se ha dado un golpe en la cabeza, ha perdido la memoria, no sabe quién es y ha rehecho la vida sin saber quién es porque no le queda otra… —Los ojos de Amparo seguían mostrando pánico. Comenzó a moverse, histérica. Matías hizo una pausa, Sebastián, que se acababa de quitar el pasamontañas también, la sujetó. La expresión de Andrés era la de alguien paralizado—. Algo que pudiera ser posible, no saber quién era, si no fuera porque llevaba las ropas que llevaba… Pero mi abuelo lo buscó, lo buscó y lo buscó hasta la desesperación, hasta enfermar de la mente e imaginarse que podía suceder tal cosa; enfermó hasta el punto de echarle la culpa a su otro hijo, a mi padre, hasta el punto de decirle que lo había matado él para quedarse con todas las tierras; enfermó hasta el punto de asesinar a su otro hijo, SÍ…, a mi padre; enfermó hasta el punto de quitarse la vida después, dejando a su mujer, a su nuera y a su único nieto prácticamente en la calle, pues vendió todas las propiedades que poseía para poder seguir buscando a su hijo, a su preferido hijo… Cinco años tenía yo entonces, pero aún me acuerdo de los llantos de mi madre y de mi abuela, de pedir por la calle de casa en casa, de dormir en la calle, en corrales como si fuéramos animales… Aún me acuerdo de oír decir a la gente: «mira, hay va la familia del loco de Darda...». —Consciente de lo que les esperaba, después de oír lo que oía, Amparo, ahora, temblaba—. No sabes lo mal que lo pasaron ellas, creo que si no hubiera sido por mí se habrían quitado la vida. En la guerra sobreviven los más fuertes; yo lo era, y mucho. La tragedia de mi familia me hizo fuerte e inteligente... La inteligencia que me dio el hambre, a pesar de que me tocó luchar en el bando nacional, me dijo que lo iba a pasar mejor, a la larga, como refugiado de guerra en Francia que quedándome en España, en una España arrasada, con los vencedores, como vencedor... No te puedes llegar a imaginar el sufrimiento que le has hecho pasar a mi familia, cerdo... ¿Y dices que no sabes qué hay detrás de esas paredes...? Pues lo vas saber bien, bien y bien... Vas a tener tiempo de pensar todo el mal que has hecho, te vas a hartar de ver lo que sabes, y dices que no sabes qué hay detrás. —Amparo, por lo que estaba oyendo, comprendiendo los planes de su raptor, comenzó de nuevo a moverse histérica, más histérica que antes; Andrés seguía paralizado—. Te vas a hartar..., os vais a hartar de ver el tricornio de mi tío y el de su compañero, sus fusiles y sus ropas..., os vais a hartar de ver todo eso..., de sentirlo, porque verlo...

Matías, agarrando a Andrés de los brazos, tiró con fuerza de él. El otro al parecer volvió en sí, pues comenzó a oponer resistencia, toda la resistencia que puede oponer una persona atada de manos y pies. Su mujer, tirándose al suelo, comenzó a reptar, a intentar escapar.

—Ayúdame, Sebastián.

Sebastián ayudó al herrero a meter en el agujero de la pared a Andrés, que comprendiendo la que le esperaba comenzó a golpear las paredes y el suelo con pies y manos, extremidades que permanecían amarradas y bien amarradas. De pronto su mujer cayó sobre él. Se oyeron protestas de dolor, amortiguadas por los trapos de las bocas. Matías encendió una vela.

—¿Los veis…? ¿Veis los huesos, trajes y armas de mi tío y de su compañero? No os podéis imaginar cómo me quedé esta mañana cuando encontré esto buscando un túnel que decía el cura que era por donde le metían las palomas. Lo comprendí todo. El padre de las señoritas murió ahorcado el mismo día que desapareció mi tío; ahorcado… Siempre se sospechó que no se había suicidado, sus hijas heredaron, esas locas, esas enfermas… Se sospechó, pero como no había pruebas… Antes de que Sebastián me confesara lo que le contó el pobre Felipe, lo que sufrió también por vuestra culpa, los remordimientos, antes de que me lo contara supuse que mi tío y su compañero os pillaron con el cadáver estrangulado, los matasteis…; ¿dónde mejor esconder los cuerpos que tapiados tras las paredes que estabais levantando en la iglesia…? Tu pobre padre, pordiosera, zorra…, abandonado, cuarenta años esperando que volvierais para denunciaros. Cuando volvisteis la primera vez no pudo, no se fiaba de nadie a quien denunciar lo sucedido. Las señoritas conocen a mucha gente, tienen mucho dinero, seguro que saben esto; el cura se lleva muy bien con ellas, no permitiría que abrieran las paredes, encubrirían el crimen… Sebastián ha sido un artista; lo de las palomas, luego tramándolo todo para que fuera yo quien lo descubriera… No quería contármelo y que lo estropeara todo… Seguro que lo habría hecho, me habría puesto como un loco, tirando la puerta de la iglesia abajo, abriendo agujeros sin cabeza, el cura me habría pillado, denunciado… Vete tú a saber los contactos que tendrán en la Guardia Civil esas locas… —Miró el reloj—. Las dos y media, comencemos a cerrar esto… Vamos a tapar el agujero y aquí no ha pasado nada. —Se comenzaron a oír golpes en el interior de la pared, histéricos sonidos guturales amortiguados por los trapos de las bocas—. Que sepáis que no soy vengativo, que me duele mucho hacer esta salvajada, pero que no puedo menos, pues más me dolería no hacerla… No puedo, no sabéis —Sebastián comenzó a hacer cemento— lo mal que lo ha pasado mi familia; sufriré por esto, ya lo estoy haciendo, pero no puedo menos de vengarme de esta forma. —De pronto la mujer comenzó a gritar, histérica, a pedir auxilio a voces. Matías, saltando al agujero, le volvió a meter el trapo en la boca, casi hasta la garganta; los sonidos ahora eran de asfixia, le sacó un poco la tela arrebujada. El herrero miró a Sebastián, que había dejado la tarea del cemento para interesarse por cómo iban las cosas dentro—. No sé, Sebastián… Se lo meto mucho, se ahoga; eso no puede ser, tiene que morir de hambre, sufrir… Se lo meto menos, lo saca… ¿Tú crees que si le cortamos la lengua…? —La mujer comenzó a dar golpes, a emitir sonidos histéricos.

—Se desangrará. —Amparo cesó la histérica protesta—. Aunque… no, no se desangrará. Átale el trapo con fuerza, tapándole la boca, que lo muerda, alrededor de la cabeza… No creo que se lo quite cortándolo a mordiscos…

—Ya sé lo que voy a hacer.

Matías, cogiendo una piedra lo suficientemente grande como para que la otra no pudiera tragársela y acabar así con su sufrimiento, se la metió en la boca forzándole tanto los labios que estos se rasgaron; luego, atándole el trapo a la cabeza, le tapó la boca. Hizo lo propio con un Andrés que parecía haber asumido la que le esperaba y no protestó más que cuando sus labios se rasgaron como los de su mujer.

Pedro no podía dormir, eran las cuatro y media de la madrugada y su padre, que se fue a eso de la una, dejando a su madre llorando y apenada, aún no había regresado. ¿A dónde habría ido a esas horas? ¿Volvería esa noche? ¿Volvería algún día a verlo? ¿Por qué lloraba su madre? Hacía eso de tres horas que se fue y aún podía oírla gemir de cuando en cuando. Dos horas permaneció en la cocina, una desde que la sintió entrar en su habitación para luego acostarse. Al poco la volvió a sentir llorando, ahora la oía otra vez por lo bajo, como queriendo ocultar el llanto. Estaba enfadado con ellos, lo iban a internar en un colegio de curas, eso si Juan no quemaba a las señoritas, que intenciones tenía todas, pero oír llorar a su madre, oírla sufrir de ese modo, lo había ablandado, y él también sufría, presentía que algo horrible había sucedido o iba a suceder, algo mucho más horrible que estar internado con los curas, algo que repercutiría también en su vida, y si era horrible…

Volvió a mirar el reloj, las cinco menos treinta y cinco; si no lo había mirado cien veces esa noche, no lo había hecho ninguna.

Observó de nuevo con envidia a Arturito, que dormía como un angelito. De nuevo le dieron ganas de despertarlo, no era justo que el otro pudiera dormir y él no. De pronto oyó que hurgaban en la cerradura de la puerta. No le quedó duda alguna, conocía ese ruido de sobra. La llave abrió el mecanismo de cierre. Esperanzado, se incorporó para quedarse sentado sobre el respaldo de la cama. Cuando lo hubo hecho su padre ya estaba dentro de casa, y su madre abrazándolo, dedujo Pedro al oír «quita, mujer, no me abraces tanto, que no vengo de la guerra». La madre, no pudiendo contener el volumen del llanto, se desahogó a pesar de que Matías la instaba a guardar calma. Pronto Pedro oyó a sus dos hermanos.

—Mama, ¿qué te pasa? ¿Por qué lloras? —preguntaba Lourdes mientras su hermano Luis, abrazado con fuerza a las piernas de su madre, le decía:

—No llores, mamá, no llores, no llores...

—El abuelo, hijos, se ha puesto malito. He ido a verlo porque me dijeron que se moría, pero no es para tanto, vuestra tía es una exagerada. El frío que he pasado yendo andando, la próxima vez voy en bicicleta, que aunque no tenga luces…

Pedro salió de la habitación, preguntó y volvió dentro tan distante como el día que se enteró de que lo iban a internar, pero estaba contento de que fuera lo del abuelo, muy contento, y sentía un alivio tan grande que se quedó dormido nada más meterse en la cama. Llegó a pensar que su padre se había ido de casa, o a matar al hombre del saco, o lo que fuera eso tan terrible que le dijo una semana atrás cuando le advirtió que se anduviera con cuidado de acercarse a la casa de Arturito; llegó a pensar que no volvería a ver a su padre.

A las ocho menos diez su madre lo despertó, y tuvo que volver a hacerlo cinco minutos más tarde porque se había vuelto a dormir. A pesar de que estaba muerto de sueño, vistiéndose a toda prisa, abandonó la casa corriendo. Juan lo estaría esperando ya al final de la calleja; después de lo del día anterior, cuando amenazó con matarlo si no lo ayudaba con lo de las señoritas, le tenía miedo, ya no lo veía como a un amigo. Aunque ya dudaba de que fuera capaz de cometer un crimen; la noche anterior no solo pensó en lo de su padre, pensó en lo que le dijo Juan de las señoritas, que no estaban en casa y que por eso no lo había esperado. Quizá era mentira y solo se trataba de una excusa porque en realidad no se atrevía a matarlas. Si la siguiente noche tampoco se presentaba y ponía otra excusa, sabría la verdad: que no era capaz de matar a nadie y, por lo tanto, no debería tenerle miedo. Deseaba que así fuera.

Llegaron los dos a la par, se saludaron y, corriendo carretera adelante, fueron a recoger las sardas del rabudo, esta vez primero a por las de Juan.

—De esta noche no salen, si tengo que estar esperando toda la noche a que vuelvan a casa, esperaré, pero bien sabe Dios que esta noche les prendo fuego —aseguró Juan tras reponerse de la carrera que los dejó en un pequeño puente, bajo el cual corrían las aguas del regato, ricas en sardas.

—Pues sí, que escaparse de casa para no hacer nada…

—Oye, tú, que yo no tengo la culpa, que yo también me escapé para nada —lo abroncó Juan.

—Yo no te he echado la culpa —se defendió Pedro, que se afianzó en las sospechas de que su amigo no tenía valor de hacer lo que aseguraba que iba a hacer, y que si presumía de valor era por todo lo contrario, porque no lo tenía.

—Es que parece que me la has echado... Vamos a ver cuántas han caído.

Bajaron al regato. Pedro se metió en el agua con las botas de goma, a Juan se le habían roto, le entraba agua. Sacó el rabudo; no estaba lleno, pero tendrían para comer y cenar toda la familia ese día. Lo vaciaron en una bolsa, corrieron regato abajo en busca del rabudo de Pedro. Lo encontraron donde lo dejaron, donde siempre, frente a la roca en forma de visera que escondía una cueva, la cueva donde todos los días se metían los dos granujas a pasar un rato. Sacaron el rabudo, tenía menos que el de Juan. Lo vaciaron en otra bolsa y se internaron en la cueva, arrastrándose.

Juan sacó de entre el jersey, del bolsillo de la camisa, un par de cigarros de liar, que todas las noches le quitaba a su padre. La luz que entraba por la pequeña abertura que utilizaban para acceder a la cavidad, cavidad que podía acoger a unas treinta personas tranquilamente, todas ellas de pie, les permitía ver lo justo, pero solo al principio de la cueva. Juan, dándole un cigarro a Pedro, se llevó el otro a los labios. Los encendieron con unas cerillas y, como todos los días, se los fumaron como si fueran dos personas mayores, con la diferencia de que los fumadores adultos se sabían tragar el humo y ellos no, pero no les importaba, pues no sabían que fumar consistía en eso.

Abandonando la cueva, cogieron las bolsas de las sardas para, seguidamente, correr, entre peñas y matas de roble pendiente arriba en busca de la iglesia. Juan, que iba delante y casi ya alcanzada la cima de la cuesta, se detuvo de sopetón frente a la gran encina de detrás de la iglesia, de la cual unos cuarenta años atrás apareció ahorcado el padre de las señoritas. Pedro, que iba pegado a sus espaldas, corriendo mientras miraba hacia el suelo, se chocó con el paralizado Juan.

—¿Qué pasa? —le preguntó mientras se recuperaba del encontronazo.

El otro miró hacia su amigo con cara de espanto, luego, extendiendo la mano, apuntó hacia la encina. Pedro, echándose hacia atrás, comenzó a respirar agitadamente, se encorvó e intentó vomitar. No lo consiguió, pues no tenía nada en el estómago.

—Vamos a decírselo a nuestros padres… ¡¡PEDRO, VAMOS…!! —gritó al ver que el otro seguía encorvado.

—Sí, ya voy, vayamos; no se me quitan las ganas de devolver —dijo, y corrió tras el otro, que ya había doblado la esquina de la iglesia más cercana al portalillo.

Don Atilano no se pudo dormir hasta altas horas de la noche. Después de esconder las maletas en el falso suelo del sótano, no cesó de subir y bajar las escaleras. Había pensado esperar sentado, sobre la tapa del falso suelo, a que funcionara su plan, que las señoritas entraran en casa y pensaran, al ver los armarios vacíos, que ya había huido del pueblo para luego, una vez engañadas, al siguiente día, coger el autobús de las nueve de la mañana, pero no aguantó ni media hora. Subía a mirar por la ventana a ver si iban a por él, al rato volvía abajo. Así hasta casi las cuatro de la madrugada, cuando decidió encerrarse en el sótano a dormir, pues, a pesar del miedo, casi pánico, que le tenía el corazón acelerado peligrosamente, desde que las vio entrar en casa de Sagrario, notaba que el cansancio lo estaba venciendo y no quería quedarse dormido en cualquier lugar de la casa, desprotegido.

A las ocho sonó el despertador, se levantó sobresaltado y confundido. Cuando recordó por qué había dormido en el sótano, se centró en el horrible dolor de la espalda. Miró al suelo. Se topó con el viejo colchón, sobre el cual descansaban unas mantas arrebujadas. Hizo unos estiramientos y miró hacia la puerta. Abriéndola con cuidado, con sigilo, comenzó a subir las escaleras mientras miraba a un lado y a otro, como temiendo que las señoritas salieran de entre las dos paredes que lo escoltaban hasta arriba para asesinarlo salvajemente. Llegó arriba, con sigilo, cerró la puerta de la calle (que había dejado entreabierta para facilitarle a las otras la entrada y que cayeran en la trampa de creerlo ya lejos de Darda) y la volvió a abrir. ¿Quién le decía que no lo estaban esperando escondidas en algún lugar de la casa? Abriéndola del todo, comenzó a buscar. La casa estaba vacía; echó una ojeada a la calle, no se veía a nadie. Miró el reloj, las ocho y veinte. Bajando al sótano, subió dos maletas; fue al bajar a por la tercera cuando comprendió que necesitaría a alguien que lo ayudara a llevar el equipaje hasta el caseto del auto. Miró hacia la casa de Sagrario, y allá se fue, oteando con temor a su alrededor.

—¡¡Don Atilano…!! Sigue aquí… —exclamó Sagrario—. Pensé que se había ido. Ayer fui a verlo, vi la puerta entreabierta, los armarios vacíos…

—Pues no te sentí entrar.

—A las cuatro o así…

—Necesito que tu hijo mayor me ayude a llevar las maletas al autobús… Vi ayer a esas locas hablar contigo… —se le contó todo; Sagrario lo suyo, sus planes, que eran los mismos que los del cura, huir del pueblo. Su marido y sus dos hijos mayores ya lo habían hecho, salieron a las cuatro de la mañana andando hacia Cáceres, donde vivía un buen amigo de la familia, al cual le pedirían ayuda. Sagrario y sus otros tres hijos, que eran hijas, viajarían en autobús hasta Salalina para luego coger el tren y reunirse con los otros. Temían lo mismo que el cura, que las señoritas contrataran a alguien para matarlos.

Mirando a un lado y otro, temerosos, don Atilano, cargado con dos maletas, Sagrario con otras dos, una de ellas la del cura (su marido y sus otros dos hijos se llevaron un bolso cada uno) y las tres hijas, se dirigieron hacia el caseto de autobús, a unos cuatrocientos metros de sus casas. Al llegar a la carretera, dirigieron la vista hacia la izquierda. Juan se les acercaba corriendo y gritando:

—¡DON ATILANO, DON ATILANO, DON ATILANO…!

Matías, besando a su mujer, salió de casa. Oyó que se acercaba alguien corriendo por la calleja. Dedujo que era su hijo Pedro. Todos los días llegaba a esas horas con las sardas. Esperó a verlo aparecer en la esquina.

El niño llegó a Matías visiblemente alterado, respirando agitadamente, con semblante asustado. El padre comprendió que había visto algo fuera de lo común, algo aterrador. Lo primero que le vino a la mente fueron los rostros de Andrés y su mujer. ¿Habrían escapado...? Le dio un vuelco el corazón. Pedro, encorvado frente a él, intentaba recuperarse del esfuerzo de la tremenda carrera. Nunca había corrido tan rápido, tan asustado. Algo normal, lo que habían visto habría espantado a cualquiera, y más a unos niños de nueve años como ellos.

Tras medio minuto la agitada respiración fue mermando. Su padre se pasaba una y otra vez la mano por la cabeza, paseando la mirada desde su hijo a la iglesia, que se veía a lo lejos, al otro lado de la calleja. Se temía lo peor, que Andrés y su mujer hubieran escapado; los niños se habrían asustado al verlos en el estado lamentable que debían de tener después de pasarse toda la noche amarrados con piedras metidas en la boca, los habrían confundido con algo paranormal y hasta incluso con el hombre del saco. Los denunciarían a la Guardia Civil, a Sebastián y a él; irían a la cárcel...

«No puede ser, es imposible... El cura..., ¿a que los ha oído...? No, no puede ser, no madruga tanto..., pero ¿y si...? Ayer se fue con Sagrario, algo grave le habrá pasado, no creo que..., espero que no haya ido de madrugada», pensaba Matías.

—Hijo, ¿qué pasa? —acabó por preguntarle.

Pedro se incorporó, luego le vinieron de nuevo las aterradoras imágenes, de nuevo las arcadas. Su madre salió de casa, lo vio. Miró a su marido, que le lanzó una mirada de pánico.

—¿Qué pasa, Matías…?

Matías, agarrando al niño, que, encorvado de nuevo, intentaba vomitar, lo puso recto.

—A ver, hijo, coge todo le aire que puedas. —El niño obedeció—. Trae una bolsa, mujer. Mantén el aire un poco, luego lo echas y vuelves a hacer lo mismo.

Pedro hizo lo que le dijo su padre, que no cesaba de echarle miradas a la iglesia.

—Las señoritas… —dijo Pedro. Matías lo miró, el niño volvía a coger aire.

—Las señoritas, ¿qué? —preguntó, ansioso, el padre mientras Elvira salía de la casa con la bolsa de plástico.

Pedro echó el aire.

—Muertas. —Mujer y marido se miraron—. Están colgadas de la encina de detrás de la iglesia.

Los padres ahora miraron a su hijo, que parecía ya recuperado. Luego volvieron a mirarse. Matías le quitó de las manos la bolsa a su mujer.

—Ten, hijo, respira en la bolsa, y tranquilo, ya nos lo contaras más calmado —le dijo, luego metió a Elvira en casa.

—Han sido ellos, venían de detrás de la iglesia. Lo han hecho como con su padre, que parezca que ha sido un suicidio… Han sido ellos, no me cabe duda. Hay que avisar a la Guardia Civil, espero que esos dos desgraciados no puedan gritar... Con las piedras en la boca no creo, pero... solo estaré tranquilo... Tenía que hacerlo, lo siento, es algo que va contra mis fuerzas, destrozaron a mi familia, no podía...

—Tranquilo, te entiendo. Todo saldrá bien, a lo mejor ya están muertos.

—¡MANUELA...! ¡MANUELA...! —entró gritando en casa Elvira.

Manuela salió de la cocina al instante, con cara de preocupación, y cuando le iba a preguntar qué pasaba, la otra le dijo:

—Están muertas, las señoritas..., ahorcadas como su padre, en la misma encina. Seguro que se han suicidado. —Manuela, parada en mitad del recibidor, miraba incrédula, con la boca medio abierta, a la otra. —Mi hijo Pedro y Juan se las han encontrado... —Manuela, mirando hacia un lado, cogió una silla y se sentó—. Ya no tendréis que esconderlo, se acabó.

—No tienen hecho el testamento, a ver ahora qué pasa con nosotros.

—Nada, ¿qué va a pasar...? Alguien se quedará con la finca, seguramente la Iglesia. No te preocupes, Celedonio seguirá trabajando... Estaban locas, tenía que suceder algo parecido

Las dos mujeres se giraron hacia la puerta. Arturito entraba con el tirachinas en la mano.

—Ven, hijo mío —le dijo Manuela—, ya no tendrás que volver a esconderte del hombre del saco, lo han matado, está muerto. —El niño, metiendo entre los pantalones el tirachinas, corrió a abrazar a su madre.

—Ven, acompáñame, tendremos que mirar en su casa a ver si han dejado alguna carta, si se han suicidado… —le dijo Manuela a Elvira.

—¡DON ATILANO, DON ATILANO…! —llegó Juan gritando hasta el grupo de los de las maletas.

—¿Qué pasa, Juan? —preguntó el cura.

Juan, llevándose las manos a los costados, se inclinó, jadeante, hacia delante. Al poco, recuperado ya del esfuerzo de la carrera, con la vista de los otros puestos en él, se incorporó.

—Las señoritas… —Atilano y Sagrario se sobresaltaron—, muertas. —Hombre y mujer se miraron con caras llenas de satisfacción y ya no oyeron:

—Están ahorcadas detrás de la iglesia, en la encina.

—Muertas… —dijeron al unísono los dos mayores mientras dejaban caer las maletas en el suelo, y, a pesar de que Juan se lo acababa de decir, al unísono preguntaron:

—Muertas, ¿dónde?

—En la encina de detrás de la iglesia, colgadas —repitió Juan.

—Las libretas, se han suicidado —opinó el cura mientras Juan corría a contárselo a su madre, que los miraba con la frente arrugada desde el jardín de la casa.

—Sí, yo creo que si… —afirmó Sagrario, que comenzó a dar pequeños paseos, con la cara llena de satisfacción, hasta que al pasar al lado del Cura, que sentía un enorme alivio, lo abrazó. El cura le correspondió, luego la mujer se fue a por sus hijas, se agachó con los brazos extendidos. Las otras se le echaron encima.

—Hijas, ya no nos vamos a ningún lado, se acabó, se acabó el suplicio… —Se incorporó y miró al cura—. Voy a llamar a Ramiro y a decirle que cuando llegue mi familia le cuente —acabó diciendo, y se dirigió a la casa del teléfono público, en la cual, en el jardín, Nati abrazaba a su hijo como si fuera la última vez que lo iba a ver en la vida. Ya no tendría que mandarlo con los curas, ni a él ni a sus dos hermanos pequeños.

Las niñas de Sagrario la siguieron; el cura, dejándose caer encima de una maleta, puso los codos sobre las rodillas, las manos en los ojos, y arrancó a llorar como si nunca lo hubiera hecho.

Al rato sintió una mano sobre la espalda. Se volvió hacia atrás.

—¿Qué le sucede, don Atilano? —preguntó Sebastián.

Manuela y Elvira abandonaron el patio de las señoritas corriendo, con semblantes resplandecientes. Llamaron a la puerta de la casa de Sagrario; no salió nadie, volvieron a llamar. Desistiendo, corrieron hacia la carretera, en busca de Nati. Se encontraron al cura y a Sebastián hablando.

—¡¡Somos ricos, somos ricos…, todo el pueblo, somos ricos!! —exclamó Manuela.

Los otros dos se miraron.

—¿Ricos? —se preguntaron.

—Las señoritas nos han dejado a todo el pueblo sus tierras, las de Darda… —dijo Elvira—. En una carta, lo han escrito en una carta… Han muerto, se han suicidado, han dejado una carta a su abogado, la hemos abierto, que no se entere nadie… Somos ricos, somos ricos...

Los dos hombres y las dos mujeres se abrazaron, se besaron… Sebastián, dándole un manotazo al cura en la mano, se lo quedó mirando de malas maneras. El otro se disculpó. Fruto de la excitación de saberse rico le había agarrado el culo. Las dos mujeres no se enteraron de nada. Nati, al ver el alboroto, creyó que celebraban la muerte de las señoritas.

—Dios las acoja en el cielo, son unas santas, benditas sean… —rezaba Elvira, que al ver a Nati en el jardín fue a darle la noticia. Al poco salió el marido de la telefonista, luego los dos hijos pequeños. Corriendo llegaron también Matías y sus hijos, alborotando, cantando.

—¡¡Vivan las señoritas, vivan las señoritas!!

Maruja atravesó la carretera de tierra corriendo, su hermana Gertrudis la siguió. La primera, con las patas delanteras levantadas, olfateó el aire de su alrededor. Su hermana hizo lo propio, pero la hierba y la tierra. Maruja bajó las patas y, correteando otro poco, se volvió a levantar. Miró a su hermana, que seguía, ahora, ansiosa, olisqueando el suelo. Se fue hacia ella para unirse a la tarea, y tuvo suerte, aunque a la suerte aquí llamémosla mejor olfato, o más rapidez. Cogiendo, con la boca, el trozo de tripa de chorizo, escapó a dar buena cuenta de él, alejándolo de Gertrudis, que al dejar de oler de repente el sugerente y fuerte aroma y ver a su hermana correr como si la persiguiera un gato, fue tras la insolidaria y ruin Maruja. Siguiendo el rastro del envoltorio del chorizo, la encontró, a la vuelta de un cobertizo de piedra, devorando el duro y correoso despojo, al cual el hambre había convertido en un despojo tan valioso que por él las hermanas roedoras habrían sido capaces de matar hasta a su propia madre. Gertrudis fue a solicitar la parte que creía suya, que era el trozo entero, pues ella lo olfateó primero. Maruja, al sentir a la otra, intentó huir, pero su hermana se lo impidió echándosele encima del lomo y aferrándosele a una oreja con los afilados dientes. Chilló de dolor, la tripa de chorizo quedó libre. Se revolvió para intentar quitarse a la agresora de encima. Gertrudis, soltando la oreja de su hermana, se abalanzó sobre el despojo. Ahora era Maruja la que corría detrás. Alcanzó a su hermana, se revolcaron, chillando, mordiéndose... Al final Gertrudis consiguió hacerse de nuevo con el trofeo, pero lo hizo al mismo tiempo que su hermana. El trozo de tripa se partió en dos. Un trozo para cada una. Llenas de arañazos y mordiscos, se los comieron rápidamente.

Como si no hubiera pasado nada, como si no se hubieran intentado matar por una miseria de trozo de tripa seca, continuaron buscando comida como buenas amigas, como buenas hermanas que eran cuando el instinto de supervivencia se lo permitía.

Pegadas a la pared de un corral, Gertrudis delante, Maruja detrás, las dos ratas negras llegaron a la puerta de una vivienda de la que emanaba un embriagador aroma a comida. Se colaron en el edificio a través de la puerta, entreabierta a esas horas de la noche, las tres de la madrugada. En el recibidor dejaron de ser compañeras de viaje, de ser amigas…, dejaron de ser hermanas y se enzarzaron en otra salvaje pelea por entrar primeras en la cocina, de la cual salía un abrumador olor a comida. Gertrudis, debajo, Matilde encima, aferrada ferozmente a la nuca de su hermana, entraron a la vez en la estancia y, a la vez, acabaron en el cubo de la basura, atestado de restos de alimentos. El embriagador olor alentó a Matilde a soltar a su hermana y unirse a ella en lo que parecía que iba a ser un festín de restos de cocido, de arroz con tomate y chorizo, lentejas, peladuras de fruta, así como sus corazones repletos de semillas…

Nada más ponerse, ansiosamente, a ello, unos ruidosos pasos subiendo escaleras les aconsejaron poner en pausa tan gratificante y necesaria tarea.

Los pasos llegaron a la puerta, luego retrocedieron para, al final, perderse de nuevo escalera abajo.

Un buen rato más tarde, cuando salían del cubo de basura saciadas, tranquilas, amables, lamiéndose una a la otra, comenzaron a oír de nuevo los pasos. Abandonaron la cocina buscando un lugar donde esconderse en aquel paraíso de vivienda. Se toparon de frente con un monstruo de dos patas, con uno de esos monstruos que no cesaban de perseguirlas día y noche allá donde nacieron, en unas casetas de pastores a tres kilómetros de Darda, lugar que tuvieron que dejar al convertirse en adultas; ya eran demasiados roedores en la colonia, no había cabida para las nuevas generaciones, las cuales se vieron abocadas a buscarse la vida, nuevos lugares donde asentarse.

Alentadas por la vista de aquel aterrador monstruo, se volvieron para huir, atemorizadas, por donde habían entrado en la casa, a través de la puerta que don Atilano había dejado entreabierta.

Subieron una pendiente pegadas a una pared de piedra de un cercado de siembra. Ahora lo que necesitaban era descanso, un lugar seguro donde dormir. Llegaron frente a un edificio de altas paredes y puertas grandes. Atravesando la calle, se colaron bajo el gran portón. Olisquearon el aire del rectangular patio; no olía a gato, poco a humanos. Pegadas a uno de los muros del patio, llegando a una puerta de chapa verde, la olisquearon; al instante, entraron al interior por debajo de la puerta. Dentro reposaba un monstruo de metal tirado en el suelo. Lo exploraron. No era comestible, pero como tampoco tenían hambre, buscaron algún hueco donde descansar y bajar la comida de sus repletos estómagos. Lo encontraron en el techo de la cuadra donde descansaba la moto destrozada de Celedonio. Acomodándose una contra otra, se durmieron enseguida, y con los estómagos llenos como nunca.

Cinco horas más tarde despertaron. Saliendo de la cochera de la moto destrozada, reconocieron el patio. Parecía un lugar tranquilo donde establecerse. Al cabo de una hora de exploraciones, sin conseguir entrar en un lugar en el que el olfato les dijera que allí estaba su desayuno, el ruido de una puerta metálica las alertó. Se escondieron entre el seto del jardín que precedía a la casa. Al poco dos mujeres aparecieron, abrieron la puerta por la cual les llegaba a las hermanas roedoras el olor a alimentos, y entraron apresuradamente dejándola abierta. Con precaución, pero seducidas por el embriagador olor, llegaron a la puerta, el olor se intensificó. Primero Maruja, luego Gertrudis, pasaron dentro. De pronto, las mujeres comenzaron a gritar, a dar saltos, las roedoras se escondieron entre un mueble repleto de cubiertos. El alboroto pasó del salón al pasillo, luego, tras oír un fuerte golpe, el jolgorio se fue alejando hasta desaparecer. Las hermanas salieron de su escondite. Ahora el pasillo solo estaba iluminado por la luz de una ventana, la luz que entraba por la puerta había desaparecido. Las mujeres la habían cerrado; estaban encerradas, pero en un lugar que olía a gloria bendita. Se dieron otro festín como la noche anterior y en un lugar parecido, en el cubo de basura de las señoritas. De la cocina pasaron al salón; a Gertrudis le llegó un llamativo y suave olor, lo siguió hasta encima de la mesa baja de salón, donde reposaba un papel del cual emanaba un cautivador aroma. Comenzó a mordisquearlo; no era comestible, pero le agradaba el olor. Llegó su hermana, lo mordisqueó también. Comenzó la pelea por el papel con olor a chocolate donde Andrés le había hecho redactar a las hermanas terratenientes el testamento de las tierras del pueblo. El papel, mordisqueado y partido ya en tres trozos, cayó al suelo. Una se hizo con un trozo, la otra con otro. Los mordisquearon, convirtiéndolos en mil pedacitos. Acabando la tarea, y siguiendo con el juego, pelearon por el tercer trozo de testamento, que acabó como los otros. Pero no quedó inservible, pues las hermanas estaban preñadas y tenían que hacer el nido, tarea que comenzaron al instante.

Inspeccionaron la casa en busca de un lugar cómodo donde hacer el nido. Aunque la vivienda estaba llena de rincones y recovecos en los cuales levantar el hogar en el que traer al mundo sus retoños, hubo una feroz pelea por el rincón de la parte alta de un armario. Salió vencedora Gertrudis, pero Maruja, diciéndose que de ella no se iba a librar tan fácilmente, eligió la misma habitación, la de la señorita Matilde, en el interior de un sillón con el forro de la parte baja roto.

Cuando volvieron a por los trocitos de papel con aroma a chocolate para hacer sus nidos, se encontraron con un grupo de humanos, inmóviles, hipnotizados mirando los trocitos de papel. Luego, al instante, dirigieron al unísono sus miradas, atestadas de odio, hacia las hermanas roedoras, que entrando en pánico huyeron del salón perseguidas por los humanos, los cuales les dieron un triste final.

De la casa que había frente a la de Nati salió una mujer a interesarse por el alboroto. Al rato ya estaba dando saltos y gritos de alegría; luego, volviendo a la vivienda, llamó al marido a voces. Los otros siguieron alborotando, cantando. Poco a poco se tranquilizaron. Comenzaron las preguntas.

—¿Pero que decía exactamente, Manuela? —preguntó el cura.

—Pues para todos.

—¿Para todos los vecinos?

—Sí, para todos, para todos —respondió Elvira.

—¿La habrás guardado bien…? —siguió con las preguntas el cura.

—Sí, por supuesto, he cerrado con llave la casa… Supuestamente es para su abogado, no sé yo…

—Es algo que nos incumbe a todos, no creo que por abrirla… —opinó Nati.

—Yo creo que lo mejor es preguntar a algún abogado antes de dársela al suyo. Yo conozco a uno, ya me llevo…

—Yo, don Atilano, no es por nada, pero con abogados de la Iglesia… Recuerda que sois vosotros, la Iglesia, los que ibais a heredar…

—Sebastián, este abogado no tiene nada que ver. Yo también soy vecino, a mí también me toca; si se lo hubiera quedado la Iglesia, ¿qué crees que iba a sacar yo?

—No sé, Atilano, tú serás vecino, pero no eres del pueblo… —opinó Celedonio.

—No seré del pueblo, pero si la carta dice «para todos los vecinos», vosotros tampoco sois de aquí, lleváis mucho menos años que yo. —Don Atilano miró a Manuela—. Lo mejor es que vayamos a la casa y leamos la carta detenidamente.

—Tres veces la he leído, Elvira dos —le informó Manuela.

—Ya, pero estabais emocionadas, no sé… Vayamos, es algo muy importante, debe estar bien guardada, lo mejor es que votemos quién la debe guardar. Debe estar en un lugar seguro, muy seguro. Es un papel, cualquier accidente… Se puede mojar, quemar… Una caja fuerte, en una caja fuerte debemos meterla —sentenció el cura.

—Ahora nos viene el cura con votaciones, cuando siempre habéis hecho lo que os ha dado la gana. Votaciones…, que estamos en una dictadura... Nada de votar, la carta está en nuestra casa, es de nuestra incumbencia…

—Celedonio, de eso nada, no es vuestra casa…

—Como quiera, Atilano, no es nuestra casa, pero…

—En un banco —interrumpió Sebastián a Celedonio—. Vayamos con la carta a Vitiguidino, la metemos en la caja fuerte de un banco, hacemos copia, que la lea ese abogado que conoce y ya veremos cuándo se la damos al de ellas…

—Yo también conozco otro —informó Matías.

—Pues que la lean los dos —opinó Sebastián.

Todos asintieron en lo del banco y los abogados.

—Vayamos a hablar con Andrés, él tiene coche, llegaremos antes que en autobús… Ellos también son vecinos ahora, también les pertenece… —informó Matías, luego miró de reojo a Sebastián.

Todos asintieron. Fueron a hablar con Andrés y su mujer; les extrañó ver el coche fuera y que ellos no estuvieran en casa… Les extrañó a todos menos a Sebastián y al herrero. Pero la cosa quedó ahí. Luego, todos los vecinos sin excepción, pues los que faltaban había llegado ya, avisados por la mujer de la casa de enfrente del teléfono público, se dirigieron a buscar la carta, que llevarían luego al banco en autobús, portada por Celedonio, que para eso era quien era.

Entraron en el patio cantando, lanzando vivas al viento por las dos santas, luego pasaron al jardín, del jardín a la casa. Manuela abrió la puerta del salón. Celedonio dijo que esperaran fuera a que cogiera la carta y que después de uno en uno entraran.

Manuela miró al suelo, luego a la mesa del salón, luego al suelo, luego a la mesa del salón, y por último a sus animados y soñadores vecinos.

FIN

Printed in Great Britain
by Amazon